A cidade do sol

Khaled Hosseini

autor de **O caçador de pipas**

A cidade do sol

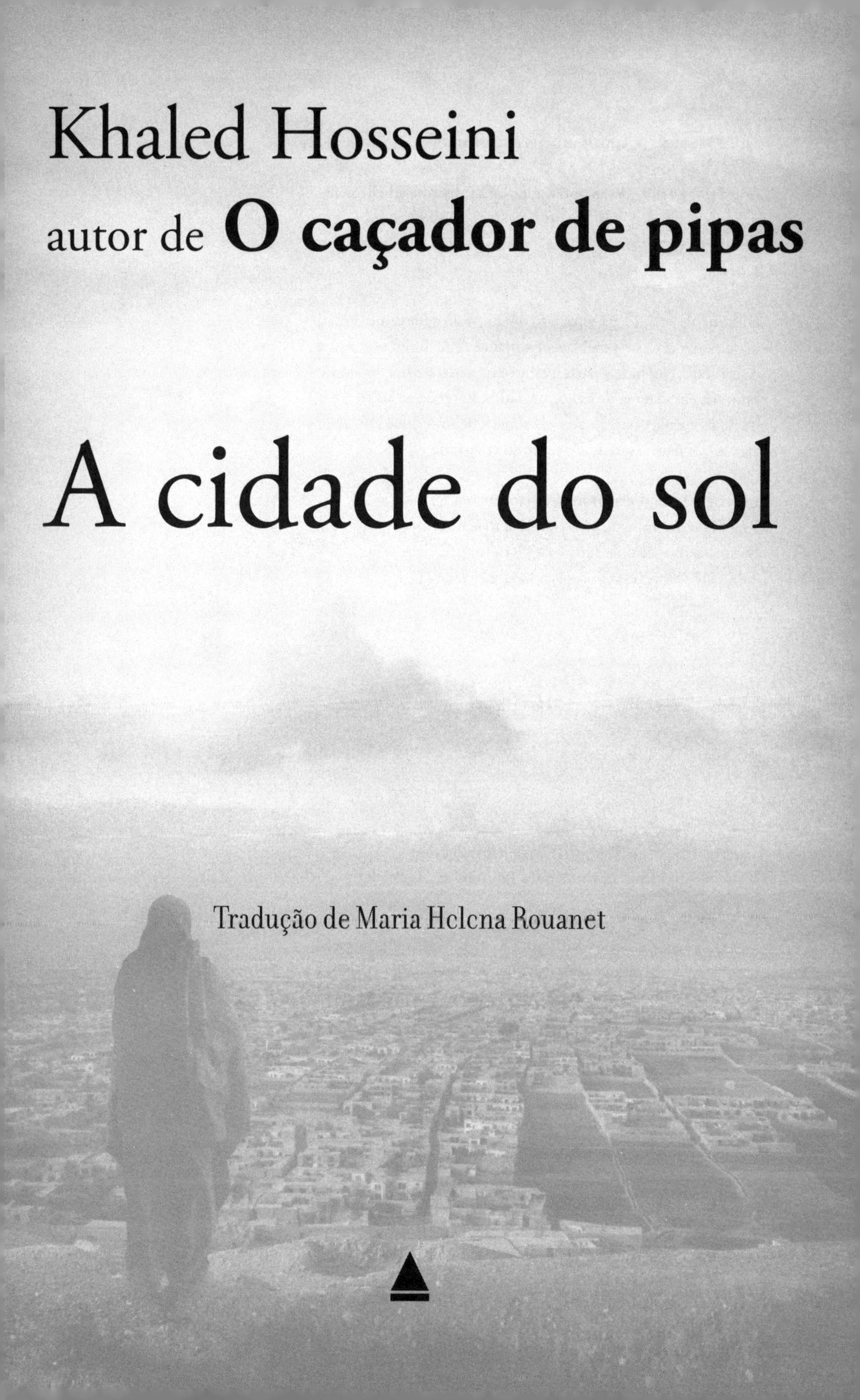

Tradução de Maria Helena Rouanet

Título original: A Thousand Splendid Suns

Tradução do poema "Cabul" para o inglês por Josephine Barry Davis.

Editora Nova Fronteira Participações S.A.
Rua Nova Jerusalém, 345 — CEP 21042-235
Bonsucesso — Rio de Janeiro — RJ
Tel.: (21) 3882-8200 fax: (21) 3882-8212/8313

Texto revisto pelo novo Acordo Ortográfico

CIP-Brasil. Catalogação na fonte
Sindicato Nacional dos Editores de Livros, RJ.

H21c Hosseini, Khaled
A cidade do sol / Khaled Hosseini ; tradução Maria Helena Rouanet. – Rio de Janeiro : Nova Fronteira, 2007.

Tradução de: A Thousand Splendid Suns
ISBN 978-85-209-3552-1

1. Família – Ficção. 2. Afeganistão – Ficção. 3. Romance afegão. I. Rouanet, Maria Helena. II. Título.

CDD 891.593
CDU 821.411.21(581)-3

Este livro é dedicado a Haris e Farah,
que são a noor *dos meus olhos,*
e às mulheres do Afeganistão.

PARTE I

1

Mariam tinha cinco anos quando ouviu pela primeira vez a palavra *harami*.

Foi numa quinta-feira. Não poderia ter sido em outro dia, porque ela se lembrava de estar inquieta e preocupada, e só ficava assim às quintas-feiras, quando Jalil vinha visitá-la na *kolba* onde morava. Para passar o tempo, até a hora em que finalmente o veria, atravessando a grama da clareira, que lhe batia nos joelhos, e acenando para ela, Mariam desceu da prateleira o serviço de porcelana chinesa de Nana. Esse serviço de chá era a única relíquia que sua mãe tinha herdado de sua avó, que morreu quando Nana tinha dois anos de idade. Ela adorava cada uma daquelas peças de porcelana azul e branca: a curva graciosa do bico do bule, os pássaros e os crisântemos pintados à mão, o dragão do açucareiro, destinado a espantar os maus espíritos.

Foi esta última peça que escapuliu das mãos da menina e se espatifou no chão da *kolba*.

Quando Nana viu o açucareiro, seu rosto ficou vermelho, seu lábio superior começou a tremer e seus olhos, tanto o vesgo quanto o bom, se detiveram em Mariam de um jeito inexpressivo, sem sequer piscar. A mãe parecia tão furiosa que Mariam teve medo de que um *jinn* fosse se apoderar de seu corpo novamente. Mas o gênio não veio, não desta vez. O que aconteceu foi que Nana agarrou Mariam pelos pulsos, puxou-a para bem perto de si e disse, entre dentes:

— Você é uma *harami* desastrada. Vejam só a minha recompensa por tudo o que tive de aguentar: uma *harami* desastrada, que quebra a louça de família.

Na hora, Mariam não entendeu nada. Não conhecia aquela palavra, *harami*, e não sabia que significava “bastarda”. Tampouco tinha idade suficiente para avaliar aquela injustiça, para ver que a culpa é dos que geram os *harami*, e não dessas crianças cujo único pecado foi ter nascido.

É claro que, pelo jeito como Nana disse aquela palavra, a menina deduziu que ser *harami* era uma coisa ruim, repugnante, como um inseto, como aquelas baratas que a mãe estava sempre maldizendo e varrendo para fora da *kolba*.

Tempos depois, já mais velha, entendeu enfim. Foi o jeito como Nana pronunciou a palavra — quase como se a cuspisse na sua cara — que fez com que Mariam se sentisse atingida por ela. Então entendeu o que a mãe estava querendo dizer, que um *harami* era algo indesejável, que ela, Mariam, era um ser ilegítimo que nunca teria condições de exigir o que as outras pessoas possuíam, como amor, família, aceitação ou mesmo um lar.

Jalil nunca a chamava assim. Dizia que ela era a sua florzinha. Gostava de pegá-la no colo e lhe contar histórias, como daquela vez que lhe contou que Herat, a cidade onde Mariam nasceu em 1959, foi o berço da cultura persa, onde viviam escritores, pintores e sufis.

— Era impossível esticar a perna sem dar um chute no traseiro de um poeta — disse ele, rindo.

Jalil lhe contou também a história da rainha Gauhar Shad, que, no século XV, mandou erguer os célebres minaretes da cidade como uma ode de amor a Herat. Ele descreveu os trigais verdejantes que a cercavam, os seus pomares, os seus vinhedos carregados de frutos, os seus bazares abobadados e repletos de gente.

— Há um pé de pistache, Mariam *jo* — disse-lhe um dia Jalil —, debaixo do qual está enterrado ninguém menos que o grande poeta Jami. — Inclinou-se para frente e sussurrou: — Jami viveu há cerca de quinhentos anos. É verdade. Levei você até lá uma vez, para ver a árvore. Você era bem pequena. Não deve se lembrar.

Ele tinha razão. Mariam não se lembrava disso. E, embora tenha passado os primeiros 15 anos de sua vida nos arredores de Herat, nunca viu essa célebre árvore. Nunca viu os famosos minaretes de perto, nunca colheu frutos dos pomares da cidade ou passeou pelos seus campos de trigo. Mas sempre que Jalil contava aquelas histórias, Mariam o ouvia, encantada. Admirava Jalil pelo tanto que conhecia do mundo. Estremecia de orgulho por ter um pai que sabia tantas coisas.

— Quantas mentiras! — exclamou Nana depois que Jalil tinha ido embora. — Um ricaço mentiroso, é isso que ele é! Nunca levou você para ver árvore nenhuma. E não se deixe seduzir. O seu adorado paizinho nos traiu. Ele nos expulsou, nos botou para fora da sua bela casa como se não valêssemos nada. E fez isso feliz e contente.

Mariam só ficava ouvindo, sem nenhuma convicção. Nunca teve coragem de dizer a Nana que não gostava nada, nada de vê-la falar assim de Jalil. Na verdade, perto dele, não se sentia uma *harami*. Toda quinta-feira, por uma ou duas horas, quando Jalil vinha vê-la, todo sorrisos e cheio de presentes e carinhos, Mariam se sentia digna das belezas e das coisas boas que a vida tinha para oferecer. E, por isso, amava Jalil.

Mesmo tendo que dividi-lo com outras pessoas.

Jalil tinha três esposas e nove filhos, nove filhos legítimos, e Mariam não conhecia nenhum deles. Era um dos homens mais ricos de Herat. Era dono de um cinema, que Mariam jamais tinha visto, mas que Jalil descreveu para ela depois de muita insistência da menina. Portanto, conhecia a fachada de azulejos azuis e terracota, sabia que tinha um balcão com lugares privativos e um teto de treliça. E conhecia também as portas de duas folhas que se abriam para um saguão azulejado onde havia pôsteres de filmes indianos em vitrines emolduradas. Às terças-feiras, segundo lhe disse Jalil, as crianças podiam tomar sorvete de graça na *bombonière*.

Nana ouviu isso com um sorriso de desdém. Esperou ele sair da *kolba* para dizer, com uma risadinha:

— Os filhos dos estranhos ganham sorvete. E para você, Mariam, o que ele tem a dar? Histórias de sorvete...

Além do cinema, Jalil também era proprietário de terras em Karokh e em Farah, tinha três lojas de tapetes, uma de roupas e um Buick Roadmaster preto, modelo 1956. Era um dos homens mais bem-relacionados de Herat, amigo do prefeito e do governador da província. Tinha uma cozinheira, um motorista e três empregadas.

Nana havia sido uma dessas empregadas. Até a sua barriga começar a crescer.

Quando isso aconteceu, nas palavras da própria Nana, a sufocação coletiva da família de Jalil foi tão grande que parecia até que toda Herat tinha ficado sem ar. Seus sogros e cunhados juraram que haveria derramamento de sangue. Suas esposas exigiram que ele a pusesse para fora daquela casa. O próprio pai de Nana, um humilde entalhador de Gul Daman, uma aldeia vizinha, a repudiou. Vendo-se caído em desgraça, fez as malas e embarcou num ônibus para o Irã. E nunca mais se ouviu falar dele.

— Às vezes — disse-lhe Nana certa manhã, bem cedinho, enquanto alimentava as galinhas no quintal da *kolba* — gostaria que meu pai tivesse sido homem bastante para afiar um dos seus cinzéis e tomar a atitude mais honrada. Teria sido melhor para mim. — Atirou mais um punhado de grãos no cercado, fez uma pausa, e olhou para a filha. — E acho que não só para mim. Você teria sido poupada da dor de saber que é o que é. Mas meu pai era um covarde. Não tinha *dil*, não tinha coragem para tanto.

Nem Jalil, acrescentou Nana. Ele também não teve coragem de agir como um homem honrado, enfrentando a família, as esposas, os sogros e os cunhados, e assumindo a responsabilidade por seus atos. Tudo o que fizeram foi chegar a um acordo, a portas fechadas, para salvar as aparências.

Logo no dia seguinte, Jalil mandou que ela juntasse os seus poucos pertences lá no quarto das empregadas e fosse embora.

— Sabe o que ele disse às suas esposas para se defender? Que fui eu quem *forcei* aquela situação. A culpa era minha. *Didi*? Está vendo só? Isso é que é ser mulher neste mundo.

Nana pôs no chão a tigela com a comida das galinhas e ergueu o rosto de Mariam com um dos dedos.

— Olhe para mim.

A menina obedeceu, com alguma relutância.

— Aprenda isso de uma vez por todas, filha: assim como uma bússola precisa apontar para o norte, assim também o dedo acusador de um homem sempre encontra uma mulher à sua frente. Sempre. Nunca se esqueça disso, Mariam.

2

— Para Jalil e suas esposas, eu era uma erva-de-passarinho. Uma ciganinha. Nós duas éramos. E olhe que você ainda nem tinha nascido.

— O que é uma ciganinha? — indagou Mariam.

— É uma planta — disse Nana. — Daquelas que a gente arranca e joga fora.

Mariam fez cara feia por dentro. Jalil não a tratava como uma planta assim. Nunca. Mas a menina achou que era melhor ficar calada.

— Só que, à diferença dessas ervas daninhas, eu tinha de ser replantada, entende, e tinha que receber água e comida. Por sua causa. Foi isso que ele combinou com a família — disse Nana, acrescentando que tinha se recusado a ficar morando em Herat. — Para quê? Para vê-lo passar de carro pela cidade, com suas esposas *kinchini*?

Disse ainda que tampouco quis morar na casa de seu pai, na aldeia de Gul Daman, que ficava no alto de uma colina, a dois quilômetros ao norte de Herat. Preferiu ir viver num lugar afastado, distante, onde os vizinhos não ficariam olhando para a sua barriga, apontando para ela na rua, rindo, ou, o que seria ainda pior, cercando-a de uma gentileza que não era sincera.

— E acredite — acrescentou Nana —, o seu pai ficou muito aliviado por me ter bem longe. Foi a decisão perfeita para ele.

Foi Muhsin, o filho mais velho de Jalil com sua primeira esposa, Khadija, quem sugeriu aquela clareira que ficava nos arredores de Gul Daman. Para se chegar até lá, era preciso pegar uma estradinha de terra que subia morro acima saindo da estrada que ligava Herat ao vilarejo. A tal estradinha era bordejada de um capim alto, pontilhado de flores brancas e amarelas. Ia serpenteando pela encosta da colina até desembocar num terreno plano recoberto de choupos, faias e tufos de arbustos silvestres. Lá de cima, avistavam-se as pás enferrujadas do moinho de vento de Gul Daman, à esquerda, e, à direita, estendia-se a cidade de Herat. O caminho ia dar pertinho de um riacho bem largo e repleto de trutas que descia das montanhas Safid-koh ao redor de Gul Daman. Cerca de duzentos metros acima, havia um pequeno bosque de salgueiros-chorões e, bem no meio, à sombra das árvores, ficava a clareira.

Jalil foi até lá para ver o local. Quando voltou, disse Nana, parecia um carcereiro se vangloriando das paredes impecáveis e do piso reluzente da sua cadeia.

— E foi assim que o seu pai construiu essa toca de ratos para nós.

Quando tinha 15 anos, Nana quase se casou. O pretendente era um rapaz de Shindand, um jovem vendedor de periquitos. Foi ela própria quem contou essa história a Mariam e, embora a mãe parecesse menosprezar o episódio, a menina bem sabia, pelo brilho melancólico que via em seus olhos, que ela tinha sido feliz. Pela única vez na vida, talvez, nos dias que antecederam esse tal casamento, Nana tinha sido genuinamente feliz.

Quando a mãe lhe contou essa história, Mariam se sentou no seu colo e ficou imaginando Nana sendo preparada para se vestir de noiva. Pôde vê-la a cavalo, sorrindo timidamente sob o véu de seu traje verde, as palmas das mãos pintadas com hena vermelha, o repartido do cabelo enfeitado com purpurina prateada, as tranças impregnadas de seiva de árvore. Viu também músicos tocando a flauta *shahnai* e os tambores *dohol*, as crianças gritando e acompanhando o cortejo pelas ruas.

Só que, uma semana antes da data marcada, um *jinn* penetrou no corpo de Nana. Ninguém precisava descrever para Mariam essa parte da história, pois a menina já havia testemunhado a cena com os próprios olhos, inúmeras vezes: Nana caindo no chão de repente, com o corpo todo se enrijecendo, os olhos se revirando, os braços e as pernas tremendo, como se algo a estivesse sufocando por dentro, e, nos cantos da boca, aquela espuma branca, por vezes rosada de sangue. Depois, vinha aquele torpor, aquele desnorteamento assustador, aqueles murmúrios incoerentes.

Quando a notícia chegou a Shindand, a família do vendedor de periquitos cancelou o casamento. "Eles ficaram apavorados", como disse a própria Nana.

O vestido de noiva foi enfurnado em algum lugar. E, desde então, não apareceu mais nenhum pretendente.

Na clareira, Jalil e dois de seus filhos, Farhad e Muhsin, construíram a pequena *kolba* onde Mariam viveria os primeiros 15 anos de sua vida. O casebre era feito de tijolos rústicos e recoberto de barro com punhados de palha. Lá dentro, havia dois catres, uma mesa de madeira, duas cadeiras de encosto reto, uma janela e algumas prateleiras pregadas na parede, onde Nana guardava os potes de argila e o seu tão amado jogo de porcelana chinesa. Jalil instalou ali um fogareiro de ferro para o inverno e fez uma cerca de toras de madeira nos fundos da cabana. Pôs ainda um *tandoor* no quintal, para elas assarem o pão, e fez um galinheiro com uma cerca. Comprou uns poucos carneiros e construiu um cocho para os animais. Mandou Farhad e Muhsin cavarem um buraco bem fundo a uns duzentos metros do círculo de salgueiros, e construiu uma latrina no local.

Jalil podia ter contratado operários para a construção da *kolba*, observou Nana, mas não contratou.

— Para ele, aquilo era uma espécie de penitência — disse ela.

Pelo que Nana dizia, no dia em que Mariam nasceu não apareceu ninguém para ajudar. Foi num daqueles dias úmidos e nublados da primavera de 1959, no vigésimo sexto dos quarenta anos, em sua maioria tranquilos, do reinado de Zahir Shah. Jalil não se deu o trabalho de chamar um médico, ou sequer uma parteira, acrescentou ela, embora soubesse que o *jinn* poderia penetrar no seu corpo e provocar uma daquelas convulsões no momento do parto. Nana ficou ali sozinha, deitada no chão da *kolba*, com uma faca ao seu lado e o corpo banhado em suor.

— Quando a dor piorava, eu mordia um travesseiro e gritava até ficar rouca. Mesmo assim, não aparecia ninguém para enxugar o meu rosto ou me dar um gole de água. E você, Mariam *jo*, parecia não ter pressa alguma. Por quase dois dias, você me fez ficar ali deitada, naquele chão frio e duro. Não comi nem bebi nada. Só fazia força e rezava para você sair.

— Sinto muito, Nana.

— Cortei o cordão que nos ligava. Foi para isso que peguei a faca.

— Sinto muito, Nana.

Nesse momento, Nana sempre esboçava um sorriso sofrido, e Mariam não sabia ao certo se aquilo significava uma recriminação persistente ou um perdão relutante. Não passava pela cabeça da menina como era injusto pedir desculpas pela maneira como nasceu.

Quando isso finalmente aconteceu, lá por volta dos seus dez anos, Mariam deixou de acreditar naquela história do seu nascimento. Acreditava sim na versão de Jalil que lhe disse que, mesmo estando longe, tinha conseguido mandar Nana para um hospital em Herat, onde ela seria atendida por médicos e teria uma cama limpa e decente num quarto bem-iluminado. Jalil abanou a cabeça tristemente quando a garota mencionou o detalhe da faca.

Mariam passou também a duvidar de que tivesse feito a mãe sofrer por dois dias seguidos.

— Pelo que me contaram o parto durou, ao todo, menos de uma hora — disse Jalil. — Você sempre foi uma boa filha, Mariam *jo*. Mesmo na hora de nascer foi uma boa filha.

— Ele nem estava aqui! — esbravejou Nana. — Estava em Takht-e-safar, andando a cavalo com seus amiguinhos queridos.

Quando lhe disseram que era uma menina, acrescentou Nana, Jalil deu de ombros, continuou a escovar a crina do cavalo e ficou mais duas semanas em Takht-e-safar.

— Na verdade, ele sequer a pegou no colo até que você tivesse completado um mês. E, mesmo assim, apenas a olhou, comentou que você tinha um rosto comprido e a devolveu para mim.

Mariam acabou desacreditando também dessa parte da história. Jalil admitia que estava cavalgando em Takht-e-safar, mas, quando chegou a notícia, não se limitou a dar de ombros. Pulou no cavalo e voltou para

Herat. Embalou a filha nos braços, passou o dedo por aquelas sobrancelhas ralas, cantarolou uma cantiga de ninar. Mariam não conseguia imaginar Jalil dizendo que ela tinha um rosto comprido, embora fosse verdade.

Nana disse que foi ela que escolheu o nome Mariam, porque era o de sua mãe.

— Quem escolheu fui eu — disse Jalil —, porque, na nossa língua, esse é o nome de uma linda flor.

— A sua favorita? — indagou a menina.

— Bom, uma delas — respondeu ele, sorrindo.

3

Uma das lembranças mais remotas de Mariam era o chiado das rodas de um carrinho de mão sacolejando pelas pedras do chão. Uma vez por mês, lá vinha ele, carregado de arroz, farinha, chá, açúcar, óleo, sabão, pasta de dentes. Dois de seus meios-irmãos o traziam; geralmente, Muhsin e Ramin, às vezes Ramin e Farhad. Na estradinha de terra, passando por pedras e seixos, contornando buracos e arbustos, os meninos se revezavam empurrando o carrinho até chegarem ao riacho. Ali, paravam e tinham que atravessar, levando os pacotes nos braços. Depois, era a vez do carrinho que, ao chegar do outro lado, voltava a ser carregado. Tinham, então, mais uns duzentos metros pela frente, desta feita empurrando o veículo em meio ao mato alto, denso, e por entre as moitas cerradas. Sapos pulavam à sua frente. Os dois irmãos tinham que se abanar com as mãos, para afastar os mosquitos do rosto suado.

— Ele tem empregados — observou Mariam. — Podia mandar um deles...

— Para ele, isso é uma espécie de penitência — retrucou Nana.

O barulho do carrinho levava mãe e filha lá para fora. Mariam nunca se esqueceria do jeito que Nana ficava no dia em que os mantimentos chegavam: aquela mulher alta e magra, descalça, apoiada no umbral da porta, com aquele olho meio fechado, parecendo apenas uma fenda, e os braços cruzados, numa pose desafiadora e debochada. Já que ficava com a cabeça descoberta, o sol batia em seu cabelo crespo, cortado curtinho e despenteado. Usava uma bata cinza mal-ajambrada e abotoada até o pescoço. E tinha os bolsos cheios de pedras grandes como nozes.

Os rapazes ficavam sentados no chão, junto do riacho, esperando que mãe e filha levassem os mantimentos para dentro da *kolba*. Sabiam que era mais prudente manter uma distância de uns trinta metros, embora a pontaria de Nana fosse bem ruim, e a maioria das pedras caísse longe do alvo visado. Enquanto ia levando as coisas para casa, a mulher ficava gritando, chamando os meninos de uns nomes que Mariam não conhecia. Amaldiçoava suas mães, fazia caretas terríveis para os dois. Nenhum deles jamais revidou aqueles insultos.

Mariam tinha pena dos garotos. "Deviam ficar com as pernas e os braços tão cansados empurrando aquela carga pesada...", pensava ela. Adoraria poder lhes oferecer um copo de água. Mas não dizia nada, e, se os dois acenavam na hora de ir embora, nem respondia. Uma vez, para agradar Nana, chegou até a gritar com Muhsin, dizendo que sua boca parecia o traseiro de um lagarto. Depois, ficou com vergonha, culpadíssima, e teve medo que ele contasse tudo para Jalil. Já Nana riu tanto, mostrando todos aqueles dentes da frente estragados, que Mariam achou que ela poderia ter um dos seus ataques. Depois que parou de rir, olhou para a menina e disse:

— Você é uma boa filha.

Quando o carrinho estava vazio, os meninos o apanhavam e iam embora. Mariam ficava parada ali, esperando eles desaparecerem em meio ao mato alto e florido.

— Vamos entrar?

— Claro, Nana.

— Eles estão rindo de você. Estão, sim. Dá para ouvir daqui.

— Já estou indo.

— Não acredita, não é?

— Pronto, Nana.

— Amo você, sabe, Mariam *jo*?

Toda manhã, as duas acordavam com o balido dos carneiros, ao longe, e o som estridente da flauta que os pastores de Gul Daman tocavam ao levar seus rebanhos para pastar nas colinas. Mariam e Nana ordenhavam as cabras, davam comida às galinhas e recolhiam os ovos. Faziam pão juntas. A menina aprendeu com Nana a sovar a massa, acender o *tandoor* e espalhar a massa lá dentro. Com ela também aprendeu a costurar e a fazer arroz com vários acompanhamentos: *shalqam* cozido com nabos, *sabzi* de espinafre, couve-flor com gengibre.

Nana não escondia de ninguém o quanto lhe desagradava a ideia de receber visitas — na verdade, não gostava de gente em geral —, mas abria uma exceção para uns poucos escolhidos. Havia Habib Khan, o *arbab* da aldeia, o líder da comunidade de Gul Daman, um sujeito barbudo, com uma cabeça miúda e uma barriga proeminente, que vinha vê-las mais ou menos uma vez por mês, sempre acompanhado de um criado que trazia uma galinha, uma tigela de arroz *kichiri* ou um cesto com ovos tingidos para Mariam.

Havia uma velha rechonchuda, que Nana chamava de Bibi *jo*, cujo falecido marido também tinha sido entalhador e amigo de seu pai. Bibi *jo* andava sempre acompanhada por uma de suas noras e um ou dois de seus netos. Lá vinha ela até a clareira, mancando e resmungando, e, invariavelmente, fazia uma verdadeira encenação, esfregando os quadris e gemendo, ao se sentar na cadeira que Nana lhe oferecia. Bibi *jo* também trazia alguma coisa para Mariam, como uma caixinha de balas *dishlemeh* ou uma cesta de marmelos. Para Nana reservava, antes de mais nada, suas queixas sobre problemas de saúde, e, depois, mexericos envolvendo gente de Herat e Gul Daman, histórias que ela narrava em detalhe e com o maior prazer, enquanto sua nora ficava às suas costas, só ouvindo, com ar de incredulidade.

Mas a visita preferida de Mariam, além de Jalil, é claro, era o mulá Faizullah, o mais velho dos *akhund*, os guardiães do Corão na aldeia. Uma ou duas vezes por semana, ele vinha de Gul Daman para ensinar a Mariam as cinco preces *namaz* diárias e iniciar a menina na recitação do Corão, exatamente como havia feito quando Nana era criança. Foi o mulá Faizullah quem ensinou Mariam a ler. Ficava parado ali, atrás dela, olhando com toda paciência por cima de seus ombros enquanto os lábios da menina iam articulando as palavras, sem emitir som algum, fazendo tanta força com o dedo que a unha chegava a ficar esbranquiçada, como se fosse possível espremer assim o sentido de cada um daqueles símbolos. Foi o mulá Faizullah quem pegou a mão de Mariam, guiando o lápis para traçar o contorno de cada *alef*, a curva de cada *beh*, os três pontinhos de cada *seh*.

Era um homem magro e encurvado, com um sorriso desdentado e uma barba branca que lhe batia no umbigo. Em geral, vinha sozinho até a *kolba*; às vezes, porém, trazia consigo o filho Hamza, um menino de cabelo avermelhado, pouco mais velho que Mariam. Quando o mulá chegava, Mariam beijava a sua mão — era como beijar um feixe de gravetos recoberto por uma fina camada de pele — e ele lhe dava um beijo na testa. Só então entravam, para começar a lição do dia. Mais tarde, sentavam-se ambos do lado de fora da *kolba*, comendo pinhões, tomando chá verde e observando os pássaros bulbuls que voavam apressados de uma árvore a outra. De vez em quando, iam passear em direção às montanhas, margeando o riacho, andando por entre os tufos de amieiro e pisando nas folhas de bronze caídas pelo chão. O mulá Faizullah ia desfiando as contas do rosário *tasbeh* e, com aquela voz trêmula, contava à menina histórias de coisas que tinha visto na juventude, como a cobra de duas cabeças que encontrou no Irã, na ponte dos Trinta e Três Arcos, em Isfahan, ou a melancia que cortou diante da Mesquita Azul, em Mazar, e cujas sementes escreviam as palavras *Allah*, de um lado, e *Akbar*, do outro, formando a expressão *Allah-u-Akbar*, "Deus é grande".

O mulá admitiu para Mariam que, por vezes, não compreendia o sentido das palavras do Corão, mas gostava dos sons encantatórios das palavras árabes que pareciam rolar em sua língua. Disse ainda que elas lhe traziam conforto, apaziguavam o seu coração.

— Elas vão fazer isso por você também, Mariam *jo* — observou ele. — Sempre pode evocá-las em caso de necessidade, e elas não vão lhe faltar. As palavras de Deus nunca vão traí-la, minha menina.

Além de contar histórias, o mulá também sabia ouvi-las. Quando Mariam falava, sua atenção nunca se desviava. Ele ficava assentindo ligeiramente com a cabeça, e sorria com um ar de gratidão, como se estivesse sendo digno de um privilégio dos mais cobiçados. Era fácil lhe contar coisas que nunca teria coragem de dizer a Nana.

Um dia, quando passeavam, Mariam lhe disse que adoraria poder ir para um colégio.

— Um colégio de verdade, *akhund sahib*, daqueles que têm salas de aula. Como fazem os outros filhos de meu pai.

O mulá parou.

Uma semana antes, Bibi *jo* tinha contado que Saideh e Nahid, filhas de Jalil, iam para a Escola Mehri, um colégio para meninas em Herat.

Desde então, começaram a passar pela cabeça de Mariam imagens de salas de aula e professores, cadernos com páginas pautadas, colunas de números e canetas que traçavam linhas fortes e escuras. Podia ver a si mesma numa dessas salas, junto com outras garotas da sua idade. Morria de vontade de pôr uma régua numa página em branco e traçar, ali, aquelas linhas que pareciam tão importantes.

— É isso que você quer? — indagou o mulá Faizullah, fitando-a com aqueles seus olhos brandos e úmidos, as mãos cruzadas nas costas encurvadas e a sombra do turbante se projetando sobre um canteiro cheinho de botões-de-ouro.

— É.

— E quer que eu peça permissão para sua mãe?

Mariam sorriu. Além de Jalil, achava que não havia ninguém no mundo capaz de entendê-la tão bem quanto o seu velho professor.

— Então, o que posso fazer? Deus, em sua sabedoria, deu a cada um de nós algumas fraquezas, e, entre as tantas que possuo, está a incapacidade de recusar algo a você, Mariam *jo* — disse ele, dando-lhe umas palmadinhas no rosto com os dedos deformados pela artrite.

Mais tarde, porém, quando o mulá tocou no assunto com Nana, a mulher largou a faca que estava usando para cortar cebolas e perguntou:

— Para quê?

— Se a menina quer aprender, minha cara, deixe que faça isso. Deixe que ela tenha instrução.

— Aprender? Aprender o quê, mulá *sahib*? — indagou Nana rispidamente. — O que há para ser aprendido? — E voltou os olhos para a filha.

Mariam ficou fitando as próprias mãos.

— Que sentido faz dar instrução a uma garota como você? — prosseguiu a mulher. — É como lustrar uma escarradeira. E, nessas escolas, você não vai aprender nada que preste. Só há uma coisa na vida que mulheres como você e eu precisamos aprender, e ninguém ensina isso nas escolas. Olhe para mim.

— Você não devia falar assim com ela, minha filha — observou o mulá Faizullah.

— Olhe para mim — insistiu Nana.

Mariam obedeceu.

— Só uma coisa: *tahamul*. A capacidade de suportar.

— Suportar o quê, Nana? — indagou a menina.

— Não se aflija com isso — retrucou Nana. — Não vão faltar exemplos.

E prosseguiu contando que as esposas de Jalil diziam que ela era feia, uma mísera filha de entalhador. Mandavam que ficasse lavando roupa do lado de fora, no frio, até o seu rosto ficar entorpecido e os seus dedos, queimados.

— É isso que a vida reserva para nós, Mariam — acrescentou. — Para as mulheres como nós. E suportamos. Temos de suportar. Está me entendendo? Além do mais, vão rir de você na escola. Vão, sim. Vão chamá-la de *harami*. Vão dizer coisas horríveis a seu respeito. Não vou permitir isso.

Mariam fez que sim com a cabeça.

— E não se fala mais nessa história de escola. Você é tudo o que tenho. Não quero perdê-la para essa gente. Olhe para mim. Não se fala mais nisso.

— Ora, vamos, seja sensata — principiou o mulá. — Se a menina quer...

— E o senhor, *akhund sahib*, com o devido respeito, não tem nada que ficar incentivando essas ideias bobas. Se quer realmente o bem de Mariam, deve lhe fazer ver que o lugar dela é aqui, nesta casa, com sua mãe. Não há nada que possa lhe interessar lá fora. Nada além de rejeição e sofrimento. Sei muito bem disso, *akhund sahib*. E como...

4

MARIAM ADORAVA QUANDO TINHA VISITA na *kolba*. O *arbab* do vilarejo com seus presentes, Bibi *jo* com seus quadris doloridos e seus intermináveis mexericos, e, é claro, o mulá Faizullah. No entanto, não havia ninguém, mas ninguém mesmo, que ela gostasse mais de ver do que Jalil.

A ansiedade começava nas noites de terça-feira. Mariam dormia mal, com medo de que algum problema nos negócios pudesse impedir Jalil de aparecer na quinta, pois, se isso acontecesse, ela ficaria mais uma semana inteira sem vê-lo. Na quarta-feira, a menina ficava andando de um lado para o outro no quintal, atirando a comida das galinhas para dentro do cercado sem prestar a mínima atenção ao que fazia. Saía para passeios sem rumo, e ia apanhando pétalas de flores e espantando os mosquitos que pousavam em seus braços. Finalmente, na quinta-feira, tudo o que conseguia fazer era ficar sentada, recostada na parede, com os olhos pregados no riacho, esperando. Se Jalil se atrasava um pouco, um medo terrível ia se apossando dela aos pouquinhos, até que sentia as pernas bambas e tinha de ir se deitar em algum lugar.

Finalmente, Nana gritava:

— Pronto, seu pai chegou. Em toda a sua glória...

Mariam se levantava de um salto assim que o avistava pulando sobre as pedras do riacho, todo sorrisos e acenos carinhosos. A menina sabia que Nana ficava de olho, espreitando cada reação sua, e ter de ficar parada ali, na porta, esperando, vendo-o se aproximar lentamente e não sair correndo ao seu encontro era algo que exigia um esforço considerável. Conseguia porém se conter e, com toda paciência, ficava observando Jalil atravessar o mato alto, com o paletó do terno pendurado no ombro e a brisa balançando a gravata vermelha.

Quando ele penetrava na clareira, atirava o paletó em cima do *tandoor* e abria os braços. Só então a menina se mexia, correndo enfim para ele a pegar por baixo dos braços e jogá-la para o alto. E Mariam gritava.

Lá de cima, via o rosto de Jalil ao contrário, o seu sorriso largo e meio retorcido, o seu bico de viúva, o furinho no queixo — perfeito para ela pôr a ponta do mindinho ali dentro —, e aqueles dentes tão brancos se destacando num mundo de molares cariados. Ela gostava daquele bigode caprichado e gostava também do fato de seu pai usar sempre o mesmo terno quando vinha visitá-la, fosse qual fosse o tempo que estivesse fazendo — um terno marrom-escuro, sua cor favorita, com o triângulo branco do lenço saindo do bolso do paletó —, além de abotoaduras e gravata, em geral vermelha, cujo nó ele afrouxava. Mariam também podia ver a si própria, refletida nos olhos castanhos de Jalil: o cabelo ondulado, o rosto radiante de empolgação e o céu às suas costas.

Nana dizia que, qualquer dia desses, Jalil ia errar e Mariam ia escorregar por entre os seus dedos, cair no chão e quebrar um osso. Mas a menina não acreditava que Jalil fosse deixá-la cair. Tinha certeza de que sempre voltaria ao chão, com toda segurança, pelas mãos limpas e bem-tratadas de seu pai.

Sentavam-se no quintal da *kolba*, à sombra, e Nana lhes servia chá. Os dois se cumprimentavam com um sorriso constrangido e um aceno de cabeça. Jalil nunca mencionou as pedras que Nana atirava, nem seus xingamentos.

Embora resmungasse muito quando Jalil não estava por perto, Nana se mostrava contida e delicada quando ele vinha visitar a filha. Estava sempre de cabelo lavado, escovava os dentes e usava seu melhor *hijab*. Sentava-se numa cadeira defronte dele, calada, com as mãos cruzadas no colo. Não o olhava diretamente e nunca usava expressões grosseiras quando ele estava por perto. Se ria, tapava a boca com a mão para esconder os dentes estragados.

Perguntava como iam os negócios. Perguntava também por suas esposas. Quando ela lhe disse que tinha ficado sabendo, por Bibi *jo*, que Nargis, a esposa mais jovem, estava esperando o terceiro filho, Jalil sorriu polidamente e assentiu com um gesto.

— Bom, você deve estar feliz — observou Nana. — Quantos são ao todo? Dez, não é? *Mashallah*! São dez?

Jalil confirmou.

— Onze, contando com Mariam, é claro! — acrescentou Nana.

Mais tarde, depois que ele já tinha ido embora, mãe e filha tiveram uma discussão por causa desse episódio. Mariam disse que ela tinha agido de má-fé.

Quando acabavam de tomar chá com Nana, Mariam e Jalil iam pescar no riacho. Ele lhe ensinou como lançar o anzol, como enrolar a linha para fisgar a truta. Ensinou-lhe ainda o jeito certo de abrir uma truta para limpá-la e separar a carne da espinha de uma só vez. Desenhava para a filha enquanto esperavam que algum peixe mordesse a isca, e lhe mostrou como fazer um elefante com um único traço, sem sequer tirar a caneta do papel. Também lhe ensinava cantigas. Juntos cantavam:

Bem no meio do caminho
Tinha um tanque de passarinho.
Com muita sede,
Dona carpa foi se chegando,
Mas escorregou na borda do tanque
E acabou afundando.

Jalil trazia recortes do *Ittifaq-i Islam*, o jornal de Herat, e lia as notícias para a filha. Ele era a sua ligação com o mundo lá fora, a prova de que havia muito mais coisas além da *kolba*, além de Gul Daman e até de Herat; havia um mundo com presidentes de nomes impronunciáveis, com trens, museus, futebol e foguetes que giravam pela órbita da Terra e aterrissavam na lua. Toda quinta-feira Jalil trazia consigo um pedacinho desse mundo para a *kolba*.

Foi ele quem lhe contou, no verão de 1973, quando Mariam estava com 14 anos, que o rei Zahir Shah, que havia governado o país por quarenta anos, tinha sido deposto por um golpe sem derramamento de sangue.

— O primo do rei, Daoud Khan, articulou o golpe enquanto Zahir Shah estava na Itália, para tratamento de saúde. Você se lembra de Daoud Khan, não é? Já lhe falei a seu respeito. Era o primeiro-ministro quando você nasceu. Bom, seja como for, o Afeganistão deixou de ser uma monarquia, Mariam. Agora, é uma república, e Daoud Khan é o presidente. Dizem que os socialistas de Cabul o ajudaram a tomar o poder. Não que ele próprio seja socialista, veja bem, mas eles o ajudaram. Pelo menos, é o que andam dizendo por aí.

Mariam lhe perguntou o que era um socialista, e Jalil começou a lhe explicar, mas a menina mal prestou atenção ao que ele dizia.

— Está me ouvindo?

— Estou.

Jalil percebeu que ela tinha os olhos pregados no volume do bolso de seu paletó.

— Ah, é claro — exclamou ele. — Bom, aqui está. Não vamos discutir por isso...

Pegou uma caixinha e entregou-a à filha. De vez em quando, trazia um presentinho para ela. Certa feita, foi uma pulseira de cornalinas, outra, um colar com contas de lápis-lazúli. Nesse dia, ao abrir a caixa, Mariam viu um cordão com um pingente em forma de folha do qual pendiam moedinhas minúsculas com luas e estrelas gravadas.

— Vamos lá, experimente, Mariam *jo*.

A menina obedeceu.

— O que acha? — indagou ela.

— Você está parecendo uma rainha — respondeu Jalil, todo sorridente.

Depois que ele já tinha ido embora, Nana notou o pingente no pescoço da filha.

— Isso é coisa dos nômades — exclamou. — Já os vi fazendo isso. Eles recolhem as moedas que as pessoas jogam fora e fazem bijuterias com elas. Quero só ver se o seu querido paizinho vai lhe trazer alguma coisa de ouro da próxima vez. Quero só ver...

Quando chegava a hora de Jalil ir embora, Mariam ficava parada na porta e o via se afastar pela clareira, infeliz com a ideia daquela semana inteira que, como algo imenso e irremediável, a separava da próxima visita de seu pai. Invariavelmente, prendia a respiração enquanto o via indo embora. Prendia a respiração e, mentalmente, contava os segundos. Fazia de conta que, para cada segundo que conseguisse ficar sem respirar, Deus lhe daria mais um dia com Jalil.

À noite, deitada na cama, ficava tentando imaginar como seria a casa dele em Herat. Tentava imaginar como seria morar ali, estar com ele diariamente. Podia até se ver estendendo-lhe a toalha quando ele acabasse de fazer a barba, avisando-o se por acaso se cortasse. Faria chá para ele. Pregaria os botões das suas roupas. Juntos, passeariam por Herat, passando pelas arcadas daquele bazar onde Jalil dizia que era possível encontrar qualquer coisa que se desejasse. Andariam de carro e, ao vê-los passar, as pessoas diriam: "Lá vai Jalil, com a filha." Ele lhe mostraria a célebre árvore debaixo da qual o poeta está enterrado.

Logo, logo, decidiu Mariam, contaria tudo isso a Jalil. E, quando ele a ouvisse, quando compreendesse como ela sentia a sua falta, com certeza a levaria consigo. Ia levá-la para Herat, para morar em sua casa, exatamente como os seus outros filhos.

5

— Já sei o que vou querer — disse Mariam.

Era a primavera de 1974, e Mariam ia fazer 15 anos. Estavam os três no quintal da *kolba*, num canto sombreado perto dos salgueiros, sentados em cadeiras de armar dispostas na forma de um triângulo.

— De presente de aniversário — disse a menina. — Já sei o que vou querer.

— Já? — indagou Jalil, com um sorriso encorajador.

Duas semanas antes, incitado pela filha, Jalil tinha lhe falado de um filme americano que estava passando no seu cinema. Era um tipo especial de filme, que chamavam de desenho animado. O filme era composto por uma série de desenhos, milhares deles, que, quando transformados numa sequência e projetados numa tela, davam a ilusão de que as imagens tinham movimento. Jalil lhe disse ainda que era a história de um velho fabricante de brinquedos que se sente muito só e deseja desesperadamente ter um filho. Faz então um boneco, um menino, que adquire vida por meio de magia. Mariam lhe pediu que contasse mais, e Jalil lhe disse que o velho e seu boneco passavam por todo tipo de aventuras, que havia um lugar chamado Ilha dos Prazeres e que uns meninos malvados eram transformados em burros. O velho e o boneco chegavam até a ser engolidos por uma baleia no final do filme. Mariam contou tudo isso ao mulá Faizullah.

— Quero que você me leve ao seu cinema — declarou a garota. — Quero ver o tal desenho animado. Quero ver o boneco que vira menino.

Ao dizer isso, Mariam sentiu algo estranho no ar. Viu seus pais se remexerem na cadeira. E pôde perceber que tinham se entreolhado.

— Não acho que seja uma boa ideia — observou Nana. Sua voz estava calma, com aquele tom controlado e polido que ela usava quando Jalil estava por perto, mas Mariam notou o seu olhar duro, acusador.

Jalil voltou a se remexer na cadeira. Depois, tossiu, limpando a garganta.

— Sabe — disse ele —, a qualidade do filme não é lá essas coisas. O som também não é muito bom. E o projetor tem apresentado alguns problemas ultimamente. Talvez sua mãe tenha razão. Talvez seja melhor você escolher outro presente, Mariam *jo*.

— *Aneh* — disse Nana. — Está vendo? Seu pai concorda comigo.

Mais tarde, quando estavam perto do riacho, Mariam pediu ao pai:

— Me leve.

— Sabe do que mais? Vou mandar alguém aqui para buscá-la e levá-la ao cinema. Arranjo um ótimo lugar e você pode comer quantas balas quiser.

— Não. Quero que *você* me leve.

— Mariam *jo*...

— E quero que convide também os meus irmãos. Quero conhecê-los. Ir ao cinema com eles. É isso que quero de presente.

Jalil suspirou. Tinha os olhos distantes, fitando as montanhas.

Mariam se lembrou de seu pai ter lhe contado que, na tela, o rosto de uma pessoa parece do tamanho de uma casa; que, quando havia um acidente de carro, dava quase para sentir na pele os destroços de metal. Imaginava-se sentada nos camarotes privativos, tomando sorvete, junto com os irmãos e com Jalil.

— É isso que eu quero de presente — repetiu.

Jalil a fitou, com um ar desamparado.

— Amanhã. Ao meio-dia. A gente se encontra aqui mesmo. Está bem? Amanhã? — perguntou a menina.

— Venha cá — disse ele.

Jalil se agachou, puxou a filha para si e ficou ali, abraçado com ela, por um bom tempo.

De início, Nana ficou andando para um lado e para o outro, em torno da *kolba*, abrindo e fechando os punhos sem parar.

— De todas as filhas que eu podia ter tido, por que Deus foi me dar logo uma ingrata como você? E pensar em tudo que tive de aguentar por sua causa! Como ousa fazer isso? Como ousa me abandonar desse jeito, sua *harami* traidora?

Depois, assumiu um tom de deboche.

— Sua burra! Acha que ele liga para você, que vai querê-la em sua casa? Acha que ele a considera sua filha? Que vai levar você até lá? Ouça bem o que vou lhe dizer. O coração de um homem é uma coisa muito, muito perversa, Mariam. Não é como o útero de uma mãe. Ele não sangra, não se estica todo para recebê-la. Sou a única pessoa que a ama. Sou tudo o que você tem no mundo, Mariam, e, quando eu tiver ido embora, não terá mais nada. Nada, entendeu? Porque você não *é* nada!

Em seguida, apelou para a culpa.

— Vou morrer se você for embora. O *jinn* vai se apoderar de mim e vou ter uma daquelas crises. Você vai ver só, vou engolir a língua e morrer. Não me deixe, Mariam *jo*. Por favor, fique comigo. Vou morrer se você for embora.

Mariam continuou calada.

— Você sabe que eu a amo, Mariam *jo*.

Mariam disse que ia dar uma volta.

Tinha medo de dizer coisas duras demais se ficasse por ali: de dizer que sabia que essa história de *jinn* era mentira, que Jalil tinha lhe explicado que aquilo era uma doença que tinha nome e que existiam remédios que podiam fazê-la melhorar. Podia perguntar à mãe por que ela sempre recusou ir aos médicos de Jalil, embora ele insistisse muito nisso, e por que nunca tomou os remédios que ele comprou para ela. Se conseguisse articular os pensamentos, diria a Nana que estava cansada de ser um instrumento, de ouvir mentiras, de aguentar tantas reclamações, de ser usada. Diria que não suportava mais ver Nana distorcer a realidade de suas vidas e fazer dela, Mariam, mais uma de suas queixas com relação ao mundo.

"Você está com medo, Nana", era o que diria. "Medo de que eu possa encontrar a felicidade que nunca teve. E não quer que eu seja feliz. Não quer uma vida boa para mim. O seu coração é que é perverso."

Na borda da clareira, havia um mirante onde Mariam gostava de ficar. Nesse momento, estava sentada ali, na grama quente e seca. Podia-se ver Herat, espalhada lá embaixo como um daqueles jogos de tabuleiro: o Jardim das Mulheres, ao norte da cidade; o Char-suq Bazaar e as ruínas da antiga cidadela de Alexandre Magno, ao sul. Dava para ver os minaretes ao longe, como os dedos empoeirados de gigantes, e as ruas por onde, em sua imaginação, circulavam pessoas, charretes e mulas. Viu andorinhas descendo rápidas ou girando lá no céu. Como invejava essas aves... Elas já tinham estado em Herat. Tinham sobrevoado as suas mesquitas, os seus mercados. Talvez houvessem pousado nas paredes da casa de Jalil, nos degraus da entrada de seu cinema.

Pegou dez pedrinhas e arrumou todas elas na vertical, formando três colunas. Era uma brincadeira que fazia de vez em quando, se Nana não estivesse por perto. Pôs quatro pedras na primeira coluna, representando os filhos de Khadija, três para os de Afsoon e três, na terceira coluna, para os filhos de Nargis. Acrescentou, então, uma quarta coluna. Uma décima primeira pedrinha, solitária.

Na manhã seguinte, Mariam pôs um vestido creme que lhe batia nos joelhos, calças de algodão e um *hijab* verde na cabeça. Ficou um pouco aflita com o *hijab*, porque, sendo verde, não combinava bem com o vestido, mas não havia outro jeito, pois o branco tinha sido roído pelas traças.

Olhou as horas no seu velho relógio de corda, com algarismos pretos sobre um mostrador verde, que o mulá Faizullah lhe dera de presente. Eram nove horas. Onde estaria Nana? Pensou em ir lá fora procurar pela mãe, mas tinha medo de uma briga, de ter de encarar aqueles olhares de censura. Nana a acusaria de traição. Debocharia de suas ambições equivocadas.

Sentou-se, então. Tentando fazer o tempo passar, ficou desenhando elefantes, um atrás do outro, daquele jeito que Jalil havia lhe ensinado, com um único traço. Já estava até doída de tanto ficar sentada ali, mas não queria se deitar com medo de amassar o vestido.

Quando afinal os ponteiros marcaram 11h30, Mariam pôs as 11 pedrinhas no bolso e saiu. No meio do caminho até o riacho, avistou Nana sentada numa cadeira, à sombra da copa abobadada de um salgueiro-chorão. Não saberia dizer se a mãe a tinha visto ou não.

Chegando ao riacho, ficou esperando no local combinado. No céu, umas poucas nuvens cinzentas que lembravam couves-flores iam passando. Jalil tinha lhe ensinado que as nuvens adquiriam aquela cor porque eram tão densas que a sua parte superior absorvia a luz do sol e projetava a própria sombra na parte de baixo. "O que se vê, Mariam *jo*, é isso", disse ele, "a escuridão na barriga das nuvens".

Algum tempo se passou.

Mariam voltou para a *kolba*. Dessa vez, deu a volta pelo lado oeste da clareira, evitando ter de passar por onde Nana estava. Olhou as horas. Era quase uma da tarde.

"Ele é um homem de negócios", pensou. "Deve ter acontecido alguma coisa."

Voltou então para o riacho e esperou por mais algum tempo. Havia uns melros voando em círculos lá no alto e mergulhando em algum lugar por ali. Ficou observando uma lagarta que ia se arrastando num espinheiro ainda jovem.

Esperou até as suas pernas ficarem dormentes. Dessa vez, não voltou para a *kolba*. Arregaçou as calças até a altura dos joelhos, atravessou o riacho e, pela primeira vez na vida, desceu a colina rumo a Herat.

Nana também estava enganada a respeito de Herat. Ninguém ficava apontando para ela na rua. Ninguém ria. Mariam saiu andando pelas avenidas margeadas de ciprestes, barulhentas e apinhadas de gente; lá ia ela em meio a um fluxo denso de pedestres, ciclistas, charretes puxadas por mulas, e ninguém lhe atirou pedras. Ninguém a chamou de *harami*. Aliás, mal a olhavam. De uma forma inesperada, e maravilhosa, ali ela era uma pessoa comum.

Parou por um instante junto a um lago ovalado, no meio de um grande parque todo recortado por caminhos calçados de pedrinhas. Deslumbrada, passou os dedos pelos belíssimos cavalos de mármore que ficavam na beira do lago fitando a água com olhos opacos. Depois, voltou sua atenção para um grupo de garotos brincando com barquinhos de papel. Havia flores por toda parte, tulipas, lírios, petúnias, com as pétalas banhadas pelo sol. As pessoas andavam pelos caminhos, sentavam-se nos bancos e tomavam chá.

Mariam mal podia acreditar que estava em Herat. Seu coração batia, entusiasmado. Adoraria que o mulá Faizullah pudesse vê-la naquele momento. Ele a acharia tão audaciosa... Tão corajosa... Ficou ali, inteiramente entregue à nova vida que estava à sua espera nessa cidade, uma vida com um pai e irmãos, uma vida em que seria amada e retribuiria esse amor, sem reservas ou dias marcados, sem se envergonhar.

Animada, saiu andando de volta para a ampla avenida próxima ao parque. Passou por velhos mercadores com o rosto curtido, sentados à sombra dos plátanos, que a fitavam impassíveis por detrás de pirâmides de cerejas e pilhas de cachos de uvas. Meninos descalços corriam atrás de carros e ônibus, agitando sacolas de marmelos. Mariam parou numa esquina e ficou olhando os passantes, sem conseguir entender como podiam ser tão indiferentes diante de todas aquelas maravilhas que os cercavam.

Algum tempo depois, tomou coragem e perguntou a um homem mais velho, que tinha uma *gari* puxada a cavalo, onde morava Jalil, o dono do cinema. Era um senhor bochechudo, usando um *chapan* de listras coloridas.

— Você não é de Herat, não é mesmo? — indagou ele com um jeito amistoso. — Todo mundo sabe onde Jalil Khan mora.

— Pode me dizer onde é? — insistiu a menina.

Ele pegou um caramelo embrulhado em papel laminado e perguntou:

— Está sozinha?

— Estou.

— Suba aqui. Levo você até lá.

— Mas não posso lhe pagar. Estou sem dinheiro.

O velho lhe deu o caramelo e disse que, como não pegava um passageiro há duas horas, já estava mesmo pensando em voltar para casa. E Jalil morava bem no seu caminho.

Mariam subiu na charrete. Lá se foram eles, em silêncio, um ao lado do outro. Durante o trajeto, Mariam viu lojas de ervas e uns cubículos abertos onde as pessoas compravam laranjas e peras, livros, xales, e até mesmo falcões. Viu crianças jogando bolas de gude em círculos traçados no chão de terra. Diante das casas de chá, em estrados de madeira atapetados, viu homens tomando seu chá e fumando com narguilés.

O charreteiro dobrou uma esquina e parou o veículo mais ou menos na metade de uma rua margeada de coníferas.

— Chegamos. Parece que você deu sorte, *dokhtar jo*. O carro dele está aí.

Mariam pulou do veículo. O velho lhe sorriu e foi embora.

Mariam nunca tinha posto a mão num carro antes. Passou os dedos pela capota do automóvel de Jalil, que era preto, reluzente, com rodas brilhantes onde, lisonjeada, viu refletida uma versão ampliada de si mesma. Os bancos eram estofados de couro branco. Por trás do volante, dava para ver uns mostradores redondos de vidro com ponteiros.

Por um instante, ouviu a voz de Nana soando em seus ouvidos, debochando, extinguindo a luz persistente das suas esperanças. Com as pernas bambas, aproximou-se da porta da frente. Apoiou as mãos no muro. Como eram altos, como eram assustadores os muros da casa de Jalil... Tinha de inclinar a cabeça bem para trás para conseguir enxergar as pontas dos ciprestes que se erguiam do outro lado. As árvores oscilavam ao vento e a menina imaginou que estariam acenando com a cabeça, para lhe dar as boas-vindas. Com isso, acabou se acalmando, apesar das ondas de desânimo que a percorriam.

Uma moça descalça veio abrir o portão. Tinha uma tatuagem sob o lábio inferior.

— Vim ver Jalil Khan. O meu nome é Mariam. Sou filha dele.

Por um instante, um ar de surpresa se estampou no rosto da moça, e, depois, um lampejo de reconhecimento. Os seus lábios esboçavam, agora, um sorriso e havia ali um quê de curiosidade, de expectativa.

— Espere um pouco — disse a moça, apressada.

E fechou o portão.

Alguns minutos se passaram até que um homem voltou a abri-lo. Era um sujeito alto, de ombros largos, com olhos sonolentos e um rosto tranquilo.

— Sou o chofer de Jalil Khan — disse ele, com delicadeza.

— É o quê?

— O motorista dele. Jalil Khan não está em casa.

— Mas eu vi o carro — retrucou Mariam.

— O patrão teve de sair para resolver um negócio urgente.

— E quando vai voltar?

— Ele não disse.

Mariam afirmou que ficaria esperando.

O homem fechou o portão. A menina se sentou no chão, apertando os joelhos contra o peito. Já era de tarde e ela estava ficando com fome. Comeu o caramelo que o condutor da *gari* tinha lhe dado. Pouco depois, o motorista apareceu novamente.

— Você tem de ir para casa agora — disse ele. — Em menos de uma hora vai começar a escurecer.

— Estou acostumada com a escuridão.

— Vai esfriar também. Por que não deixa que eu a leve para casa? Digo a ele que esteve aqui.

Mariam limitou-se a fitá-lo.

— Vou levá-la então para um hotel. Lá você pode dormir com conforto. Amanhã de manhã, veremos o que podemos fazer.

— Deixe-me entrar na casa.

— Recebi instruções para não fazer isso. Olhe, ninguém sabe ao certo quando ele volta. Pode levar dias.

Mariam cruzou os braços.

O motorista suspirou e a fitou brandamente, mas com um ar de reprovação.

Ao longo dos anos, Mariam teve tempo de sobra para pensar no que poderia ter acontecido se houvesse deixado o motorista levá-la de volta para a *kolba*. Mas não deixou. Passou a noite diante da casa de Jalil. Viu o céu ir escurecendo, as sombras engolirem as casas do outro lado da rua. A garota tatuada lhe trouxe pão e um prato de arroz, mas Mariam recusou. A garota pôs a comida ao seu lado. De quando em quando, Mariam ouvia passos na rua, portas se abrindo, saudações abafadas. Acenderam-se luzes e janelas adquiriram um brilho esmaecido. Cães latiam. Quando não conseguiu mais resistir à fome, comeu o arroz todo e o pão também. Depois, ouviu os grilos nos jardins. Lá no alto, nuvens passavam diante de uma lua pálida.

Pela manhã, alguém veio acordá-la. Mariam percebeu que, durante a noite, tinham lhe trazido um cobertor.

Era o motorista que a sacudia pelo ombro.

— Agora chega. Você já fez a sua cena. *Bas*. É hora de ir embora.

Mariam se sentou esfregando os olhos. Tinha as costas e o pescoço doloridos.

— Vou esperar por ele — disse.

— Ouça bem — retrucou o homem —, Jalil Khan mandou que eu a levasse de volta. Agora mesmo, entendeu? Foi Jalil Khan que mandou.

Abriu a porta traseira do carro.

— *Bia*. Venha — disse em tom delicado.

— Quero vê-lo — exclamou Mariam, com os olhos marejados de lágrimas.

O motorista suspirou.

— Deixe que eu a leve para casa. Vamos, *dokhtar jo*...

Mariam se levantou e foi se dirigindo para o carro. De repente, no último momento, mudou de rumo e saiu correndo para a entrada do jardim. Sentiu a mão do homem tentando segurá-la pelo ombro. Conseguiu, porém, se desvencilhar e passou pelo portão aberto.

Durante aquele punhado de segundos em que esteve no jardim de Jalil, Mariam avistou uma estrutura de vidro reluzente, cheia de plantas, com trepadeiras subindo por treliças de madeira, um laguinho de peixes feito de lajotas de pedra cinzenta, árvores frutíferas e arbustos de flores coloridas por todo lado. O seu olhar passeou por tudo isso antes de vislumbrar um rosto, do outro lado do jardim, numa das janelas do andar de cima. Foi apenas um relance, pois o rosto ficou ali por um instante, mas foi o suficiente. O suficiente para ela ver os olhos arregalados, a boca aberta. Depois, aquela visão desapareceu. Alguém puxou um cordão às pressas. As cortinas se fecharam.

Foi então que duas mãos a seguraram pelas axilas erguendo-a do chão. Mariam esperneou. As pedrinhas caíram de seu bolso. Ela continuou esperneando e gritando enquanto era levada até o carro e depositada no couro frio do banco de trás.

Durante todo o trajeto, o motorista foi conversando com ela, num tom que tentava ser reconfortante. Mariam, porém, não o ouvia: encolhida no banco de trás, só fazia chorar. Eram lágrimas de tristeza, de raiva, de desilusão. Mas, principalmente, lágrimas da mais profunda vergonha por ter sido tão boba, por ter confiado em Jalil, por ter se preocupado tanto com a roupa que deveria usar, com o fato de seu *hijab* não estar combinando com o vestido, por ter ido até lá, por ter se recusado a voltar para casa e dormido na rua, como um cachorro sem dono. Tinha vergonha também porque desconsiderou o jeito aflito de sua mãe e os seus olhos inchados. Nana, que tentou avisá-la, que tinha razão desde o começo...

Continuou pensando no rosto dele lá na janela do andar de cima. Ele a deixou dormir na rua. *Na rua.* Mariam chorava deitada no banco. Não quis se sentar para que ninguém a visse. Imaginava que, hoje de manhã, toda Herat já estaria sabendo a que ponto ela tinha se rebaixado. Adoraria que o mulá Faizullah estivesse ali, para poder deitar a cabeça no seu colo e deixar que ele a consolasse.

Depois de algum tempo, o chão foi ficando mais irregular e o capô do carro, mais empinado. Tinham chegado à estradinha que subia de Herat até Gul Daman.

Mariam se perguntava o que diria a Nana. Como poderia lhe pedir desculpas? Como teria coragem de encará-la agora?

O carro parou e o motorista veio ajudá-la a saltar.

— Vou com você até lá — disse ele.

A menina se deixou levar pela estrada e, depois, pela trilha. Havia madressilvas pelo caminho, e asclépias também. As abelhas zumbiam em meio às flores silvestres reluzentes. O motorista lhe deu a mão para ajudá-la a atravessar o riacho. Depois, a soltou novamente. Estava dizendo que os célebres ventos dos 120 dias logo estariam chegando, soprando desde o meio da manhã até o anoitecer; que os mosquitos iam entrar naquele seu frenesi alimentar, mas, de repente, parou diante dela, tentando tapar os seus olhos, empurrando-a para o lado de onde tinham vindo e exclamando:

— Volte! Não! Não olhe agora. Vire-se! Volte!

Mas foi em vão. Mariam viu assim mesmo. Uma rajada de vento afastou as folhagens do salgueiro-chorão, como se abrisse uma cortina, e a menina avistou de relance o que estava do outro lado: a cadeira de encosto alto, caída no chão. A corda pendendo de um ramo mais alto. E Nana pendurada na outra ponta.

6

NANA FOI ENTERRADA num canto do cemitério de Gul Daman. Mariam ficou perto de Bibi *jo*, junto com as mulheres, enquanto o mulá Faizullah recitava preces ao lado do túmulo e os homens baixavam aquele corpo amortalhado à sepultura.

Depois, Jalil a levou até a *kolba* onde, diante dos aldeões que os acompanhavam, fez uma grande exibição de cuidado para com a filha. Recolheu alguns dos seus pertences e guardou tudo numa valise. Sentou junto à cama onde ela estava deitada e abanou o seu rosto. Acariciou a sua testa e, com uma expressão desolada, lhe perguntou se ela precisava de *alguma coisa*, *qualquer coisa* — foi assim mesmo que ele disse, repetindo as palavras.

— Quero o mulá Faizullah — disse Mariam.

— Claro. Ele está ali fora. Vou chamá-lo.

Foi só quando o vulto esguio e encurvado do mulá apareceu na porta da *kolba* que Mariam chorou, pela primeira vez naquele dia.

— Ah, Mariam *jo*...

O velho veio sentar-se ao seu lado e pegou o seu rosto com as mãos.

— Chore, Mariam *jo*. Chore. Não há vergonha nenhuma nisso. Mas lembre-se, minha filha, do que diz o Corão: "Bendito seja Aquele em cujas Mãos está o reino e que tem poder sobre tudo. Que criou a morte e a vida para testar-vos e saber quem de vós age melhor." O Corão diz a verdade, minha menina. Para cada tribulação e cada sofrimento que Deus nos faz enfrentar, Ele tem um motivo.

Mas Mariam não conseguia perceber consolo algum nas palavras de Deus. Não naquele dia. Não naquele momento. Tudo o que podia ouvir era a voz de Nana dizendo: "Se você for, eu morro. Simplesmente morro." Tudo o que podia fazer era chorar, chorar e deixar as suas lágrimas caírem nas mãos manchadas e encarquilhadas do mulá Faizullah.

No trajeto até sua casa, Jalil foi sentado no banco de trás do carro, com o braço passado nos ombros da filha.

— Pode ficar comigo, Mariam *jo* — disse ele. — Já mandei prepararem um quarto para você. No andar de cima. Acho que vai gostar. A janela dá para o jardim.

Pela primeira vez, Mariam podia ouvi-lo com os ouvidos de Nana. Agora era tão fácil perceber a falta de sinceridade que sempre esteve escondida por trás daquelas afirmações ocas e falsas. Não conseguia sequer olhar para ele.

Quando o carro parou diante da casa, o motorista abriu a porta para os dois e pegou a valise de Mariam. Jalil a conduziu para dentro, com as mãos nos seus ombros, passando pelo mesmo portão de grade onde, dois dias atrás, ela tinha dormido na calçada à sua espera. Dois dias atrás — quando o que Mariam mais queria no mundo era andar por esse jardim com Jalil, e, agora, isso tudo parecia ter acontecido numa outra existência. Como a sua vida podia ter dado tamanha guinada em tão pouco tempo, era o que tentava entender. Manteve os olhos no chão, acompanhando seus próprios passos pelo caminho calçado com pedras cinzentas. Sabia que havia outras pessoas por ali, murmurando, afastando-se para deixá-los passar. Sentia o peso de olhos que a fitavam lá das janelas do andar de cima.

Já dentro da casa, Mariam continuou de olhos baixos. Foi andando por um tapete cor de vinho, com desenhos octogonais azuis e amarelos que se repetiam formando um padrão; com o canto do olho, viu bases de mármore de estátuas, a parte inferior de vasos de flores, as bordas de tapeçarias ricamente coloridas penduradas nas paredes. A escada por onde subiram era larga e recoberta por um tapete do mesmo tipo, preso na base de cada degrau. No alto da escada, Jalil a levou para o lado esquerdo, passando por mais um longo corredor atapetado. Então ele parou diante de uma porta, abriu-a e deixou que ela entrasse.

— Às vezes, suas irmãs Niloufar e Atieh vêm brincar aqui — disse Jalil. — Mas, em geral, usamos esse quarto para os hóspedes. Acho que vai ficar bem instalada. É bonito, não é?

O quarto tinha uma cama com uma colcha verde estampada com flores, em casa de abelha, tecida em ponto miúdo. As cortinas, abertas para mostrar o jardim lá embaixo, eram do mesmo tecido da colcha. Ao lado da cama, havia uma cômoda com três gavetas e, sobre ela, um vaso de flores. Nas paredes, dispostos em prateleiras, havia porta-retratos com fotos de pessoas que Mariam não conhecia. Numa dessas prateleiras, a menina viu uma coleção de bonecas de madeira, idênticas, formando uma fila em ordem decrescente de tamanho.

Percebendo o seu olhar, Jalil disse:

— São bonequinhas *matrioska* que comprei em Moscou. Pode brincar com elas, se quiser. Não tem problema algum.

Mariam sentou na cama.

— Quer alguma coisa? — perguntou Jalil.

Mariam se deitou. Fechou os olhos. Pouco depois, ouviu ele encostar a porta com todo cuidado.

A não ser para ir ao banheiro, no corredor, Mariam ficou o tempo todo no quarto. A garota tatuada, aquela que tinha aberto o portão para ela, lhe trouxe as refeições numa bandeja: *kebab* de carneiro, *sabzi*, o arroz com ervas e legumes, sopa *aush*. Os pratos voltaram quase intactos. Jalil passou por lá várias vezes, ao longo do dia. Sentava-se na cama, ao seu lado, e perguntava se estava tudo bem.

— Você podia ir comer lá embaixo, junto conosco — disse ele, mas sem muita convicção, e aceitou, talvez até depressa demais, quando a filha lhe disse que preferia comer sozinha.

Pela janela, Mariam olhava impassível aquilo que tanto havia imaginado e desejado ver a vida toda: as idas e vindas do cotidiano de Jalil. Pelo portão da frente, entravam e saíam criados, invariavelmente apressados. Tinha sempre um jardineiro podando arbustos, regando plantas na estufa. Carros de capôs compridos e reluzentes paravam diante da casa. Deles desciam homens de terno, com *chapans* e gorro de astracã, mulheres usando *hijabs*, crianças bem-penteadas. E ao ver Jalil apertar as mãos desses estranhos, cruzar as mãos no peito e acenar com a cabeça cumprimentando suas esposas, teve a certeza de que Nana tinha dito a verdade: o seu lugar não era aqui.

"Mas qual é o meu lugar? O que vou fazer agora?", pensou ela.

"Sou tudo o que você tem no mundo, Mariam, e, quando eu tiver ido embora, não terá mais nada. Nada, entendeu? Porque você não *é* nada!"

Como o vento soprando entre os salgueiros em torno da *kolba*, ondas de uma inexprimível melancolia a percorriam.

No segundo dia em que estava na casa de Jalil, uma garotinha entrou no quarto.

— Tenho de pegar uma coisa — disse ela.

Mariam sentou na cama, cruzou as pernas e se cobriu com a colcha até a cintura.

A menina atravessou o quarto e abriu a porta do armário. Tirou dali uma caixa quadrada de cor cinza.

— Sabe o que é isso? — perguntou, abrindo a caixa. — Chama-se gramofone. *Gramo. Fone.* Isso toca discos. Música, sabe? É um gramofone.

— Você é Niloufar. E tem oito anos.

A garotinha sorriu. Tinha o sorriso de Jalil e o mesmo queixo furado.

— Como sabe? — indagou ela.

Mariam deu de ombros. Não disse à menina que tinha dado o nome dela a uma pedrinha.

— Quer ouvir uma canção?

Mariam deu de ombros novamente.

Niloufar ligou o toca-discos. Pegou um disquinho numa espécie de estojo debaixo da tampa da caixa. Pôs o disco no lugar e baixou a agulha sobre ele. A música começou.

Como papel, vou usar uma pétala de flor,
e escrever a mais doce das cartas,
Você é o sultão do meu coração,
o sultão do meu coração.

— Conhece essa música? — perguntou Niloufar.

— Não.

— É de um filme iraniano. Passou no cinema do meu pai. Ei, quer ver uma coisa?

Antes que Mariam pudesse responder, Niloufar pôs as palmas das mãos e a testa no chão. Deu impulso com os pés, e, de repente, lá estava ela, de cabeça para baixo, plantando bananeira.

— Você consegue fazer isso? — indagou ela com a voz abafada.

— Não — respondeu Mariam.

Niloufar baixou as pernas e puxou a blusa de volta para o lugar.

— Posso lhe ensinar — disse, tirando o cabelo da testa afogueada. — Quanto tempo vai ficar aqui?

— Não sei.

— Minha mãe disse que você não é minha irmã de verdade, como diz que é.

— Eu nunca disse isso — mentiu Mariam.

— Minha mãe disse que sim. Mas não me importo. Quero dizer, para mim não faz a menor diferença se você disse isso, ou se você é mesmo minha irmã. Não me importo.

— Agora, estou cansada — disse Mariam, deitando-se.

Minha mãe disse que um *jinn* fez a sua mãe se enforcar.

— Pare com isso agora, por favor — exclamou Mariam, virando para o outro lado. — Com a música.

Nesse mesmo dia, Bibi *jo* veio visitá-la. Estava chovendo quando ela chegou. Com uma careta, baixou o corpo volumoso para se sentar na cadeira ao lado da cama.

— Ah, Mariam *jo*, essa chuva é a morte para as minhas articulações. A morte, pode acreditar. Espero... Ah, venha cá, querida. Venha com Bibi *jo*. Não chore. Isso, assim... Coitadinha. *Tsk*, *tsk*. Coitadinha.

Naquela noite, Mariam custou muito a pegar no sono. Ficou deitada na cama, olhando para o céu, ouvindo passos no andar de baixo, vozes abafadas pelas paredes e a chuva castigando a janela. Quando cochilou, acordou assustada ouvindo gritos. Eram vozes que vinham do andar térreo, ríspidas, zangadas. Não conseguia distinguir o que diziam. Uma porta bateu.

Na manhã seguinte, o mulá Faizullah veio visitá-la. Quando viu seu amigo na porta, com aquela barba branca e o seu afável sorriso desdentado, Mariam sentiu que as lágrimas voltavam a lhe escorrer pelos cantos dos olhos. Sentou-se na cama e correu ao seu encontro. Como sempre, beijou a sua mão e ele, a sua testa. Puxou uma cadeira para o mulá se sentar.

Ele lhe mostrou o Corão que tinha trazido e o abriu dizendo:

— Acho que não há motivo para interrompermos nossa rotina, não é mesmo?

— O senhor sabe que não preciso mais de lições, mulá *sahib*. Já me ensinou todas as suras do Corão e cada um dos seus *ayats* durante esses anos.

Ele sorriu e ergueu as mãos num gesto de capitulação.

— Então, tenho de confessar que foi só o que me ocorreu. Mas não poderia encontrar desculpa pior para vir vê-la.

— O senhor não precisa de desculpas. Não o senhor.

— Muita gentileza sua dizer isso, Mariam *jo*.

Entregou-lhe o Corão. Como o mulá tinha lhe ensinado, a menina o beijou três vezes — tocando a própria testa com o livro entre cada beijo — e o devolveu ao seu velho amigo.

— Como vai indo, minha filha?

— Continuo... — principiou Mariam, mas teve que parar, pois sentia como se uma pedra enorme tivesse ficado entalada em sua garganta. — Continuo pensando no que ela me disse antes de eu vir para cá. Ela...

— *Nã, nã, nã*... — disse o mulá Faizullah pondo a mão no joelho da menina. — A sua mãe, que Allah possa perdoá-la, era uma mulher perturbada e infeliz, Mariam *jo*. Ela fez algo terrível consigo mesma. Consigo mesma, com você, e também com Allah. Sei que Ele a perdoará, pois é misericordioso, mas Allah ficou muito triste com o que ela fez. Ele não aprova que se tire uma vida, seja a dos outros ou a nossa própria, pois Ele diz que a vida é sagrada. Veja, Mariam *jo* — prosseguiu o velho, segurando a mão da menina entre as suas. — Veja. Conheci sua mãe antes de você nascer e posso lhe dizer que, nessa época, quando ainda era uma garotinha, ela já era infeliz. Acho que a semente do que veio a fazer foi plantada há muito tempo. O que estou tentando dizer é que você não tem culpa de nada disso. Não foi culpa sua, minha filha.

— Eu não devia ter deixado ela lá sozinha. Devia ter...

— Pare com isso. Esses pensamentos não são bons, Mariam *jo*. Está me ouvindo, minha filha? Não são nada bons. Eles vão destruí-la. Não foi culpa sua. Não foi mesmo.

Mariam assentiu com um gesto. Por mais que quisesse, porém, e queria muito, não conseguia acreditar nele.

Certa tarde, uma semana depois, bateram à porta e uma mulher alta entrou no quarto. Tinha a pele clara, cabelos avermelhados e dedos longos.

— Sou Afsoon — disse ela. — A mãe de Niloufar. Por que você não vai se lavar, Mariam, e desce comigo?

Mariam disse que preferia ficar no quarto.

— Não, *na fahmidi*, você não está entendendo — retrucou a mulher. — Você *tem* que descer. Precisamos ter uma conversa. É importante.

7

Jalil e suas esposas se sentaram defronte dela, diante de uma mesa comprida de madeira escura. Entre eles, no centro da mesa, havia um vaso de cristal com calêndulas frescas e uma jarra de água bem gelada. A mulher de cabelo avermelhado, que tinha se apresentado como a mãe de Niloufar, Afsoon, estava sentada à direita de Jalil. As outras duas, Khadija e Nargis, estavam à sua esquerda. Cada uma das esposas tinha uma echarpe preta bem leve que usavam, não na cabeça, mas atada com um nó frouxo em torno do pescoço, como uma ideia que tivesse lhes ocorrido na última hora. Mariam, que não imaginava que aquelas mulheres pudessem estar de luto por Nana, achou que uma delas tivesse talvez sugerido o detalhe, ou mesmo Jalil, pouco antes de irem chamá-la.

Afsoon encheu um copo com água e o botou diante de Mariam, em cima de um paninho xadrez.

— Estamos apenas na primavera e já está fazendo calor — disse ela, abanando-se com a mão.

— Está bem instalada? — indagou Nargis, que tinha um queixo miúdo e cabelos pretos cacheados. — Queremos que tenha todo conforto. Essa... provação... deve estar sendo muito dura para você. É tão difícil...

As outras assentiram com um gesto. Mesmo sem encará-las, Mariam podia perceber os ligeiros sorrisos tolerantes que elas lhe dirigiam. A menina sentia um zumbido desagradável na cabeça. Sua garganta estava ardendo. Bebeu uns goles de água.

Pela ampla janela às costas de Jalil, Mariam avistava uma fileira de macieiras floridas. Na parede, junto à janela, havia um móvel escuro de madeira e nele, um relógio e um porta-retratos com uma foto de Jalil acompanhado de três meninos que seguravam um peixe. O sol fazia as escamas do peixe reluzirem. Jalil e os meninos estavam rindo.

— Bem — principiou Afsoon —, eu, quero dizer, nós trouxemos você até aqui porque temos ótimas notícias para lhe dar.

Mariam ergueu os olhos.

Percebeu que as mulheres se entreolharam rapidamente, por cima da cabeça de Jalil que estava afundado na cadeira, fitando a jarra de água sem parecer vê-la efetivamente. Foi Khadija, aparentemente a mais velha das três, quem se voltou para ela e Mariam teve a impressão de que essa incumbência também tinha sido discutida e acertada antes que fossem chamá-la.

— Você tem um pretendente — disse Khadija.

Mariam sentiu o estômago embrulhado.

— Um o quê? — exclamou com os lábios subitamente entorpecidos.

— Um *khastegar*. Um pretendente. Ele se chama Rashid — prosseguiu Khadija. — É amigo de um conhecido de seu pai. Rashid é *pashtun*, nascido em Kandahar, mas vive atualmente em Cabul, no bairro Dehmazang, numa casa própria de dois andares.

— E ele fala farsi, como nós, como você. Portanto, não vai precisar aprender a língua *pashto* — acrescentou Afsoon, assentindo com um gesto de cabeça.

Mariam sentia o peito apertado. A sala girava à sua volta, o chão oscilava sob seus pés.

— Rashid é sapateiro — prosseguiu Khadija. — Mas não um desses *moochi* que a gente vê pela rua. Ele tem sua própria loja e é um dos sapateiros mais requisitados de Cabul. Faz sapatos para diplomatas, membros da família presidencial, esse tipo de gente. Como pode ver, não terá dificuldade alguma em sustentá-la.

Mariam olhou para Jalil com o coração aos pulos.

— É verdade? Isso que ela está dizendo é verdade?

Ele, porém, não a olhou. Continuou mordendo o canto do lábio inferior e com os olhos fixos na jarra de água.

— Bom, ele é *um pouco* mais velho do que você — observou Afsoon. — Mas não deve ter mais de... quarenta. No máximo, quarenta e cinco. Não é mesmo, Nargis?

— É, sim. Mas já vi meninas de nove anos dadas em casamento a homens vinte anos mais velhos do que o seu pretendente, Mariam. Todas nós já vimos isso. Quantos anos você tem, quinze? É uma ótima idade para uma garota se casar.

As outras esposas assentiram entusiasticamente. Um detalhe não escapou a Mariam: ninguém mencionou suas meias-irmãs, Saideh e Nahid, ambas da mesma idade que ela, ambas estudando na Escola Mehri, em Herat, ambas planejando entrar para a Universidade de Cabul. Era óbvio que 15 anos não era uma ótima idade para *elas* se casarem.

— O mais importante — acrescentou Nargis — é que ele também sofreu uma grande perda na vida. Sua esposa, segundo nos disseram, morreu de parto há dez anos. E, três anos atrás, seu filho se afogou num lago.

— É muito triste, sem dúvida. Rashid vem procurando uma esposa há alguns anos, mas não encontrou nenhuma que lhe conviesse.

— Não quero — disse Mariam, e olhou para Jalil. — Não quero me casar. Não me obriguem a isso. — Odiava aquele tom choroso e suplicante que percebia na própria voz, mas não conseguia evitá-lo.

— Ora, seja sensata, Mariam — disse uma das esposas. A menina já nem reparava mais em quem dizia o quê. Continuava fitando Jalil, esperando que ele falasse, que dissesse que nada daquilo era verdade.

— Você não pode ficar aqui para o resto da vida.

— Não quer ter sua própria família?

— Isso mesmo. Uma casa, filhos.

— A vida continua...

— É claro que seria preferível que se casasse com alguém daqui, um tadjique, mas Rashid é um homem saudável e está interessado em você. Tem um bom trabalho e uma casa. E isso é importante, não é mesmo? Além do mais, Cabul é uma cidade linda e empolgante. Você talvez não tenha outra oportunidade tão boa quanto esta.

Mariam voltou a atenção para as esposas.

— Vou morar com o mulá Faizullah — disse ela. — Ele vai me receber. Sei que vai.

— Não acho que seja uma boa ideia — retrucou Khadija. — Ele está velho e tão... — Ficou procurando a palavra ideal, e Mariam teve a certeza de que o que a mulher queria dizer era *perto*, *perto demais*. Foi então que compreendeu o que elas estavam pretendendo. "Você talvez não tenha outra oportunidade tão boa quanto esta." Nem elas. O seu nascimento tinha sido uma desonra para aquelas mulheres e ali estava a sua chance de passar uma borracha, de uma vez por todas, sobre o erro escandaloso do marido. Mariam estava sendo mandada embora porque era a encarnação viva da vergonha que elas sentiam.

— Ele está tão velho e tão fraco — disse enfim Khadija. — O que você vai fazer quando ele se for? Vai ser um fardo para a família do mulá.

Exatamente como está sendo para nós agora. Mariam quase chegou a *ver* essas palavras não ditas saindo da boca de Khadija, como o vapor da respiração num dia frio.

Tentou se imaginar em Cabul, uma cidade grande, estranha e movimentada que, pelo que Jalil tinha lhe contado, ficava a uns 650 quilômetros a leste de Herat. *Seiscentos e cinquenta quilômetros.* A maior distância que conhecia eram os dois quilômetros que separavam a *kolba* da casa de Jalil. Tentou se ver morando lá, em Cabul, na outra extremidade daquela distância quase inimaginável, vivendo na casa de um estranho onde teria que aturar o seu humor e as exigências que fizesse. Teria que limpar a casa desse tal de Rashid, cozinhar para ele, lavar as suas roupas. E haveria também outras tarefas — Nana tinha lhe contado o que os maridos fazem com suas esposas. Foi especialmente a perspectiva dessas intimidades, que ela concebia como atos dolorosos de perversidade, que a encheu de terror e a deixou suando em bicas.

— Diga a elas — exclamou Mariam, voltando-se para Jalil. — Diga a elas que não vai permitir que façam isso comigo.

— Na verdade, seu pai já deu a resposta a Rashid — disse Afsoon. — Ele está aqui, em Herat. Veio de Cabul só para isso. O *nikka* vai ser celebrado amanhã de manhã, e, na hora do almoço, há um ônibus que parte para Cabul.

— Diga a elas! — gritou Mariam.

As mulheres se calaram. Mariam sentiu que todas olhavam para Jalil. Esperando. O silêncio tomou conta da sala. Jalil continuou girando a aliança no dedo, com um ar ferido, desamparado no rosto. Lá do armário, o relógio seguia com seu tiquetaque.

— Jalil *jo*? — disse enfim uma das esposas.

Ele ergueu o rosto bem devagar, deu com os olhos de Mariam, deteve-se por um instante, e voltou a baixar os seus. Abriu a boca, mas tudo o que fez foi emitir um único e doloroso gemido.

— Diga alguma coisa — insistiu Mariam.

E então, com uma voz sumida, alquebrada, Jalil exclamou:

— Que diabos, Mariam! Não faça isso comigo! — como se fosse ele a vítima naquela situação.

Mariam percebeu que, com isso, o clima de tensão se desfez.

Enquanto as esposas retomavam — com mais entusiasmo — as suas tiradas tranquilizadoras, Mariam continuou fitando a mesa. Seus olhos acompanharam as linhas harmoniosas dos pés do móvel, as curvas sinuosas de suas quinas, o brilho do seu tampo escuro e lustroso. Reparou que, sempre que exalava o ar, aquela superfície se enevoava e seu rosto desaparecia da mesa de seu pai.

Afsoon a levou de volta a seu quarto, lá em cima. Quando a porta se fechou, Mariam ouviu o barulho da chave girando na fechadura.

8

Pela manhã, trouxeram um vestido verde-escuro, de mangas compridas, para Mariam usar com calças de algodão branco. Afsoon lhe deu um *hijab* verde e um par de sandálias combinando com aqueles trajes.

A menina foi levada até a sala onde ficava aquela mesa comprida, de madeira escura. Só que, agora, bem no meio da mesa, havia uma tigela de amêndoas confeitadas, um Corão, um véu verde e um espelho. Dois homens que Mariam nunca tinha visto antes — testemunhas, deduziu ela — e um mulá que não conhecia já estavam ali sentados.

Jalil lhe indicou uma cadeira. Estava usando um terno marrom-claro e uma gravata vermelha. Tinha lavado o cabelo. Quando afastou a cadeira para Mariam se sentar, tentou esboçar um sorriso encorajador. Desta vez, Khadija e Afsoon vieram se sentar ao lado dela.

O mulá fez um gesto em direção ao véu e Nargis o ajeitou na cabeça de Mariam antes de se sentar. A menina ficou de olhos baixos, fitando as próprias mãos.

— Podem mandá-lo entrar agora — disse Jalil, dirigindo-se sabe-se lá a quem.

Antes de vê-lo, Mariam sentiu o seu cheiro. Cheiro de cigarro e uma colônia forte, adocicada, bem diferente do perfume discreto que Jalil usava. Aquele odor penetrou pelas suas narinas. Através do véu, com o rabo do olho, viu surgir no vão da porta um homem alto, meio barrigudo e de ombros largos. Só de ver o tamanho dele Mariam quase engasgou e voltou a baixar os olhos, com o coração aos pulos. Percebeu que Rashid hesitava na porta. Depois, ouviu os seus passos pesados atravessando a sala e o pote com os confeitos de amêndoa tilintou ao ritmo daqueles passos. Com um grunhido um tanto rouco, ele se deixou cair na cadeira ao seu lado. Respirava ruidosamente.

O mulá lhes deu as boas-vindas. Disse que aquele não seria um *nikka* tradicional.

— Compreendo que Rashid *agha* já comprou as passagens para Cabul no ônibus que sai em poucas horas. Assim, em função do tempo, vamos dispensar algumas das etapas tradicionais para acelerar a cerimônia.

Depois, deu umas poucas bênçãos, disse algumas palavras sobre a importância do casamento. Perguntou a Jalil se via alguma objeção àquela união e ele se limitou a abanar a cabeça. O mulá perguntou, então, a Rashid se ele realmente queria estabelecer um contrato de casamento com Mariam.

— Quero — respondeu o noivo. E sua voz áspera, rascante, lembrou à menina o ruído das folhas secas no outono quando alguém pisava nelas ao caminhar.

— E você, Mariam, aceita esse homem por seu marido?

Mariam ficou calada. As pessoas ao seu redor pigarrearam.

— Aceita, sim — disse uma voz feminina vinda de algum ponto da mesa.

— Na verdade, é ela mesma que tem de responder — observou o mulá. — E tem de esperar que eu repita a pergunta três vezes para responder. Afinal, foi ele quem fez a proposta, e não o contrário.

Repetiu a pergunta mais duas vezes. Ao ver que Mariam não respondia, perguntou de novo, desta feita de forma mais incisiva. Mariam podia sentir que Jalil se remexia na cadeira, que pernas se cruzavam e se descruzavam debaixo da mesa. Ouviram-se mais pigarros. Uma mão branca e pequenina espanou um grãozinho de poeira do tampo do móvel.

— Mariam — sussurrou Jalil.

— Sim — disse ela, com voz trêmula.

Passaram-lhe um espelho por baixo do véu. Nele, Mariam pôde ver, primeiro, o próprio rosto, com as sobrancelhas ralas, não arqueadas, o cabelo liso, os olhos de um verde sombrio e tão próximos um do outro que as pessoas podiam até achar que fosse vesga. Sua pele era áspera, e parecia manchada, sem vida. Achava a própria testa grande demais, o queixo muito miúdo, os lábios muito finos. A impressão geral era de um rosto comprido, triangular, um tanto equino. Mesmo assim, notou que, por mais estranho que pudesse parecer, a reunião dessas partes sem qualquer beleza especial não formava um rosto bonito, mas também não era um conjunto desagradável de se olhar.

Ali, no espelho, viu Rashid pela primeira vez: o rosto grande, quadrado, corado; o nariz adunco; as faces afogueadas que davam a impressão de uma alegria meio sonsa; os olhos úmidos e injetados; os dentes irregulares, com os dois da frente meio saltados, parecendo um telheiro; o cabelo nascendo incrivelmente baixo, a uns dois dedos das sobrancelhas fartas; e aquela muralha de cabelo crespo, espesso e grisalho.

Seus olhos se encontraram por um instante na superfície do espelho, e logo se desviaram.

"É o rosto do meu marido", pensou Mariam.

Trocaram as finas alianças de ouro que Rashid tirou do bolso do paletó. As unhas dele eram amareladas, como o miolo de uma maçã que já está apodrecendo, e algumas tinham as bordas retorcidas, escamando. As mãos de Mariam tremeram quando tentou pôr a aliança no dedo de Rashid, e ele precisou ajudá-la. A sua própria estava um pouco apertada, mas ele não teve dificuldade alguma em fazê-la passar pela junta de seu dedo.

— Pronto — disse Rashid.

— É uma linda aliança — disse uma das esposas de Jalil. — É uma beleza, Mariam.

— Agora, só resta assinar o contrato — disse o mulá.

Mariam assinou seu nome — o *meem*, o *reh*, o *ya*, e mais uma vez o *meem* — consciente de que todos os olhos estavam pregados em sua mão. Quando voltasse a assinar o próprio nome num documento, 27 anos depois, seria também na presença de um mulá.

— Agora, vocês são marido e mulher — declarou o religioso. — *Tabreek*. Meus parabéns.

Rashid ficou esperando dentro daquele ônibus todo colorido. Mariam não o via do lugar onde estava, junto com Jalil, perto do para-choque traseiro. Só avistava a fumaça do cigarro saindo pela janela aberta. Ao seu redor, via mãos que se cumprimentavam, gente que se despedia. Algumas pessoas beijavam o Corão e passavam debaixo dele. Crianças descalças saltitavam em meio aos viajantes com os rostos invisíveis por detrás dos tabuleiros de chicletes e de cigarros.

Jalil estava atarefado dizendo-lhe que Cabul era tão linda que Babur, imperador dos mongóis, tinha pedido para ser enterrado ali. Depois, como Mariam bem sabia, ele passaria a falar dos jardins de Cabul, das suas lojas, das suas árvores e do seu clima, e, logo, logo ela própria entraria no ônibus e Jalil ficaria ali, do lado de fora, acenando alegremente, ileso, poupado.

Mariam não podia permitir que isso acontecesse.

— Eu o adorava — disse ela.

Jalil parou no meio da frase. Cruzou e descruzou os braços. Um jovem casal indiano passou entre eles: a mulher com um bebê no colo, o marido carregando uma valise. Jalil pareceu agradecido por aquela interrupção. Os dois se desculparam e ele lhes sorriu gentilmente.

— Toda quinta-feira, passava horas sentada, à sua espera. Ficava tão preocupada, com medo de que você não aparecesse...

— É uma longa viagem. Você devia comer alguma coisa — disse ele, acrescentando que podia ir comprar pão e queijo de cabra.

— Pensava em você o tempo todo. Rezava para que você vivesse cem anos. Eu não sabia. Não sabia que você tinha vergonha de mim.

Jalil baixou os olhos, como uma criança grande, e ficou escavando alguma coisa no chão, com a ponta do sapato.

— Você tinha vergonha de mim — repetiu ela.

— Vou visitá-la — balbuciou ele. — Vou até Cabul para vê-la. Vamos...

— Não — exclamou Mariam. — Não vá, não. Não vou recebê-lo. Não vá. Não quero mais saber de você. Nunca, *nunca mais*.

Ele a fitou com ar sofrido.

— Para nós, tudo acaba aqui. Pode dizer adeus.

— Não vá embora desse jeito — disse ele, com um fio de voz.

— Você nem mesmo teve a decência de deixar que eu me despedisse do mulá Faizullah.

Mariam se virou e foi se dirigindo para a porta do ônibus. Ouviu os passos dele às suas costas. Quando já estava quase entrando, ele a chamou:

— Mariam *jo*!

Ela subiu os degraus e, embora pudesse vê-lo ao seu lado com o rabo do olho, não olhou pela janela do veículo. Foi caminhando pelo corredor até o fundo do ônibus, onde Rashid estava sentado com a mala dela entre os pés. Não se moveu quando viu as mãos de Jalil na vidraça, quando os seus dedos bateram no vidro várias vezes. O veículo arrancou, e ela nem se virou para vê-lo correndo ao seu lado. E, quando partiram, não olhou para trás para vê-lo desaparecer na nuvem de poeira e de fumaça do cano de descarga.

Rashid, que tinha comprado os lugares da janela e do corredor, pôs aquela mão grande sobre a dela.

— Pronto, menina. Pronto — disse ele, olhando pela janela, como se alguma coisa mais interessante houvesse chamado a sua atenção.

9

No início da tarde do dia seguinte, chegaram à casa de Rashid.

— Estamos em Deh-Mazang — disse ele. Pararam do lado de fora, na calçada. Ele segurava a mala com uma das mãos e, com a outra, destrancava o portão de madeira. — É o lado sudoeste da cidade. O zoológico fica aqui perto, e a universidade também.

Mariam fez que sim com a cabeça. Embora conseguisse compreendê-lo, já tinha descoberto que precisava prestar muita atenção quando ele falava. Não estava habituada ao farsi tal como era falado em Cabul, e Rashid ainda tinha um certo sotaque *pashto*, a língua nativa de Kandahar. Ele, porém, não parecia ter nenhuma dificuldade em compreender o seu farsi falado à maneira de Herat.

Mariam deu uma olhadela na rua estreita e sem calçamento onde Rashid morava. As casas, ali, eram coladas umas às outras, todas elas com parede-meia, e tinham um pequeno terreno na frente, que as resguardava da rua. A maioria das casas tinha tetos planos e era feita de tijolos queimados; outras, porém, eram de barro e tinham a mesma cor empoeirada das montanhas que cercavam a cidade. De ambos os lados da rua, margeando as calçadas, havia umas valetas cheias de água lamacenta. Aqui e ali, Mariam viu montinhos de lixo com moscas que esvoaçavam ao seu redor. A casa de Rashid tinha dois andares e dava para ver que, algum dia, havia sido pintada de azul.

Quando Rashid abriu o portão, Mariam se viu num quintalzinho minúsculo e maltratado, onde uma grama amarelada resistia em canteiros estreitos. À direita, havia um banheiro externo e, à esquerda, um poço com uma bomba manual e uma fileira de arvorezinhas moribundas. Perto do poço, ela viu um barracão e uma bicicleta encostada no muro.

— Seu pai me disse que você gosta de pescar — comentou ele, enquanto atravessavam o quintal dirigindo-se à casa. Como Mariam pôde perceber, não havia nenhum quintal nos fundos. — Ao norte daqui, há uns vales. E rios com muitos peixes. Quem sabe não levo você até lá um dia desses...

Ele abriu a porta da frente e se afastou para ela entrar.

A casa de Rashid era muito menor que a de Jalil, mas, comparada à *kolba* onde ela e Nana moravam, era uma verdadeira mansão. No térreo, havia um corredor, uma sala de visitas e uma cozinha onde ele lhe mostrou panelas, vasilhas, uma panela de pressão e um *ishtop* a querosene. Na sala, havia um sofá de couro verde-pistache, com um rasgão de um dos lados, mal e porcamente remendado. As paredes eram inteiramente nuas. Havia uma mesa, duas cadeiras de assento de palhinha, duas outras, dobráveis, e, num canto, um aquecedor de ferro fundido.

Mariam ficou parada no meio da sala, olhando ao seu redor. Na *kolba*, era possível tocar o teto com as pontas dos dedos. Deitada em sua cama, ela podia dizer que horas eram só de ver o ângulo do sol que passava pela janela. Sabia até que ponto a porta ia se abrir, antes que as dobradiças rangessem. Conhecia cada fresta e cada rachadura nas trinta tábuas do assoalho. Agora, todas essas coisas familiares tinham deixado de existir. Nana tinha morrido e lá estava ela, numa cidade estranha, separada da vida que conhecia por vales, cordilheiras com cumes nevados e desertos inteiros. Estava na casa de um estranho, com todos aqueles aposentos diferentes e o seu cheiro de cigarro, com seus armários desconhecidos cheios de utensílios desconhecidos, aquelas pesadas cortinas verde-escuras e um teto que ela bem sabia que não poderia alcançar. Aquele espaço a sufocava. Mariam sentiu pontadas de saudade, saudade de Nana, do mulá Faizullah, de sua vida de antigamente.

E começou a chorar.

— Ora, que choro é esse? — indagou Rashid, meio aborrecido. Meteu a mão no bolso da calça, abriu os dedos de Mariam e pôs um lenço em sua mão. Acendeu um cigarro e se recostou à parede. Ficou olhando para ela, vendo-a levar o lenço aos olhos.

— Pronto?

Mariam fez que sim com a cabeça.

— Tem certeza?

— Tenho.

Então, ele a pegou pelo braço e a levou até a janela da sala.

— Essa janela dá para o norte — disse ele, batendo na vidraça com a unha retorcida de seu dedo indicador. — Bem à nossa frente, está a montanha Asmai, está vendo? E, à esquerda, fica a Ali Abad. A universidade fica ao pé dessa montanha. Atrás de nós, fica a montanha Shir Darwaza. Não dá para vê-la daqui. Diariamente, ao meio-dia, tiros de canhão são disparados dali. Agora pare de chorar. Ande, estou falando sério.

Mariam deu umas pancadinhas nos olhos.

— Se há uma coisa que não consigo aguentar — disse ele, num tom carrancudo — é o som do choro de uma mulher. Sinto muito, mas não tenho a menor paciência para isso.

— Quero ir para casa — disse Mariam.

Rashid suspirou, irritado. Uma baforada de cigarro acertou em cheio o rosto da menina.

— Não vou considerar isso como uma ofensa — declarou ele. — Não desta vez.

Voltou a segurá-la pelo braço e a levou até o andar de cima.

Havia ali um corredor estreito e mal-iluminado, e dois quartos. A porta do maior estava entreaberta. Pelo que Mariam podia ver dali, como o resto da casa, aquele aposento tinha pouquíssimos móveis: uma cama num canto, com uma colcha marrom e um travesseiro, um armário, uma cômoda. As paredes estavam vazias, a não ser por um pequeno espelho. Rashid fechou a porta.

— Este é o meu quarto.

E disse que ela podia ficar com o quarto de hóspedes.

— Espero que não se importe — acrescentou ele. — É que estou habituado a dormir sozinho.

Mariam não lhe disse como estava aliviada, pelo menos a esse respeito.

O quarto que seria o seu era muito menor que o da casa de Jalil. Havia uma cama, uma velha cômoda de um marrom acinzentado e um pequeno armário. A janela dava para o quintal e, além dele, para a rua. Rashid pôs sua mala num canto do aposento.

Mariam sentou-se na cama.

— Você não reparou — disse ele, parado no vão da porta, curvando-se ligeiramente para caber ali. — Olhe para a janela. Sabe o que são? Eu as pus aí antes de ir para Herat.

Só então Mariam viu um cesto no parapeito, transbordando de tuberosas brancas.

— Gosta? Acha bonitas?

— Gosto, sim.

— Então, poderia me agradecer.

— Obrigada. Sinto muito. *Tashakor...*

— Você está tremendo. Talvez eu a assuste. Assusto? Você está com medo de mim?

Mariam não o fitava, mas podia perceber um tom ligeiramente zombeteiro naquelas palavras, como se fosse uma provocação. Mais que depressa, fez que não com a cabeça, num gesto que, como bem percebeu, representava a sua primeira mentira na vida de casada.

— Não? Então, está ótimo. Ótimo para você. Bem, esta é sua casa agora. Sei que vai gostar daqui, você vai ver. Eu lhe disse que temos luz elétrica? Na maior parte dos dias e todas as noites?

Esboçou um movimento para ir embora. Diante da porta, parou, deu uma longa tragada no cigarro e piscou os olhos por causa da fumaça. Mariam pensou que ele fosse dizer alguma coisa. Mas não. Ele fechou a porta, deixando-a sozinha com sua maleta e suas flores.

10

Nos primeiros dois ou três dias, Mariam praticamente não saiu do quarto. Ao amanhecer, era acordada para a oração pelo som do *azan*, ouvido ao longe, e, depois, voltava para a cama. Ainda estava ali quando ouvia Rashid se lavando no banheiro e quando ele vinha até o seu quarto para ver se estava tudo bem, antes de sair para o trabalho. Da janela, podia vê-lo no quintal, prendendo o almoço na garupa da bicicleta e, em seguida, empurrando-a pelo quintal até a rua. Ela o via sair pedalando; via a sua silhueta grandalhona, de ombros largos, desaparecer ao dobrar a esquina.

Mariam passava a maior parte do tempo na cama, sentindo-se infeliz e desamparada. Às vezes, descia até a cozinha, corria as mãos pela bancada grossa e manchada de gordura, pelas cortinas floridas de vinil que tinham cheiro de comida queimada. Olhava as gavetas mal-ajambradas, as colheres e facas desemparelhadas, a peneira e as espátulas de madeira lascadas, todos aqueles utensílios que deveriam ser instrumentos de seu novo cotidiano, e que vinham lembrá-la da desgraça que tinha se abatido sobre sua vida, fazendo-a sentir-se desenraizada, deslocada, uma intrusa na vida de outra pessoa.

Lá na *kolba*, seu apetite era previsível. Aqui, o seu estômago raramente pedia comida. Às vezes, levava um prato com sobras de arroz e uma lasca de pão para a sala de visitas, perto da janela. Dali podia ver os tetos das casas térreas da rua. Podia ver também os quintais, com mulheres lavando roupas e afastando as crianças, galinhas ciscando na terra, pás, enxadas e vacas amarradas às árvores.

Lembrava-se com saudades de todas aquelas noites de verão em que Nana e ela dormiam no telhado da *kolba*, vendo a lua brilhar sobre Gul Daman; daquelas noites tão quentes que a roupa grudava no corpo como uma folha molhada na vidraça de uma janela. Também tinha saudades das tardes de inverno, quando ficava lendo com o mulá Faizullah, ouvindo o barulhinho do gelo que caía das árvores no telhado da *kolba* e os corvos lá fora, nos ramos cobertos de neve.

Sozinha naquela casa, Mariam ficava andando sem parar, indo da cozinha à sala, subindo até o seu quarto e descendo novamente. Acabava voltando para o quarto, fazendo suas orações ou sentando na cama, sentindo falta da mãe, enjoada e com saudades de casa.

Quando o sol começava a baixar no oeste, a ansiedade de Mariam atingia o seu auge. Seus dentes batiam só de pensar na noite, na hora em que Rashid finalmente decidisse fazer o que os maridos fazem com suas esposas. Deitava então na cama, com os nervos em frangalhos, enquanto ele comia sozinho lá embaixo.

Rashid sempre parava diante de seu quarto e metia a cabeça pela porta entreaberta.

— Não é possível que já esteja dormindo. São apenas sete horas. Está acordada? Responda. Ande, responda.

E continuava insistindo até que, na escuridão, Mariam respondia:

— Estou.

Então, ele escorregava o corpo e se sentava no chão, no vão da porta. Da cama, Mariam podia ver a silhueta larga do corpo de Rashid, suas pernas compridas, a fumaça envolvendo o perfil encurvado de seu nariz, a pontinha amarelada do cigarro ficando mais brilhante ou se desvanecendo.

Ele lhe contava como tinha sido o seu dia. Um par de mocassins feitos sob medida para o vice-ministro do Exterior — que, segundo Rashid, só comprava sapatos com ele. Uma encomenda de sandálias para um diplomata polonês e sua esposa. Falava também das superstições das pessoas com relação a sapatos: botá-los em cima da cama significava atrair uma morte na família, ou que haveria uma briga se alguém calçasse primeiro o pé esquerdo.

— A menos que a pessoa faça isso sem querer, numa sexta-feira — observou ele. — Você sabia que é um mau presságio amarrar um par de sapatos e pendurá-los num prego?

O próprio Rashid não acreditava em nada disso. Em sua opinião, as superstições eram, em grande parte, uma preocupação feminina.

Ele lhe contava ainda as coisas que ouvia pelas ruas, como a história do presidente americano Richard Nixon, que renunciou depois de um escândalo.

Mariam, que nunca tinha ouvido falar de Nixon ou do escândalo que provocou a sua renúncia, não fez nenhum comentário. Ficava esperando, ansiosa, que Rashid acabasse de falar, apagasse o cigarro e fosse embora. Só quando ouvia seus passos pelo corredor, a porta de seu quarto se abrir e se fechar, aquela mão de ferro que lhe apertava o estômago se afrouxava.

Até que, uma noite, ele apagou o cigarro e, em vez de lhe dar boa-noite, se recostou no umbral da porta.

— Você nunca vai desfazer isso? — indagou ele, indicando a mala com um gesto de cabeça. Cruzou os braços. — Imaginei que precisasse de algum tempo. Mas é um absurdo. Já se passou uma semana e... Bem, a partir de amanhã de manhã espero que você comece a se comportar como uma esposa. *Fahmidi*? Entendeu?

Os dentes de Mariam começaram a bater.

— Preciso de uma resposta.

— Entendi.

— Ótimo — disse ele. — Está pensando o quê? Que isso aqui é um hotel? Que sou uma espécie de estalajadeiro? Bom, é... Ai, ai, ai... *La illah u ilillah*... O que foi que eu disse sobre essa história de chorar, hein, Mariam? O que foi que eu disse?

No dia seguinte, depois que Rashid saiu para trabalhar, Mariam desfez a mala e pôs as roupas no armário. Tirou um balde de água do poço e, com um pedaço de pano, lavou as janelas de seu quarto e da sala de visitas. Varreu o chão, tirou as teias de aranha dos cantos do teto. Abriu as janelas para arejar a casa.

Pôs três xícaras de lentilhas de molho numa tigela, achou uma faca e cortou cenouras e umas duas batatas, deixando-as também de molho. Procurou por farinha, acabou encontrando no fundo de um dos armários, por trás de uma fileira de potes de temperos imundos, e preparou massa de pão fresca, sovando-a do jeito que Nana tinha lhe ensinado, pressionando a massa com a palma das mãos, dobrando as bordas externas, virando-a e pressionando novamente. Depois de polvilhá-la com farinha, envolveu-a num pano úmido, pôs um *hijab* na cabeça e saiu para ir até o *tandoor* comunitário.

Rashid já tinha lhe dito onde ele ficava, descendo a rua, dobrando à esquerda e, logo depois, à direita, mas tudo o que Mariam precisou fazer foi acompanhar o bando de mulheres e crianças que também se dirigia para lá. As crianças que viu, seguindo as mães ou correndo à sua frente, usavam camisas mais que remendadas, calças grandes demais ou apertadas, e sandálias com as tiras arrebentadas, que ficavam dançando para um lado e para o outro. E lá iam elas, girando velhos pneus de bicicleta com uns pedaços de pau.

As mães seguiam em grupos de três ou quatro, algumas usando *burqas*, outras não. Mariam podia ouvi-las conversando animadamente, às vezes rindo às gargalhadas. De cabeça baixa, a moça entreouvia trechos daquelas conversas, que, aparentemente, giravam todas em torno de histórias de crianças doentes ou de queixas com relação a maridos ingratos e preguiçosos.

"Como se a comida se preparasse sozinha."

"*Wallah o billah*, não dá para descansar nem um minuto!"

"E ele diz, juro, é verdade, ele realmente diz..."

Essas conversas intermináveis, com aquele tom queixoso, mas estranhamente animado, ficavam girando e girando em círculo. E assim foi, rua abaixo, dobrando a esquina, em fila até o *tandoor*. Maridos que jogavam. Maridos que idolatravam as mães e não gastavam uma rupia sequer com elas, suas esposas. Mariam ficou se perguntando quantas mulheres tinham que aguentar aquele destino desgraçado, todas elas tendo se casado com homens tão terríveis... Ou será que isso era uma espécie de brincadeira de esposas, que ela não conhecia? Um ritual diário, como fazer arroz ou preparar massa de pão? Será que aquelas mulheres esperavam que ela logo se juntasse ao grupo?

Na fila do forno, Mariam percebeu olhares furtivos e sussurros. Suas mãos começaram a suar. Imaginou que todas sabiam que ela era uma *harami*, motivo de vergonha para seu pai e a família dele. Todas sabiam que ela tinha traído a própria mãe e desgraçado a si mesma.

Com a ponta do *hijab*, secou o suor que porejava acima de seu lábio superior, e tentou se acalmar.

Por alguns minutos, tudo correu bem.

De repente, alguém bateu em seu ombro. Mariam se virou e viu uma mulher gorducha, de pele clara, usando um *hijab* como ela própria. A outra tinha o cabelo preto e crespo cortado curto, e um rosto bem-humorado de formato quase perfeitamente redondo. Seus lábios eram muito mais carnudos que os de Mariam, e o inferior pendia um pouco, como se puxado pela verruga escura que ficava logo abaixo da linha da boca. A mulher tinha uns grandes olhos esverdeados que fitavam Mariam com um brilho convidativo.

— É você que acabou de se casar com Rashid *jan*, não é? — indagou ela, com um largo sorriso. — A que é lá de Herat. Como você é jovem! Mariam *jan*, não é mesmo? Meu nome é Fariba. Moro na sua rua, cinco casas adiante da sua, do lado esquerdo. Aquela casa que tem a porta verde. Este é meu filho Noor.

O menino, ao seu lado, tinha um rosto tranquilo e feliz, e o cabelo crespo como o da mãe. Tinha um tufo de pelos pretos no lóbulo da orelha esquerda e, nos olhos, um brilho travesso e irrequieto. Ergueu a mão e disse:

— *Salaam, khala jan.*

— Noor tem dez anos. Tenho também um outro menino, mais velho, Ahmad.

— De treze anos — disse Noor.

— Treze para quatorze — emendou Fariba, rindo. — Meu marido se chama Hakim — prosseguiu ela. — É professor aqui, em Deh-Mazang. Apareça lá em casa um dia desses, podemos tomar uma xícara...

Mas, subitamente, como se tivessem tomado coragem, as outras mulheres empurraram Fariba e cercaram Mariam, fazendo um círculo à sua volta com uma rapidez espantosa.

— Então, você é a jovem esposa de Rashid...

— O que está achando de Cabul?

— Já estive em Herat. Tenho um primo que mora lá.

— O que você prefere ter primeiro, menino ou menina?

— Ah, os minaretes! Que beleza! Que cidade linda!

— Menino é melhor, Mariam *jan*. Eles dão continuidade ao nome da família...

— Ora, meninos logo se casam e vão embora. As meninas ficam e cuidam de nós quando envelhecemos.

— Ficamos sabendo que você estava para chegar.

— Tenha gêmeos. Um de cada! Assim, todo mundo fica feliz.

Mariam recuou um pouco. Estava ficando sem fôlego. Seus ouvidos zumbiam, seu pulso tinha disparado, seus olhos saltavam para um lado e para o outro. Recuou novamente, mas não havia para onde fugir — estava bem no meio da roda. Avistou Fariba, de testa franzida, e a mulher percebeu que ela estava em apuros.

— Deixem a menina em paz! — exclamou. — Afastem-se, deixem ela em paz! Vocês a estão assustando!

Mariam apertou o pão contra o peito e tentou passar pela multidão ao seu redor.

— Onde é que você vai, *hamshira*?

Ela continuou tentando até que, sabe-se lá como, se viu fora daquela roda e saiu correndo rua acima. Só quando chegou a um cruzamento percebeu que estava indo na direção errada. Virou-se, então, e correu de volta, de cabeça baixa. Caiu e arranhou bastante o joelho, mas se levantou e recomeçou a correr, passando como um raio por aquelas mulheres.

— Ei, o que é que houve?

— Você está sangrando, *hamshira*!

Mariam virou uma esquina, e, depois, a outra. Achou a rua certa, mas, de repente, não conseguia lembrar qual daquelas casas era a de Rashid. Correu pela rua, para um lado e para o outro, ofegando, quase chorando, e começou a tentar os portões, às cegas. Alguns estavam trancados, outros se abriam revelando quintais desconhecidos, cães que latiam e galinhas assustadas. Pensou que Rashid poderia voltar para casa e encontrá-la ainda desse jeito, procurando, com o joelho sangrando, perdida na própria rua em que morava. E, então, começou mesmo a chorar. Continuou empurrando portões a esmo, murmurando orações, em pânico, com o rosto molhado de lágrimas, até que um deles se abriu e ela viu, aliviada, o banheiro externo, o poço, o galpão de ferramentas. Bateu o portão às suas costas e passou o ferrolho. Ficou ali, de quatro, perto do muro, com ânsias de vômito. Quando melhorou, foi se arrastando até a parede da casa e se sentou, com as pernas esticadas à sua frente. Nunca na vida tinha se sentido tão sozinha.

Naquela noite, Rashid voltou para casa trazendo uma sacola de papel pardo. Mariam ficou desapontada porque ele nem notou que as janelas estavam limpas, o chão varrido, e não havia mais teias de aranhas, mas ele pareceu gostar de ver o jantar à sua espera, numa *sofrah* limpinha estendida no chão da sala.

— Fiz *daal* — disse ela.

— Ótimo. Estou morrendo de fome.

Mariam despejou um pouco de água da *aftawa*, para ele lavar as mãos. Enquanto Rashid se secava com uma toalha, ela pôs à sua frente uma tigela fumegante de *daal* e um prato de arroz branco bem soltinho. Era a primeira refeição que preparava para ele e gostaria de estar em melhores condições enquanto ficou trabalhando na cozinha. Na verdade, ainda estava abalada pelo incidente no *tandoor* e passou o dia inteiro preocupada com a consistência e a cor do *daal*, temendo que ele pudesse achar que ela tinha exagerado no gengibre ou que estivesse faltando açafrão.

Rashid enfiou a colher naquele *daal* dourado.

Mariam estava meio aflita. E se ele ficasse desapontado ou zangado? E se não gostasse e empurrasse o prato?

— Cuidado — disse ela, mesmo assim. — Está quente.

Rashid soprou a comida e levou a colher à boca.

— Está bom — disse ele. — Falta um pouco de sal, mas está bom. Na verdade, talvez até mais que bom.

Aliviada, Mariam ficou parada ali, vendo-o comer. Surpreendeu-se ao sentir uma ponta de orgulho. Tinha feito um bom trabalho — *na verdade, talvez até mais que bom* — e não contava que receber um pequeno elogio fosse mexer tanto com ela. O dia, até então desagradável, melhorou um pouquinho.

— Amanhã é sexta-feira — disse Rashid. — O que gostaria que eu lhe mostrasse?

— Em Cabul?

— Não, em Calcutá.

Mariam ficou espantada.

— É brincadeira — acrescentou Rashid. — Claro que é em Cabul. Onde mais poderia ser? — prosseguiu ele, estendendo a mão para pegar a sacola de papel. — Antes, porém, preciso lhe dizer uma coisa.

Meteu a mão na sacola e tirou de lá uma *burqa* azul-celeste. Aquela imensa quantidade de pano se espalhou por seus joelhos quando ele a ergueu à sua frente. Enrolou, então, a *burqa* e, fitando Mariam nos olhos, disse:

— Eu tenho clientes, homens, que trazem a esposa até minha loja. As mulheres vêm descobertas, falam comigo diretamente, olham nos meus olhos sem nenhuma vergonha. Usam maquiagem e saias que deixam seus joelhos à mostra. Às vezes, põem até os pés descalços diante de mim para eu tirar as medidas. É isso mesmo, as mulheres... E os maridos deixam. Ficam só olhando. Não veem problema algum no fato de um estranho tocar os pés descalços de suas esposas! Acham que estão sendo modernos, intelectuais, por causa da educação que tiveram, suponho eu. Não percebem que estão manchando sua *nang* e seu *namoos*, a sua honra e o seu orgulho.

Rashid abanou a cabeça e prosseguiu:

— A maioria deles mora nos bairros ricos de Cabul. Vou levá-la até lá. Você vai ver com seus próprios olhos. Mas por aqui, neste bairro mesmo, também há homens molengas como esses. Tem um professor que mora um pouco mais adiante, aqui na rua. Ele se chama Hakim e vejo sua esposa, Fariba, passar o tempo todo pelas ruas, sozinha, e usando apenas um lenço na cabeça. Sinceramente, fico constrangido ao ver um homem que perdeu o controle sobre a própria esposa.

Olhou então para Mariam com um ar severo.

— Mas não sou desse tipo de homem, Mariam. Lá de onde venho, basta um olhar errado, uma palavra imprópria para haver derramamento de sangue. Lá de onde venho, o rosto de uma mulher só interessa ao seu marido. Quero que se lembre disso. Entendeu?

Mariam assentiu. Quando ele lhe entregou a sacola, ela estendeu a mão para apanhá-la.

O prazer que tinha acabado de experimentar por ele aprovar sua comida se evaporou. Agora, estava se sentindo absolutamente insignificante. A vontade desse homem lhe parecia tão imponente e inabalável quanto as montanhas Safid-koh que dominavam Gul Daman.

Rashid lhe entregou a sacola de papel.

— Então, estamos entendidos — disse ele. — Agora, me dê um pouco mais de *daal*.

11

Mariam nunca tinha usado uma *burqa* antes. Precisou da ajuda de Rashid para vesti-la. A parte acolchoada da cabeça lhe parecia pesada e apertada, e era estranho ver o mundo através de uma tela furadinha. Ficou treinando andar com aquilo pelo quarto, mas pisava na bainha e tropeçava. A perda da visão periférica era aflitiva; além disso, Mariam achava meio sufocante o tecido grudando em sua boca.

— Você vai se acostumar — disse Rashid. — Com o tempo, aposto que vai até gostar de usá-la.

Pegaram um ônibus até um lugar que Rashid chamava de parque Shar-e-Nau, onde crianças brincavam nos balanços ou jogavam vôlei com redes esmolambadas e amarradas aos troncos das árvores. Saíram andando por ali, vendo os meninos empinando pipas, Mariam ao lado de Rashid, tropeçando de quando em quando na barra da *burqa*. Na hora do almoço, Rashid a levou para comer numa pequena casa de *kebab*, perto de uma mesquita que, segundo ele, se chamava Haji Yaghoub. O chão do local era pegajoso e o ar, enfumaçado. As paredes tinham um leve cheiro de carne crua e a música, que Rashid lhe disse ser *logari*, estava muito alta. Os cozinheiros eram uns garotos magricelas que brandiam espetos numa das mãos e mata-moscas na outra. Mariam, que nunca tinha estado num restaurante, achou esquisito sentar numa sala lotada, com tantos estranhos, e erguer a *burqa* para levar a comida à boca. Uma pontinha daquela mesma ansiedade do episódio do *tandoor* se insinuou em seu estômago, mas a presença de Rashid lhe dava uma espécie de tranquilidade; então, alguns instantes depois, ela já não se importava tanto com a música, a fumaça e até mesmo as pessoas. E, para sua surpresa, percebeu que a *burqa* também era tranquilizadora. Era como uma daquelas janelas espelhadas de um dos lados. Ali dentro, era apenas uma observadora, protegida dos olhos inquiridores dos estranhos que não podiam vê-la. Não tinha mais medo de que, com um simples olhar, as pessoas pudessem descobrir os segredos vergonhosos de seu passado.

Pelas ruas, Rashid ia apontando diversos prédios com autoridade: aqui é a embaixada dos Estados Unidos; ali, o Ministério do Exterior. Mostrava os carros e dizia seus nomes e sua origem: eram Volgas soviéticos, Chevrolets americanos, Opels alemães.

— Qual deles você prefere? — perguntou.

Mariam hesitou, acabou apontando para um Volga, e Rashid riu.

Cabul era muito mais movimentada que o pouco que tinha visto de Herat. Havia menos árvores e menos *garis* puxadas a cavalo, mas tinha muito mais carros, edifícios mais altos, mais sinais de trânsito e mais ruas pavimentadas. E, por toda parte, Mariam podia ouvir aquele jeito de falar característico da cidade: "querido" era *jan*, em vez de *jo*; "irmã" era *hamshira*, em vez de *hamshireh*, e assim por diante.

Rashid comprou um sorvete de um vendedor ambulante. Era a primeira vez que Mariam tomava sorvete e nunca teria imaginado que o paladar pudesse experimentar tantas surpresas. Devorou o copinho inteiro, saboreando a cobertura de pistache moído e aquele macarrão finíssimo, feito de arroz, que havia no fundo. Ficou encantada com a textura fascinante, com a doçura aconchegante daquilo tudo.

Foram andando até um lugar chamado Kocheh-Morgha, rua das Galinhas. Era um *bazaar* estreito e movimentado, num bairro que, segundo Rashid, era um dos mais ricos de Cabul.

— Por aqui moram os diplomatas estrangeiros, os ricos homens de negócios, os membros da família real, esse tipo de pessoas. Nada de gente como você e eu.

— Não estou vendo nenhuma galinha — observou Mariam.

— Se há uma coisa que você não vai encontrar aqui, são galinhas — respondeu Rashid, rindo.

De ambos os lados, a rua era repleta de lojas e barraquinhas que vendiam gorros de pele de carneiro e *chapans* multicoloridos. Numa das lojas, Rashid parou para olhar uma adaga de prata lavrada e, numa outra, um velho rifle que, garantia o vendedor, era uma relíquia da primeira guerra contra os britânicos.

— E eu sou Moshe Dayan... — resmungou Rashid. Deu um sorrisinho e Mariam teve a impressão de que aquele sorriso era só para ela. Um sorriso privado, de casal.

Passaram por lojas de tapetes, de artesanato, de doces, de flores, e por lojas que vendiam ternos para homens e vestidos para mulheres. Nessas lojas, por trás de cortinas rendadas, Mariam viu mocinhas pregando botões e engomando colarinhos. De quando em quando, Rashid cumprimentava algum comerciante que conhecia, às vezes em farsi, às vezes em *pashto*. Enquanto os homens se apertavam as mãos e se beijavam de ambos os lados do rosto, Mariam ficava a uns passos de distância. Rashid não a chamava, não a apresentava a ninguém.

A certa altura, pediu a ela que esperasse na porta de uma loja de bordados.

— Conheço o dono — disse ele. — Só vou entrar por um minuto, para dizer *salaam*.

Mariam ficou esperando na calçada apinhada de gente. Viu os carros se arrastando pela rua das Galinhas, ziguezagueando por entre a horda de ambulantes e de pedestres, buzinando para crianças e burros que não saíam da frente. Viu mercadores com ar entediado, dentro de suas minúsculas tendas, fumando ou cuspindo em escarradeiras de latão, com os rostos surgindo às vezes em meio às sombras para vender tecidos e casacos *poostin* de gola de pele aos passantes.

Mas eram principalmente as mulheres que atraíam a atenção de Mariam.

Nessa região de Cabul, elas eram diferentes das que viviam nos bairros mais pobres da cidade — como aquele em que Rashid e ela moravam, onde tantas mulheres andavam inteiramente cobertas. Aqui, todas eram — como foi mesmo que Rashid disse? — "modernas". Isso mesmo, afegãs modernas, casadas com afegãos modernos que não se importavam que suas esposas andassem em meio a estranhos com o rosto maquiado e a cabeça descoberta. Mariam as viu trotando desinibidas pela rua, às vezes com um homem, às vezes sozinhas, às vezes com crianças de faces rosadas que usavam sapatos lustrosos e relógios com pulseira de couro, que circulavam de bicicleta com guidões bem altos e os raios das rodas dourados — bem diferentes das crianças de Deh-Mazang, que tinham marcas de picada de mosquitos no rosto e giravam velhos pneus de bicicleta com pauzinhos.

Todas aquelas mulheres carregavam bolsas e usavam saias esvoaçantes. Mariam viu até mesmo uma delas fumando, ao volante de um automóvel. Elas tinham unhas compridas, pintadas de rosa ou alaranjado, e os lábios vermelhos como tulipas. Andavam de saltos altos, e depressa, como se perpetuamente atarefadas com negócios urgentes. Usavam também óculos escuros, e, quando passavam ao seu lado, Mariam sentia o cheiro de seu perfume. Imaginou que fossem formadas em universidades, trabalhassem em escritórios de firmas, por trás de suas próprias escrivaninhas, onde datilografavam, fumavam e davam telefonemas importantes para pessoas importantes. Aquelas mulheres a deixaram fascinada. Ao vê-las, tinha mais consciência de sua solidão, de sua aparência sem-graça, de sua falta de aspirações, de sua ignorância sobre tantas coisas...

Mas lá estava Rashid, batendo em seu ombro e lhe estendendo algo.

— Tome — disse ele.

Era um xale de seda cor de vinho, com contas nas franjas e as pontas bordadas com fio de ouro.

— Gosta?

Mariam ergueu os olhos. E Rashid fez algo tocante: piscou ligeiramente, e desviou o olhar.

Ela se lembrou de Jalil, daquele jeito enfático, jovial que ele tinha de lhe empurrar aquelas joias, o seu entusiasmo irresistível que não deixava margem a qualquer outra reação que não fosse a gratidão submissa. Nana estava certa quanto aos presentes de Jalil. Todos eles eram frios tributos de penitência, gestos nada sinceros, deturpados, cujo objetivo era muito mais aplacar as suas próprias angústias. Já aquele xale era um presente de verdade.

— É lindo — disse ela.

Naquela noite, Rashid apareceu novamente em seu quarto, mas, em vez de ficar fumando na porta, atravessou o aposento e se aproximou de onde ela estava. As molas da cama rangeram quando ele se sentou ao seu lado.

Depois de um instante de hesitação, a mão dele pousou em seu pescoço e aqueles dedos grossos pressionaram os ossinhos de sua nuca. O polegar foi descendo e, agora, deslizava pela cavidade acima dos ombros, pela carne do colo. Mariam estremeceu. A mão dele desceu ainda mais, e mais, e suas unhas se prendiam no tecido da blusa da menina.

— Não posso — murmurou ela, com voz rouca, vendo, à luz da lua, o seu perfil, os seus ombros e o seu peito largos, os tufos de cabelo grisalho despontando pela gola desabotoada.

Agora, a mão de Rashid estava em seu seio direito, apertando-o por cima da blusa, e ela podia ouvi-lo respirar, profundamente, pelo nariz.

Ele se esgueirou sob as cobertas, ao seu lado. Mariam sentiu aquela mão descer até sua barriga e começar a desatar o cordão de sua calça. Suas próprias mãos se fecharam, agarrando as cobertas. Rashid deitou-se sobre o seu corpo, se remexeu e se ajeitou, e ela soltou um gemido, com os olhos bem apertados, os dentes cerrados.

A dor foi repentina e impressionante. Ela arregalou os olhos, inalou por entre os dentes e mordeu a articulação do polegar. Passou o outro braço pelas costas de Rashid e agarrou a camisa dele, com toda força.

Rashid enterrou o rosto no travesseiro e Mariam, com os olhos bem abertos, ficou fitando o teto por sobre o seu ombro, trêmula, com os lábios contraídos, sentindo o calor daquela respiração acelerada em seu pescoço. O ar recendia a fumo, às cebolas e ao carneiro assado que tinham comido um pouco mais cedo. De vez em quando, a orelha dele roçava em seu rosto, e, pelo toque áspero, dava para saber que ele tinha se barbeado.

Depois, Rashid saiu de cima dela, ofegante, e ficou ali deitado, com o braço apoiado na testa. No escuro, Mariam podia ver os ponteiros azulados do seu relógio. Ficaram assim por alguns instantes, de barriga para cima, sem se olhar.

— Não precisa ter vergonha, Mariam — disse ele, de forma um tanto indistinta. — É o que as pessoas casadas fazem. É o que o próprio Profeta fazia com suas esposas. Não há vergonha nenhuma nisso.

Momentos mais tarde, Rashid afastou as cobertas, levantou-se e saiu do quarto. Mariam ficou ali, com o travesseiro marcado pela presença de sua cabeça, sentindo aquela dor lá embaixo, fitando as estrelas gélidas no céu e uma nuvem que encobria a lua como um véu de noiva.

12

NAQUELE ANO DE 1974, o Ramadã caiu no outono. Pela primeira vez na vida, Mariam viu como a chegada da lua crescente podia transformar a cidade inteira, alterando o seu ritmo e o seu humor. Notou que um silêncio sonolento tomava conta de Cabul. O trânsito ficava mais lento, arrastado, quase parando. As lojas viviam vazias. Os restaurantes apagavam as luzes, fechavam as portas. Não se viam fumantes pelas ruas, nem xícaras de chá fumegando no parapeito das janelas. Na hora do *iftar*, quando o sol ia se pondo e o canhão era disparado lá da montanha Shir Darwaza, a cidade quebrava o seu jejum e Mariam fazia o mesmo, comendo pão e uma tâmara, experimentando, pela primeira vez em seus 15 anos de vida, a doçura de participar de uma vivência comunitária.

À exceção de uns poucos dias, Rashid não fazia jejum. E, quando fazia, voltava para casa de mau humor. A fome o deixava lacônico, irritadiço, impaciente. Certa noite, como Mariam se atrasou um tantinho de nada com o jantar, ele começou a comer pão com rabanetes. Mesmo depois que ela pôs o arroz, o cordeiro e a *qurma* de quiabo à sua frente, Rashid não tocou na comida. Sem dizer nada, continuou mastigando o pão, as mandíbulas se movendo e a veia da testa inchada e furiosa. Ficou ali, mastigando e olhando para ela, e, quando Mariam lhe disse algo, ele a fitou sem vê-la e pôs outro pedaço de pão na boca.

Ela ficou aliviada quando o Ramadã chegou ao fim.

Na época em que morava lá na *kolba*, Jalil vinha visitá-las no primeiro dos três dias do Eid-ul-Fitr, a celebração que se segue ao Ramadã. Usando terno e gravata, ele chegava trazendo presentes de Eid. Uma vez, foi um cachecol de lã. Os três se sentavam para tomar chá e, então, Jalil se desculpava dizendo que tinha de ir embora.

— Lá vai ele celebrar o Eid com a família de verdade — dizia Nana assim que ele atravessava o riacho, acenando.

O mulá Faizullah também vinha vê-las. Trazia para Mariam bombons embrulhados em papel laminado, uma cesta de ovos tingidos e biscoitos. Depois que ele saía, Mariam trepava num dos salgueiros com suas guloseimas. Encarapitada num galho bem alto, comia os bombons e ia deixando cair os papéis que se espalhavam ao redor da árvore como florezinhas prateadas. Quando acabavam os chocolates, começava a comer os biscoitos, e, com um lápis, desenhava carinhas nos ovos que o mulá tinha lhe dado. Mas isso nem lhe dava tanto prazer. Mariam tinha medo do Eid, essa época solene e cheia de hospitalidade, quando as famílias vestiam as suas melhores roupas e se visitavam umas às outras. A menina ficava imaginando o clima de felicidade e animação que devia imperar em Herat, com todas aquelas pessoas alegres trocando presentes e votos de felicidades. Nessas horas, uma profunda tristeza a envolvia, e só melhorava quando o Eid já tinha passado.

Este ano, pela primeira vez, Mariam viu com seus próprios olhos o Eid que imaginava em criança.

Foi passear pelas ruas com Rashid e nunca tinha andado em meio a tanta animação. Sem temer o frio, famílias inteiras invadiram a cidade em seu frenético vaivém para visitar parentes e amigos. Na rua onde moravam, Mariam viu Fariba com o filho Noor, que estava de terno. Fariba, usando uma echarpe branca, andava ao lado de um homem de óculos, franzino e com um ar tímido. Seu filho mais velho também estava com eles — estranhamente, Mariam se lembrava de Fariba ter dito, naquela primeira vez que foi até o *tandoor*, que o nome dele era Ahmad. Era um garoto de olhos fundos e sonhadores e um rosto mais sério, mais solene do que o do irmão menor, um rosto que sugeria maturidade um tanto precoce, ao passo que o do caçula revelava uma persistente criancice. No pescoço, Ahmad levava um pingente brilhante com o nome de Allah.

Apesar da *burqa*, Fariba deve tê-la reconhecido andando ali, ao lado de Rashid. Com um aceno, exclamou:

— *Eid mubarak!*

Por trás da *burqa*, Mariam lhe fez um aceno discretíssimo.

— Quer dizer que conhece essa mulher, a esposa do professor? — perguntou Rashid.

Mariam disse que não.

— É melhor mesmo manter distância. Essa aí é uma fofoqueira de marca maior. E o marido se acha um intelectual. Mas não passa de um ratinho. Olhe só para ele. Não parece um ratinho?

Foram para Shar-e-Nau onde as crianças brincavam usando camisas novas, roupas bordadas e de cores vivas, e comparavam os presentes que tinham ganhado. As mulheres carregavam bandejas com doces. Mariam viu lanterninhas festivas penduradas nas vitrines das lojas, ouviu a música que vinha dos alto-falantes. Estranhos lhes diziam "*Eid mubarak*" quando passavam por eles.

Naquela noite foram a Chaman e, ao lado de Rashid, Mariam viu os fogos de artifício iluminando o céu com clarões verdes, rosa e amarelos. Teve saudades das vezes em que ficou sentada junto com o mulá Faizullah, do lado de fora da *kolba*, vendo os fogos que brilhavam ao longe, no céu de Herat, e aqueles súbitos clarões refletidos nos olhos doces de seu professor, já turvos pela catarata. Acima de tudo, porém, sentiu saudade de Nana. Adoraria que a mãe estivesse viva para ver isso. Para *vê-la* em meio a tudo isso. Para ver, enfim, que alegria e beleza não são coisas inatingíveis. Mesmo para gente como elas.

Por ocasião do Eid, receberam visitas. Todas elas de homens, amigos de Rashid. Quando chegava alguém, Mariam subia para o seu quarto e fechava a porta. Ficava ali enquanto, lá embaixo, os homens tomavam chá, fumavam e conversavam. Rashid tinha lhe recomendado que não descesse até as visitas irem embora.

Mariam não se importava com isso. Na verdade, ficava até lisonjeada. Para Rashid, o que havia entre eles tinha algo de sagrado. A sua honra, sua *namoos* era alguma coisa a ser preservada. Ela se sentia valorizada por aqueles cuidados. Sentia-se valorizada, importante.

No terceiro e último dia do Eid, Rashid foi visitar uns amigos. Mariam, que tinha passado a noite inteira enjoada, ferveu água e preparou uma xícara de chá verde polvilhado com cardamomo moído. Na sala, começou a arrumar os vestígios das visitas da noite anterior: xícaras viradas, farelos de sementes de abóbora caídos entre as almofadas, pratos com restos de comida. "Como os homens podem ser incrivelmente relaxados", pensava ela, impressionada, enquanto tratava de limpar toda aquela bagunça.

Não tinha a intenção de ir ao quarto de Rashid, mas, no embalo da limpeza, subiu as escadas, entrou pelo corredor e chegou à porta daquele quarto. Quando deu por si, estava ali dentro pela primeira vez, sentada na cama, sentindo-se uma invasora.

Viu as cortinas verdes, pesadas, os pares de sapatos engraxados, todos enfileirados junto à parede, a porta do armário com a tinta cinza descascando e deixando ver a madeira por baixo. Avistou um maço de cigarros na cômoda ao lado da cama. Pôs um cigarro na boca. Diante do pequeno espelho oval pendurado na parede, fingiu fumar, soltando baforadas de ar e fazendo o gesto de bater a cinza. Depois, devolveu o cigarro ao maço. Nunca teria aquela desenvoltura graciosa com que as mulheres de Cabul fumavam. Nela, aqueles gestos pareciam grosseiros, ridículos.

Sentindo-se culpada, abriu a gaveta de cima.

A primeira coisa que viu foi o revólver. Era uma arma preta, com cabo de madeira e cano curto. Mariam tomou o cuidado de verificar para que lado ela estava virada antes de pegá-la. Girou o revólver nas mãos. Era muito mais pesado do que parecia. Sentiu a maciez da madeira e o frio do metal. Ficava aflita por saber que Rashid possuía algo cuja única função é matar outra pessoa. Mas, com certeza, ele tinha aquela arma por uma questão de segurança. Para a própria segurança dela.

Debaixo do revólver, havia várias revistas com as pontas amassadas. Mariam abriu uma delas e tomou o maior susto. Chegou a abrir a boca, involuntariamente.

Em cada página havia mulheres, mulheres lindas, sem camisa, sem calças, sem meias, sem calcinha. Não usavam absolutamente nada. Estavam deitadas em camas, entre lençóis revirados, e olhavam para Mariam com os olhos semicerrados. Na maioria das fotos, as mulheres tinham as pernas abertas e dava para ver perfeitamente o local escuro ali no meio. Em algumas, elas estavam prostradas — que Deus perdoe essa associação — como em *sudja* para a oração. E olhavam para trás, com um ar de satisfação entediada.

Mariam logo tratou de botar a revista no lugar de onde a tirara. Estava atordoada. Quem seriam aquelas mulheres? Como se deixavam fotografar daquele jeito? Sentiu o estômago embrulhado. Então era isso que ele fazia nas noites em que não vinha ao seu quarto? Será que o tinha desapontado a este respeito? E toda aquela história de honra e propriedade; as suas críticas às freguesas que, afinal de contas, estavam apenas lhe mostrando os pés para ele tomar suas medidas? "O rosto de uma mulher só interessa ao seu marido." Não foi isso que ele disse? Com certeza, as mulheres da revista têm maridos; algumas delas, pelo menos. Ou, no mínimo, têm irmãos. Sendo assim, por que Rashid insistia para que *ela* se cobrisse quando não via nada de mais em ficar olhando para as partes íntimas de esposas e irmãs de outros homens?

Mariam sentou na cama, constrangida e confusa. Escondeu o rosto entre as mãos, fechou os olhos e ficou respirando, respirando, até se sentir mais calma.

Lentamente, foi surgindo uma explicação. Afinal, Rashid era um homem, um homem que vivia sozinho antes de sua vinda para aquela casa. Suas necessidades eram diferentes. Para ela, todos aqueles meses de vida conjugal ainda eram um exercício para tolerar a dor. Já o apetite dele era voraz, às vezes beirando até a violência. O jeito como ele a imobilizava, como apertava com força os seus seios, como movia furiosamente os quadris... Rashid era um homem. E ficou anos sem uma mulher. Será que podia culpá-lo por ser exatamente como Deus o criou?

Mariam sabia que nunca poderia conversar com ele a esse respeito. Era impossível tocar naquele assunto. Mas seria imperdoável? Bastava pensar no outro homem de sua vida. Jalil, marido de três mulheres e pai de nove filhos, teve relações com Nana fora dos laços do casamento. O que era pior, a revista de Rashid ou o que Jalil tinha feito? E que direito tinha, afinal, de julgar os outros? Logo ela, uma aldeã, uma *harami*...

Abriu então a última gaveta da cômoda.

Foi lá que encontrou uma foto do garoto, Yunus. Era um retrato em preto e branco. Ele parecia ter uns quatro ou cinco anos. Estava usando uma camisa listrada e uma gravata borboleta. Era um menininho bem bonito, com um nariz fino, cabelo castanho-escuro, olhos ligeiramente fundos. Parecia distraído, como se algo tivesse chamado a sua atenção bem na hora em que a foto foi tirada.

Debaixo deste retrato, havia um outro, também em preto e branco e ligeiramente menos nítido. Era uma mulher, sentada, e, por trás dela, um Rashid bem mais magro e mais jovem, de cabelo preto. A mulher era bonita. Talvez não tanto quanto aquelas da revista, mas bonita. Decerto mais bonita que ela, Mariam. Tinha um queixo longo e delicado e cabelo preto repartido no meio. As maçãs do rosto eram proeminentes e a testa delicada. Mariam pensou no próprio rosto, com aqueles lábios estreitos e o queixo comprido, e sentiu uma pontinha de ciúme.

Ficou um bom tempo olhando para aquela foto. Havia algo vagamente perturbador na forma como Rashid parecia se agigantar com relação à esposa, com as mãos pousadas nos ombros dela e um sorriso satisfeito, apenas esboçado, em contraste com aquele rosto sombrio que não sorria. E a forma como o corpo da mulher se inclinava discretamente para frente, como se ela estivesse tentando se livrar daquelas mãos.

Mariam botou tudo de volta no lugar.

Mais tarde, quando lavava roupa, lamentou ter entrado assim no quarto de Rashid. Para quê, afinal? O que descobriu de tão substancial a seu respeito? Que ele tinha um revólver, que era um homem com necessidades de homem? E não deveria ter ficado olhando a foto dele com a mulher por tanto tempo. Seus olhos atribuíram sentido ao que era apenas uma postura aleatória apreendida num momento determinado.

O que sentia agora, com o varal pendendo pesado à sua frente, era pena de Rashid. Ele também teve uma vida difícil, uma vida marcada por perdas e tristes reviravoltas do destino. Pensou no filho dele, Yunus, que, um dia, fez bonecos de neve neste mesmo quintal, cujos pés percorreram esta mesma escada. O lago o roubou de Rashid, engolindo-o como a baleia engoliu aquele profeta do Corão que tinha o mesmo nome do menino. Mariam se entristeceu — se entristeceu profundamente — só de imaginar a dor e o desespero de Rashid, andando para lá e para cá na beira do lago, implorando-lhe que devolvesse seu filho à terra firme. E, pela primeira vez, se sentiu ligada ao marido. Disse consigo mesma que, afinal de contas, eles seriam ótimos companheiros.

13

No ônibus, voltando do médico, a coisa mais estranha do mundo estava acontecendo com Mariam. Para onde quer que se virasse, via cores brilhantes: nos monótonos prédios de concreto, nas lojinhas sem porta e de telhado de zinco, na água lamacenta que corria pela sarjeta. Era como se um arco-íris tivesse penetrado em seus olhos.

Rashid ia tamborilando com a mão enluvada, cantarolando uma canção. Cada vez que o ônibus passava num buraco e dava um solavanco, a mão dele se apressava em proteger a barriga de Mariam.

— O que você acha de Zalmai? — perguntou ele. — É um bom nome *pashtun*.

— E se for menina? — indagou Mariam.

— Acho que vai ser menino. Isso mesmo. Um menino.

Um murmúrio percorreu o veículo. Alguns passageiros apontavam alguma coisa e outros se inclinavam tentando ver.

— Olhe! — exclamou Rashid, dando umas pancadinhas na vidraça. Estava sorrindo. — Lá. Está vendo?

Na rua, Mariam viu gente parando onde quer que estivesse. Nos sinais, surgiam rostos das janelas dos carros, voltados para aquela maciez que caía. "O que a primeira neve da estação tinha de tão especial", pensou Mariam, "o que a tornava tão fascinante? Seria a possibilidade de ver algo ainda puro, ainda intocado? Capturar a graça efêmera de uma nova estação, um adorável começo, antes que tudo aquilo fosse pisoteado e estragado?"

— Se for uma menina... — disse Rashid. — Sei que não é, mas se por acaso *for*, você pode escolher o nome que quiser.

No dia seguinte, Mariam acordou com o ruído de serra e martelo. Embrulhou-se num xale e foi até o quintal branco de neve. A forte nevasca da noite anterior tinha parado. Agora, eram apenas uns flocos ligeiros que rodopiavam e lhe batiam no rosto. O ar parado cheirava a carvão em brasa. Cabul estava estranhamente silenciosa, envolta em branco, com uma ou outra espiral de fumaça despontando aqui e ali.

Foi encontrar Rashid no galpão, martelando uns pregos numa tábua. Quando ele a viu, tirou um prego do canto da boca.

— Era para ser surpresa. Ele vai precisar de um berço. Era para você só ver depois de pronto.

Mariam adoraria que ele não depositasse assim todas as suas esperanças no nascimento de um menino. Por mais feliz que estivesse com a gravidez, a expectativa de Rashid acabava sendo um peso para ela. Na véspera, ele tinha voltado da rua com um casaco de menino, todo de camurça, forrado de pele de carneiro, com as mangas bordadas com linha de seda finíssima, em tons de vermelho e amarelo.

Rashid ergueu uma tábua comprida e estreita. Começou a serrá-la ao meio e comentou que ficava preocupado com as escadas.

— Vamos ter de tomar uma providência quando ele tiver idade para subir.

O forno também era um perigo. As facas e os garfos teriam de ser guardados em algum lugar fora de seu alcance.

— Não dá para descuidar de nada. Os meninos não param — disse ele.

Ao ouvir isso, Mariam se embrulhou ainda mais no xale, protegendo-se do frio.

~

No dia seguinte, Rashid lhe disse que queria convidar uns amigos para um jantar de comemoração. Mariam passou a manhã toda lavando lentilhas e deixando o arroz de molho. Cortou berinjelas para fazer um *borani*, cozinhou alho-porro e moeu carne para o *aushak*. Varreu o chão, espanou as cortinas, abriu bem a casa para arejá-la, embora estivesse nevando outra vez. Arrumou os colchonetes e as almofadas junto às paredes da sala, pôs potinhos com amêndoas tostadas e confeitadas em cima da mesa.

No início da noite, antes que o primeiro dos homens chegasse, já estava em seu quarto. Quando se deitou, as exclamações, os risos, as vozes animadas começavam a se multiplicar lá embaixo. Não podia se impedir de ficar passando a mão pela barriga. Ficava pensando naquele ser que estava crescendo ali dentro e a felicidade a envolvia como uma lufada de vento entrando por uma porta escancarada. Seus olhos se encheram de água.

Lembrou-se daquela viagem de ônibus com Rashid; dos 650 quilômetros que separavam Herat, a oeste, perto da fronteira com o Irã, e Cabul, a leste. Passaram por cidades, grandes e pequenas, e por todo um emaranhado de aldeias que iam surgindo, uma atrás da outra. Tinham subido montanhas e atravessado desertos áridos, de província em província. E, agora, lá estava ela, no alto daquelas colinas secas e pedregosas, em sua casa, com seu marido, e se encaminhando para uma realidade mais que desejada: a maternidade. Como era bom pensar nesse bebê, no *seu* bebê, no bebê *deles dois*... Que maravilha saber que o seu amor por ele já era muito maior que qualquer sentimento que houvesse experimentado; saber que nunca mais precisaria ficar brincando com pedrinhas...

Lá embaixo, alguém estava tocando harmônio. Depois, veio o som da tabla acompanhando. Alguém pigarreou. E, logo a seguir, estavam todos assobiando, batendo palmas e cantando.

Mariam acariciou a barriga. “Não muito maior que uma unha”, como disse o médico.

“Vou ser mãe”, pensou ela.

— Vou ser mãe — disse ela, em voz alta. E começou a rir sozinha, repetindo aquela frase, saboreando aquelas palavras.

Quando pensava no bebê, seu coração crescia no peito. Crescia e crescia até que todas as tristezas, as dores, a solidão e o sentimento de inferioridade que haviam povoado a sua vida desapareciam por completo. Foi para isso que Deus a trouxe até aqui, fazendo-a atravessar o país de um lado a outro. Agora, sabia disso. Lembrou de um versículo do Corão que o mulá Faizullah tinha lhe ensinado: “A Allah pertencem o leste e o oeste, e para onde quer que vos volteis lá encontrareis a face de Allah...” Ajoelhou-se no tapete de orações e fez suas *namaz*. Quando terminou, escondeu o rosto com as mãos e pediu a Deus que não deixasse toda essa felicidade lhe escapar.

Foi Rashid quem teve a ideia de ir ao *hamam*. Mariam nunca tinha estado numa casa de banho turco, mas ele lhe disse que não havia nada melhor que sair dali e, ao receber a primeira lufada de ar frio, sentir o calor brotando da própria pele.

No *hamam* das mulheres, vultos circulavam em meio ao vapor à sua volta e Mariam avistava um quadril aqui, o contorno de um ombro ali. Os gritinhos das mais jovens, os grunhidos das mais velhas e o barulhinho da água ecoavam por aquelas paredes enquanto costas eram esfregadas e cabelos ensaboados. Mariam foi se sentar sozinha num canto, passando pedra-pomes nos calcanhares, protegida daqueles vultos que circulavam por uma cortina de vapor.

De repente, o sangue, e ela começou a gritar.

Depois, foram os passos, o ruído de pés nas pedras molhadas do chão. Rostos que a fitavam através do vapor. Línguas estalando.

Mais tarde, naquela noite, quando já estava na cama, Fariba disse ao marido que, quando ouviu o grito e correu até lá, viu a esposa de Rashid toda encolhida num canto, abraçando os joelhos e com uma poça de sangue a seus pés.

— Dava para ouvir os dentes da pobre menina batendo, Hakim, de tanto que ela tremia.

Quando Mariam a viu, disse ainda Fariba, perguntou-lhe em tom de súplica: "É normal, não é? Não é? Isso não é normal?"

Mais uma vez no ônibus com Rashid. Mais uma vez, estava nevando. E nevando forte. A neve ia cobrindo calçadas, telhados, se acumulando nos galhos espetados das árvores. Mariam viu comerciantes tirando a neve da porta das lojas. Um grupo de meninos que corria atrás de um cachorro preto acenou animadamente para o ônibus quando este passou. Olhou então para Rashid. Ele estava de olhos fechados. E não cantarolava. Mariam recostou a cabeça e também fechou os olhos. Queria tirar as meias geladas, o suéter molhado que pinicava sua pele. Queria saltar desse ônibus.

Quando chegaram em casa, ela se deitou no sofá e Rashid a cobriu com uma manta, mas havia algo de rígido naquele gesto, como se fosse apenas uma obrigação.

— Isso é lá resposta que se dê! — exclamou ele mais uma vez. — Um mulá, sim, diria isso. Se estou pagando uma consulta, quero uma resposta melhor do que "É a vontade de Deus"!

Mariam encolheu as pernas debaixo da manta e disse que precisava descansar.

— A vontade de Deus... — resmungou ele.

E passou o dia inteiro no quarto, fumando.

Mariam ficou ali deitada no sofá, com as mãos entre os joelhos, olhando a neve que girava e rodopiava do outro lado da vidraça. Lembrou que Nana tinha dito, certa vez, que cada floco de neve era o suspiro de uma mulher sofrida em algum canto do mundo. Todos esses suspiros subiam ao céu, formavam nuvens e, então, se partiam em mil pedacinhos que caíam, em silêncio, sobre as pessoas aqui embaixo.

"Para lembrar como sofrem as mulheres como nós", disse ela. "Como aguentamos caladas tudo o que nos acontece."

14

A DOR CONTINUAVA A SURPREENDER MARIAM. Bastava ela pensar no berço inacabado, ali no galpão do jardim, ou no casaco de camurça guardado no armário de Rashid. Com isso, o bebê ganhava vida e ela podia ouvi-lo, podia ouvi-lo resmungar, com fome, podia ouvir seus murmúrios e seus balbucios. Sentia a criança farejando os seus seios. Aquela dor a invadia, a dominava, revirava todo o seu ser. Mariam estava estarrecida: como podia sentir tanta saudade de alguém que jamais tinha chegado a ver?

Depois, vieram dias em que a tristeza não lhe parecia tão insuportável. Dias em que a simples ideia de retomar o ritmo de vida anterior não parecia tão desalentadora. Então, ela não precisava de tanto esforço para se levantar da cama, fazer suas orações, lavar as coisas, preparar as refeições de Rashid.

Mariam estava com medo de sair. De repente, tinha inveja das mulheres da vizinhança com aquela profusão de filhos. Algumas delas, com sete ou oito, não percebiam a sorte que tinham, como eram abençoadas por aquelas crianças terem florescido em seu útero, sobrevivido para se remexer em seus braços, mamar em seus seios. Filhos que não tinham se esvaído com a água ensaboada e os fluidos dos corpos de estranhos, descendo pelo ralo de uma casa de banhos. Mariam ficava indignada quando ouvia aquelas mulheres se queixando porque os filhos não se comportavam ou as filhas eram preguiçosas.

Uma voz, em sua cabeça, tentava consolá-la com palavras bem-intencionadas, mas inúteis.

"Você vai ter outros filhos, *Inshallah*. Ainda é jovem. Com certeza terá muitas outras oportunidades."

Mas a dor de Mariam não era vaga e indeterminada. Estava sofrendo por *aquele* bebê, aquela criança em particular, que, por algum tempo, a tinha feito tão feliz.

Às vezes, achava que o bebê tinha sido uma bênção que ela não merecia, e que estava sendo punida pelo que tinha feito a Nana. Pois não era exatamente como se ela mesma tivesse posto a corda no pescoço da mãe? Filhas ingratas não merecem ser mães, e o castigo era justo. De quando em quando, sonhava que o *jinn* de Nana vinha ao seu quarto, à noite, se arrastando, para abrir sua barriga com as garras e roubar o seu bebê. Nesses sonhos, Nana ria muito, deliciada com aquela vingança.

Outros dias, Mariam ficava torturada pela raiva. Tudo aquilo era culpa de Rashid com suas comemorações prematuras. Com aquela certeza infundada de que seria um menino. Chegando até a escolher o nome do bebê... Menosprezando os desígnios de Deus. A ida à casa de banhos também foi culpa dele. Alguma coisa naquele lugar, o vapor, a água suja, o sabão, alguma coisa ali provocou aquilo. Não. Não era Rashid. A culpa era toda *dela*. Teve raiva de si mesma por dormir na posição errada, comer coisas condimentadas demais, não comer bastantes frutas, tomar muito chá.

A culpa era de Deus, por zombar dela daquele jeito. Por não lhe conceder o que concedia a tantas outras mulheres. Por acenar para ela, de forma tão sedutora, com a coisa que a deixaria mais feliz e, depois, voltar atrás.

Mas de nada adiantava tudo aquilo, todas essas acusações, toda essa procura por culpados. Ter esses pensamentos era até *kofr*, um verdadeiro sacrilégio. Allah não é malvado, não é um Deus mesquinho. As palavras do mulá Faizullah ressoavam em sua cabeça: "Bendito seja Aquele em Cujas mãos está o reino e Que tem poder sobre tudo, Que criou a vida e a morte, para testar-vos e saber quem de vós age melhor."

Dilacerada pela culpa, Mariam se ajoelhava e rezava, pedindo perdão por esses pensamentos.

Rashid tinha mudado desde aquele dia na casa de banhos. À noite, quando voltava para casa, praticamente não falava. Jantava, fumava, ia para a cama. Às vezes, aparecia no meio da noite para fazer sexo. Tudo acontecia rapidamente e, nos últimos tempos, de forma brutal. Andava emburrado, achava defeitos na comida, queixava-se da bagunça no quintal e reclamava da mínima sujeira na casa. Ocasionalmente, levava-a para passear às sextas-feiras, como fazia antes, mas ia andando depressa e sempre alguns passos à sua frente, sem conversar, parecendo ignorar Mariam, que tinha quase de correr para acompanhá-lo. Não ria mais com tanta facilidade durante esses passeios. Não lhe comprava mais doces nem presentes, não parava para lhe dizer os nomes dos lugares como antes. E as perguntas que ela fazia pareciam irritá-lo.

Certa noite, estavam os dois sentados na sala ouvindo rádio. O inverno estava terminando. Os ventos fortes que atiravam a neve no rosto e faziam os olhos ficarem marejados já tinham se abrandado. Os flocos de neve começavam a derreter nos galhos dos grandes choupos e, em poucas semanas, seriam substituídos por brotinhos miúdos de um verde pálido. Com um ar ausente, Rashid acompanhava com o pé o ritmo da tabla numa canção *hamahang*, com os olhos semicerrados por causa da fumaça do cigarro.

— Você está zangado comigo? — perguntou Mariam.

Rashid não respondeu. A canção terminou e começou o noticiário. Uma voz feminina anunciou que o presidente Daoud Khan tinha mandado mais um grupo de assessores soviéticos de volta a Moscou, o que, sem dúvida alguma, desagradaria o Kremlin.

— Estou preocupada, achando que você está zangado comigo.

Rashid suspirou.

— Está?

Ele a fitou.

— Por que estaria? — indagou.

— Não sei, mas desde que o bebê...

— Acha que sou esse tipo de homem, mesmo depois de tudo que fiz por você?

— Não, claro que não.

— Então, pare de me aborrecer!

— Desculpe. *Bebakhsh*, Rashid. Me desculpe.

Ele apagou o cigarro e acendeu outro. Aumentou o volume do rádio.

— Andei pensando... — disse Mariam, erguendo a voz para se fazer ouvir a despeito da música.

Rashid suspirou novamente, desta feita, mais irritado, e baixou o volume do rádio.

— O que foi agora? — perguntou, esfregando a testa com um ar desanimado.

— Andei pensando que talvez devêssemos fazer um enterro. Para o bebê, é claro. Só nós dois, algumas orações, e pronto.

Mariam vinha pensando nisso há algum tempo. Não queria esquecer aquele bebê. Não parecia correto deixar passar assim em branco essa perda.

— Para quê? Isso é besteira.

— Acho que me sentiria melhor.

— Pois, então, *faça* isso — retrucou ele, com rispidez. — Já enterrei um filho. Não vou enterrar outro. Agora, se não se importa, estou tentando ouvir rádio.

Aumentou o volume novamente, recostou a cabeça no sofá e fechou os olhos.

Numa manhã ensolarada, nessa mesma semana, Mariam escolheu um lugar no quintal e cavou um buraco.

"Em nome de Allah e com Allah, e em nome do mensageiro de Allah sobre quem recaem as bênçãos e a paz de Allah", disse ela bem baixinho, enquanto a pá ia escavando a terra. Pôs ali dentro o casaco de camurça que Rashid tinha comprado para o bebê e cobriu o buraco com a terra.

"Tu inseres a noite no dia e inseres o dia na noite; extrais o vivo do morto e o morto do vivo, e agracias imensuravelmente a quem Te apraz."

Assentou a terra com o dorso da pá. Agachou-se ali ao lado, e fechou os olhos.

"Vela por mim, Allah."

"E dá-me forças."

15

Abril de 1978

No dia 17 de abril de 1978, ano em que Mariam fazia 19 anos, um homem chamado Mir Akbar Khyber foi encontrado morto. Dois dias depois, houve uma grande manifestação em Cabul. As ruas do bairro estavam cheias de gente comentando o assunto. Pela janela, Mariam via os vizinhos circulando para lá e para cá, conversando animadamente, com o radinho de pilha colado ao ouvido. Viu Fariba, recostada no muro de sua casa, conversando com uma mulher que havia se mudado recentemente para Deh-Mazang. Fariba sorria, e, com as mãos, segurava a barriga proeminente de grávida. A outra mulher, de cujo nome Mariam não se lembrava, parecia mais velha e tinha o cabelo pintado de um estranho tom arroxeado. Estava segurando um menino pela mão. Mariam sabia que ele se chamava Tariq, pois já tinha ouvido a tal mulher chamá-lo por esse nome.

Mariam e Rashid não se juntaram aos vizinhos. Ouviram, pelo rádio, que cerca de dez mil pessoas tinham ido para as ruas e percorriam o distrito governamental da capital, para cima e para baixo. Rashid lhe disse que Mir Akbar Khyber era um comunista de destaque e que seus correligionários culpavam o governo de Daoud Khan por seu assassinato. Mas falou isso sem sequer olhar para ela. Aliás, ele não fazia mais isso ultimamente e Mariam até ficava na dúvida se o marido estava mesmo falando com ela.

— O que é um comunista? — perguntou.

Rashid ergueu as sobrancelhas, com um grunhido.

— Não sabe o que é um comunista? Uma coisa tão simples. Qualquer um sabe o que é isso. Você não... Ora, não sei por que estou tão espantado — disse ele. Depois, cruzou os pés em cima da mesa e resmungou que era alguém que acreditava no Karl Marxismo.

— E quem é Karl Marxismo?

Rashid suspirou.

No rádio, uma voz feminina estava dizendo que Taraki, líder do ramo Khalq do PDPA, o partido comunista afegão, estava nas ruas incitando os manifestantes com discursos inflamados.

— O que eu queria saber é: o que eles pretendem? — indagou Mariam. — Esses tais de comunistas acreditam em quê?

Rashid deu um risinho e balançou a cabeça, mas Mariam julgou ter visto hesitação no jeito como ele cruzou os braços e desviou os olhos.

— Você não sabe nada, não é mesmo? É feito uma criança. O seu cérebro é vazio. Não há nenhuma informação aí dentro — disse ele.

— Mas eu pergunto por que...

— *Chup ko*! Cale essa boca!

Ela obedeceu.

Não era nada fácil aguentar aquele jeito de falar, aquele tom de deboche, aqueles insultos; aceitar que o marido passasse ao seu lado como se ela fosse apenas o gato da casa... Depois de quatro anos de casamento, porém, Mariam compreendia claramente tudo o que uma mulher tem de suportar quando está assustada. E ela *estava*. Vivia com medo das mudanças de humor de Rashid, de seu temperamento inconstante, de sua insistência em transformar a conversa mais banal em discussões ocasionalmente resolvidas com socos, tapas e pontapés, e que, às vezes, mereciam um arremedo de desculpas, mas outras vezes, nem isso.

Nos quatros anos que se passaram desde aquele dia na casa de banhos, houve seis momentos em que a esperança surgiu, para, depois, ir por água abaixo, e cada perda, cada derrocada, cada ida ao consultório do médico era ainda mais arrasadora que a anterior. A cada desapontamento, Rashid foi ficando mais distante e ressentido. Agora, nada que ela pudesse fazer o agradava. Mariam limpava a casa, cuidava para que nunca lhe faltassem camisas limpas, preparava os seus pratos favoritos. Certa feita, teve a infeliz ideia de comprar maquiagem e usar, para ele. Mas, quando Rashid chegou do trabalho, e a viu daquele jeito, demonstrou tamanha repugnância que ela correu para o banheiro e lavou o rosto com as lágrimas de vergonha se misturando à água, ao sabão, ao ruge e ao rímel.

Atualmente, Mariam ficava apavorada só de ouvi-lo chegando à noite. O ruído da chave, o rangido da porta eram sons que faziam o seu coração disparar. Da cama, ouvia o barulho de seus passos, o deslizar abafado de seus pés descalços depois que ele tinha tirado os sapatos. Só pelos sons, ela acompanhava seus movimentos: os pés da cadeira arrastando no chão, o gemido do assento de palhinha quando ele se sentava, o tilintar da colher no prato, o farfalhar das páginas do jornal, o gorgolejo da água. E, com o coração aos pulos, ela se perguntava qual seria a desculpa dessa noite para agredi-la. Sempre havia algo, algum detalhe insignificante que o irritava, qualquer coisa que ela fazia e que o desagradava, por mais que ela se submetesse aos seus desejos e às suas solicitações. Mariam não pôde lhe devolver o seu filho. Quanto a este aspecto fundamental, ela tinha falhado, e falhado por sete vezes. Agora, não passava de um fardo para o marido. Podia ver isso no jeito como ele a olhava, *quando* se dignava fazê-lo. Era um fardo para ele.

— O que vai acontecer agora? — perguntou ela.

Rashid a olhou de esguelha. Fez um ruído indefinido, entre o suspiro e o grunhido, tirou as pernas de cima da mesa e desligou o rádio. Subiu para o quarto. E fechou a porta.

~

No dia 27, a pergunta de Mariam foi respondida pelos sons de estampidos e de estrondos bruscos e intensos. Desceu correndo, descalça, até a sala de estar, e viu Rashid diante da janela, de camiseta, todo despenteado, com as mãos apoiadas na vidraça. Mariam se aproximou da janela, e se pôs ao seu lado. No céu, os aviões militares passavam a toda, dirigindo-se para o norte e para o leste. Aquele ruído ensurdecedor feria os seus ouvidos. Ao longe, ressoavam mais estrondos e erguiam-se súbitos rolos de fumaça.

— O que está acontecendo, Rashid? — perguntou ela. — O que é isso?

— Só Deus sabe — murmurou ele. Tentou ligar o rádio, mas só se ouvia o chiado da estática.

— O que vamos fazer?

— Esperar — respondeu ele, impaciente.

~

Mais tarde, naquele mesmo dia, enquanto Rashid continuava tentando sintonizar o rádio, Mariam estava preparando arroz com espinafre na cozinha. Lembrava de uma época em que gostava de cozinhar para o marido, aguardando, na maior expectativa, a hora das refeições. Agora, aquilo era apenas uma tarefa que a deixava ansiosíssima. Seus *qurmas* estavam sempre salgados demais ou insossos demais para o gosto de Rashid. O arroz, muito gorduroso ou muito seco, o pão, mole demais ou tostado demais. Essa mania que ele tinha de achar defeito em tudo deixava-a paralisada na cozinha, inteiramente insegura.

Quando Mariam veio lhe trazer o seu prato, estava tocando o hino nacional no rádio.

— Fiz *sabzi* — disse ela.

— Deixe o prato aí e fique quieta.

Quando a música acabou, ouviu-se uma voz masculina que se apresentou como Abdul Qader, coronel da Força Aérea. Segundo o coronel, a Quarta Divisão Blindada havia se rebelado, tomando o aeroporto e as principais conexões com a capital. A Rádio Cabul, a sede dos ministérios da Comunicação, do Interior e das Relações Exteriores também haviam sido capturados. Cabul estava agora nas mãos do povo, declarou ele, orgulhoso. MiGs das forças rebeldes tinham atacado o Palácio Presidencial. O local havia sido cercado pelos tanques e ainda se travava uma batalha feroz por lá. As forças leais a Daoud já estavam praticamente derrotadas, acrescentou Abdul Qader num tom tranquilizador.

Dias depois, quando os comunistas começaram a executar sumariamente todos os que tinham qualquer relação com o regime de Daoud Khan; quando começaram a circular pela cidade boatos que mencionavam olhos arrancados e órgãos genitais eletrocutados na prisão de Pol-e-Charkhi, Mariam ouviu falar do massacre ocorrido no Palácio. Daoud Khan estava morto. Antes, porém, os rebeldes comunistas haviam matado cerca de vinte membros de sua família, inclusive mulheres e crianças. Dizia-se que ele tinha tirado a própria vida, ou que tinha levado um tiro na cabeça no auge do confronto. Dizia-se também que ele tinha sido deixado para o fim e obrigado a assistir ao massacre de sua família, antes de ser fuzilado.

Rashid aumentou o volume do rádio e aproximou o ouvido.

"Foi criado um conselho revolucionário das Forças Armadas, e nosso *watan* será conhecido como República Democrática do Afeganistão", declarou Abdul Qader. "A era da aristocracia, do nepotismo e da desigualdade está encerrada, meus caros *hamwatans*. Pusemos fim a décadas de tirania. O poder está agora nas mãos das massas e daqueles que amam a liberdade. Tem início um novo tempo de glória na história de nosso país. Nasceu um novo Afeganistão. Podem estar certos de que não há o que temer, meus compatriotas afegãos. O novo regime manterá o máximo respeito tanto pelos princípios islâmicos quanto pelos democráticos. É hora de nos alegrarmos e de festejar."

Rashid desligou o rádio.

— Então, isso é bom ou ruim? — indagou Mariam.

— Ao que parece, ruim para os ricos — respondeu Rashid. — Talvez nem tanto para nós.

Mariam pensou logo em Jalil. Será que os comunistas iam persegui-lo? Será que o prenderiam? Prenderiam os seus filhos? Tomariam seus negócios e suas propriedades?

— Está quente? — perguntou Rashid fitando o arroz.

— Servi direto da panela.

Ele resmungou e pediu que ela lhe passasse o prato.

Mais abaixo, na mesma rua, quando a noite se iluminou com súbitos clarões vermelhos e amarelos, uma Fariba exausta se ergueu apoiada nos cotovelos. Ela tinha o cabelo encharcado de suor e gotículas bordejavam seu lábio superior. Ao seu lado, uma parteira idosa, Wajma, observava o marido e os filhos de Fariba que passavam o recém-nascido de mão em mão. Estavam encantados com o cabelo claro do bebê, suas faces rosadas e franzidas, a boquinha vermelha, e os olhos de um verde-jade se movendo por detrás das pálpebras inchadas. Todos se entreolharam, sorrindo, ao ouvir sua voz pela primeira vez, um grito que, a princípio, mais parecia o miado de um gato e que se transformou num berro forte e saudável. Noor disse que os olhos do bebê pareciam pedras preciosas. Ahmad, que era o mais religioso da família, recitou o *azan* ao ouvido da irmãzinha e soprou três vezes em seu rosto.

— Laila, não é? — perguntou Hakim, embalando a filha.

— É. Laila — disse Fariba, com um sorriso cansado. — Beleza da Noite. É perfeito.

Rashid fez um bolinho de arroz com a mão. Botou aquilo na boca, mastigou, mastigou e, depois, com uma careta, cuspiu tudo na *sofrah*.

— O que houve? — perguntou Mariam, odiando o tom de lamento da própria voz. Podia sentir sua pulsação se acelerando, sua pele se contraindo.

— O que houve? — repetiu ele, como um miado, imitando-a. — O que houve é que você fez besteira novamente.

— Mas deixei ferver por mais cinco minutos que o habitual.

— Isso é uma mentira deslavada!

— Juro...

Rashid sacudiu o resto de comida das mãos e afastou o prato, derrubando molho e arroz na *sofrah*. Mariam o viu se levantar como uma bala, sair da sala, sair da casa batendo a porta.

Ajoelhou-se no chão e tentou catar os grãos de arroz para botá-los de volta no prato, mas suas mãos tremiam tanto que precisou esperar que o tremor melhorasse. O medo lhe apertava o peito. Tentou respirar fundo algumas vezes. Viu o seu rosto pálido refletido na vidraça e desviou os olhos.

Depois, ouviu a porta da frente se abrindo e Rashid voltando para a sala.

— Levante daí — disse ele. — Levante-se e venha cá.

Então, ele agarrou a sua mão, abriu-a e depositou ali um punhado de pedrinhas.

— Ponha isso na boca.

— O quê?

— Ponha... isso... na... boca.

— Pare, Rashid. Eu...

Com aquelas mãos vigorosas, ele agarrou o seu rosto. Meteu dois dedos em sua boca, obrigando-a a abri-la, e enfiou ali aquelas pedrinhas duras e frias. Mariam tentou lutar contra aquilo, mas ele continuou a enfiar as pedrinhas em sua boca com o lábio superior erguido num sorriso de desdém.

— Agora, mastigue — disse ele.

Com a boca cheia de pedras e terra, Mariam tentou balbuciar uma súplica. As lágrimas lhe escorriam pelo canto dos olhos.

— MASTIGUE! — berrou ele, e aquele hálito de cigarro atingiu em cheio o seu rosto.

E ela mastigou. Lá no fundo de sua boca, alguma coisa estalou.

— Ótimo — disse Rashid. Suas mandíbulas tremiam. — Agora você sabe o gosto do arroz que faz. Agora sabe o que tem me dado nesse casamento. Comida ruim, e nada mais.

E foi embora deixando Mariam cuspindo pedras, sangue e pedaços de dois molares quebrados.

PARTE II

16

Cabul, primavera de 1987

Laila, que já estava com nove anos, se levantou da cama, como fazia quase toda manhã, louca para ver seu amigo Tariq. Hoje, porém, ficou sabendo que não poderia estar com ele.

— Quanto tempo vai ficar fora? — perguntou ela quando Tariq lhe disse que seus pais o estavam levando para o sul do país, para visitar seu tio paterno que morava em Ghazni.

— Treze dias — respondeu ele.

— *Treze dias*?

— Não é tanto assim... Você está fazendo uma cara esquisita, Laila.

— Não estou não.

— Não vai chorar, vai?

— Claro que não! Não por você. Nem em mil anos...

De brincadeira, deu um chute na canela do menino, não na artificial, mas na de verdade, e ele revidou dando-lhe um tapa na nuca.

Treze dias. Quase duas semanas. E, em apenas cinco dias, ela tinha aprendido uma lição fundamental com relação ao tempo: como acontecia com o acordeão em que o pai de Tariq tocava às vezes velhas canções *pashto*, o tempo podia esticar ou encolher, dependendo da presença ou da ausência de Tariq.

Lá embaixo, seus pais estavam brigando mais uma vez. Laila conhecia bem aquilo tudo: a mãe, furiosa, inflexível, andando de um lado para outro e esbravejando; o pai, sentado, com aquele olhar manso e perplexo, assentindo e só esperando a tempestade passar. Fechou então a porta e foi se trocar, mas continuava a ouvi-los. Ou melhor, a ouvi-*la*. Finalmente, a porta bateu. Uns passos firmes ressoaram pelo corredor. A cama da mãe rangeu alto. Ao que parecia, *babi* tinha sobrevivido para enfrentar um novo dia.

— Laila! — gritou ele. — Desse jeito vou chegar atrasado!

— Um minuto!

A menina calçou os sapatos e, diante do espelho, deu umas escovadelas rápidas no cabelo louro e ondulado que lhe batia nos ombros. *Mammy* sempre dizia que ela tinha herdado aquele cabelo louro — bem como os olhos de um verde quase turquesa, com cílios espessos, as maçãs do rosto salientes e a curva acentuada do lábio inferior, que ela também tinha — de sua bisavó, a avó de *mammy*. "Ela era *pari*, uma criatura belíssima", dizia sua mãe. "Todos no vale comentavam a sua beleza. Passaram-se duas gerações de mulheres na família, mas, pelo jeito, você é que tinha de puxar a ela, Laila." O vale a que *mammy* se referia era o Panjshir, região tadjique, de língua farsi, que ficava a cem quilômetros a nordeste de Cabul. Tanto *mammy* quanto *babi*, que eram primos em primeiro grau, tinham nascido e se criado lá. Mudaram-se para a capital em 1960, recém-casados e cheios de esperanças, quando *babi* foi admitido na Universidade de Cabul.

Laila correu escada abaixo, torcendo para a mãe não sair do quarto para o segundo *round*. Encontrou o pai ajoelhado junto à porta de tela.

— Você viu isso, Laila?

O rasgão estava ali há mais de uma semana. Laila se agachou ao seu lado.

— Não — disse ela. — Deve ser novo.

— Foi o que eu disse a Fariba. — *Babi* parecia abalado, encolhido, como sempre acontecia depois que *mammy* soltava os cachorros em cima dele. — Ela disse que estão entrando abelhas por aí.

Laila se enterneceu. *Babi* era um homem baixinho, de ombros estreitos e mãos esbeltas e delicadas, parecendo até mãos de mulher. À noite, quando entrava no quarto dele, sempre o via de cabeça baixa, com o rosto enfiado num livro e os óculos na ponta do nariz. Às vezes, ele sequer percebia que ela estava ali. Quando notava, porém, marcava a página que estava lendo, e dava um sorrisinho discreto, mas carinhoso. *Babi* sabia de cor quase todos os *ghazals* de Rumi e de Hafez. Era capaz de falar sobre a luta entre a Grã-Bretanha e a Rússia czarista por causa do Afeganistão em detalhes. Sabia a diferença entre estalactites e estalagmites, e que a distância entre a Terra e o Sol era igual a um milhão e meio de vezes o trajeto entre Cabul e Ghazni. Mas se Laila precisasse de alguém com força suficiente para abrir a tampa de um pote de balas, tinha que pedir a *mammy*, o que parecia até uma deslealdade. *Babi* não tinha o menor jeito para lidar com os utensílios mais comuns. Se deixadas por sua conta, coisas como as dobradiças de uma porta continuavam rangendo por falta de óleo; os tetos continuavam com rachaduras depois que ele os consertava; o mofo florescia, desafiador, nos armários da cozinha. *Mammy* dizia que antes de partir com Noor para se unir ao *jihad* contra os soviéticos, em 1980, Ahmad tinha assumido conscienciosamente essas tarefas e com muita competência.

— Mas se você precisar ler um livro com urgência — dizia ela —, então Hakim é a pessoa certa...

Mesmo assim, Laila não podia se impedir de pensar que, um dia, antes de Ahmad e Noor irem lutar contra os soviéticos — antes de seu pai *deixar* que eles fossem —, *mammy* achava o máximo essa paixão do marido pelos livros, achava seus esquecimentos e sua falta de jeito adoráveis.

— Então, hoje é que dia? — perguntou ele, com um sorrisinho acanhado. — O quinto ou o sexto?

— Sei lá. Não estou contando... — mentiu Laila, dando de ombros, feliz da vida por ele ter se lembrado. *Mammy* nem sabia que Tariq tinha viajado.

— Bom, quando você menos esperar, a lanterna dele vai estar lá, piscando de novo — disse *babi*, referindo-se aos sinais noturnos que a filha e o amigo trocavam. Era tão comum brincarem com isso que a coisa tinha se tornado uma espécie de ritual da hora de dormir, como escovar os dentes.

— Vou remendar isso aqui assim que tiver um tempinho — disse *babi*, passando um dedo pelo rasgão da tela. — Mas, agora, vamos. — E, sem se virar, gritou: — Já estamos indo, Fariba! Vou deixar Laila no colégio. Não se esqueça de ir buscá-la!

Já na rua, ao subir na garupa da bicicleta do pai, Laila avistou um carro estacionado defronte da casa onde o sapateiro Rashid morava com aquela sua mulher reclusa. Era um Mercedes, coisa bem incomum naquele bairro, um carro azul com uma grossa faixa branca atravessando a capota, o capô e a mala. Laila viu que havia dois homens sentados lá dentro, um deles ao volante e o outro, no banco de trás.

— Quem são? — indagou a menina.

— Isso não é problema nosso — disse *babi*. — Ande, suba logo, se não vai chegar atrasada.

Laila se lembrou de outra briga, quando *mammy* se postou diante de *babi* dizendo, de um jeito afetado: "Isso é problema seu, não é, primo? Considerar que nada é problema seu. Nem mesmo os seus próprios filhos irem para a guerra. Como eu implorei! Mas você enfiou o nariz nesses seus malditos livros e deixou os seus filhos irem embora como se fossem dois *haramis*..."

Babi saiu pedalando rua acima e Laila ia na garupa, com os braços na cintura do pai. Quando passaram pelo Mercedes azul, a menina deu uma olhada no homem que estava no banco de trás: era um sujeito magro, de cabelos brancos, usando um terno marrom-escuro com o triângulo de um lenço branco aparecendo no bolso do paletó. A única coisa que deu para ver era que o carro tinha placa de Herat.

Fizeram o resto do percurso em silêncio, a não ser na hora das curvas, quando *babi* reduzia a velocidade com cuidado, dizendo:

— Segure-se, Laila. Mais devagar. Mais devagar. Pronto.

Foi difícil prestar atenção às aulas naquele dia, pois Laila só pensava em duas coisas: a ausência de Tariq e a briga dos pais. Assim, quando a professora a chamou para dizer quais eram as capitais da Romênia e de Cuba, a menina foi apanhada de surpresa.

O nome da professora era Shanzai, mas, pelas costas, os alunos a chamavam de *Khala Rangmaal*, Tia Pintora, referindo-se à pose que ela fazia quando esbofeteava algum aluno — primeiro a palma e, depois, o dorso da mão, para um lado e para o outro, como um pintor usando o pincel. *Khala Rangmaal* era uma mulher jovem, de rosto anguloso e sobrancelhas carregadas. No primeiro dia de aulas, disse à turma, com o maior orgulho, que era filha de um pobre camponês de Khost. Andava toda empertigada com o cabelo muito preto sempre puxado para trás e preso num coque. Quando ficava de costas, dava para ver uns pelinhos escuros em sua nuca. A professora não usava maquiagem nem qualquer joia. Não cobria a cabeça e proibia as alunas de fazerem isso. Dizia que mulheres e homens são iguais sob todos os aspectos e que não havia motivo para as mulheres se cobrirem se os homens não faziam a mesma coisa.

Dizia que a União Soviética era a melhor nação do mundo, juntamente com o Afeganistão. Era um país que tratava bem os trabalhadores e onde as pessoas eram iguais. Na União Soviética, todos eram felizes e amistosos, à diferença dos Estados Unidos, onde os crimes faziam o povo ter medo de sair de casa. E, no Afeganistão, todos seriam felizes também, dizia ela, assim que os antiprogressistas, aqueles bandidos reacionários, houvessem sido derrotados.

"Foi para isso que os nossos camaradas soviéticos chegaram aqui em 1979. Para colaborar com seus vizinhos. Para nos ajudar a derrotar esses animais que querem que o nosso país seja uma nação retrógrada e primitiva. E vocês têm que contribuir também, crianças. Têm que contar qualquer coisa que saibam sobre esses rebeldes. Este é o seu dever. Vocês devem ouvir e contar. Mesmo que sejam os seus pais, os seus tios ou as suas tias. Porque nenhum deles ama vocês como o seu próprio país. Lembrem-se disso: o país em primeiro lugar! Vou ficar orgulhosa de vocês, e o nosso país também."

Na parede, por trás da mesa de *Khala Rangmaal*, havia um mapa da União Soviética, outro do Afeganistão e um retrato do último presidente comunista, Najibullah, que, segundo *babi*, tinha sido chefe da temida KHAD, a polícia secreta do país. Havia ainda outros retratos, principalmente de jovens soldados soviéticos cumprimentando camponeses, plantando mudas de macieiras, construindo casas, sempre com um sorriso entusiasmado.

— Bem — disse *Khala Rangmaal* —, atrapalhei os seus sonhos, Menina *Inqilabi*?

Esse era o apelido de Laila, Menina Revolucionária, porque ela tinha nascido na noite do golpe de abril de 1978 — só que *Khala Rangmaal* ficava brava se algum aluno da turma usasse a palavra "golpe". O que efetivamente aconteceu, insistia ela, foi uma *inqilab*, uma revolução, um levante das classes trabalhadoras contra a desigualdade social. *Jihad* também era um termo proibido. Segundo a professora, não havia sequer uma guerra no interior do país; eram apenas escaramuças envolvendo agitadores incitados por pessoas que ela chamava de provocadores estrangeiros. E, é claro, ninguém, mas ninguém *mesmo* ousaria mencionar, em sua presença, os boatos cada vez mais frequentes de que, depois de oito anos de lutas, os soviéticos estavam perdendo a guerra. Principalmente agora, quando Reagan, o presidente dos Estados Unidos, tinha começado a armar os *mujahedins* com mísseis Stinger, para derrubar helicópteros soviéticos; quando muçulmanos de todos os pontos do mundo estavam se aliando à causa: egípcios, paquistaneses, até mesmo ricos sauditas que deixavam para trás os seus milhões e vinham para o Afeganistão, combater naquele *jihad*.

— Bucareste. Havana — disse Laila, afinal.

— E estes países são amigos ou não?

— São, sim, *moalim sahib*. São países amigos.

Khala Rangmaal assentiu com um leve gesto de cabeça.

Quando as aulas terminaram, mais uma vez *mammy* não apareceu, como combinado. Laila acabou voltando a pé para casa, com duas de suas colegas de turma, Giti e Hasina.

Giti era uma menina magricela, toda compenetrada, que usava marias-chiquinhas presas com elásticos. Estava sempre de cara amarrada e carregava os livros apertados junto ao peito, como se fossem um escudo. Hasina tinha 12 anos. Era, portanto, três anos mais velha que Laila e Giti, mas tinha repetido a terceira série uma vez e a quarta, duas. O que lhe faltava em inteligência ela tinha de sobra em disposição para aprontar, e tinha uma boca que, como dizia Giti, funcionava sem parar, feito uma máquina de costura. Foi Hasina quem inventou o apelido de *Khala Rangmaal*.

Hoje, Hasina estava lhes dando conselhos para descartar pretendentes desinteressantes.

— É um método infalível. Funciona mesmo. Palavra!

— Que bobagem... Sou jovem demais para ter um pretendente! — exclamou Giti.

— Não é não.

— Bom, mas ninguém apareceu para pedir a *minha* mão!

— Porque você tem barba, minha cara.

Giti levou a mão ao queixo e olhou assustada para Laila que, com um sorriso compadecido — Giti era a pessoa com menos senso de humor que jamais tinha conhecido —, balançou a cabeça tentando tranquilizá-la.

— Mas, afinal, vocês querem ou não querem saber o que fazer, meninas?

— Diga lá — retrucou Laila.

— Feijão. Umas quatro latas, no mínimo. Na noite em que o lagarto desdentado vier pedir a sua mão. Mas o segredo é saber qual o momento certo, meninas. Vocês têm que conter o bombardeio até a hora de servir o chá.

— Vou me lembrar disso — observou Laila.

— Eu também.

Laila poderia ter dito que não precisava desse tipo de conselho, pois *babi* não tinha a intenção de abrir mão dela tão cedo. Embora trabalhasse na Silo, a gigantesca fábrica de pão de Cabul, onde passava o dia inteiro mergulhado no calor e no barulho ensurdecedor das máquinas que acionavam os imensos fornos e moíam os grãos, ele era um homem com instrução universitária. Foi professor de ensino médio até os comunistas o demitirem, o que aconteceu pouco depois do golpe de 1978, cerca de um ano e meio antes da invasão soviética. Desde cedo, *babi* deixou bem claro que, para ele, a coisa mais importante da vida era a educação da filha, depois de sua segurança, é claro.

"Sei que você ainda é pequena, mas quero que ouça bem o que vou lhe dizer e entenda isso desde já", disse ele. "O casamento pode esperar; a educação, não. Você é uma menina inteligentíssima. É mesmo, de verdade. Vai poder ser o que quiser, Laila. Sei disso. E também sei que, quando esta guerra terminar, o Afeganistão vai precisar de você tanto quanto dos seus homens, talvez até mais. Porque uma sociedade não tem qualquer chance de sucesso se as suas mulheres não forem instruídas, Laila. Nenhuma chance."

Laila, porém, não contou a Hasina que *babi* tinha dito essas coisas, ou como ela ficava feliz por ter um pai como ele, ou como se orgulhava do cuidado que ele tinha com ela, ou como estava decidida a continuar estudando, exatamente como ele. Nos últimos dois anos, Laila recebeu o certificado *awal numra*, atribuído anualmente ao melhor aluno de cada turma. Mas ela não disse nada disso a Hasina, cujo pai era um motorista de táxi bem genioso que, com toda certeza, em dois ou três anos no máximo daria a mão da filha em casamento. Num momento de excepcional seriedade, Hasina tinha lhe contado que já estava decidido que ela se casaria com um primo em primeiro grau, vinte anos mais velho e dono de uma loja de carros em Lahore. “Eu o vi duas vezes”, acrescentou Hasina. “E, nas duas, ele comeu de boca aberta.”

— Feijão, meninas — disse Hasina. — Não se esqueçam. A não ser, é claro — prosseguiu ela, com um risinho maroto e cutucando Laila com o cotovelo —, que seja o seu lindo príncipe de uma perna só que venha bater à sua porta. Nesse caso...

Laila empurrou o cotovelo da colega. Ficaria ofendida se qualquer outra pessoa falasse assim a respeito de Tariq, mas sabia que Hasina não fazia isso por maldade. Ela era debochada, e os seus deboches não poupavam ninguém, muito menos a si mesma.

— Você não devia falar assim dessas pessoas! — exclamou Giti.

— Que pessoas?

— As que ficaram feridas por causa da guerra — respondeu Giti convicta, sem perceber que Hasina estava brincando.

— Acho que a mulá Giti tem uma quedinha pelo Tariq. Bem que eu desconfiava! Ha, ha! Mas você não sabe que ele já é comprometido? Não é mesmo, Laila?

— Não tenho quedinha nenhuma. Por ninguém.

As duas se separaram de Laila e, ainda discutindo, viraram a esquina da rua onde moravam.

Laila percorreu sozinha os últimos três quarteirões. Quando já estava na rua em que morava, viu que o Mercedes azul ainda estava estacionado diante da casa de Rashid e Mariam. Agora, o senhor de terno marrom estava de pé, na frente do carro, apoiado numa bengala e olhando para a casa.

De repente, uma voz às suas costas disse:

— Ei, loura. Olhe para cá.

Laila se virou e deu de cara com o cano de um revólver.

17

O REVÓLVER ERA VERMELHO; a alça do gatilho era de um verde brilhante. Por detrás da arma, o rosto sorridente de Khadim. Khadim tinha 11 anos, como Tariq. Era um garoto magro, alto e queixudo. Seu pai era açougueiro em Deh-Mazang, e, de quando em quando, Khadim atirava pedaços de tripas nos passantes. Às vezes, quando Tariq não estava por perto, Khadim ficava andando atrás de Laila na hora do recreio, com uns olhares estranhos e fazendo uns barulhinhos que pareciam uns ganidos. Certa feita, bateu no ombro dela e disse: "Você é tão bonita, Loura. Quero casar com você."

Agora, lá estava ele exibindo aquele revólver.

— Não se preocupe — disse. — Não vai aparecer nada. Não no *seu* cabelo.

— Não faça isso! Estou avisando.

— E o que você vai fazer? — perguntou ele. — Mandar o seu aleijado me enfrentar? "Oh! Tariq *jan*. Por que não volta para casa e me salva desse *badmash*?"

Laila começou a recuar, mas Khadim já tinha apertado o gatilho. Diversos jatos de água quente acertaram Laila no cabelo e na palma da mão que ela ergueu para proteger o rosto.

Então os outros meninos saíram de seus esconderijos, rindo, debochando.

Laila se lembrou de um xingamento que tinha ouvido na rua. Não entendia muito bem o que queria dizer — não conseguia imaginar a logística da coisa —, mas as palavras pareciam repletas de fúria, e a menina resolveu usá-lo:

— A sua mãe come pau!

— Pelo menos, ela não é pirada como a sua! — retrucou Khadim, sem se alterar. — Pelo menos, o meu pai não é maricas! Aliás, por que você não cheira a sua mão?

Os outros meninos começaram a cantarolar:

— Cheire! Cheire sua mão!

Antes mesmo de fazê-lo, a menina já tinha entendido o que Khadim queria dizer com "não vai aparecer nada". Soltou um grito estridente e os meninos debocharam ainda mais.

Ela virou as costas e correu para casa, aos prantos.

Pegou água do poço, foi para o banheiro, encheu uma tina e arrancou as roupas. Ensaboou o cabelo, esfregando freneticamente os dedos no couro cabeludo, chorando de nojo. Com uma tigela, enxaguou o cabelo e recomeçou a ensaboá-lo. Por várias vezes, achou que fosse vomitar. Ainda chorando e tremendo, esfregou e esfregou a luva de banho no rosto e no pescoço até a pele ficar vermelha.

Nada disso teria acontecido se Tariq estivesse com ela, pensou Laila, vestindo roupas limpas. Khadim não teria coragem. É claro que também não teria acontecido se *mammy* tivesse aparecido para buscá-la. Às vezes, a menina se perguntava por que a mãe tinha se dado o trabalho de tê-la. Hoje em dia estava convencida de que as pessoas não deviam poder ter outros filhos se já tivessem dado todo o seu amor aos mais velhos. Não era justo. Laila sentiu uma pontada de raiva. Foi para o quarto e se atirou na cama.

Depois que o pior já tinha passado, ela foi até o quarto da mãe e bateu à porta. Quando era menor, ficava horas sentada ali fora. Batia e chamava baixinho pela mãe mil vezes seguidas, como um cântico mágico capaz de quebrar um encanto: "*Mammy, mammy, mammy, mammy...*" Ela, porém, nunca abria a porta. Como não abriu agora. Laila girou a maçaneta e entrou.

Tinha dias em que *mammy* estava bem. Pulava da cama com espírito brincalhão e os olhos brilhantes. Aquele lábio inferior proeminente se estirava num sorriso. Ela tomava banho, punha roupas limpas e passava rímel.

Deixava Laila escovar seu cabelo, coisa que a menina adorava, e usava brincos. As duas iam juntas fazer compras no Mandaii Bazaar. Jogavam aquele jogo de tabuleiro que tem as cobras e as escadas, e comiam raspas tiradas de grandes blocos de chocolate amargo, aliás, uma das poucas coisas de que ambas gostavam. Para Laila, o melhor momento desses dias legais era quando *babi* voltava para casa, quando as duas erguiam os olhos do tabuleiro e sorriam para ele com os dentes marrons. Instalava-se, então, um clima de felicidade naquela sala e Laila percebia um pouquinho da ternura, do romance que um dia unira seus pais, na época em que aquela casa era cheia de gente, barulhenta e animada.

Às vezes, nesses dias legais, *mammy* ia para a cozinha e convidava as vizinhas para tomar chá com bolos e doces. Laila adorava lamber as vasilhas enquanto a mãe punha a mesa, com as xícaras, os guardanapos e as travessas. Mais tarde, Laila também ia se sentar à mesa da sala e tentava participar da conversa daquelas mulheres que falavam animadamente, tomavam chá e elogiavam os doces de *mammy*. Embora nunca tivesse muita coisa a dizer, Laila gostava de ficar ali ouvindo, pois, naquelas reuniões, ela experimentava um raro prazer: ouvir a mãe falar do pai com carinho.

— Ele era um professor de primeira — dizia ela. — Os alunos o adoravam. E não apenas porque ele não os espancava com a régua, como outros professores. Eles o respeitavam porque ele *os* respeitava. Era maravilhoso.

Mammy adorava contar como ele a tinha pedido em casamento.

— Eu tinha 16 anos, e ele, 19. Éramos vizinhos de porta, lá em Panjshir. Eu bem que tinha uma queda por ele, *hamshiras*. Vira e mexe, pulava o muro que separava nossas casas e íamos brincar no pomar do pai dele. Hakim ficava com medo de sermos apanhados e de meu pai lhe dar uns tabefes. "Seu pai vai me bater", dizia ele. Já nessa época, era todo sério, todo cuidadoso. Até que, um dia, eu lhe disse: "E aí, primo, como é que vai ser? Você vai pedir a minha mão ou vai me obrigar a fazer o papel de *khastegari*? Disse assim mesmo. Vocês precisavam ver a cara que ele fez!"

Mammy batia palmas; Laila e as outras mulheres riam.

Quando ouvia essas histórias, Laila percebia nitidamente que tinha havido uma época em que a mãe falava sempre de seu pai nesses termos. Uma época em que seus pais não dormiam em quartos separados. E a menina adoraria ter vivido esse tempo.

O relato daquele pedido de casamento levava invariavelmente a conversa para o assunto pretendentes. Quando o Afeganistão se livrasse dos soviéticos e os rapazes voltassem para casa, precisariam de noivas. As mulheres passavam, então, em revista todas as meninas da vizinhança, uma a uma, para ver quem seria, ou não, um bom partido para Ahmad e Noor. Laila sempre se sentia excluída quando elas passavam a falar de seus irmãos, como se as mulheres estivessem comentando um ótimo filme que só ela não tinha visto. Na verdade, Laila estava com dois anos quando Ahmad e Noor saíram de Cabul e foram para Panjshir, ao norte, unir-se às forças do comandante Ahmad Shah Massoud e combater no *jihad*. A menina mal se lembrava deles. O nome de Allah num pingente brilhante no pescoço de Ahmad; um tufo de pelos escuros numa das orelhas de Noor. E nada mais.

— Que tal Azita?

— A filha do tapeceiro? — indagou *mammy*, dando um tapinha no próprio rosto, fingindo-se ofendida. — O bigode dela é maior que o de Hakim!

— Tem também Anahita. Ouvimos dizer que ela é a primeira da classe em Zarghoona.

— Já viram os dentes dessa garota? Parecem lápides funerárias. Ela esconde todo um cemitério por trás dos lábios...

— E as irmãs Wahidi?

— Aquelas duas anãs? Não, de jeito nenhum! Não para os meus filhos. Não para os meus sultões. Eles merecem coisa melhor.

Nessas horas, Laila se desligava da conversa, deixava a mente vagar e, como sempre, lembrava de Tariq.

Mammy tinha fechado as cortinas amareladas. No escuro, dava para sentir os diversos cheiros que se acumulavam naquele quarto: de sono, de roupa de cama não lavada, de suor, de meias sujas, de perfume, de restos da *qurma* da véspera. Laila esperou até seus olhos se acostumarem à escuridão e só então atravessou o aposento. Mesmo assim, tropeçou nas roupas espalhadas pelo chão.

Abriu as cortinas. Aos pés da cama, havia uma velha cadeira metálica de armar. Laila se sentou e ficou olhando para a mãe, aquele volume imóvel embrulhado nos lençóis.

As paredes do quarto eram recobertas de retratos de Ahmad e Noor. Para onde quer que olhasse, Laila dava com dois estranhos que lhe sorriam. Ali estava Noor, trepado num triciclo. Lá estava Ahmad, fazendo suas orações, posando ao lado de um relógio de sol que ele e *babi* construíram quando ele tinha 12 anos. E também os dois juntos, seus irmãos, sentados, um de costas para o outro, à sombra da velha pereira do quintal.

Debaixo da cama de *mammy*, Laila avistou a ponta da caixa de sapatos de Ahmad. De vez em quando, a mãe lhe mostrava os velhos recortes de jornais e os panfletos de grupos insurgentes e de organizações de resistência instaladas no Paquistão que seu irmão colecionava. A menina se lembrava de uma foto onde se via um homem, com um casacão branco, entregando uma flor a um menininho sem perna. A legenda da foto dizia: "As crianças são os alvos visados pela campanha de instalação de minas empreendida pelos soviéticos." O artigo prosseguia afirmando que os soviéticos também gostavam de ocultar explosivos em brinquedos bem coloridos. Se uma criança o apanhasse, o brinquedo explodiria, arrancando os seus dedos ou até a mão inteira. O pai não podia então participar do *jihad*, pois tinha de ficar em casa cuidando do filho aleijado. Num outro artigo daquela caixa, um jovem *mujahid* dizia que os soviéticos tinham lançado gás na sua aldeia, um gás que queimava a pele das pessoas e deixava-as cegas. O rapaz dizia ainda que tinha visto, com os próprios olhos, a mãe e a irmã correndo para o riacho, cuspindo sangue.

— *Mammy.*

Aquele montinho se remexeu ligeiramente, emitindo um gemido.

— Levante, *mammy*. Já são três horas.

Outro gemido. Uma mão se ergue, como o periscópio de um submarino subindo à superfície, e volta a cair. Desta vez, o montinho faz um movimento mais perceptível. Veio, então, o ruído dos lençóis, das diversas camadas de lençóis sendo retiradas uma a uma. Bem devagarinho, por etapas, sua mãe foi se materializando diante de seus olhos: primeiro, o cabelo desgrenhado; depois, o rosto branco, fazendo uma careta; os olhos que se fecham por causa da luz; uma mão tateando em busca da cabeceira da cama; os lençóis deslizando quando ela enfim se ergue, com um grunhido. *Mammy* fez um esforço enorme para abrir os olhos. Mais uma vez, piscou por causa da luz e deixou a cabeça pender sobre o peito.

— Como foi na escola? — murmurou ela.

Era assim que começava. E lá vinham as invariáveis perguntas, as respostas de sempre. Ambas fingindo. Sem nenhum entusiasmo, as duas dançavam aquela velha dança cansada.

— Foi ótimo — disse Laila.

— Aprendeu alguma coisa?

— O de sempre.

— Comeu?

— Comi.

— Ótimo.

Mammy voltava a erguer a cabeça, virando-se para a janela. Estremecia e piscava os olhos. O lado direito de seu rosto estava vermelho e o cabelo achatado desse mesmo lado.

— Estou com dor de cabeça — disse ela.

— Quer que eu vá buscar uma aspirina?

— Mais tarde, talvez — respondeu *mammy*, massageando as têmporas. — Seu pai está em casa?

— São só três horas...

— Ah, claro, você já disse isso... — observou ela, bocejando. — Eu estava sonhando — prosseguiu, com a voz um pouquinho mais alta do que o ruído de sua camisola roçando nos lençóis. — Agorinha mesmo, quando você entrou no quarto. Mas não consigo me lembrar. Isso também acontece com você?

— Acontece com todo mundo, *mammy*.

— Que coisa estranha...

— Sabe que, enquanto você estava sonhando, um garoto jogou xixi no meu cabelo, com uma pistola de água?

— Jogou o quê? O que foi que você disse? Desculpe...

— Xixi. Urina.

— Que... horror. Meu Deus. Sinto muito. Coitadinha. Logo de manhã, vou ter uma conversinha com ele. Ou talvez com a mãe dele. É, acho que é melhor falar com a mãe.

— Eu não disse quem foi...

— Ah, é. E quem foi?

— Deixe para lá.

— Está zangada?

— Era para você ter ido me buscar.

— Era — resmungou sua mãe, e Laila ficou sem saber se aquilo tinha sido uma pergunta ou não. *Mammy* começou a puxar o próprio cabelo. Para Laila, aquele era um dos maiores mistérios do mundo: como é que sua mãe não ficava inteiramente careca puxando o cabelo daquele jeito? — E o... Como é mesmo o nome dele, daquele seu amigo? Tariq? Isso mesmo. E o Tariq?

— Ele viajou há uma semana.

— Ah! — exclamou *mammy*, com um suspiro. — Você já se lavou?

— Já.

— Então está limpa — disse ela, dirigindo aquele olhar cansado para a janela. — Já está limpa e está tudo bem.

— Tenho que fazer meu dever — disse Laila, se levantando.

— Claro. Feche as cortinas antes de sair, querida — murmurou *mammy*, com um fio de voz e voltando a se enfiar debaixo dos lençóis.

Quando foi fechar as cortinas, Laila viu um carro passar pela rua seguido de uma nuvem de poeira. Era o Mercedes azul com placa de Herat que finalmente estava indo embora. A menina o acompanhou com os olhos até ele desaparecer na esquina com o vidro traseiro reluzindo ao sol.

— Não vou esquecer... amanhã — disse *mammy*. — Prometo.

— Você disse isso ontem.

— Você não faz ideia, Laila.

— Ideia de quê? — indagou a menina, virando-se para olhar a mãe. — O que é que eu não sei?

Lentamente, a mãe levou a mão ao peito e bateu num ponto.

— *Aqui*. O que acontece *aqui*. — E deixou a mão cair, acrescentando: — Você não faz ideia...

18

Uma semana se passou e nem sinal de Tariq. E, depois, mais outra.

Para matar o tempo, Laila consertou a tela da porta, já que *babi* parecia ter se esquecido. Tirou os livros dele da estante, limpou tudo e os arrumou de volta em ordem alfabética. Foi até a rua das Galinhas com Hasina, Giti e a mãe de Giti, Nila, que era costureira e, às vezes, vinha costurar com *mammy*. Foi nessa semana que Laila se convenceu de uma verdade: de todas as dificuldades que uma pessoa tem de enfrentar, a mais sofrida é, sem dúvida, o simples ato de esperar.

Mais uma semana se passou.

Laila começou a pensar coisas terríveis.

Ele nunca mais ia voltar. Seus pais tinham ido embora para sempre e a viagem para Ghazni não passava de um disfarce, uma daquelas armações dos adultos para poupá-los de despedidas dolorosas.

Ele tinha pisado numa mina novamente. Como aconteceu em 1981, quando ele tinha cinco anos, da última vez que seus pais o levaram para Ghazni. Foi pouco depois do aniversário de Laila. Ela estava fazendo três anos. E, nessa ocasião, ele teve sorte, pois só perdeu uma perna; teve sorte porque sobreviveu.

Todas essas ideias ficavam martelando em sua cabeça.

Até que, certa noite, Laila viu uma luzinha lá do outro lado da rua. Deixou escapar um som, algo como um gritinho engasgado. Bem depressa, pegou a lanterna debaixo da cama, mas ela não estava funcionando. Bateu com a lanterna na mão, amaldiçoando as pilhas que tinham acabado. Mas que importância tinha isso? Ele estava de volta. A menina ficou sentada na cama, aliviadíssima, fitando aquele lindo olho amarelo que piscava sem parar.

No dia seguinte, quando ia para a casa de Tariq, Laila viu Khadim e o seu grupo de amigos do outro lado da rua. Khadim estava agachado, desenhando algo no chão com um pedaço de pau. Quando a viu, largou a vareta e lhe deu tchau com os dedos. Disse algo que provocou risadas dos outros meninos. Laila baixou a cabeça e apressou o passo.

— O que você *fez*? — exclamou ela, quando Tariq abriu a porta. Foi só então que se lembrou que o tio dele era barbeiro.

O menino passou a mão pela cabeça recém-raspada e sorriu, mostrando uns dentes brancos, ligeiramente irregulares.

— Gostou?

— Parece que você se alistou no Exército.

— Passe a mão — sugeriu ele, baixando a cabeça.

O cabelo rasinho arranhou a mão de Laila de um jeito bem divertido. Tariq não era como alguns meninos cujo cabelo escondia uma cabeça meio pontuda ou com uns calombos aqui e ali. A dele era perfeita, lisinha e arredondada.

Quando Tariq voltou a erguer a cabeça, Laila percebeu que o seu rosto estava queimado de sol.

— Por que demorou tanto? — perguntou ela.

— Meu tio estava doente. Vamos, entre.

Ele foi andando à sua frente, pelo corredor, até a sala de visitas. Laila adorava tudo naquela casa. O velho tapete esfarrapado no chão da sala, a manta de retalhos cobrindo o sofá, a bagunça habitual da vida de Tariq: os cortes de tecido da mãe dele, as agulhas espetadas em carretéis de linha, as velhas revistas, o estojo do acordeão lá no canto, esperando para ser aberto com um rangido.

— Quem é? — perguntou a mãe de Tariq, lá da cozinha.

— É Laila — respondeu ele, puxando uma cadeira para ela se sentar. A sala era claríssima com suas janelas duplas dando para o quintal. No parapeito, os potes vazios que a mãe do menino usava para as conservas de berinjela e a geleia de cenoura.

— Nossa *aroos*, você quer dizer... A nossa nora — declarou o pai de Tariq, entrando na sala. Ele era carpinteiro, um homem esguio, de cabeça branca, que devia ter uns sessenta e poucos anos. Tinha os dentes da frente separados e os olhos apertados de alguém que passou a maior parte da vida ao ar livre. Abriu os braços e Laila foi abraçá-lo, sentindo aquele cheiro gostoso e familiar de serragem. Beijaram-se três vezes no rosto.

— Se você continuar dizendo isso, ela vai parar de vir aqui — observou a mãe de Tariq, passando perto deles. Trazia uma bandeja com uma tigela bem grande, uma concha e quatro tigelinhas menores. Botou a bandeja em cima da mesa. — Não ligue para esse velhote — disse ela, pegando o rosto da menina com ambas as mãos. — Que bom ver você, querida. Venha, sente-se. Trouxe de lá umas frutas em calda.

A mesa era maciça, feita de uma madeira clara, sem acabamento, e fora construída pelo pai de Tariq, juntamente com as cadeiras. Estava coberta por uma toalha de vinil verde estampada com meias-luas e estrelas de um rosa bem forte. A maioria das paredes da sala era ocupada por fotos de Tariq, em momentos os mais variados. Nas mais antigas, ele tinha as duas pernas.

— Soube que seu irmão esteve doente — disse Laila ao pai de Tariq, servindo-se de uma colherada de passas, pistaches e damascos em calda.

— É verdade — respondeu ele, acendendo um cigarro —, mas já está bem agora, *shokr e Khoda*, com a graça de Deus.

— Foi um infarto. O segundo — disse a mãe de Tariq, lançando ao marido um olhar de desaprovação.

Ele soprou a fumaça e piscou para Laila. Se há uma coisa que a deixava impressionada era o fato de os pais de Tariq poderem perfeitamente passar por seus avós. Quando ele nasceu, sua mãe já tinha uns quarenta e tantos anos.

— Como vai seu pai, minha querida? — perguntou ela, erguendo os olhos da tigela.

Quando Laila a conheceu, a mãe de Tariq já usava essa peruca que, com o tempo, estava ficando meio arroxeada. Hoje, ela estava mais caída sobre a testa e dava para ver os fios grisalhos junto às orelhas. Havia dias em que a peruca escorregava para a frente, mas, para Laila, a mãe de Tariq nunca parecia ridícula usando aquilo. O que via era o rosto calmo e seguro por baixo da peruca, os olhos vivos, o jeito agradável e tranquilo.

— Vai bem — disse Laila. — Continua na Silo, é claro. Vai bem.

— E sua mãe?

— Tem os dias bons e os maus. A mesma coisa de sempre.

— É... — disse a mãe de Tariq com um ar pensativo, depositando a colher na tigela. — Como deve ser difícil, como deve ser terrível para uma mãe ficar longe dos filhos.

— Você fica para almoçar? — perguntou o menino.

— Tem que ficar — disse a mãe dele. — Estou fazendo *shorwa.*

— Não quero ser *mozahen.*

— Você nunca é abusada — retrucou a senhora. — Só porque ficamos umas semanas fora você vai fazer cerimônia conosco?

— Está bem. Eu fico — disse Laila, corando e sorrindo.

— Ótimo.

Na verdade, Laila adorava comer na casa de Tariq, exatamente como detestava comer na sua própria. Ali, não tinha essa história de almoçar ou jantar sozinho; as refeições eram sempre feitas em família. Laila gostava dos copos de plástico roxos que eles usavam, e do quarto de limão boiando na jarra de água. Gostava dos hábitos que eles tinham de começar sempre por uma tigela de iogurte fresco; de espremer o caldo de laranjas azedas em tudo, mesmo no iogurte; e de ficar implicando uns com os outros, sem maldade.

Durante as refeições, conversavam muito. Embora Tariq e seus pais fossem da etnia *pashtun*, a família falava farsi quando Laila estava presente, apesar de, bem ou mal, a menina entender sua língua de origem, pois tinha estudado *pashto* na escola. *Babi* lhe disse que havia alguma tensão entre aqueles dois povos — os tadjiques, que eram minoria, e os *pashtuns*, como Tariq, que constituíam o maior grupo étnico do Afeganistão. "Os tadjiques sempre se sentiram excluídos", segundo seu pai. "Os reis *pashtuns* governaram o país por quase 250 anos, Laila, e os tadjiques por apenas nove meses, em 1929."

"E você", perguntou-lhe então a menina, "você se sente excluído, *babi*?"

"Para mim", respondeu ele, limpando os óculos na borda da camisa, "para mim tudo isso é uma grande besteira, e, ainda por cima, uma besteira perigosa, toda essa história de ficar dizendo 'eu sou tadjique, você é *pashtun*, ele é *hazara*, ela é uzbeque'. Somos todos afegãos, e isso é que deveria importar. Mas quando um grupo governa os demais por tanto tempo... surgem o despeito, a rivalidade. É assim que as coisas são. Sempre foram".

Talvez... Mas Laila não sentia nada disso na casa de Tariq, onde nunca se tocava em assuntos como este. O tempo que passava com aquela família lhe parecia algo natural, espontâneo, sem qualquer dessas complicações de diferenças de tribo ou de língua, ou as queixas e os rancores pessoais que infectavam o ar de sua própria casa.

— Que tal uma partida de cartas? — perguntou Tariq.

— Boa ideia. Vão lá para cima — disse a mãe do menino abanando, com ar de desaprovação, a fumaça do cigarro do marido. — Vou acabar de preparar a *shorwa*.

Os dois se deitaram de bruços no meio do quarto de Tariq e, alternadamente, davam as cartas para o jogo de *panjpar*. Balançando o pé no ar, Tariq começou a lhe contar sobre a viagem. Falou das mudas de pessegueiros que ajudou o tio a plantar. E da cobra que tinha capturado.

Era ali que Laila e Tariq faziam os deveres de casa; era ali que construíam castelos de cartas e desenhavam retratos ridículos um do outro. Quando chovia, ficavam junto da janela, tomando Fanta Laranja quente e vendo as gotas de chuva que escorriam pela vidraça.

— O que é o que é? — perguntou Laila, embaralhando as cartas. — Que gira pelo mundo mas fica num canto?

— Espere um pouco — disse Tariq, erguendo e ajeitando a perna mecânica. Com uma careta, virou-se de lado, apoiando-se no cotovelo. — Pegue aquele travesseiro — pediu o menino, e calçou com ele a perna esquerda. — Pronto. Assim está melhor.

Laila se lembrou da primeira vez em que ele lhe mostrou a perna amputada. Ela tinha seis anos. Passou o dedo por aquela pele retesada e lustrosa, logo abaixo do joelho esquerdo do amigo. Sentiu uns calombos duros e Tariq lhe disse que eram uns esporões de osso que surgiam, às vezes, depois de uma amputação. Perguntou, então, se doía e o menino respondeu que o local ficava dolorido no fim do dia, quando inchava e a prótese não se encaixava direito, como um dedo num dedal. "E, às vezes, fica irritado. Principalmente no calor. Fica vermelho e com bolhas, mas minha mãe tem uns cremes que ajudam bastante. Não é tão ruim assim...", acrescentou ele ainda.

Laila começou a chorar.

"Por que está chorando?", perguntou ele, voltando a prender a perna mecânica. "Foi você quem pediu para ver, sua *giryanok*, sua chorona! Se soubesse que ia ficar desse jeito, não teria lhe mostrado."

— O selo — disse ele.

— O quê?

— A adivinhação. A resposta é o selo. Que tal a gente ir ao zoológico depois do almoço?

— Ah, você sabia, não é?

— Não mesmo.

— Você trapaceou...

— E você está com inveja.

— De quê?

— Da minha inteligência masculina.

— Sua *inteligência masculina*? Ah, é? Mas quem é que ganha sempre no jogo de xadrez?

— Eu deixo você ganhar — retrucou o menino, rindo. Os dois sabiam muito bem que não era verdade.

— E quem é que foi reprovado em matemática? Para quem você correu pedindo ajuda com aquele dever, embora esteja um ano na minha frente?

— Estaria dois, se a matemática não me criasse problemas.

— Acho que a geografia também cria...

— Quem lhe contou? Ah, não. Chega. Então, vamos ao zoológico ou não?

— Vamos — respondeu Laila sorrindo.

— Ótimo.

— Senti saudades.

Depois de um instante de silêncio, Tariq se voltou para ela meio sorrindo, meio fazendo uma careta de nojo.

— Qual é o problema? O que está acontecendo com você? — perguntou ele.

Quantas vezes ela, Hasina e Giti já tinham dito exatamente as mesmas palavras uma para a outra, sem a menor hesitação, depois de passarem dois ou três dias sem se ver? "Senti saudades de você, Hasina." "Ah, eu também", dizia a outra. Pela careta de Tariq, Laila descobriu que os meninos são diferentes das meninas com relação a isso. Eles não demonstram sua amizade. Não sentem falta, não precisam desse tipo de conversa. Laila ficou achando que devia ser a mesma coisa com seus irmãos. Os meninos, concluiu ela, tratam a amizade como se fosse o sol:

ninguém discute a sua existência; todos curtem a sua luz, mas ninguém a encara de frente.

— Estava só implicando — disse ela.

— E funcionou — retrucou ele, olhando-a de um jeito meio enviesado.

Mas, aparentemente, a cara de nojo se abrandou. E ela teve a impressão de que, por um instante, o rosto do menino tinha ficado um pouquinho mais vermelho.

Laila não pretendia lhe contar. Na verdade, tinha decidido que contar a ele seria uma péssima ideia. Alguém poderia se machucar, pois Tariq não ia conseguir deixar aquilo passar em branco. No entanto, quando iam andando pela rua, dirigindo-se à parada de ônibus, ela viu Khadim novamente, recostado num muro. Estava rodeado pelos amigos, com os polegares enfiados nas alças do cós da calça. Ao vê-la, o garoto sorriu, desafiador.

Então, ela contou. Quando deu por si, já estava contando a história toda.

— Ele fez o quê?

Ela repetiu.

— Ele? Aquele ali? Tem certeza? — perguntou Tariq, apontando para Khadim.

— Tenho.

Tariq cerrou os dentes, murmurou alguma coisa em *pashto*, que Laila não entendeu.

— Espere aqui — disse ele, desta vez em farsi.

— Tariq... Não!

Mas o garoto já estava atravessando a rua.

Khadim foi o primeiro a vê-lo. Seu sorriso desapareceu e ele se afastou do muro. Tirou as mãos da cintura e se aprumou, assumindo um ar deliberadamente ameaçador. Os outros acompanharam seu olhar.

Laila se arrependeu de ter contado. E se eles se unissem? Quantos eram? Dez? Onze? Doze? E se machucassem Tariq?

Ele parou diante de Khadim e sua turma, a uns poucos passos de distância. Por um momento, ficou só parado ali. Quem sabe não teria mudado de ideia, pensou Laila. E, quando ele se abaixou, ela achou que talvez fosse para fingir que precisava amarrar o sapato e, depois, voltar para junto dela. Mas, pelo movimento de suas mãos, ela entendeu o que estava acontecendo.

Os outros também entenderam quando Tariq se levantou novamente, equilibrando-se numa perna só. Saiu pulando, então, na direção de Khadim e o atacou empunhando a perna mecânica bem alto, como se fosse uma espada.

Mais que depressa, os garotos se afastaram deixando-lhe o caminho livre para acertar Khadim.

Depois, só se via poeira, punhos, chutes e ouviam-se gritos.

Khadim nunca mais se meteu com Laila.

Naquela noite, como quase sempre fazia, Laila pôs a mesa só para duas pessoas. *Mammy* tinha dito que não estava com fome. Quando queria comer, fazia questão de levar o prato para o quarto antes que o marido chegasse. Em geral, já estava dormindo, ou, pelo menos, deitada na cama quando Laila e o pai se sentavam para jantar.

Babi saiu do banheiro com o cabelo lavado e penteado para trás, aquele cabelo que estava sempre todo salpicado de farinha quando ele voltava para casa.

— O que temos para o jantar, Laila?

— O que sobrou da sopa *aush*.

— Parece gostoso — disse ele, dobrando a toalha usada para enxugar o cabelo. — E qual o dever de hoje? Soma de frações?

— Na verdade, é conversão de frações em números mistos.

— Ah, está bem.

Toda noite, depois do jantar, ele ajudava a filha com os deveres e passava mais alguns por conta própria. Fazia isso só para que a menina ficasse um pouco à frente da turma, não porque tivesse críticas ao trabalho da escola, excetuando-se a propaganda, é claro. Na verdade, achava que a única coisa boa que os comunistas tinham feito — pelo menos, era essa a intenção —, dizia respeito à área da educação, por ironia, justamente a área da qual o tinham demitido. Mais especificamente, a educação feminina. O governo patrocinou cursos de alfabetização para todas as mulheres. Atualmente, quase dois terços dos estudantes da Universidade de Cabul são do sexo feminino, dizia *babi*, mulheres estudando direito, medicina, engenharia.

“As coisas sempre foram muito difíceis para as mulheres neste país, Laila, mas é provável que elas tenham um pouco mais de liberdade agora, sob os comunistas, e tenham mais direitos que nunca”, disse *babi* em voz baixa, pois sabia que *mammy* não suportava que se falasse bem dos comunistas, por menos que fosse. “Mas é verdade”, acrescentou ele. “Esta é uma boa época para ser mulher no Afeganistão. E você pode tirar proveito disto, Laila. É claro que essa liberdade das mulheres foi também uma das primeiras razões que levaram aquela gente a pegar em armas”, disse ele ainda, abanando a cabeça, pesaroso.

Aquela gente não eram os habitantes de Cabul, cidade que sempre tinha sido relativamente liberal e progressista. Aqui, havia mulheres lecionando na universidade, dirigindo escolas, ocupando postos no governo. Não, *babi* estava se referindo às regiões tribais, particularmente nas áreas dos *pashtuns*, ao sul ou a leste, perto da fronteira com o Paquistão, onde raramente se veem mulheres pelas ruas e, quando isso acontece, elas estão usando a *burqa* e na companhia de algum homem. *Babi* estava se referindo a essas regiões onde os homens que vivem de acordo com as antigas leis tribais se rebelaram contra os comunistas e suas medidas para libertar as mulheres, abolir o casamento imposto, elevar para 16 anos a idade mínima para as meninas se casarem. Segundo *babi*, esses indivíduos consideraram um insulto às suas tradições centenárias o governo — e, ainda por cima, um governo ateu — determinar que as suas filhas deviam sair de casa, ir à escola, trabalhar lado a lado com os homens.

“Deus não há de permitir que isso aconteça!”, exclamou ele, com ironia. Então, suspirou e disse: “Laila, minha querida, o único inimigo que o Afeganistão não pode derrotar é ele mesmo.”

Babi se sentou à mesa e mergulhou um pedaço de pão na tigela de *aush*.

Laila decidiu lhe contar o que Tariq tinha feito com Khadim ali mesmo, durante o jantar, antes de passarem às frações. Mas não pôde, pois bateram à porta e, na soleira, havia um estranho trazendo notícias.

19

— Preciso falar com seus pais, *dokhtar jan* — disse ele, quando Laila abriu a porta. Era um homem gorducho, com um rosto anguloso e a pele curtida de quem se expõe ao tempo. Usava um casaco cor de batata e um *pakol* de lã marrom na cabeça.

— Quem quer falar com eles?

Nesse momento, Laila sentiu a mão do pai em seu ombro, afastando-a da porta com toda delicadeza.

— Por que não vai lá para cima, Laila? Vá.

Enquanto se dirigia para a escada, a menina ouviu o sujeito dizer que trazia notícias de Panjshir. *Mammy* tinha descido. Cobria a boca com uma das mãos e seus olhos, irrequietos, iam do marido ao homem com o *pakol*.

Laila ficou espiando do alto da escada. Viu o estranho se sentar junto com seus pais, inclinar-se para frente e dizer umas poucas palavras. Então, *babi* foi ficando cada vez mais pálido e não tirava os olhos das próprias mãos, e *mammy* começou a gritar, a gritar, arrancando os cabelos.

Na manhã seguinte, dia da *fatiha*, todo um grupo de vizinhas veio até aquela casa para preparar o jantar do *khatm*, que seria servido logo depois da cerimônia fúnebre. *Mammy* passou a manhã inteira sentada no sofá, virando e revirando um lenço nas mãos, com o rosto inchado. Ao seu lado, duas mulheres meio chorosas se alternavam na tarefa de dar uns tapinhas nas suas mãos, como se ela fosse a boneca mais rara e mais frágil do mundo. Mas *mammy* sequer parecia dar pela presença delas.

Laila se ajoelhou diante da mãe, pegou suas mãos e murmurou:

— *Mammy*.

Ela baixou os olhos e piscou.

— Pode deixar que cuidamos dela, Laila *jan* — disse uma das mulheres, com ares de importância. A menina já tinha ido a enterros antes, e visto mulheres como essas, que apreciam tudo o que diz respeito à morte, as consoladoras oficiais, que não permitem que ninguém se intrometa nas tarefas de que se incumbem por conta própria.

— Está tudo sob controle. Pode ir, menina. Vá fazer alguma coisa. Deixe sua mãe em paz.

Enxotada desse jeito, Laila se sentiu uma inútil. Ia de um aposento ao outro, ficou um tempinho circulando pela cozinha. De repente, uma Hasina estranhamente contida chegou junto com a mãe. Giti e a mãe também vieram. Quando a menina viu Laila, correu para ela de braços abertos e lhe deu um abraço incrivelmente forte e demorado. Ao se afastar, tinha lágrimas nos olhos.

— Sinto muito, Laila — disse Giti. E Laila agradeceu.

As três meninas foram se sentar no quintal até que uma das mulheres veio chamá-las para lavar os copos e pôr a mesa.

Babi também estava andando ali fora, de um lado para o outro, aparentemente procurando alguma coisa que pudesse fazer.

— Mantenham ele longe de mim — disse *mammy*, e foi a única coisa que pronunciou a manhã toda.

Babi acabou se sentando sozinho numa cadeira de armar, no corredor, com um ar abatido e desolado. Mas uma das mulheres reclamou, dizendo que ele estava na passagem. Então, ele pediu desculpas e se enfurnou no escritório.

Naquela tarde, os homens foram para Karteh-Seh, num salão que *babi* tinha alugado para a *fatiha*. As mulheres vieram para a casa. Laila se sentou ao lado da mãe, perto da porta da sala, no local geralmente destinado à família do morto. Quem chegava tirava os sapatos antes de entrar, cumprimentava as conhecidas com um simples gesto de cabeça e ia se sentar nas cadeiras dispostas junto à parede. Laila viu Wajma, a parteira já idosa que tinha feito o seu parto. Viu também a mãe de Tariq, usando uma echarpe preta por cima da peruca. Ela cumprimentou a menina com a cabeça e esboçou um sorrisinho triste.

No toca-fitas, uma voz de homem anasalada cantava versículos do Corão. Enquanto isso, as mulheres suspiravam, se remexiam, fungavam. Ouviam-se tosses abafadas, murmúrios e, de quando em quando, alguém deixava escapar um soluço sofrido e teatral.

A mulher de Rashid, Mariam, também veio. Estava usando um *hijab* preto e algumas mechas de cabelo lhe caíam sobre a testa. Ela se sentou bem defronte de Laila.

Ao lado da menina, a mãe não parava de balançar o corpo para frente e para trás. Laila pegou sua mão e a aconchegou no colo, entre as suas, mas *mammy* nem pareceu notar.

— Quer um pouco de água, *mammy*? — perguntou Laila baixinho. — Está com sede?

A mãe, porém, não respondeu. Não teve qualquer reação, a não ser balançar o corpo para frente e para trás, e manter os olhos fixos no tapete, com um ar distante e ausente.

De quando em quando, ao ver os olhares tristonhos das pessoas naquela sala, Laila percebia a intensidade do desastre que se abateu sobre sua família. As possibilidades negadas. As esperanças frustradas.

Mas o sentimento não durava muito. O difícil era sentir, sentir *de verdade*, a perda de *mammy*. Não era fácil tentar experimentar a tristeza, sofrer pela morte de gente que ela nunca tinha considerado viva. Para Laila, Ahmad e Noor sempre foram uma espécie de lenda. Como os personagens de uma fábula. Como os reis dos livros de história.

Tariq, sim, era real, feito de carne e osso. Tariq que tinha lhe ensinado a xingar em *pashto*, que gostava de folhas de cravo salgadas, que franzia a testa e fazia um ruído bem baixinho quando mastigava, que tinha um sinal de nascença logo abaixo da clavícula, uma manchinha rosa-clara que parecia um bandolim de cabeça para baixo.

Ficou sentada ali, ao lado da mãe, respeitando zelosamente o luto por Ahmad e Noor, mas, lá no fundo de seu coração, sabia que o seu verdadeiro irmão estava vivo e bem.

20

Foi então que começaram os problemas que afligiriam *mammy* pelo resto de sua vida. Dores no peito e dores de cabeça, dores nas articulações e suores noturnos, dores terríveis no ouvido, caroços que ninguém mais conseguia sentir. *Babi* a levou ao médico. Fizeram exames de sangue e de urina, tiraram radiografias de todo o seu corpo, mas não encontraram qualquer distúrbio físico.

Ela passava a maior parte do tempo de cama. Só usava preto. Ficava puxando fios do cabelo e mordendo aquela protuberância do lábio inferior. Quando ela estava acordada, Laila a via cambaleando pela casa. Acabava sempre indo ao quarto da filha. Era como se, mais cedo ou mais tarde, fosse acabar encontrando os filhos se continuasse indo àquele quarto onde eles tinham dormido, peidado, feito guerra de travesseiros. Tudo o que encontrava, porém, era a ausência deles. E Laila. O que dava absolutamente na mesma. Pelo menos, era o que a menina acreditava.

A única coisa que *mammy* não deixava de fazer eram as cinco *namaz* diárias. Terminava cada uma dessas orações com a cabeça bem baixa, as mãos diante do rosto, com as palmas viradas para cima, murmurando uma prece para que Deus desse a vitória aos *mujahedins*. Cada vez mais, era Laila quem tinha de fazer as tarefas domésticas. Se não cuidasse disso, era capaz de encontrar roupas, sapatos, sacos de arroz abertos, latas de feijão e pratos sujos espalhados por todo canto. Era ela que lavava as roupas da mãe e trocava os seus lençóis. Lutava para tirá-la da cama para tomar banho e fazer as refeições. Passava as camisas do pai e dobrava as suas calças. Agora, era ela quem cozinhava praticamente todos os dias.

Às vezes, quando terminava suas tarefas, Laila se enfiava na cama ao lado de *mammy*. Abraçava-a, enlaçava os dedos nos dela, escondia o rosto em seu cabelo. A mãe se remexia, murmurando alguma coisa e, inevitavelmente, começava a contar alguma história sobre os meninos.

Certo dia, quando estavam deitadas desse jeito, *mammy* disse:

— Ahmad ia ser um líder. Ele tinha o carisma necessário para isso. Gente que tinha o triplo da sua idade ouvia e acatava o que ele dizia. Era impressionante. E Noor, ah, o meu Noor... Passava o tempo todo desenhando prédios e pontes. Ia ser arquiteto, sabe? Ia transformar Cabul com seus projetos. E, agora, os meus filhinhos são *shahid*, Laila, os dois são mártires.

A menina ficava deitada naquela cama, só ouvindo, mas querendo que a mãe percebesse que *ela* não tinha se tornado um *shahid*, que estava viva, ali mesmo, ao seu lado, e que tinha esperanças e um futuro. Mas Laila sabia que o seu futuro não podia competir com o passado dos irmãos. A sombra de ambos encobriu a sua própria vida. E também apagaria a sua morte. *Mammy* era, agora, a curadora do museu da vida deles e ela, uma simples visitante. Um receptáculo para aqueles mitos. O pergaminho em que a mãe pretendia escrever as suas lendas.

— O mensageiro que veio nos dar a notícia disse que, quando trouxeram os meninos de volta ao acampamento, Ahmad Shah Massoud em pessoa presidiu ao funeral e rezou por eles ao lado da sepultura. Está vendo como os seus irmãos eram rapazes corajosos, Laila? O próprio comandante Massoud, o Leão de Panjshir, que Deus o abençoe, conduziu a cerimônia fúnebre...

Mammy se virou de barriga para cima. Laila se ajeitou na cama e deitou a cabeça no peito da mãe.

— Tem dias — prosseguiu ela, com voz rouca — em que ouço o tique-taque do relógio lá no corredor. Então, penso em todos os minutos, todas as horas, os dias, as semanas, os meses, os anos que passei esperando. Todo esse tempo sem eles. E não consigo respirar, Laila; é como se alguém estivesse pisando no meu coração. Fico tão enfraquecida, tão enfraquecida que tudo o que quero é cair por aí, em algum lugar.

— Se ao menos eu pudesse fazer alguma coisa... — disse Laila. Estava sendo sincera, mas a frase soou vaga, superficial, como a tentativa de consolo meramente formal de um estranho qualquer.

— Você é uma boa filha — disse *mammy*, depois de um suspiro profundo. — E não tenho sido uma boa mãe para você.

— Não diga isso.

— Mas é verdade. Sei disso, e lamento muito, minha querida.

— *Mammy*?

— Hã?

Laila se sentou na cama, olhando para a mãe deitada. Seu cabelo estava agora bastante grisalho e a menina ficou impressionada ao ver como ela, que sempre tinha sido gorducha, havia emagrecido. Seu rosto estava encovado e pálido. A blusa que usava lhe caía pelos ombros, com uma folga considerável entre a gola e o pescoço. Mais de uma vez, viu a aliança escorregar do dedo da mãe.

— Tenho pensado em lhe perguntar uma coisa.

— O quê?

— Você... — principiou Laila.

Tinha conversado a respeito com Hasina. Por sugestão da amiga, as duas tinham despejado o conteúdo do frasco de aspirinas no ralo, escondido as facas da cozinha e os espetos pontiagudos de *kebab* sob o tapete que ficava debaixo do sofá. Hasina encontrou uma corda no quintal. Certa feita, quando *babi* estava procurando suas lâminas de barbear, a menina lhe falou de seus temores. Ele se deixou cair no sofá, com as mãos entre os joelhos. Laila esperava que o pai a tranquilizasse, de uma forma ou de outra, mas tudo o que ele fez foi fitá-la com os olhos vagos, meio desorientado.

— Você não... *Mammy*, tenho medo de que...

— Pensei nisso, na noite em que recebi a notícia — disse-lhe a mãe. — Não vou mentir para você. E continuo pensando nisso. Mas, não, não se preocupe, Laila. Quero ver o sonho dos meus filhos se tornar realidade. Quero ver o dia em que os soviéticos vão voltar para casa derrotados, o dia em que os *mujahedins* vão entrar em Cabul, vitoriosos. Quero estar aqui quando isso acontecer, quando o Afeganistão voltar a ser livre, pois, assim, os meninos vão ver isso também. Vão ver essas cenas através dos meus olhos.

Logo depois, *mammy* pegou no sono, deixando Laila dominada por emoções conflitantes: por um lado, o alívio de saber que a mãe pretendia continuar viva; por outro, a dor de saber que não era por *sua* causa. Nunca deixaria a sua marca no coração de *mammy*, como seus irmãos tinham deixado, porque aquele coração era uma espécie de praia desbotada onde as pegadas da menina seriam sempre apagadas pelas ondas da tristeza que se erguiam e quebravam, se erguiam e quebravam.

21

O MOTORISTA ENCOSTOU O TÁXI para deixar passar mais um comboio de jipes e blindados soviéticos. Tariq se inclinou no banco da frente, debruçando-se sobre o motorista, e gritou:

— *Pajalusta! Pajalusta!*

Um dos jipes buzinou e Tariq respondeu com um assobio, sorrindo e acenando, todo animado.

— Lindas armas! — gritou o menino. — Que jipe fantástico! Que exército fantástico! Pena que estejam perdendo para um punhado de camponeses armados de estilingues!

O comboio passou. O motorista retomou seu caminho.

— Falta muito? — perguntou Laila.

— Uma hora, no máximo — respondeu o taxista. — A não ser que a gente encontre mais comboios ou postos de controle.

Laila, *babi* e Tariq estavam indo passar o dia fora. Hasina implorou ao pai que a deixasse ir também, mas ele não deixou. Aquele passeio tinha sido ideia de *babi*. Embora o seu salário não permitisse aquele tipo dc cxtravagância, contratou o táxi por um dia inteiro. O destino da viagem era segredo; tudo o que ele disse à filha foi que, com isso, estaria contribuindo para sua educação.

Estavam viajando desde as cinco horas da manhã. Pela janela, a paisagem variava, indo dos picos cobertos de neve aos desertos, aos cânions e às formações rochosas crestadas pelo sol. Durante o trajeto, viram casas de barro com telhado de sapê e campos pontilhados de feixes de trigo. Aqui e ali, naqueles campos poeirentos, Laila podia ver as tendas pretas dos nômades *kuchi*. E, vira e mexe, carcaças queimadas de tanques soviéticos e helicópteros destroçados. "Este", pensou a menina, "é o Afeganistão de Ahmad e Noor". Afinal, era aqui, no interior, que a guerra estava sendo travada. Não em Cabul. A capital vivia praticamente em paz. Se não fossem os tiroteios ocasionais, se não fossem os soldados soviéticos fumando pelas calçadas e os jipes que passavam constantemente pelas ruas, a guerra não passaria de um boato.

A manhã já ia adiantada quando entraram no vale, depois de passar por mais dois postos de controle. *Babi* fez Laila se inclinar no banco para ver, ao longe, uma série de muralhas de um vermelho queimado pelo sol que pareciam muito antigas.

— Esta é Shahr-e-Zohak, como é chamada, a cidade vermelha. No passado, era uma fortaleza. Foi construída há cerca de novecentos anos para defender o vale contra os invasores. O neto de Gêngis Khan a atacou no século XIII, mas foi morto. Foi o próprio Gêngis Khan quem a destruiu.

— Esta, meus amiguinhos, é a história do nosso país, um invasor atrás do outro... — disse o motorista, batendo a cinza do cigarro pela janela. — Macedônios, sassânidas, árabes, mongóis e, agora, os soviéticos. Mas somos como essas muralhas: surradas e nada bonitas de se ver, mas aguentando firme. Não é verdade, *badar*?

— Sem dúvida — respondeu *babi*.

Meia hora mais tarde, o motorista parou o carro.

— Venham — disse *babi*. — Saiam do carro e deem uma olhada nisso. — Os meninos obedeceram e ele prosseguiu, apontando: — Aí estão eles. Vejam.

Tariq chegou a perder o fôlego. Laila também. E teve a certeza de que, mesmo que vivesse cem anos, jamais veria algo tão grandioso.

Os dois Budas eram imensos, muito maiores do que ela achava que fossem pelas fotos que tinha visto. "Esculpidos no penhasco rochoso, fitavam as pessoas lá embaixo, exatamente como faziam há quase duzentos anos", pensou Laila, "quando as caravanas cruzavam aquele vale seguindo a Rota da Seda". De ambos os lados das estátuas, por toda a extensão do gigantesco nicho, o rochedo tinha sido escavado, formando uma infinidade de cavernas.

— Eu me sinto tão pequeno... — disse Tariq.

— Querem subir? — perguntou *babi*.

— Subir nas estátuas? — indagou Laila. — Podemos?

— Venham — disse seu pai, sorrindo e estendendo a mão.

A subida foi difícil para Tariq, que precisou se segurar tanto em Laila quanto no pai dela para galgar aquela escadinha estreita, sinuosa e escura. Por todo o caminho, viram cavernas sombrias e túneis que formavam um emaranhado dentro do penhasco.

— Andem com cuidado — disse *babi*, e sua voz ecoou bem alto. — O solo, aqui, é traiçoeiro.

Em certos pontos, a escada se abria em vãos sobre o nicho dos Budas.

— Não olhem para baixo, crianças — recomendou *babi*. — Olhem sempre para frente.

Enquanto subiam, ele lhes contou que Bamiyan havia sido, outrora, um reduto florescente do budismo, até cair sob o domínio islâmico no século IX. Os penhascos de rocha calcária eram a morada de monges budistas, que escavavam essas cavernas para usá-las como moradia e como abrigo para os peregrinos cansados. Esses monges, acrescentou *babi*, pintaram lindos afrescos pelas paredes e pelos tetos das cavernas.

— A certa altura — disse ele —, chegou a haver cinco mil monges vivendo aqui como eremitas.

Tariq estava inteiramente sem fôlego quando chegaram ao topo. *Babi* também estava ofegante, mas seus olhos brilhavam entusiasmados.

— Estamos no alto da cabeça da estátua — disse ele, enxugando a testa com o lenço. — Logo ali, tem um nicho de onde podemos olhar lá para fora.

Com todo cuidado, foram até a abertura rochosa e, um ao lado do outro, com *babi* no meio, puderam avistar o vale lá embaixo.

— Vejam! — exclamou Laila.

E seu pai sorriu.

O vale de Bamiyan era recoberto de plantações florescentes. *Babi* disse que era trigo verde, do plantio de inverno, alfafa e também batatas. Os campos eram cercados de choupos e recortados por riachos e canais de irrigação em cujas margens minúsculas figuras femininas estavam agachadas lavando roupa. Apontou para os arrozais e as plantações de cevada que recobriam as encostas. Era outono e, nos telhados de adobe, Laila podia ver gente usando túnicas coloridas, espalhando os grãos colhidos para secar ao sol. A rua que atravessava o povoado também era margeada de choupos. Em ambas as calçadas, havia lojinhas, casas de chá e barbeiros de rua. Para além da aldeia, para além do rio e dos riachos, Laila viu colinas escuras e desprovidas de vegetação, e, além delas, além de tudo o mais no Afeganistão, a cordilheira do Hindu Kush com seus cumes cobertos de neve.

Lá no alto, o céu era de um azul imaculado.

— É tudo tão quieto aqui — disse Laila, quase murmurando. Podia ver carneiros e cavalos minúsculos, mas não podia ouvir os ruídos que faziam.

— É nisso que sempre penso quando lembro daqui — disse *babi*. — O silêncio. A paz deste lugar. Queria que vocês tivessem essa experiência. Mas também queria que vissem a herança do nosso país, crianças, que aprendessem um pouco sobre o seu passado tão rico. Estão vendo, tem algumas coisas que posso lhes ensinar. Tem coisas que se podem aprender nos livros, mas tem outras que só mesmo *vendo* e *sentindo*.

— Olhem! — exclamou Tariq.

Era um falcão que voava em círculos sobre o povoado.

— Você já trouxe *mammy* até aqui? — perguntou Laila.

— Ah, muitas vezes. Antes de os meninos nascerem. E depois também. Naquela época, a sua mãe gostava de aventuras e... tinha tanta *vida*. Ela era simplesmente a pessoa mais cheia de vida e mais feliz que já vi — prosseguiu ele, sorrindo com as recordações. — E o riso dela? Juro que foi por isso que me casei com sua mãe, Laila, por causa daquele riso. Era algo absolutamente dominador. Ninguém tinha a menor chance diante dele.

Laila se sentiu tomada por uma onda de afeto. Daquele dia em diante, era assim que se lembraria do pai: mergulhado nas recordações, com os cotovelos apoiados na pedra, o queixo nas mãos, o cabelo esvoaçando ao vento, os olhos apertados por causa do sol.

— Vou dar uma olhada numa dessas cavernas — disse Tariq.

— Tome cuidado — recomendou *babi*.

— Pode deixar, *kaka jan* — disse a voz de Tariq ecoando pela rocha.

Laila ficou olhando um grupinho de três homens bem lá embaixo, conversando perto de uma vaca presa a uma cerca. As árvores, ao seu redor, tinham começado a ficar amarelas, alaranjadas e até vermelho vivo.

— Também sinto saudade dos meninos, sabe? — disse *babi* e seus olhos ficaram marejados, seu queixo tremeu ligeiramente. — Posso não... A sua mãe é assim: com ela, tanto a alegria quanto a tristeza são exageradas. E ela não sabe esconder o que sente. Nunca soube. Acho que sou diferente. Tenho tendência a... Mas a morte dos meninos também me deixou arrasado. Sinto muita falta deles. Não há um dia que não... É muito difícil, Laila. Muito mesmo. — Ele apertou o canto interno dos olhos com o polegar e o indicador. Quando tentou falar, sua voz falhou. Apertou bem os lábios e esperou. Depois, respirou fundo e fitou a filha. — Mas estou feliz porque tenho você. Todo dia, agradeço a Deus por isso. Todo santo dia. Às vezes, quando sua mãe está num daqueles momentos terríveis, fico pensando que você é tudo o que eu tenho, Laila.

A menina se aproximou do pai e encostou a cabeça no seu peito. Ele pareceu meio assustado: à diferença de sua mãe, *babi* raramente expressava o seu afeto fisicamente. Deu um beijinho na cabeça da filha e a abraçou um tanto desajeitado. E os dois ficaram parados assim por uns instantes, olhando o vale de Bamiyan a seus pés.

— Adoro essa terra, mas tem dias em que me dá vontade de ir embora — disse ele.

— Para onde?

— Para qualquer lugar em que seja fácil esquecer. Acho que, primeiro, para o Paquistão. Passar um ano lá, talvez dois, esperando que nossos papéis fiquem prontos.

— E depois?

— Depois... bom, o mundo é muito grande, Laila. Quem sabe a América? Algum lugar perto do mar. Como a Califórnia.

Babi disse que o povo dos Estados Unidos era generoso. Que seriam ajudados, recebendo dinheiro e comida por algum tempo, até conseguirem sobreviver por conta própria.

— Posso arranjar trabalho e, em poucos anos, quando tiver economizado o bastante, abriríamos um pequeno restaurante afegão. Nada muito luxuoso; só um lugarzinho modesto, com poucas mesas e alguns tapetes. Talvez, uns quadros de Cabul pelas paredes. Vamos oferecer àquela gente o sabor da comida afegã. Com sua mãe na cozinha, vai ter fila na porta...

"E você continuaria a estudar, é claro. Sabe o que penso a este respeito. A nossa prioridade máxima seria que você tivesse uma boa educação, e fosse para a faculdade. Mas, nas horas vagas, *se quisesse*, poderia nos ajudar, anotando os pedidos, enchendo as jarras de água, fazendo coisas assim."

Babi disse que o restaurante poderia acolher festas de aniversário, de noivado, de Ano-Novo; que acabaria se transformando num local de encontro para outros afegãos que, como eles, tivessem fugido da guerra. E à noite, depois que os clientes fossem embora e que tivessem terminado de limpar tudo, os três ficariam sentados ali, tomando chá, cansados, mas agradecidos pela sorte que tinham.

Quando terminou de falar, ficou quieto. Os dois ficaram. Sabiam muito bem que *mammy* não iria a lugar algum. Deixar o Afeganistão já era alguma coisa impensável para ela enquanto Ahmad e Noor ainda estavam vivos. Agora, que eles tinham se tornado *shahid*, fazer as malas e ir embora era ainda pior: era uma verdadeira afronta, uma traição, a própria negação do sacrifício feito pelos filhos.

"Como pode ter pensado nisso?", perguntaria ela, e Laila podia ouvi-la mentalmente. "A morte dos dois não significa nada para você, primo? Pois o único consolo que tenho é saber que piso nesse chão impregnado pelo sangue deles. Não. Nunca."

E a menina sabia que o pai nunca iria embora sem ela, apesar de *mammy* não ser mais uma esposa para ele, como também não era uma mãe para a própria filha. Pela mulher, *babi* tiraria esse sonho da cabeça, exatamente como tirava a farinha do casaco quando voltava para casa depois do trabalho. Portanto, ficariam ali. Até a guerra terminar. E continuariam ali para enfrentar o que quer que viesse depois dela.

Laila lembrou que, certa vez, ouviu sua mãe dizer a seu pai que tinha se casado com um homem sem convicções. *Mammy* não entendia. Ela não entendia que, se olhasse no espelho, veria a mais firme das convicções da vida dele bem ali, à sua frente.

Mais tarde, depois de comerem ovos cozidos e batata com pão, Tariq se deitou sob uma árvore, às margens de um riachinho gorgolejante. Dormiu com o casaco dobrado como se fosse um travesseiro e as mãos cruzadas no peito. O motorista foi até o povoado comprar amêndoas. *Babi* se sentou ao pé de uma acácia de tronco bem grosso para ler. Era um livro que Laila conhecia, pois seu pai o tinha lido para ela. Contava a história de um velho pescador chamado Santiago, que fisgou um peixe enorme. Mas quando o pescador consegue chegar à praia, são e salvo, não resta nada do seu precioso peixe: os tubarões o tinham devorado.

Laila se sentou à beira do riacho, com os pés mergulhados na água fria. No ar, os mosquitos zumbiam e as sementes de algodão dançavam. Uma libélula voava ali pertinho. A menina ficou olhando aquelas asas que reluziam ao sol enquanto o inseto ia passando de uma folhinha a outra: eram reflexos roxos, verdes, alaranjados. Na outra margem, uns meninos *hazaras* recolhiam bosta de boi no chão e punham tudo nos sacos de aniagem que levavam às costas. Em algum lugar, um burro zurrou. Um gerador começou a funcionar.

Pensou então no sonho do pai: viver em "algum lugar perto do mar".

Mas tinha uma coisa que ela não disse ao pai lá em cima, na cabeça da estátua: não lhe disse que ficava feliz por eles não irem embora. Sentiria falta de Giti, com aquele seu jeitão sério e compenetrado, e de Hasina também, com aquele seu riso maldoso, sempre fazendo palhaçadas. Acima de tudo, porém, ela se lembrava muito bem de como foram difíceis aquelas quatro semanas sem Tariq, quando ele foi para Ghazni. Lembrava muito bem como o tempo custou a passar sem ele por ali; como ficava perambulando à toa, sentindo-se acuada, desnorteada. Como poderia aguentar a ausência dele para sempre?

Talvez fosse loucura querer estar assim junto de alguém num país onde as armas tinham matado seus próprios irmãos. Mas bastava lembrar de

Tariq enfrentando Khadim com a perna mecânica para saber que não havia no mundo atitude mais sensata...

Seis meses depois, em abril de 1988, *babi* voltou para casa com grandes notícias.

— Eles assinaram um acordo! — exclamou. — Em Genebra. Agora, é oficial! Estão indo embora. Dentro de nove meses, não haverá mais nenhum soviético no Afeganistão!

Mammy, que estava sentada na cama, deu de ombros.

— Mas o regime comunista permanece — disse ela. — O presidente Najibullah é um joguete dos soviéticos. E vai continuar bem aqui. Não, a guerra não acabou. Isto não é o fim.

— Najibullah não vai continuar no poder — retrucou *babi*.

— Eles estão indo embora, *mammy*! Estão indo embora mesmo! — exclamou Laila.

— Podem comemorar, se quiserem. Mas não vou descansar enquanto não vir o desfile dos *mujahedins* entrando, vitoriosos, aqui em Cabul.

Dizendo isto, voltou a se deitar e puxou as cobertas.

22

Janeiro de 1989

Num dia frio e nublado do mês de janeiro de 1989, quando faltavam três meses para ela fazer 11 anos, Laila foi, com os pais e a amiga Hasina, ver um dos últimos comboios soviéticos que deixava a cidade. Tinha gente de um lado e de outro da avenida que levava ao Clube Militar, perto de Wazir Akbar Khan. Ficaram parados ali, na neve lamacenta que cobria o chão, vendo a fila de tanques, caminhões blindados e jipes, enquanto a neve que caía esvoaçava diante dos faróis desses veículos. As pessoas gritavam e vaiavam. Soldados afegãos tratavam de manter aquela gente toda nas calçadas. De vez em quando, precisavam disparar tiros de advertência.

Mammy segurava uma foto de Ahmad e de Noor bem acima da cabeça. Era aquela em que os dois estavam sentados debaixo da pereira do quintal. Havia outras que, como ela, exibiam fotos de seus maridos, filhos ou irmãos, todos *shahids*.

Alguém bateu no ombro de Laila e de Hasina. Era Tariq.

— Onde arranjou isso? — exclamou Hasina.

— Achei que devia vir vestido a caráter para a ocasião — respondeu o menino, que estava usando um imenso gorro de pele russo, daqueles que têm protetores de ouvido. — Que tal estou?

— Ridículo — disse Laila, rindo.

— Era exatamente o que eu pretendia — retrucou ele.

— Seus pais vieram até aqui com você vestido desse jeito?

— Não. Na verdade, eles ficaram em casa.

No outono, aquele seu tio de Ghazni tinha morrido de um ataque cardíaco e, poucas semanas mais tarde, o pai de Tariq teve um infarto, o que o deixou frágil e abatido. Desde então, andava muito ansioso e deprimido. Laila estava feliz por ver Tariq assim, como ele sempre foi. Durante um bom tempo, depois que o pai ficou doente, Laila via o amigo se arrastando por aí, com o rosto sério e contraído.

Os três resolveram dar uma volta enquanto os pais de Laila continuavam a ver o comboio soviético. Num ambulante, Tariq comprou um prato de feijão cozido recoberto com um espesso *chutney* de coentro para cada um deles. Sentaram-se para comer sob o toldo de uma loja de tapetes que estava fechada e, depois, Hasina foi encontrar sua família.

No ônibus, de volta para casa, Tariq e Laila sentaram atrás dos pais dela. *Mammy* estava na janela, olhando para fora, com a foto agarrada junto ao peito. Ao seu lado, *babi* ouvia impassível um sujeito indignado que dizia que os soviéticos podiam estar indo embora, mas mandariam armas para Najibullah em Cabul.

— Ele não passa de um joguete. Pode apostar que os soviéticos vão continuar comandando através dele.

Alguém do outro lado concordou.

Mammy ia murmurando umas orações intermináveis e só parava quando ficava sem fôlego, pronunciando as últimas palavras com uma vozinha estridente e bem aguda.

Mais tarde, naquele mesmo dia, Laila e Tariq foram ao cinema Park e tiveram de aguentar um filme soviético dublado em farsi, o que acabou sendo cômico, embora não fosse essa a intenção. A história se passava num navio mercante. O imediato estava apaixonado pela filha do capitão, que se chamava Alyona. De repente, há uma violenta tempestade, com raios e trovoadas, e o mar agitado açoita o navio. Um dos marinheiros, desesperado, grita alguma coisa e ouve-se a voz de um afegão absurdamente calmo dizendo: "Prezado senhor, pode ter a gentileza de me passar essa corda?"

Diante disso, Tariq caiu na gargalhada e não demorou muito para os dois terem um acesso de riso incontrolável. Quando um deles se cansava, o outro fazia aquela espécie de grunhido de quem está tentando prender o riso, e pronto: começava tudo outra vez. Um homem, sentado duas fileiras adiante, virou para trás pedindo silêncio.

Mais para o fim do filme, tinha uma cena de casamento. O capitão cedeu e permitiu que Alyona se casasse com o imediato do navio. Os recém-casados sorriam, um para o outro, e todos tomavam vodca.

— Nunca vou me casar — sussurrou Tariq.

— Nem eu — disse Laila, mas não sem um momento de hesitação que a deixou nervosa. Ficou com medo de que a sua voz traísse o desapontamento que sentiu ao ouvir aquela frase. Com o coração aos pulos, a menina acrescentou e, desta feita, com mais convicção: — Nunca.

— Casamento é besteira.

— Uma confusão danada.

— E todo o dinheiro que se gasta.

— Para quê?

— Comprando roupas que nunca mais vamos usar de novo.

— Hã, hã!

— Se por acaso eu me casar — acrescentou Tariq — vão ter que arranjar espaço para três pessoas no altar: eu, a noiva e o sujeito que vai ficar segurando o revólver apontado para a minha cabeça.

O homem da frente se virou novamente, de cara feia.

Na tela, Alyona e o marido se beijaram na boca.

Ao ver esse beijo, Laila achou que ele ia perceber tudo o que estava acontecendo. Podia sentir nitidamente o coração batendo, podia ouvir o sangue pulsando, via o vulto de Tariq a seu lado, se enrijecendo, se calando. E o beijo prosseguia. De repente, a menina teve a sensação de que precisava ficar imóvel, não fazer qualquer ruído. Sentia que Tariq a fitava — um olho no beijo, o outro, nela —, exatamente como ela o fitava. Será que ele estava ouvindo o barulhinho do ar entrando e saindo por suas narinas, à espera de uma mínima falha, uma irregularidade reveladora, que traísse seus pensamentos?

E como seria beijá-lo, como seria sentir aquela penugem acima dos lábios dele roçando sua própria boca?

Então, Tariq se remexeu na cadeira, parecendo desconfortável, e disse, com uma voz um tanto forçada:

— Sabe que, se a gente tira meleca na Sibéria, ela vira um bloquinho de gelo antes mesmo de cair no chão?

Ambos riram, mas, desta vez, foi um riso breve, nervoso. E, quando o filme terminou e eles saíram do cinema, Laila ficou aliviada ao ver que já estava escurecendo e que não precisaria enfrentar os olhos de Tariq em plena luz do dia.

23

Abril de 1992

TRÊS ANOS SE PASSARAM.

Durante esse período, o pai de Tariq teve uma série de AVCs que o deixaram sem os movimentos da mão esquerda e com uma ligeira dificuldade de articulação. Quando estava nervoso, o que não era nada raro, os problemas da fala pioravam.

Mais uma vez, Tariq cresceu e a perna mecânica ficou pequena. Ele conseguiu, então, uma nova, graças à Cruz Vermelha, mas teve de esperar seis meses para recebê-la.

Como Hasina temia, sua família a levou até Lahore para casá-la com o tal primo que era dono de uma concessionária. Na manhã em que foi embora, Laila e Giti foram à sua casa para se despedir. Hasina lhes disse que o primo com quem ia se casar já tinha dado entrada nos papéis para ir viver na Alemanha, onde moravam os seus irmãos. Achava que, ainda esse ano, deveriam se mudar para Frankfurt. As três choraram, abraçadas. Giti estava inconsolável. A última vez que Laila viu Hasina foi quando a família a estava ajudando a entrar no banco de trás de um táxi já lotado.

A União Soviética estava se desfazendo com uma rapidez espantosa. Praticamente a cada semana, *babi* voltava do trabalho contando que uma das repúblicas tinha declarado sua independência. Lituânia. Estônia. Ucrânia. Desceram a bandeira soviética do mastro do Kremlin: a república da Rússia acabava de nascer.

Em Cabul, Najibullah mudava de tática e tentava passar a imagem de um muçulmano fervoroso.

— É muito pouco, e está vindo tarde demais — comentou *babi*. — Não dá para ser o chefe da KHAD num dia e, no dia seguinte, estar rezando numa mesquita junto com as pessoas cujos parentes você mandou torturar e matar.

Ao sentir que o cerco se fechava em torno de Cabul, Najibullah tentou fazer um acordo com os *mujahedins*, mas estes se recusaram.

Deitada na cama, *mammy* disse:

— Ainda bem!

Ela continuava fazendo suas vigílias pelos *mujahedins* e aguardando o desfile da vitória, esperando pelo momento em que os inimigos de seus filhos seriam enfim derrotados.

E acabou acontecendo. Em abril de 1992, quando Laila fez 14 anos.

Najibullah finalmente se rendeu e se refugiou no prédio da ONU, perto do palácio Darulaman, ao sul da capital.

O *jihad* tinha terminado. Os vários governos comunistas que se sucediam no poder desde que Laila nasceu tinham sido derrotados. Os heróis de *mammy*, os companheiros de batalha de Ahmad e de Noor, tinham vencido. E agora, depois de mais de uma década sacrificando tudo, deixando a própria família para ir viver nas montanhas e lutar pela soberania do Afeganistão, os *mujahedins* estavam vindo para Cabul, em carne, sangue e ossos massacrados pela guerra.

Mammy conhecia a todos pelo nome.

Um deles era Dostum, o espalhafatoso comandante uzbeque, líder da facção Junbish-i-Milli, que tinha a reputação de vira-casaca. Havia também Gulbudin Hekmatyar, o carrancudo e veemente líder da facção Hezb-e-Islami, um *pashtun* que fez faculdade de engenharia e que, certa feita, matou um estudante maoísta. Havia ainda Rabbani, o líder tadjique da facção Jamiat-e-Islami, que era professor de lei islâmica na Universidade de Cabul na época da monarquia. Havia Sayyaf, um *pashtun* de Paghman, ligado aos árabes, muçulmano ferrenho e líder da facção Ittehad-i-Islami. E também Abdul Ali Mazari, o líder da facção Hizb-e-Wahdat, conhecido como *baba* Mazari por seus co irmãos *hazaras* e muito ligado aos grupos xiitas do Irã.

E, é claro, o herói de *mammy*, o aliado de Rabbani, o taciturno e carismático comandante tadjique Ahmad Shah Massoud, o Leão de Panjshir. A mãe de Laila tinha pendurado uma foto dele em seu quarto: o rosto belo e pensativo de Massoud, com uma sobrancelha arqueada e a sua marca registrada, o *pakol* meio de lado na cabeça. Aquele rosto que se tornou onipresente em Cabul. Aqueles olhos profundos que fitavam a todos lá dos cartazes, dos muros, das vitrines das lojas, de bandeirinhas que tremulavam nas antenas dos táxis.

Chegou o dia com que sua mãe tanto sonhou, o dia que deu sentido a todos aqueles anos de espera.

Enfim, podia parar com as vigílias, e seus filhos podiam descansar em paz.

No dia seguinte à rendição de Najibullah, *mammy* se levantou da cama: era outra mulher. Pela primeira vez naqueles cinco anos, desde que Ahmad e Noor tinham se tornado *shahids*, ela não se vestiu de preto. Pôs um vestido de linho azul-cobalto com bolinhas brancas e lavou as janelas, varreu o chão, arejou a casa toda, tomou um banho bem demorado. Até a sua voz estava estridente, de tanta felicidade.

— Temos que fazer uma festa — declarou, e mandou Laila ir convidar os vizinhos. — Diga a eles que vamos fazer um grande almoço amanhã!

Parou na cozinha, olhando ao seu redor, com as mãos nas cadeiras e disse, num tom de repreensão, meio brincalhona:

— O que você fez com a minha cozinha, Laila? *Wooy*! Não tem nada no lugar certo.

Começou a trocar os lugares das tigelas e das panelas, com um ar teatral, como se estivesse tomando posse daqueles objetos novamente, recuperando o seu território, agora que estava de volta. Laila não ficou por perto. Era melhor assim. A mãe podia ser descontrolada, tanto em seus ataques de euforia quanto em seus acessos de raiva. Com uma disposição inquietante, ela começou a cozinhar para fazer uma sopa *aush* com feijão e aneto, preparar *kofta* e *mantu*, regado a iogurte fresco e salpicado com menta.

— Você está depilando as sobrancelhas! — observou ela, abrindo um grande saco de arroz em cima da bancada da cozinha.

— Só um pouquinho.

Mammy despejou o arroz numa vasilha preta cheia de água, arregaçou as mangas e começou a remexê-lo.

— Como vai Tariq?

— O pai dele esteve doente — disse Laila.

— Que idade ele tem?

— Não sei. Acho que uns sessenta.

— Não, quantos anos tem Tariq?

— Ah! Dezesseis.

— Ele é um bom menino, não acha?

Laila deu de ombros.

— Na verdade, não é mais um menino, não é mesmo? Dezesseis anos... Já é quase um homem, não acha?

— Aonde você quer chegar, *mammy*?

— A lugar nenhum — respondeu ela, com um sorriso inocente. — A lugar nenhum. Só que você... Ah, nada. É melhor eu ficar calada.

— Até parece... — retrucou a menina, irritada com essas insinuações espirituosas e cheias de rodeios.

— Bom... — disse a mãe, cruzando as mãos na borda da vasilha. Laila notou uma certa afetação no jeito como ela disse "bom", e, depois, cruzou as mãos, quase como se fossem gestos ensaiados. Ficou com medo do que estava por vir. — Quando vocês eram pequenos e ficavam correndo por aí afora era uma coisa — prosseguiu *mammy*. — Não tinha mal algum nisso. Era uma gracinha. Mas, agora... Agora, estou vendo que você já está usando sutiã, Laila.

A menina não esperava por aquilo.

— Aliás, você podia ter me falado do sutiã... Eu não estava nem sabendo. Fico desapontada por não ter me contado nada. — E, percebendo a vantagem que levava, prosseguiu: — Mas, não estamos falando de mim ou do sutiã. Estamos falando de você e Tariq. Ele é um rapaz e, por isso, não liga a mínima para a própria reputação. Mas você... A reputação de uma menina, principalmente de uma menina bonita como você, Laila, é uma coisa delicada. É como segurar um mainá. Basta soltar um pouco as mãos e pronto: ele sai voando.

— E aquela história de você pular muro e ficar quase se arrastando no quintal com *babi*? — perguntou Laila, toda feliz por ter tido presença de espírito.

— Nós éramos primos. E nos casamos. Por acaso esse rapaz pediu a sua mão?

— Ele é um amigo, mãe. Um *rafiq*. Não tem nada a ver com casamento — disse Laila, meio na defensiva, num tom não muito convincente, e ainda fez a besteira de acrescentar: — Tariq é como um irmão para mim.

Antes mesmo que o rosto de sua mãe se anuviasse e seus traços se contraíssem, a menina já sabia que tinha cometido um erro.

— Mas não é *mesmo* — retrucou *mammy*, categórica. — Não compare esse rapazinho perneta, filho de um carpinteiro, aos seus irmãos. Não existe *ninguém* como eles.

— Mas eu não disse que... Não era isso que eu estava querendo dizer.

Mammy suspirou pelo nariz e cerrou os dentes.

— Bom, seja como for... — prosseguiu ela, mas já sem aquele tom leve, com uma pontinha de alegria, de alguns minutos atrás. — O que estou tentando lhe dizer é que, se não tomar cuidado, as pessoas vão começar a falar.

Laila chegou a abrir a boca para dizer alguma coisa. Não que achasse que a mãe não tinha razão. Sabia muito bem que aqueles dias de inocência, quando podia ficar tranquilamente brincando com Tariq pelas ruas, tinham terminado. Já há algum tempo, vinha percebendo algo diferente no ar sempre que os dois saíam juntos em público. Podia sentir que as pessoas olhavam para eles, reparavam neles, cochichavam a seu respeito, e não notava nada disso antes. E talvez continuasse a não notar, mesmo agora, se não fosse por um detalhe fundamental: tinha se apaixonado por Tariq. Estava loucamente apaixonada, e sem qualquer esperança. Quando ele estava por perto, Laila não conseguia se impedir de ter os pensamentos mais escandalosos, imaginando aquele corpo esguio, nu, abraçado ao seu. Deitada na cama, à noite, pensava nele beijando a sua barriga, imaginava a doçura dos seus lábios, o toque das suas mãos no seu pescoço, no seu peito, nas suas costas e até descendo mais pelo seu corpo. Quando pensava nele desse jeito, ficava culpadíssima, mas também sentia alguma coisa diferente, uma sensação de quentura que vinha subindo desde a sua barriga até parecer que o seu rosto estava vermelho.

Não. *Mammy* tinha razão. Na verdade, mais do que poderia supor. Laila desconfiava que alguns vizinhos, quem sabe até a grande maioria deles, já estavam fofocando a respeito deles dois. Tinha percebido uns sorrisinhos furtivos, sabia que a vizinhança andava dizendo que eles eram um casal. Outro dia mesmo, quando estavam subindo a rua juntos, cruzaram com Rashid, o sapateiro, e sua mulher Mariam a reboque, sempre escondida atrás da *burqa*. Quando os dois passaram perto deles, Rashid disse, em tom de brincadeira: "Ora, se não são Laili e Majnoon", referindo-se ao par romântico do tão popular poema de Nezami — uma versão farsi de *Romeu e Julieta*, do século XII, segundo *babi*, que fazia questão de frisar que Nezami escreveu a sua história sobre os amantes desafortunados quatro séculos antes de Shakespeare.

Mammy tinha toda razão.

O que a deixava irritada era que a mãe não merecia ter esse direito. As coisas seriam bem diferentes se fosse *babi* quem tocasse neste assunto. Mas *mammy*? Depois de todos aqueles anos que passou ausente, encerrada no próprio quarto, sem querer saber aonde Laila ia, com quem andava, o que pensava... Não era justo. Sentia-se igualzinha àquelas panelas e vasilhas, algo que a mãe podia deixar de lado, esquecer e, um belo dia, reivindicar à vontade, quando lhe desse na telha.

Mas aquele dia era especial, era um momento importante, e para todos eles. Seria maldade estragar tudo por causa disso. Em consideração à ocasião, Laila achou melhor deixar para lá.

— Pode deixar, mãe. Já entendi — disse ela.

— Ótimo! — retrucou sua mãe. — Então, está tudo resolvido. Mas onde está Hakim? Onde será que se meteu o meu querido maridinho?

O dia estava lindíssimo, sem uma nuvem no céu, perfeito para uma festa. Os homens ficaram no quintal, sentados naquelas precárias cadeiras de armar. Tomavam chá, fumavam e, em voz alta, falavam animadamente sobre os planos dos *mujahedins*. Laila conhecia as suas linhas gerais, como *babi* tinha lhe explicado: o país se chamava, agora, Estado Islâmico do Afeganistão. Um Conselho Islâmico, fundado em Peshawar por diversas facções *mujahedins*, assumiu o controle do país por dois meses, sob a liderança de Sibghatullah Mojadidi. Em seguida, veio o período do governo de Rabbani, que duraria quatro meses. Durante esses seis meses, teria lugar uma *loya jirga*, a grande assembleia tradicional da qual participam os líderes dos diversos grupos e os anciãos, e que constituiria um governo interino para assumir o poder por dois anos, até a convocação de eleições democráticas.

Um dos homens estava abanando uns espetos de carneiro que chiavam numa grelha improvisada. *Babi* e o pai de Tariq jogavam xadrez à sombra da velha pereira, tão concentrados que tinham a testa enrugada. Tariq também estava ali fora, às vezes observando a partida de xadrez, às vezes ouvindo a conversa da mesa ao lado sobre política.

As mulheres estavam reunidas na sala, no corredor, na cozinha. Conversavam, com bebês no colo, esquivando-se habilmente, com rápidos movimentos dos quadris, das crianças que corriam pela casa. De um toca-fitas, vinha o som de um *ghazal* executado por Ustad Sarahang.

Laila estava na cozinha, preparando jarras de *dogh* junto com Giti. Sua amiga não era mais aquela menina tímida e séria de antes. Há vários meses, aquele rosto contraído já tinha deixado de existir. Ultimamente, vinha rindo abertamente, com mais frequência, e — como Laila pôde notar com surpresa — com um arzinho de quem flertava. Não usava mais aquele rabo de cavalo sem-graça: tinha deixado o cabelo crescer e feito umas luzes avermelhadas. Laila acabou descobrindo que o motivo de tanta transformação era um garoto de 18 anos que tinha se interessado por ela. Ele se chamava Sabir e era o goleiro do time de futebol do irmão mais velho de Giti.

— Ah, ele tem o sorriso mais lindo do mundo, e aquele cabelo preto bem grosso! — disse a menina. É claro que ninguém sabia do que estava acontecendo. Giti tinha se encontrado com ele duas vezes, dois encontros de apenas 15 minutos, numa pequena casa de chá em Taimani, do outro lado da cidade. — Ele vai pedir a minha mão, Laila! Talvez já no próximo verão. Você acredita? Juro que não consigo parar de pensar nele.

— E a escola? — perguntou Laila. Giti abanou a cabeça e lhe deu um olhar que parecia dizer: "Ora, você sabe tão bem quanto eu..."

"Quando tivermos vinte anos", dizia Hasina, "Giti e eu já vamos ter parido uns quatro ou cinco filhos cada. Mas você, Laila, você ainda vai nos deixar orgulhosíssimas. Você vai ser alguém. Sei que, algum dia, vou pegar um jornal e ver a sua foto na primeira página".

E, agora, Giti estava parada ali, ao seu lado, cortando pepinos, com um ar distante e sonhador estampado no rosto.

Mammy também estava por perto, com um vestido de verão brilhante, descascando ovos cozidos junto com Wajma, a parteira, e a mãe de Tariq.

— Vou dar uma foto de Ahmad e Noor ao general Massoud — disse ela. E Wajma assentiu, tentando parecer interessada e sincera. — Ele presidiu pessoalmente ao enterro dos dois — prosseguiu *mammy*, quebrando mais um ovo. — Rezou uma prece diante da sepultura. Vai ser uma forma de agradecer por essa atitude tão decente. Ouvi dizer que ele é um homem sério, ponderado. Acho que vai gostar de receber esse presente.

À sua volta, havia um constante entra e sai de mulheres levando tigelas de *qurma*, bandejas de *mastawa*, vários pães e arrumando tudo isso em cima da *sofrah* estendida no chão da sala.

De vez em quando, Tariq aparecia por ali. Beliscava isso, experimentava aquilo...

— Homem não entra — dizia Giti.

— Fora, fora! — exclamava Wajma.

E Tariq sorria, vendo as mulheres o enxotarem daquele jeito bem-humorado. Parecia gostar de não ser bem-vindo nesse lugar, de invadir aquela atmosfera feminina com a sua irreverência masculina.

Laila se esforçava ao máximo para ignorá-lo, para não dar àquelas mulheres mais um motivo que fosse para os mexericos que já andavam fazendo. Mantinha, então, os olhos baixos e não dizia nada, mas ficava lembrando de um sonho que tinha tido algumas noites atrás: o rosto dele e o dela, juntos, num espelho, sob um véu verde e macio. E os grãos de arroz que caíam do cabelo dele fazendo tic-tic ao baterem na superfície do espelho.

Tariq estendeu a mão para provar um pedacinho de vitela ensopada com batatas.

— *Ho bacha!* — exclamou Giti, dando-lhe um tapinha na mão.

Mesmo assim, Tariq conseguiu apanhar um pouco e riu. Atualmente, era uns bons trinta centímetros mais alto que Laila. Já se barbeava. Seu rosto tinha ficado mais fino, mais anguloso, e os seus ombros, bem mais largos. Gostava de usar calças folgadas, mocassins pretos lustrosos e camisas de mangas curtas que exibiam os seus braços agora musculosos — graças a uns velhos halteres meio enferrujados com que ele se exercitava diariamente no quintal de casa. De uns tempos para cá, seu rosto exibia uma expressão entre belicosa e brincalhona. Deu para inclinar ligeiramente a cabeça quando falava e arquear uma sobrancelha quando ria. Deixou o cabelo crescer e, vira e mexe, ficava ajeitando os cachos que lhe caíam na testa, até sem necessidade. Aquele sorrisinho cínico também era novidade.

Na última vez que Tariq foi enxotado da cozinha, a mãe dele viu que Laila o fitava disfarçadamente. O coração da menina pulou de susto e ela desviou os olhos, encabulada. Mais que depressa, tratou de se ocupar jogando o pepino cortado na jarra com iogurte diluído e salgado. Mas podia sentir o olhar da mãe de Tariq, e até mesmo o seu ligeiro sorriso de quem sabe e aprova o que está acontecendo.

Os homens encheram seus pratos e copos e voltaram para o quintal. Depois que eles tinham se servido, as mulheres e as crianças se sentaram no chão, ao redor da *sofrah*, para comer.

Quando elas já tinham retirado os pratos, levado tudo para a cozinha e começado aquele frenesi de preparar o chá, tendo que lembrar quem preferia verde, quem preferia preto, Tariq fez um gesto com a cabeça, indicando a porta, e saiu.

Laila esperou uns cinco minutos e foi atrás dele.

Encontrou-o três casas adiante, recostado na parede, na entrada de um beco estreito que separava duas construções. Estava cantarolando uma velha canção *pashto*, de Ustad Awal Mir:

Da ze ma ziba watan,
Da ze ma dada watan.
Esta é a nossa linda terra,
Esta é a nossa terra amada.

E estava fumando, mais um novo hábito adquirido com os rapazes com quem Laila o tinha visto recentemente. Ela simplesmente não suportava aqueles novos amigos de Tariq. Todos se vestiam do mesmo jeito, de calça folgada e camiseta justa que deixavam bem visíveis seus braços e seu peito. Todos usavam muita colônia, e todos fumavam. Circulavam pela vizinhança em grupos, fazendo piadas, rindo alto, às vezes até mexendo com as garotas com aquele mesmo sorrisinho idiota no rosto. Um dos amigos de Tariq insistia em ser chamado de Rambo, por causa de uma ligeiríssima semelhança com Sylvester Stallone.

— Sua mãe o mataria se soubesse que está fumando — disse Laila, olhando para um lado e para o outro antes de entrar no beco.

— Só que ela não sabe — retrucou ele, recuando para deixá-la passar.

— Mas poderia vir a saber.

— E quem vai contar a ela? Você?

— Pode contar seus segredos ao vento, mas, depois, não vá culpá-lo por contar tudo às árvores — disse a menina, batendo com o pé no chão.

— Quem disse isso? — indagou Tariq, sorrindo e erguendo a sobrancelha.

— Khalil Gibran.

— Você é uma exibida!

— Me dê um cigarro.

Ele fez que não com a cabeça e cruzou os braços. Este era um novo item do seu repertório de poses: recostado na parede, de braços cruzados, com um cigarro pendendo do canto da boca e a perna boa meio dobrada, com um ar descontraído.

— Por que não?

— Não é legal para você — disse ele.

— Mas é para você?

— Faço isso por causa das garotas.

— Que garotas?

— Elas acham que é sexy — respondeu ele, todo prosa.

— Não é mesmo.

— Não?

— Garanto que não.

— Não é sexy?

— Você fica parecendo um *khila*, um retardado.

— Uau, e precisa ser tão dura? — retrucou ele.

— De qualquer forma, que garotas são essas?

— Hmmm, você está com ciúme.

— Eu, não. Não estou nem aí... É só curiosidade.

— As duas coisas ao mesmo tempo? Impossível! — observou ele, dando uma tragada no cigarro e apertando os olhos por causa da fumaça. — Aposto que estão falando de nós.

Laila podia ouvir a voz da mãe, dizendo: "É como segurar um mainá. Basta soltar um pouco as mãos e pronto: ele sai voando." Sentiu uma pontada de culpa, mas, depois, calou a voz da mãe e preferiu saborear o jeito como Tariq tinha pronunciado a palavra *nós*. Vindo dele, parecia até alguma coisa emocionante, conspiratória. E era tão tranquilizador ouvi-lo dizer aquilo assim, num tom espontâneo, natural... *Nós*. Era como reconhecer a ligação entre ambos, cristalizá-la.

— Dizendo o quê?

— Que estamos navegando pelo rio do pecado — respondeu ele. — Comendo um pedaço do bolo da imoralidade.

— Andando no riquixá da depravação — acrescentou Laila, entrando na brincadeira.

— Preparando a *qurma* do sacrilégio.

E os dois caíram na risada. De repente, Tariq notou que o cabelo dela estava crescendo.

— Está bonito — disse ele.

— Você está mudando de assunto — retrucou Laila, torcendo para não ficar vermelha.

— Que assunto?

— Aquelas meninas de cabeça oca que acham você sexy.

— Ora, você sabe muito bem.

— Sei o quê?

— Que só me interesso por você.

Laila se derreteu toda por dentro. Tentou ler o rosto dele, mas o que viu foi algo indecifrável: aquele sorrisinho cretino e brincalhão que não combinava nada com as pálpebras semicerradas e o olhar meio desesperado. Um arzinho bem esperto, calculado para ficar exatamente a meio caminho entre a gozação e a sinceridade.

Então, ele apagou o cigarro com o calcanhar da perna boa.

— O que acha disso tudo? — perguntou.

— Dessa história da festa? — indagou Laila.

— Quem é que está sendo retardada agora? Dos *mujahedins*, Laila. Da vinda deles para Cabul.

— Ah!

Ela estava começando a dizer uma coisa que tinha ouvido de seu pai, sobre o casamento assustador de armas e egos, quando perceberam uma agitação em sua casa. Vozes altas. Gritos.

Laila saiu correndo, e Tariq a seguiu, mancando.

Havia uma briga no quintal. No meio da confusão, dois homens esbravejavam, rolando pelo chão, e, entre ambos, uma faca. Laila reconheceu um deles como sendo um dos sujeitos daquele grupo que estava discutindo política mais cedo. O outro era quem estava abanando os espetos de carneiro na grelha. Vários homens tentavam apartar a briga, mas *babi* não se meteu. Ficou parado perto do muro, a uma boa distância da briga, junto com o pai de Tariq, que estava chorando.

Todos gritavam ao seu redor, mas, no meio de toda a confusão, Laila pôde distinguir uma coisa aqui, outra ali, que lhe deram uma noção do que estava acontecendo: o sujeito que discutia política, um *pashtun*, chamou Ahmad Shah Massoud de traidor, afirmando que ele tinha "feito um trato" com os soviéticos nos anos 1980. O homem da grelha, um tadjique, se sentiu ofendido e exigiu uma retratação. Mas o *pashtun* se recusou. Aí o tadjique disse que, se não fosse por Massoud, a irmã do outro ainda estaria "dando" para os soldados soviéticos. Foi então que eles partiram para a briga mesmo. Um dos dois pegou uma faca, mas as opiniões divergiam quanto a qual deles.

Horrorizada, Laila viu Tariq se lançar no meio da confusão. Viu ainda que um dos que antes tentavam apartar os brigões agora também estava distribuindo socos. E achou até que tinha visto mais uma faca.

Mais tarde, naquela noite, Laila ficou lembrando do desfecho daquela briga, com os homens caindo uns sobre os outros, entre berros, gritos, socos, e, no meio de tudo aquilo, Tariq fazendo uma careta, com o cabelo desgrenhado, a perna mecânica solta, tentando rastejar para sair dali.

As coisas foram acontecendo com uma rapidez impressionante. Logo, logo o conselho das lideranças foi convocado e Rabbani foi eleito presidente. As outras facções esbravejavam, denunciando nepotismo. Massoud pedia paz e paciência.

Hekmatyar, que havia sido excluído, estava furioso. Os *hazaras*, com o seu longo histórico de opressão e negligência, também ficaram enfurecidos.

Eram insultos de parte a parte. Dedos em riste. Acusações. Reuniões acabavam em discussões acaloradas e portas batendo. A cidade prendia o fôlego. Nas montanhas, pentes e mais pentes de balas eram enfiados nos Kalashnikovs.

Na falta de um inimigo comum, os *mujahedins*, armados até os dentes, resolveram lutar entre si.

Para Cabul, chegou enfim o dia do juízo.

E quando os mísseis começaram a cair sobre a capital, as pessoas correram em busca de abrigo. Foi o que fez *mammy*. Ela simplesmente voltou a se vestir de preto, foi para o quarto, fechou as cortinas e cobriu a cabeça com as cobertas.

24

— É O ASSOBIO — DISSE LAILA —, o maldito assobio. Não há nada que eu odeie mais!

Tariq assentiu, concordando.

Na verdade, não era o assobio em si, como Laila percebeu um pouco mais tarde, mas os segundos que transcorriam entre o momento em que ele começava e a explosão. Aquele tempo breve e interminável em que a gente fica em suspense. A sensação de não saber. A espera. Como um acusado prestes a ouvir o veredicto.

Acontecia com frequência na hora do jantar, quando *babi* e ela estavam à mesa. Bastava começar aquele ruído e eles erguiam a cabeça. Os dois ouviam aquele som com o garfo parado no ar, a comida esquecida na boca. Laila podia ver o reflexo de seus rostos parcialmente iluminados na vidraça escura da janela, as suas sombras estáticas projetadas na parede. O assobio. Depois, o estrondo, graças a Deus em outro lugar. Vinha então a exalação aliviada e a certeza de que, ao menos desta vez, tinham sido poupados, ao passo que em outro ponto da cidade, entre gritos e nuvens sufocantes de fumaça, só se via correria, mãos tentando desesperadamente escavar, retirar dos escombros o que restava de uma irmã, de um irmão, de um neto.

Mas a contraparte de ser poupado era a agonia de imaginar quem não tinha sido. Depois que o míssil explodia, Laila corria para a rua, balbuciando uma oração, com a certeza de que, desta vez, era Tariq que ia estar ali, soterrado sob as pilhas de destroços e a fumaça.

À noite, ficava deitada na cama observando os súbitos clarões refletidos na janela. Ouvia os disparos de armas automáticas e contava os mísseis que passavam zunindo sobre sua cabeça, fazendo a casa estremecer e derrubando pedaços de gesso lá do teto em cima dela. Certas noites, quando o clarão de um míssil era tão forte que se podia ler um livro com aquela luminosidade, o sono não vinha. E, se por acaso ela adormecia, seus sonhos eram repletos de fogo, de membros decepados, dos gemidos dos feridos.

A manhã não trazia nenhum alívio. Quando a voz do muezim ecoava, chamando para as *namaz*, os *mujahedins* depunham as armas, viravam-se para o oeste e rezavam. Depois, os tapetes eram enrolados, as armas, recarregadas e as montanhas disparavam sobre Cabul, que, por sua vez, disparava contra as montanhas, enquanto Laila e os demais habitantes da cidade ficavam só olhando, tão impotentes quanto o velho Santiago vendo os tubarões abocanharem o seu valioso peixe.

Aonde quer que fosse, Laila via homens de Massoud. Ela os via circulando pelas ruas e parando carros, a cada cem ou duzentos metros, para interrogar as pessoas. Via-os também sentados no alto dos tanques, fumando, usando uniformes e envergando aqueles indefectíveis e onipresentes *pakols*. Ou, ainda, observando os passantes por detrás de barricadas instaladas nos cruzamentos.

Não que Laila saísse muito ultimamente, e, quando o fazia, ia sempre acompanhada por Tariq, que parecia gostar dessa tarefa cavalheiresca.

— Comprei um revólver — disse ele um dia. Estavam sentados no chão do quintal da casa de Laila, debaixo da pereira. E lhe mostrou a arma. Era uma Beretta, semi automática. Para a menina, ela parecia simplesmente preta e mortal.

— Não gosto disso — observou ela. — As armas me assustam.

— Na semana passada, encontraram três corpos numa casa em Karteh-Seh — disse ele, girando o tambor da arma para abri-lo. — Você ficou sabendo? Eram irmãs. As três foram estupradas. E tiveram a garganta cortada. Alguém arrancou com os dentes os anéis que elas tinham nos dedos. Deu para saber por causa das marcas...

— Prefiro não ouvir essas coisas.

— Não queria que você se aborrecesse — disse Tariq. — É só que... Eu me sinto melhor tendo isso comigo.

Agora, ele era a sua ligação com o mundo lá fora. Ouvia o que se passava e vinha lhe contar. Foi Tariq quem lhe contou, por exemplo, que os milicianos instalados nas montanhas treinavam sua pontaria — e chegavam a fazer apostas — atirando em civis cá embaixo. Eram homens, mulheres, crianças, todos escolhidos ao acaso. Ele lhe disse também que disparavam mísseis contra os carros, mas, por alguma razão ignorada, deixavam os táxis em paz — "o que explicava", pensou Laila, "a mania que as pessoas pareciam ter adquirido recentemente de pintar os carros de amarelo".

Tariq lhe falou das fronteiras móveis e traiçoeiras que tinham passado a existir em Cabul. Por ele, Laila ficou sabendo que, por exemplo, a rua em que moravam pertencia a um dos senhores da guerra até a segunda acácia à esquerda; os quatro quarteirões seguintes, indo até a confeitaria perto da farmácia que foi demolida, já constituíam outro setor e, se atravessassem a rua e andassem uns quinhentos metros para o oeste, estariam no território de um terceiro senhor da guerra e, portanto, à mercê dos franco-atiradores. Era assim que os heróis de *mammy* eram chamados agora: senhores da guerra. Laila também já tinha ouvido as pessoas se referirem a eles como *tofangdar*, ou seja, fuzileiros. Mas havia ainda quem continuasse a chamá-los de *mujahedins*, só que essa palavra vinha sempre acompanhada de uma careta, que podia ser um risinho ou uma expressão de nojo, pois o termo despertava, agora, profunda aversão e desprezo. Como um insulto.

Tariq voltou a fechar o tambor da arma.

— Você seria capaz? — perguntou Laila.

— De quê?

— De usar essa coisa. De matar com ela.

O rapaz enfiou o revólver na cintura da calça e disse algo a um só tempo maravilhoso e terrível.

— Por você — respondeu ele. — Eu usaria isso para matar alguém por você, Laila.

Ele chegou mais perto e suas mãos se tocaram uma vez, e outra mais. Quando, com alguma hesitação, os dedos de Tariq tentaram segurar os seus, ela deixou. E quando ele se inclinou subitamente e encostou os lábios nos seus, ela também deixou.

Naquele instante, tudo o que *mammy* tinha dito sobre reputação e mainás lhe pareceu absolutamente insignificante. Até mesmo absurdo. No meio de tanta matança e de tantas pilhagens, de todo aquele horror, aquele beijo ali debaixo de uma árvore não podia fazer mal algum. Era uma coisinha à toa. Uma indulgência facilmente desculpável. Então, deixou que Tariq a beijasse e, quando ele se afastou, Laila se inclinou para beijá-lo, com o coração aos pulos, o rosto ardendo, um fogo queimando por dentro.

Em junho daquele ano, 1992, houve combates acirrados na zona oeste de Cabul, entre as forças *pashtuns* do senhor da guerra Sayyaf e os *hazaras* da facção Wahdat. O bombardeio destruiu a rede elétrica, pulverizou quarteirões inteiros de lojas e casas. Laila ouviu dizer que milicianos *pashtuns* estavam invadindo residências de *hazaras* e fuzilando famílias inteiras em execuções sumárias; já os *hazaras* estavam retaliando sequestrando civis *pashtuns*, estuprando garotas *pashtuns*, bombardeando bairros *pashtuns* e matando indiscriminadamente. Todo dia, encontravam-se corpos pendurados nas árvores, às vezes tão carbonizados que era impossível identificá-los e, quase sempre, com um tiro na cabeça, os olhos vazados, a língua arrancada.

Babi continuava tentando convencer *mammy* a deixar Cabul.

— Tudo vai se resolver — dizia ela. — Essas lutas são temporárias. Eles vão se sentar e encontrar uma solução.

— Essa gente *só* conhece a guerra, Fariba — retrucou *babi*. — Eles aprenderam a andar com uma mamadeira numa das mãos e uma arma na outra.

— Quem é você para dizer isso? — esbravejou ela. — Por acaso combateu no *jihad*? Abandonou tudo o que tinha para arriscar a vida? Se não fossem os *mujahedins*, ainda seríamos escravos dos soviéticos, lembre-se disso. E, agora, você quer nos fazer traí-los!

— Os traidores não somos nós, Fariba.

— Pois então vá embora. Pegue a sua filha e fuja. Não se esqueça de me mandar um postal. Mas a paz está chegando e eu vou ficar bem aqui, esperando por ela.

As ruas ficaram tão perigosas que *babi* fez algo até então inimaginável: tirou Laila da escola e assumiu pessoalmente a sua instrução.

Toda tarde, depois que o sol se punha, Laila ia para o escritório e, enquanto Hekmatyar lançava seus mísseis contra Massoud lá dos arredores da cidade, ela e o pai falavam sobre os *ghazals* de Hafez e as obras de seu adorado poeta afegão, Ustad Khalilullah Khalili. *Babi* lhe ensinou como calcular as derivadas de uma equação de segundo grau, lhe mostrou como decompor polinômios e traçar curvas paramétricas. Ele se transformava inteiramente quando estava dando aula. Ali, no seu elemento, em meio aos seus livros, parecia até mais alto. Era como se a sua voz brotasse de um lugar mais calmo e profundo, e ele quase não piscava. Laila ficou imaginando como seu pai devia ter sido antigamente, apagando o quadro-negro com gestos elegantes, olhando por sobre o ombro de um aluno, numa atitude paternal e cuidadosa.

Mas não era fácil prestar atenção àquelas aulas. A todo instante, Laila se distraía.

— Qual é o volume de uma pirâmide? — perguntou *babi*, mas Laila só conseguia pensar nos lábios de Tariq, no calor de seu hálito que sentiu na boca, no próprio rosto refletido naqueles olhos cor de avelã. Depois daquele dia, debaixo da pereira, tinha voltado a beijá-lo duas vezes. Foram beijos mais longos, mais apaixonados e, achava ela, menos desajeitados. Em ambas as ocasiões, eles tinham se encontrado às escondidas no beco onde Tariq estava fumando no dia daquele almoço em sua casa. Na segunda vez, Laila deixou que ele tocasse os seus seios.

— Laila?

— Hã?

— O volume? Da pirâmide... Onde está com a cabeça?

— Ai, desculpe, *babi*. Eu... Deixe ver... Pirâmide. Pirâmide... Um terço da área da base vezes a altura.

Seu pai assentiu com alguma hesitação, olhando detidamente para a filha, mas Laila estava pensando nas mãos de Tariq pressionando os seus seios, e, depois, descendo pelas suas costas enquanto eles se beijavam, se beijavam.

Certo dia, naquele mesmo mês de junho, Giti vinha voltando da escola com duas colegas. A apenas três quarteirões de sua casa, as meninas foram atingidas por um míssil. Mais tarde, naquele dia terrível, Laila ficou sabendo que Nila, a mãe de Giti, tinha saído correndo pela rua onde tudo aconteceu, recolhendo pedaços do corpo da filha no avental e gritando histericamente. Seu pé direito, já em decomposição, ainda calçado com a meia de nylon e o tênis roxo, seria encontrado num telhado duas semanas depois.

Na *fatiha* de Giti, no dia seguinte à sua morte, Laila ficou sentada naquela sala repleta de mulheres que choravam. Estava inteiramente atordoada. Era a primeira vez que morria alguém que ela conhecia, que era sua amiga, uma pessoa de quem gostava. Não conseguia aceitar a inexplicável realidade de que Giti já não existia. Giti, a menina com quem trocava bilhetinhos durante as aulas, cujas unhas lixava, cujos pelos do queixo arrancava com a pinça. Giti, que ia se casar com Sabir, o goleiro. Giti estava morta. *Morta*. Estraçalhada. Finalmente, Laila começou a chorar pela amiga. E todas as lágrimas que não conseguiu derramar no enterro dos irmãos vieram escorrendo pelo seu rosto.

25

Laila mal conseguia se mexer, como se cada uma das suas articulações houvesse sido cimentada. Sabia que era parte daquilo, mas sentia-se distante, como se estivesse simplesmente entreouvindo uma conversa alheia. Tariq falava e Laila via a própria vida como se fosse uma corda apodrecida que arrebenta, se desfaz, com todos os fios se soltando.

Era uma tarde quente e úmida de agosto de 1992, e os dois estavam na sala de sua casa. *Mammy* passou o dia inteiro com dor de estômago e, ainda há pouco, apesar dos mísseis que Hekmatyar lançava lá do lado sul da cidade, *babi* tinha saído para levá-la ao médico. E, agora, ali estava Tariq, sentado ao seu lado no sofá, com os olhos fixos no chão e as mãos entre os joelhos.

Dizendo que ia embora.

Não que fosse se mudar para outro bairro. Nem que fosse sair de Cabul. Era o Afeganistão que ele estava deixando.

Laila ficou completamente atordoada.

— Para onde? Para onde você vai?

— Primeiro, para o Paquistão. Peshawar. Depois, não sei. Talvez para o Hindustão. Ou o Irã.

— Quanto tempo?

— Não faço ideia.

— Não, há quanto tempo já sabe disso?

— Só uns dias. Eu ia lhe contar, Laila, mas não tive coragem. Sei como deve estar chateada.

— Quando?

— Amanhã.

— Amanhã?

— Olhe para mim, Laila.

— Amanhã...

— É o meu pai... O coração dele não vai aguentar toda essa guerra, essa matança.

Laila escondeu o rosto nas mãos, sentindo o medo lhe comprimir o peito. "Devia estar esperando por isso", pensou. Quase todos que conhecia estavam pegando suas coisas e indo embora. Todos os rostos conhecidos tinham desaparecido do bairro e atualmente, há apenas quatro meses do início dos combates entre as facções *mujahedins*, Laila praticamente não reconhecia ninguém nas ruas. A família de Hasina tinha fugido em maio, para Teerã. Wajma e seu pessoal tinham ido para Islamabad no mesmo mês. Os pais e os irmãos de Giti partiram em junho, pouco depois que ela morreu. Laila não sabia para onde tinham ido — ouviu dizer que para Mashad, no Irã. Depois que essa gente se foi, suas casas ficaram vazias por alguns dias, mas logo foram ocupadas por milicianos ou por estranhos que vinham morar ali.

Todos estavam indo embora. E, agora, Tariq também.

— E minha mãe já não é mais tão jovem — dizia ele. — Os dois estão apavorados. Olhe para mim, Laila.

— Você devia ter me dito.

— Olhe para mim, por favor.

Primeiro, foi um som rouco. Depois, um gemido. E ela começou a chorar. Quando Tariq tentou enxugar suas lágrimas com o polegar, ela afastou a sua mão. Era uma atitude egoísta e irracional, mas Laila estava furiosa porque ele a estava abandonando. Ele, que era como um prolongamento dela própria; ele, cujo vulto estava ao seu lado em todas as suas recordações. Como podia deixá-la? De repente, bateu nele. Bateu de novo, e puxou o seu cabelo. Ele precisou segurá-la pelos pulsos e começou a dizer alguma coisa que Laila não conseguia entender. Falava de mansinho, num tom sensato até que, sabe-se lá como, o rosto dele estava colado ao seu e ela sentiu o calor daquele hálito em seus lábios outra vez.

E quando ele foi se reclinando, ela também se reclinou.

Nos dias e semanas que se seguiram, Laila tentou desesperadamente se lembrar do que aconteceu depois. Como um amante da arte fugindo de um museu em chamas, agarrava o que podia — um olhar, um sussurro, um gemido —, buscando preservá-lo, evitar que desaparecesse. O tempo porém é o mais inclemente dos incêndios e, afinal, não deu para salvar tudo. Mas ela conseguiu guardar algumas coisas. Aquela dor tremenda lá embaixo, como nunca tinha sentido antes. A nesga de sol no tapete. Seu calcanhar roçando a superfície dura e fria da perna dele, retirada às pressas e jogada ali no chão, ao seu lado. As mãos em concha nos cotovelos dele. Aquela marca de nascença no seu ombro, parecendo um bandolim de cabeça para baixo, reluzindo em vermelho. O rosto dele pairando sobre o seu. Os cachos negros balançando, tocando de leve em seus lábios, em seu queixo. O pavor de serem descobertos. A sensação de não conseguir acreditar na própria audácia, na própria coragem. O estranho e indescritível prazer mesclado à dor. E o olhar, a imensa variedade de olhares que viu no rosto de Tariq: de apreensão, de ternura, de desculpas, de constrangimento, mas, acima de tudo, acima de tudo mesmo, de desejo.

Depois, foi a loucura. Camisas abotoadas às pressas, cintos fechados, cabelos ajeitados com as mãos. Sentaram-se então ali, um ao lado do outro, impregnados do cheiro do outro, com os rostos corados, ambos atordoados, ambos sem fala diante da enormidade do que acabava de acontecer. Do que tinham feito.

Laila viu três gotinhas de sangue no tapete, do *seu* sangue, e imaginou os pais vindo se sentar no sofá, sem fazer ideia do pecado que ela tinha cometido. E foi então que sentiu vergonha, e culpa, e, lá em cima, o relógio seguia marcando as horas, parecendo soar incrivelmente alto aos seus ouvidos. Como o martelo de um juiz que batesse incessantemente, condenando-a.

Mas Tariq disse:

— Venha comigo.

Por um instante, Laila quase acreditou que fosse possível. Ir embora, junto com Tariq e seus pais. Fazer as malas, embarcar num ônibus, deixar para trás toda essa violência, ir ao encontro da felicidade, dos problemas ou seja lá o que tivessem de enfrentar, mas que enfrentariam juntos. Assim, a angústia do isolamento, a solidão cruel que a aguardava não precisariam existir.

Podia ir. Eles dois podiam ficar juntos.

Teriam mais tardes como essa.

— Quero me casar com você, Laila.

Pela primeira vez desde que tinham se deitado ali no chão, ela ergueu os olhos para fitá-lo. Procurou o seu rosto. Agora, não havia nele o menor vestígio de brincadeira. O seu olhar era de convicção, de uma franqueza ingênua, mas ferrenha.

— Tariq...

— Deixe que eu me case com você, Laila. Poderíamos nos casar hoje mesmo.

E continuou, dizendo que iriam à mesquita, arranjariam um mulá, duas testemunhas, seria um *nikka* bem rápido...

Mas Laila estava pensando em sua mãe, tão obstinada e irredutível quanto os *mujahedins*, cercada por uma aura de rancor e desespero. Estava pensando em seu pai, que, há muito, já havia se rendido, transformando-se num triste e patético antagonista da mulher.

"Às vezes... fico pensando que você é tudo o que eu tenho, Laila."

Estas eram as circunstâncias de sua vida, as verdades a que não podia fugir.

— Vou pedir sua mão a *kaka* Hakim. Ele vai nos dar a sua bênção, Laila, tenho certeza de que vai...

Ele tinha razão. *Babi* daria mesmo. Mas ficaria arrasado.

Tariq continuava a falar, às vezes num sussurro, às vezes mais alto; ora em tom de súplica, ora refletindo; o rosto esperançoso, e, em seguida, angustiado.

— Não posso — disse Laila.

— Não diga isso. Eu a amo.

— Sinto muito...

— Eu a amo.

Há quanto tempo esperava ouvir ele dizer aquelas palavras? Quantas vezes sonhou que ele as dizia? E, agora, ali estavam elas, enfim. "Que ironia", pensou Laila, amargurada.

— Não posso deixar meu pai — disse ela. — Sou tudo o que lhe resta. O coração dele não aguentaria.

Tariq sabia disso. Sabia que ela não podia simplesmente desconsiderar as obrigações de sua vida, assim como ele não podia esquecer as suas, mas prosseguiu com suas súplicas e suas refutações, suas propostas e suas desculpas, suas lágrimas e as dela.

Finalmente, Laila teve de mandá-lo embora.

Na soleira, fez ele prometer que não haveria despedidas. Fechou a porta e podia senti-la estremecer com os golpes dos punhos de Tariq. E ficou recostada ali, com uma das mãos agarrada à barriga e a outra tapando a própria boca, ouvindo-o jurar que voltaria, que voltaria para ela. Ficou assim, imóvel, até que ele se cansou e desistiu. Então, ouviu seus passos um tanto trôpegos que acabaram desaparecendo, e tudo ficou em silêncio, a não ser pelos disparos vindos das colinas e pelo pulsar de seu coração ressoando em sua barriga, em seus olhos, em seus ossos.

26

Sem dúvida alguma, era o dia mais quente do ano. As montanhas aprisionavam o calor escaldante, sufocando a cidade como se fosse fumaça. Fazia alguns dias que estavam sem luz. Por toda Cabul, os ventiladores estavam parados, parecendo até zombar das pessoas.

Laila estava deitada, imóvel, no sofá da sala, com a blusa molhada de suor. Cada exalação parecia lhe queimar a ponta do nariz. Sabia que os pais conversavam no quarto da mãe. Duas noites atrás, e ontem novamente, acordou com a impressão de ouvir vozes lá embaixo. Agora, os dois conversavam diariamente. Desde aquele tiro, desde aquele buraco no portão.

Na rua, o barulho distante da artilharia, e, depois, mais perto, uma longa rajada de metralhadora seguida de outra.

Laila também travava a sua batalha interior: por um lado, culpa, misturada a vergonha, e, por outro, a convicção de que o que tinham feito não era pecado: foi algo natural, bom, bonito, até mesmo inevitável, instigado pela simples ideia de que nunca mais voltariam a se ver.

Virou-se de lado e tentou lembrar de uma coisa. Num determinado momento, quando estavam ali deitados no chão, Tariq aproximou o rosto do seu. Depois, sussurrou algo como "Estou machucando você?" ou "Está doendo?".

Laila não conseguia saber exatamente o que ele tinha dito.

"Estou machucando você?"

"Está doendo?"

Fazia só duas semanas que ele tinha ido embora e isso já estava acontecendo. O tempo começava a apagar os contornos dessas lembranças tão vivas. Laila revolvia a própria mente. O que será que ele disse? De repente, aquilo tinha se tornado uma necessidade vital, ela precisava saber.

Fechou os olhos e procurou se concentrar.

Com o passar do tempo, foi aos poucos se cansando desse exercício. Começou a achar cada vez mais exaustivas essas tentativas de evocar, de desenterrar, de ressuscitar mais uma vez o que há muito tinha morrido. Na verdade, anos mais tarde, chegaria o dia em que Laila não choraria mais por essa perda. Ao menos, não tanto; não tão constantemente. Chegaria o dia em que os detalhes daquele rosto começariam a escapar às garras da memória, em que o simples fato de ouvir uma mãe chamando o filho de Tariq pela rua não a deixaria inteiramente desnorteada. Não sentiria tanta falta dele como agora, quando a dor de sua ausência não a deixava em paz por um momento sequer — como a dor fantasma de um membro amputado.

Depois de adulta, só muito raramente, quando estava passando uma camisa ou empurrando os filhos no balanço, alguma coisa bem banal, talvez o contato quente do tapete sob os pés num dia de calor, ou o contorno da testa de um estranho, trazia à tona a lembrança daquela tarde. E, de repente, tudo voltava à sua mente. A espontaneidade daquele momento. A espantosa imprudência dos dois. Sua falta de jeito. A dor, o prazer, a tristeza daquele ato. E o calor de seus corpos abraçados.

Aquela lembrança a inundava, chegando a lhe tirar o fôlego.

Mas passava. O momento passava. Deixando-a vazia, sentindo apenas uma vaga inquietação.

Chegou à conclusão de que ele tinha perguntado "Estou machucando você?". Isso mesmo. E ficou feliz por ter se lembrado.

Então, ouviu que *babi* a chamava lá de cima, pedindo-lhe que subisse depressa.

— Ela concordou! — exclamou ele, com a voz trêmula pela animação contida. — Vamos embora, Laila. Nós três. Vamos embora de Cabul.

Os três estavam sentados na cama, no quarto de *mammy*. Lá fora, os mísseis zuniam pelo céu e as forças de Hekmatyar e Massoud continuavam se enfrentando sem trégua. Laila sabia que, em algum ponto da cidade, alguém tinha acabado de morrer e que um rolo de fumaça negra pairava sobre algum prédio que desmoronou em meio a uma nuvem de poeira. De manhã, haveria corpos pelo chão. Alguns seriam recolhidos. Outros, não. Para os cães de Cabul, que tinham adquirido gosto por carne humana, seria um verdadeiro banquete.

Ao mesmo tempo, tudo o que queria era sair correndo por aquelas ruas. Mal podia conter a felicidade que sentia. Precisou de um grande esforço para ficar sentada ali, sem gritar de alegria. *Babi* disse que eles iriam primeiro para o Paquistão, para tentar obter os vistos. Paquistão! Era onde Tariq estava! "Fazia apenas 17 dias que ele tinha ido embora", pensava Laila, empolgadíssima. Se pelo menos sua mãe tivesse se decidido 17 dias antes, poderiam ter viajado juntos. Neste exato momento, estaria com Tariq. Mas, agora, isto não tinha a menor importância. Os três iam para Peshawar, e, lá, encontrariam Tariq e seus pais. Claro que encontrariam. Tratariam dos papéis juntos. E, depois, quem poderia saber? Quem poderia saber? Europa? América? Talvez, como *babi* sempre dizia, um lugar qualquer à beira-mar...

Sua mãe estava meio deitada, recostada na cabeceira da cama. Tinha os olhos inchados e não parava de puxar o cabelo.

Três dias antes, Laila saiu um pouco para respirar. Estava parada diante da casa, apoiada no portão, quando ouviu um estrondo bem forte e algo passou zunindo junto a seu ouvido, espalhando lascas de madeira que quase atingiram seus olhos. Depois da morte de Giti, dos milhares de disparos e da miríade de mísseis que haviam sido despejados sobre Cabul, foi a visão daquele furinho no portão, a menos de três dedos da cabeça de sua filha, que despertou *mammy*. Então, ela percebeu que, se uma outra guerra já tinha lhe custado dois filhos, esta, agora, podia custar a vida da única que ainda tinha.

Das paredes do quarto, Ahmad e Noor lhes sorriam. Laila viu que os olhos da mãe pulavam de uma foto a outra, cheios de culpa. Como se pedisse o consentimento deles. A sua bênção. Como se quisesse lhes pedir perdão.

— Não temos mais nada a fazer aqui — disse *babi*. — Nossos filhos se foram, mas ainda temos Laila. E ainda temos um ao outro, Fariba. Podemos começar uma nova vida.

Esticou a mão sobre a cama. Quando se inclinou para pegar as mãos da mulher, ela deixou. No seu rosto, uma certa condescendência. Uma certa resignação. Os dois ficaram ali de mãos dadas, e, depois, se abraçaram em silêncio. *Mammy* escondeu o rosto no pescoço do marido, e, com as mãos, agarrou a camisa dele.

Naquela noite, Laila custou bastante a dormir, de tão excitada que estava. Ficou deitada na cama e viu a claridade que ia surgindo no horizonte em tons vivos de laranja e amarelo. A certa altura, porém, apesar do alvoroço que a dominava e do ruído da artilharia lá fora, acabou pegando no sono.

E sonhou.

Estão numa praia, sentados sobre uma manta. É um dia frio e nublado, mas ali, ao lado de Tariq sob o cobertor que lhes cobria os ombros, sentia-se aquecida. Via carros estacionados por trás de uma cerquinha de madeira branca, sob um renque de palmeiras que balançavam ao vento. O vento deixava seus olhos lacrimejando, enterrava seus sapatos na areia, arrancava tufos de capim ressecado das fendas que se formavam entre as dunas. Os dois estavam observando os barcos que oscilavam ao longe. As gaivotas gritavam e estremeciam em meio àquele vento. Mais uma nuvem de areia se ergueu daquelas dunas suaves e batidas pelo vento. Ouve-se, então, um ruído que parece um canto, e ela lhe conta algo que *babi* lhe ensinou anos atrás, sobre a areia que canta.

Ele esfrega a testa para tirar a areia. Ela percebe o brilho da aliança em seu dedo. É idêntica à sua própria — de ouro, com um desenho que mais parece um labirinto gravado em todo o aro.

"É verdade", diz ela. "É a fricção de um grão no outro. Ouça só." E ele para para ouvir. Franze a testa. Ambos ficam esperando. Voltam então a ouvir aquele som. Quase um murmúrio, quando o vento está mais brando, e, quando há uma rajada mais forte, um coro choroso e agudo.

Babi disse que só deveriam levar o estritamente necessário. Venderiam todo o resto.

— Isso deve dar para vivermos em Peshawar até eu arranjar trabalho.

Passaram os dois dias que se seguiram reunindo coisas para vender. Arrumaram tudo em grandes pilhas.

No seu quarto, Laila separou roupas velhas, sapatos velhos, livros, brinquedos. Debaixo da cama, encontrou uma minúscula vaquinha de vidro amarelo que Hasina tinha lhe dado durante as férias na quinta série. Um chaveiro que era uma miniatura de bola de futebol, que ganhou de presente de Giti. Uma pequena zebra de madeira, com rodinhas. Um astronauta de cerâmica que ela e Tariq acharam um dia na sarjeta. Ela tinha seis anos, e ele, oito. Lembrava que tinham chegado a brigar para decidir qual dos dois tinha achado aquilo...

Mammy também estava separando as suas coisas. Havia uma certa relutância nos seus gestos, e uma expressão distante, letárgica em seus olhos. Resolveu se desfazer de toda a sua louça de qualidade, de seus guardanapos, de suas joias — a não ser a aliança de casamento — e da maior parte de suas roupas.

— Não vai vender isso, vai? — perguntou Laila pegando o vestido de noiva da mãe que se desdobrou e se espalhou no seu colo. Passou a mão pela renda, pela fita que debruava o decote rente ao pescoço, pelas pérolas pregadas à mão ao longo das mangas.

Dando de ombros, *mammy* pegou o vestido do colo da filha e, com um gesto brusco, o atirou numa pilha de roupas. "Como se estivesse arrancando um band-aid com um único puxão", pensou Laila.

Foi *babi* quem teve a mais difícil das tarefas.

Laila foi encontrá-lo no escritório, percorrendo as estantes com um olhar desolado. Estava usando uma velha camiseta com uma foto da ponte vermelha de São Francisco. Uma névoa espessa se elevava das águas revoltas e engolia os pilares da ponte.

— Sabe aquela velha história... — disse ele. — Você vai para uma ilha deserta e só pode levar cinco livros. Quais escolheria? Nunca achei que isso fosse acontecer comigo de verdade.

— Vamos ter de formar uma nova biblioteca, *babi.*

— Hmm — murmurou ele com um sorriso tristonho. — Não acredito que estou indo embora de Cabul. Foi aqui que estudei, que consegui meu primeiro emprego, que fui pai. É estranho pensar que, em breve, estarei dormindo sob o céu de uma outra cidade.

— Também acho estranho...

— Passei o dia todo com esse poema na cabeça. É sobre Cabul e Saib-e-Tabrizi o escreveu lá pelo século XVII, acho eu. Antigamente, sabia o texto inteiro de cor, mas, agora, só consigo me lembrar desses dois versos:

Não se podem contar as luas que brilham em seus telhados,
Nem os mil sóis esplêndidos que se escondem por trás de seus muros.

Quando Laila ergueu os olhos, ele estava chorando.

— Ah, *babi*. Nós vamos voltar. Quando esta guerra acabar. Vamos voltar para Cabul, *inshallah*. Você vai ver só — disse ela, passando o braço pela cintura do pai.

Na terceira manhã, Laila começou a levar as pilhas de coisas para o quintal e foi pondo tudo aquilo perto da porta da frente. Depois, pegariam um táxi para ir à casa de penhores.

Teve de fazer inúmeras viagens da casa para o quintal, do quintal para a casa, carregando montes de roupas, pratos e caixas e mais caixas com os livros de *babi*. Lá pela hora do almoço, deveria estar exausta, pois a pilha com os pertences da família já estava lhe batendo na cintura. Mas, a cada viagem que fazia, sabia que estava se aproximando do reencontro com Tariq, e, a cada uma dessas viagens, suas pernas iam ficando mais lépidas, seus braços, mais descansados.

— Vamos precisar de um táxi dos grandes.

Laila ergueu a cabeça. Era *mammy*, lá em cima, no seu quarto. Estava debruçada na janela, com os cotovelos apoiados no parapeito. O sol, quente e forte, batia em seu cabelo já grisalho, iluminava o seu rosto magro e abatido. Estava com o mesmo vestido azul-cobalto que tinha usado no dia em que fizeram aquele almoço, quatro meses atrás. Era um vestido juvenil, destinado a mulheres mais moças, mas, por um instante, sua mãe lhe pareceu uma velha. Uma velha de braços encarquilhados, têmporas encovadas, olhos um tanto vagos, contornados por olheiras de cansaço, uma criatura inteiramente diferente daquela mulher rechonchuda, de rosto bem redondo, que sorria radiante lá daquelas velhas fotos de casamento.

— Dois — observou Laila.

De onde estava, também via *babi* empilhando caixas de livros na sala de visitas.

— Suba aqui, quando tiver terminado com isso — disse *mammy*. — Vamos almoçar. Aquele feijão que sobrou e ovos cozidos.

— Meu prato predileto — disse Laila.

De repente, lembrou do sonho que teve. Ela e Tariq sentados naquela manta. O mar. O vento. As dunas.

"Qual era mesmo o som daquelas areias que cantavam?", perguntava-se ela agora.

Parou o que estava fazendo. Viu um lagarto acinzentado que vinha saindo de uma fresta no chão. O animal virou a cabeça para um lado e para o outro. Piscou os olhos. Disparou para se enfiar debaixo de uma pedra.

Laila voltou, então, a pensar na praia. Só que, desta vez, aquele canto estava espalhado pelo ar. E foi ficando mais forte. Foi ficando cada vez mais alto. Até inundar os seus ouvidos, chegando a abafar tudo o mais. Nesse instante, as gaivotas eram mímicas emplumadas, abrindo e fechando o bico sem fazer ruído algum, e as ondas quebravam na areia, fazendo muita espuma e espirrando água, só que no mais absoluto silêncio. As areias continuavam cantando. Agora, gritavam. Um som que parecia um... tilintar?

Não era um tilintar. Não. Era um assobio.

Laila soltou os livros que tinha nas mãos. Ergueu os olhos para o céu, protegendo-os com a mão.

Então, ouviu um gigantesco estrondo.

Às suas costas, um clarão branco.

O chão tremeu sob seus pés.

Algo quente e fortíssimo a atingiu, vindo de trás. Arrancou-a de suas sandálias. Ergueu o seu corpo do chão. E lá estava ela, voando, rodopiando no ar, vendo céu, terra, novamente céu, e terra. Um pedaço de pau em chamas passou raspando. Vários cacos de vidro também, e Laila teve a impressão de que podia ver cada um deles, em separado, voando ao seu redor, girando lentamente, todos reluzindo ao sol em lindos arco-íris minúsculos.

Depois, Laila bateu na parede. E caiu. Recebeu, no rosto e nos braços, uma chuva de terra, pedrinhas, vidro. A última coisa de que se deu conta foi ver algo caindo pesadamente no chão ali por perto. Uma forma indistinta e ensanguentada. Em cima dela, as extremidades de uma ponte vermelha atravessando a espessa neblina.

~

Vultos se moviam ao seu redor. Uma luz fluorescente brilhava no teto lá em cima. Surgiu um rosto de mulher que ficou pairando acima do seu.

Laila voltou a mergulhar na escuridão.

~

Outro rosto. Desta vez, de um homem. Um rosto de traços largos e caídos. Seus lábios se moviam, mas sem som. Tudo o que Laila podia ouvir era uma campainha.

O homem acena com a mão. Franze a testa. Seus lábios voltam a se mover.

Está doendo. Dói para respirar. Dói tudo.

Um copo de água. Uma pílula rosada.

De volta à escuridão.

~

A mulher de novo. Rosto comprido, olhos bem juntos. Está dizendo alguma coisa. Laila não consegue ouvir nada, só aquela campainha. Mas pode ver as palavras, como se fosse um xarope grosso brotando da boca da mulher.

Seu peito está doendo. Seus braços e pernas também.

Ao seu redor, há vultos se movendo.

Onde está Tariq?

Por que não está aqui?

Escuridão. Um monte de estrelas.

Babi e ela trepados em algum lugar bem lá no alto. Ele está apontando para um campo de cevada. Um gerador começa a funcionar.

A mulher de rosto comprido está parada ali, olhando para baixo.

Dói para respirar.

Em algum lugar, estão tocando acordeão.

Graças a Deus, a pílula rosada. E, então, um profundo silêncio. Um profundo silêncio que se espalha por toda parte.

PARTE III

27

Mariam

— Sabe quem eu sou?

As pálpebras da menina se entreabriram.

— Sabe o que aconteceu?

A boca da menina estremeceu. Ela fechou os olhos. Engoliu. Levou a mão à face esquerda. Murmurou algo.

Mariam se aproximou um pouco mais.

— Esse ouvido — sussurrou ela. — Não ouço nada.

Durante a primeira semana, a garota praticamente só dormiu, graças às pílulas rosadas que Rashid tinha comprado no hospital. E falava dormindo. Às vezes, balbuciava coisas ininteligíveis, gritava, chamava por nomes que Mariam não reconhecia. Também chorava dormindo, ficava mais agitada, chutava as cobertas e, então, Mariam precisava contê-la. Outras vezes, tinha ânsias e acabava vomitando tudo o que Mariam lhe dava para comer.

Quando não estava agitada, a garota não passava de um par de olhos melancólicos, ali, debaixo das cobertas, sussurrando respostas breves às perguntas de Mariam e Rashid. Às vezes, assumia uma atitude infantil, balançando a cabeça para um lado e para o outro quando Mariam e o marido tentavam lhe dar de comer. Se enrijecia quando a colher se aproximava, mas logo se cansava e acabava se submetendo à persistência daqueles dois. Longos acessos de choro se seguiam a essa rendição.

O casal passava um unguento antibiótico nos cortes de seu rosto e de seu pescoço, bem como nas suturas dos ferimentos em seu ombro, em seus braços e pernas. Era Mariam quem fazia os curativos, lavando-os e trocando as ataduras. Também era ela quem afastava o cabelo do rosto da garota, segurando-o bem para trás, quando ela precisava vomitar.

— Por quanto tempo ela vai ficar aqui? — perguntou a Rashid.

— Até melhorar. Olhe só para ela. Não está em condições de ir embora. Pobrezinha...

Foi Rashid quem a encontrou e a retirou dos escombros.

— Felizmente, eu estava em casa — disse ele, sentado numa cadeira de armar ao lado da cama de Mariam, onde a garota estava deitada. — Felizmente para você, é claro. Eu a tirei dos escombros com minhas próprias mãos. Tinha um pedaço de metal grande assim — prosseguiu ele, separando bem o polegar do indicador para lhe mostrar o tamanho do estilhaço ("provavelmente dobrando a sua verdadeira dimensão", pensou Mariam) — saindo do seu ombro. Estava cravado ali. Cheguei a pensar que ia precisar de um alicate para retirá-lo. Mas está tudo bem. Logo, logo você vai estar *nau socha*, novinha em folha.

Também foi Rashid que recuperou alguns dos livros de Hakim.

— A maioria virou cinza. E acho que o resto foi roubado.

Durante a primeira semana, ele ajudou Mariam a cuidar da garota. Um dia, voltou do trabalho trazendo um cobertor e um travesseiro novos. No outro dia, um frasco de remédio.

— São vitaminas — declarou.

Foi Rashid quem contou a Laila que a casa de seu amigo Tariq já tinha sido ocupada.

— Foi um presente — disse ele. — De um dos comandantes de Sayyaf a três de seus homens. Um presente! Pois sim...

Os três *homens* eram, na verdade, três garotos, de rosto bem jovem e bronzeado. Quando passava por lá, Mariam os via, sempre fardados, acocorados diante da porta da frente da casa de Tariq, jogando cartas e fumando, com os Kalashnikovs encostados na parede. O mais forte deles, que tinha a maior pose e um jeito debochado, era o líder do grupo. O mais jovem era também o mais caladão, parecendo relutar em assumir o ar de impunidade que seus companheiros ostentavam.

De uns tempos para cá, deu para sorrir e acenar com a cabeça quando Mariam passava, cumprimentando-a. Ao fazer isso, algo de sua aparente presunção se dissipava e Mariam podia perceber ali um toque de humildade aparentemente ainda intacta.

Um belo dia, a casa foi atingida por mísseis. Mais tarde, circularam os boatos de que haviam sido disparados pelos *hazaras* de Wahdat. Os vizinhos passaram algum tempo encontrando pedaços e partes dos corpos dos rapazes.

— Eles tiveram o que mereciam — comentou Rashid.

"Essa menina teve muita sorte", pensou Mariam, "por escapar assim, com ferimentos relativamente leves, quando o míssil transformou a casa em que morava num monte de escombros fumegantes". E vinha melhorando a cada dia. Começou a comer um pouco mais, a escovar o próprio cabelo. Já tomava banho sozinha. Passou a fazer as refeições no andar térreo, junto com Mariam e Rashid.

Mas, de repente, lá vinha uma lembrança inesperada e ela caía num silêncio profundo ou tinha breves períodos em que ficava intratável. Era como uma recaída e a garota ficava prostrada, com o olhar perdido. Tinha pesadelos e súbitos acessos de tristeza. E vomitava.

Às vezes, era o remorso.

— Não era para eu estar aqui — disse ela um dia.

Mariam estava trocando a roupa de cama. A menina tinha os olhos no chão e segurava os joelhos machucados bem apertados contra o peito.

— Meu pai queria levar as caixas lá para fora. Os livros. Disse que eram muito pesadas para mim. Mas não deixei. Estava tão ansiosa... Era para eu estar dentro de casa quando tudo aconteceu.

Mariam sacudiu o lençol limpo e deixou-o cair sobre a cama. Olhou para aquela garota, para seus cachos louros, o pescoço esguio e os olhos verdes, as maçãs do rosto salientes e os lábios carnudos. Lembrou de tê-la visto pela rua quando era pequena, saltitando atrás da mãe a caminho do forno, ou encarapitada nos ombros do irmão, o mais moço, aquele que tinha o sinal com o tufo de pelos na orelha. E jogando bolas de gude com o filho do carpinteiro.

Agora, ela estava ali, fitando-a, como se esperasse que Mariam lhe transmitisse um pouquinho de sabedoria, lhe dissesse algo encorajador. Mas que sabedoria ela tinha para oferecer? Que encorajamento? Lembrou do dia do enterro de Nana, quando o mulá Faizullah citou os versículos do Corão que não lhe trouxeram praticamente consolo algum. *Bendito seja Aquele em cujas mãos está o reino e que tem poder sobre tudo. Que criou a morte e a vida para testar-vos e saber quem de vós age melhor*. E dos conselhos que lhe deu seu velho amigo ao perceber a culpa que sentia: "Esses pensamentos não são bons, Mariam *jo*. Eles vão destruí-la. Não foi culpa sua. Não foi mesmo."

O que poderia dizer a essa menina para tornar o seu fardo mais leve?

E acabou não dizendo nada, pois o rosto da garota se retorceu e era mais que evidente que ela ia vomitar.

— Ah, não! Espere um pouco! Vou pegar um balde. No chão, não. Limpei agora mesmo... Ah... *Khodaya*. Meu Deus!

Até que, um dia, cerca de um mês depois da explosão que matou os pais da menina, um homem veio bater à porta da casa. Mariam foi abrir. Ele lhe disse o que o trazia ali.

— Tem um homem querendo ver você — disse Mariam.

A garota ergueu a cabeça do travesseiro.

— O nome dele é Abdul Sharif.

— Não conheço ninguém com esse nome.

— Bom, mas ele quer vê-la. Você tem que descer para falar com ele.

28

Laila

LAILA SE SENTOU diante do tal Abdul Sharif, um homem magro, com uma cabeça miúda e um nariz bulboso cheio das mesmas marcas que cobriam o seu rosto e que pareciam pequenas crateras. O cabelo castanho cortado curto ficava espetado no couro cabeludo como agulhas numa almofada de alfinetes.

— Você precisa me desculpar, *hamshira* — disse ele, ajeitando o colarinho frouxo e enxugando a testa com um lenço. — Acho que ainda não estou inteiramente curado. Preciso de mais uns cinco dias desses... como é mesmo que se chamam? Comprimidos de sulfa.

Laila se posicionou de forma a que o seu ouvido direito, o bom, ficasse mais próximo do homem.

— O senhor era amigo dos meus pais? — perguntou.

— Não, não — apressou-se a responder Abdul Sharif. — Desculpe-me — acrescentou ele, erguendo um dedo e tomando um bom gole da água que Mariam tinha posto à sua frente. — Creio que seria melhor começar pelo começo...

O homenzinho secou os lábios com o lenço e voltou a enxugar a testa.

— Sou comerciante. Possuo uma loja de roupas, especialmente masculinas. *Chapans*, chapéus, *tumbans*, ternos, gravatas, o que puder imaginar. Tenho duas lojas aqui em Cabul, em Taimani e Shar-e-Nau, ou melhor, tinha, pois acabo de vendê-las. E duas outras no Paquistão, em Peshawar. É lá que fica também o meu depósito. Portanto, viajo muito, indo e voltando, coisa que, atualmente... — Ele abanou a cabeça e deu um risinho cansado — ...bem, digamos que é uma verdadeira aventura.

"Estive em Peshawar recentemente, a trabalho, para receber encomendas, fazer o balanço do estoque e coisas do gênero. Mas também para ver minha família. Temos três filhas, *alhamdulellah*. Eu as levei para o Paquistão, juntamente com minha esposa, logo que os *mujahedins* começaram a se matar uns aos outros. Não quero que o nome delas vá engrossar a lista dos *shahids*. Nem o meu, para dizer a verdade. Logo, logo, vou para lá também, *inshallah*.

"Mas isso não vem ao caso. Devia ter vindo para Cabul na quarta-feira retrasada. No entanto, o destino quis que eu caísse doente. Não vou aborrecê-la com detalhes, *hamshira*. Basta dizer que, quando fui fazer minhas necessidades, a mais simples delas, senti como se estivesse expelindo vidro moído. Não desejo isso nem mesmo ao próprio Hekmatyar. Minha esposa, Nadia *jan*, que Deus a abençoe, implorou para que eu fosse ao médico. Mas achei que ficaria tudo bem com aspirinas e bastante água. Nadia *jan* continuou insistindo e eu recusando, e ficamos nisso por algum tempo. Você conhece o ditado que diz que, *para um burro teimoso, só mesmo um condutor teimoso*. Mas, desta vez, o animal saiu vencedor. E o burro era eu, é claro."

Bebeu o resto da água e estendeu o copo para Mariam, dizendo:

— Se não for muito *zahmat*...

Mariam pegou o copo de suas mãos e foi buscar mais água.

— Não preciso lhe dizer — prosseguiu o homem — que deveria ter dado ouvidos a minha mulher. Ela sempre foi uma criatura muito sensata, que Deus lhe dê vida longa. Quando cheguei ao hospital, estava ardendo em febre e tremendo como uma árvore *beid* ao vento. Mal podia me aguentar. A doutora disse que eu estava com septicemia e que, se tivesse demorado mais dois ou três dias, minha esposa teria ficado viúva.

E continuou:

— Puseram-me numa unidade especial, destinada aos doentes mais graves, acho eu. Ah, *tashakor* — exclamou ele, pegando o copo das mãos de Mariam e tirando um grande comprimido branco do bolso do casaco. — Olhe só o *tamanho* disso!

Laila o viu engolir o tal comprimido. Percebia a própria respiração acelerada. Sentia as pernas pesadas, como se tivessem amarrado chumbo nelas. Disse a si mesma que aquele homem ainda não tinha lhe contado nada. Mas, ele logo retomou o que ia dizendo e ela precisou se conter para não se levantar e ir embora, antes que Abdul Sharif lhe contasse coisas que não queria ouvir.

— Foi lá que conheci o seu amigo, Mohammad Tariq Walizai — disse ele, pondo o copo sobre a mesa.

O coração de Laila disparou. Tariq num hospital? Numa unidade especial? *Destinada aos doentes mais graves*?

A menina engoliu em seco e se remexeu na cadeira. Precisava estar preparada, caso contrário, temia que pudesse enlouquecer. Tentou não pensar em hospitais e unidades especiais, e se concentrar na ideia de que não ouvia Tariq ser chamado pelo nome completo desde que ambos tinham se inscrito para um curso de farsi, nas férias, anos atrás. O professor fez a chamada logo depois da sineta e disse o nome dele assim mesmo: Mohammad Tariq Walizai. Naquela ocasião, ouvir o nome de Tariq desse jeito lhe pareceu alguma coisa comicamente pomposa.

— Foi pelas enfermeiras que fiquei sabendo do que tinha acontecido a ele — prosseguiu Abdul Sharif, dando umas batidinhas no peito como se tentasse fazer o comprimido descer mais facilmente. — Depois de tanto tempo em Peshawar, aprendi o urdu razoavelmente bem. Mas, em suma, o que consegui compreender foi que o seu amigo estava num caminhão repleto de refugiados, 23 ao todo, rumando para Peshawar. Perto da fronteira, viram-se em meio ao fogo cruzado. Um míssil atingiu o caminhão. Provavelmente, um míssil extraviado, mas, com essa gente, nunca se sabe... Houve apenas seis sobreviventes e todos foram internados na mesma unidade. Três deles morreram em 24 horas. Duas outras escaparam, duas irmãs, pelo que entendi, e foram liberadas. Seu amigo, sr. Walizai, era o último deles. Quando cheguei, ele já estava ali há quase três semanas.

Então Tariq estava vivo. Mas em que estado? Essa pergunta ficou rodando freneticamente em sua cabeça. Em que estado? Mal o bastante para ser internado numa unidade especial, evidentemente. Laila percebeu que tinha começado a suar e seu rosto estava pelando. Tentou pensar em outra coisa, em algo agradável, como a viagem a Bamiyan, com Tariq e *babi*, para ver as estátuas dos Budas. Em vez disso, o que lhe veio à mente foi uma imagem dos pais dele: a mãe presa no caminhão tombado, gritando pelo filho em meio à fumaça, com os braços e o peito em chamas, a peruca se fundindo ao seu couro cabeludo...

Laila precisou respirar diversas vezes.

— Ele estava na cama ao lado da minha. Como não havia paredes ali, apenas cortinas, podia vê-lo bastante bem.

De repente, Abdul Sharif experimentou uma súbita necessidade de ficar brincando com a própria aliança. E começou a falar mais devagar.

— Ele estava muito, muito ferido, entende? Havia tubos saindo de todas as partes do seu corpo. A princípio... — ele fez uma pausa e pigarreou. — A princípio, pensei que tivesse perdido as duas pernas no ataque, mas a enfermeira me disse que não, que foi só a direita, pois a outra amputação era resultado de um ferimento bem mais antigo. Havia também problemas internos. Ele já foi operado três vezes. Retiraram partes do seu intestino e não me lembro mais o quê. Além disso, ele ficou muito queimado. Queimaduras bem sérias. É tudo o que posso lhe dizer. Sei que você já deve ter a sua cota de pesadelos, *hamshira*. Não faz sentido eu ficar aqui acrescentando motivos para outros mais.

Agora, Tariq não tinha ambas as pernas. Era um torso, com dois tocos. *Sem pernas*. Laila achou que fosse desmaiar. Com um esforço desesperado, e deliberado, afastou a mente daquela sala, daquele homem, pela janela, passando pela rua lá fora, depois, pela cidade com suas casas de teto plano e seus bazares, seus labirintos de ruelas estreitas que tinham se transformado em castelos de areia.

— Ele passava a maior parte do tempo drogado. Por causa da dor, entende? Mas tinha momentos de lucidez, quando o efeito dos remédios estava passando. Com dores, mas lúcido. Comecei a falar com ele lá da minha cama. Disse quem eu era, de onde vinha. Ele ficou feliz, creio eu, sabendo que tinha um *hamwatan* ao seu lado.

“Quase sempre, era eu quem falava. Para ele, não era nada fácil. Sua voz estava rouca e tenho a impressão de que sentia dores ao mover os lábios. Então, eu lhe falei sobre as minhas filhas, sobre nossa casa em Peshawar e o terraço que meu cunhado e eu estamos construindo nos fundos. Disse-lhe que tinha vendido as lojas de Cabul e que estava voltando aqui para tratar da papelada. Não era muito, mas aquilo o distraía. Ou, pelo menos, gosto de achar que sim.

“Às vezes, ele também falava. Não conseguia entender metade do que dizia, mas compreendi o suficiente. Ele descreveu o lugar onde morava.

Falou de seu tio em Ghazni. De como a mãe cozinhava, do trabalho de seu pai como carpinteiro, e do acordeão.

"Mas era principalmente de você que ele falava, *hamshira*. Disse que você era... quais foram mesmo as palavras que usou?... a sua lembrança mais remota. Acho que foi exatamente assim. Pude perceber como ele gostava de você. *Balay*, isso era óbvio. Mas seu amigo disse também que estava feliz por você não estar ali, pois não queria que o visse naquele estado."

Laila voltou a sentir os pés pesados, fincados no chão, como se, de repente, todo o seu sangue tivesse se concentrado ali. Mas sua mente estava longe, livre e lépida, voando como um míssil veloz, já além de Cabul, sobre aquelas colinas marrons e escarpadas, os desertos pontilhados aqui e ali por tufos de sálvia, passando pelos cânions de rochas vermelhas pontiagudas e pelas montanhas com os cumes cobertos de neve...

— Ao me ouvir dizer que ia voltar para Cabul, o sr. Walizai me pediu que a procurasse. Que lhe dissesse que ele pensava em você. Que sentia saudades. Prometi que faria isso. Fiquei gostando dele, sabe? Dava para notar que era um rapaz decente.

Abdul Sharif voltou a enxugar a testa com o lenço.

— Certa noite — prosseguiu ele, com renovado interesse pela própria aliança —, ao menos, acho que era noite. Não é muito fácil saber ao certo, quando se está nesse tipo de lugar. Não há janelas. O sol nasce, se põe e a gente não tem muita noção do tempo. O fato é que acordei e havia uma espécie de comoção ao redor da cama ao lado. É claro que eu também estava sendo sedado. Passava o tempo todo dormindo e acordando, a tal ponto que ficava difícil distinguir o que era sonho e o que era realidade. Só me lembro de médicos amontoados em volta da cama, pedindo uma coisa e outra, alarmes disparando, seringas espalhadas pelo chão.

"Pela manhã, a cama estava vazia. Perguntei à enfermeira. Ela disse que ele tinha lutado bravamente."

Laila tinha uma vaga noção de que estava assentindo com a cabeça. Já sabia. Claro que já sabia. Desde que se sentou defronte desse homem, sabia muito bem por que ele estava ali, que notícia estava trazendo.

— A princípio — dizia ele agora —, achei que você não existia. Pensei que tudo aquilo fosse delírio provocado pela morfina. Acho até que *queria* que você não existisse. Sempre tive horror de ser o portador de más notícias. Mas eu tinha prometido. E, como já disse, fiquei gostando dele. Então, vim até aqui há alguns dias. Perguntei a uns vizinhos que me indicaram esta casa. E também me contaram o que aconteceu a seus pais. Quando soube disso, dei meia-volta e fui embora. Decidi não lhe contar nada. Achei que seria demais para você. Para qualquer um, aliás.

Abdul Sharif estendeu o braço por cima da mesa e pôs a mão no joelho da menina.

— Mas acabei voltando — disse ele. — Porque, afinal, achei que ele ia querer que você soubesse. Acredito realmente nisso. Sinto muito. Gostaria de...

Mas Laila já não o ouvia. Estava lembrando do dia em que aquele homem veio lá de Panjshir trazendo a notícia da morte de Ahmad e de Noor. Lembrou de *babi* desabando no sofá, com o rosto absolutamente sem cor. E *mammy* tapando a boca com a mão ao ouvir o que o sujeito dizia. Naquele dia, Laila viu a mãe desmoronar e ficou assustada, mas, na verdade, não sentiu tristeza alguma. Não entendeu a imensidão da perda que sua mãe estava sofrendo. Agora, esse outro estranho aparecia trazendo a notícia de outra morte. Agora, era *ela* que estava sentada na cadeira. Seria a sua penitência, o seu castigo por não ter compartilhado do sofrimento da própria mãe?

Lembrou que *mammy* tinha caído no chão, gritando e arrancando os cabelos. Nem isso ela conseguiria fazer. Mal podia se mexer. Mal podia mover um músculo que fosse.

Então, ficou sentada ali naquela cadeira, com as mãos pousadas no colo, olhando para o nada, e deixou a mente vagar. Deixou que ela saísse voando até encontrar o lugar certo e seguro, onde os campos de cevada eram verdes, onde a água clara corria e as sementes dos algodoeiros dançavam pelo ar aos milhares; onde *babi* lia um livro sentado à sombra de uma acácia e Tariq cochilava com as mãos cruzadas sobre o peito; onde ela podia mergulhar os pés no riacho e sonhar lindos sonhos sob o olhar protetor de deuses de pedra antiga e crestada pelo sol.

29

Mariam

— Sinto muito — disse Rashid, dirigindo-se à menina e pegando a tigela de *mastawa* com almôndegas das mãos de Mariam sem sequer olhar para ela. — Sei que vocês dois eram muito próximos, muito... *amigos*. Andavam sempre juntos, desde pequenos. É terrível o que aconteceu. Tantos jovens afegãos morrendo desse jeito...

Ficou mexendo a mão, com impaciência, mas sem tirar os olhos da menina, e Mariam lhe estendeu um guardanapo.

Há anos, ela o via comer, com os músculos das têmporas se movendo, uma das mãos fazendo bolinhos de arroz bem compactos, o dorso da outra limpando a gordura ou tirando migalhas que lhe ficassem no canto da boca. Há anos, ele comia sem olhar para ela, sem falar, mergulhado naquele silêncio que a condenava, como se tivesse havido um julgamento, e que só era rompido de vez em quando por um grunhido acusador, uma desaprovação traduzida no estalar da língua, uma ordem monossilábica para que lhe desse mais pão ou mais água.

Agora, lá estava ele comendo com uma colher. Usando um guardanapo. Dizendo *lotfan* quando pedia mais água. E falando. Animadamente e sem parar.

— Se quer saber, os americanos cometeram um erro ao armar Hekmatyar, quando a CIA lhe deu todo aquele arsenal, nos anos 1980, para que ele combatesse os soviéticos. Agora, os soviéticos já foram embora, mas ele ainda tem essas armas e passou a usá-las contra gente inocente como seus pais. E chama isso de *jihad*! Uma boa farsa, isso sim! O que o *jihad* tem a ver com essa matança de mulheres e crianças? Eles deviam era ter armado o comandante Massoud.

Mariam franziu a testa, num movimento involuntário. *Comandante* Massoud? Podia ouvir nitidamente Rashid esbravejando contra Massoud, chamando-o de traidor e comunista. Só que Massoud era tadjique, é claro. Como Laila.

— *Ele*, sim, é um sujeito sensato. Um afegão honrado. Um homem genuinamente interessado em encontrar uma solução pacífica para tudo isso.

Deu de ombros e suspirou.

— Veja bem, não que eu ache que os Estados Unidos estejam preocupados com isso. Na verdade, eles não estão nem aí se *pashtuns*, *hazaras*, tadjiques e uzbeques ficam se matando uns aos outros. Aliás, quantos deles sabem distinguir quem é quem? Não espere ajuda deles, ouça o que estou dizendo. Agora, que os soviéticos foram derrotados, não temos mais nenhuma serventia para aquela gente. Já nos usaram para conseguir o que queriam. Para eles, o Afeganistão não passa de um *kenarab*, ou seja, uma boa merda. Desculpe a expressão, mas é a pura verdade. O que acha, Laila *jan*?

A menina murmurou algo ininteligível e ficou fazendo uma das almôndegas girar dentro da tigela.

Rashid assentiu, com um ar pensativo, como se ela houvesse dito a coisa mais inteligente que já tinha ouvido. Mariam desviou os olhos.

— Sabe, o seu pai, que Deus o tenha em bom lugar, o seu pai e eu tínhamos conversas como esta. Antes de você nascer, é claro. Passávamos horas falando de política. E de livros também. Não é mesmo, Mariam? Lembra?

Mariam tratou de parecer ocupada, tomando um gole de água.

— Bom, mas espero não estar aborrecendo você com toda essa história de política.

Mais tarde, quando estava lavando os pratos na cozinha, Mariam sentiu um bolo no estômago.

Não era tanto pelo que ele tinha dito, as mentiras deslavadas que tinha contado, a empatia estudada, nem mesmo o fato de ele não ter mais levantado a mão para ela desde que trouxe aquela menina para dentro de casa.

O problema era *como* ele dizia aquilo. Com toda aquela encenação. Numa tentativa, a um só tempo dissimulada e patética, de impressionar. De seduzir.

E, de repente, Mariam teve a certeza de que suas suspeitas tinham fundamento. Com um pavor que mais pareceu uma pancada estonteante na cabeça, ela entendeu tudo: Rashid estava cortejando aquela menina.

Quando conseguiu finalmente se armar de coragem, entrou no quarto dele.

Rashid acendeu um cigarro, e disse:

— Por que não?

E, nesse exato momento, Mariam soube que tinha sido derrotada. De certa forma, tinha esperanças de que ele fosse negar tudo, fingisse estar surpreso, até mesmo ofendido ao tomar conhecimento do que ela estava insinuando. Nesse caso, Mariam ficaria numa posição mais confortável, podendo até deixá-lo envergonhado. Mas, diante daquele tom objetivo, daquela calma ao admitir a situação, a sua coragem simplesmente desapareceu.

— Sente-se — disse ele. Estava deitado na cama, de costas para a parede, com as pernas compridas esparramadas no colchão. — Sente-se antes que desmaie e acabe abrindo a cabeça.

Mariam se deixou cair numa cadeira de armar, ao lado da cama.

— Pode me passar o cinzeiro? — pediu ele.

Ela obedeceu.

Rashid devia estar agora com uns sessenta anos, ou mais — se bem que Mariam não sabia exatamente qual a sua idade, e nem ele próprio, aliás. Seu cabelo já tinha ficado branco, embora continuasse espesso e cheio como sempre. Agora, ele tinha uns papos nas pálpebras e na pele enrugada do pescoço. As bochechas estavam mais caídas do que antes. Pela manhã, andava um tanto encurvado. Mas ainda tinha os ombros largos, o torso robusto, as mãos fortes, a barriga proeminente que entrava nos lugares antes de qualquer outra parte do seu corpo.

No geral, Mariam achava que ele tinha enfrentado o passar dos anos bem melhor do que ela mesma.

— Precisamos legitimar essa situação — disse ele, equilibrando o cinzeiro na barriga. Seus lábios se retorceram num muxoxo meio debochado. — Vão começar a falar. Não parece uma atitude honrada uma moça solteira ficar morando aqui. Não é nada bom para minha reputação. Nem para a dela. E, devo acrescentar, nem para a sua também.

— São 18 anos — principiou Mariam. — E nunca lhe pedi nada. Nada mesmo. Mas estou pedindo agora.

Ele inalou a fumaça e a soltou bem devagar.

— Ela não pode simplesmente *ficar* aqui, se é o que você pretende sugerir. Não posso continuar alimentando e vestindo essa moça, e ainda por cima lhe dando um lugar para dormir. Não sou a Cruz Vermelha, Mariam.

— Mas tem que ser isso?

— Qual é o problema, hein? Acha que a menina é jovem demais? Ela tem 14 anos. Não é mais uma criança. Você tinha 15, lembra? Minha mãe tinha 14 quando eu nasci. E 13 quando se casou.

— Não... não quero isso — disse Mariam, meio entorpecida pelo despeito e a sensação de desamparo.

— Mas não é você quem deve decidir. Somos nós, ela e eu.

— Estou velha demais.

— Ela é jovem demais... Você é velha demais... Quanta besteira!

— *Estou* mesmo. Estou velha demais para você fazer isso comigo — disse Mariam, agarrando o tecido do vestido com tanta força que suas mãos chegavam a tremer. — Para, depois de todos esses anos, você fazer de mim uma *ambagh*.

— Não seja tão dramática! Você sabe muito bem que isso é comum. Tenho amigos com duas, três, quatro esposas. Seu próprio pai tinha três. Além disso, o que vou fazer agora é algo que a maioria dos homens já teria feito há muito tempo. E você sabe que é verdade.

— Não vou permitir que isso aconteça.

Ao ouvir isso, Rashid sorriu tristemente.

— Existe uma *outra* opção — disse ele, coçando a sola de um dos pés com o calcanhar calejado do outro. — A menina pode ir embora. Não vou impedi-la de fazer isso. Mas desconfio que ela não vai muito longe. Sem comida, sem água, sem uma rupia no bolso, e com as balas e os mísseis por toda parte... Quantos dias acha que ela consegue sobreviver antes de ser raptada, estuprada ou atirada em alguma vala com a garganta cortada? Ou as três coisas juntas?

Antes de prosseguir, tossiu e ajeitou o travesseiro às suas costas:

— As ruas lá fora são inclementes, Mariam, acredite. Há cães de caça e bandidos a cada esquina. Eu não queria estar na pele dela, não mesmo. Mas, vamos supor que, por algum milagre, ela conseguisse chegar a Peshawar. E aí? Você faz ideia de como são aqueles campos de refugiados? — indagou ele, fitando-a por detrás de uma nuvem de fumaça. — Gente morando debaixo de pedaços de papelão. Tuberculose, disenteria, fome, crime. E isso, sem contar com o inverno. Aí, vem o frio. A pneumonia. As pessoas congelando. Esses campos viram verdadeiros cemitérios no meio do gelo. É claro — acrescentou Rashid fazendo um gesto debochado, girando um pouco a mão — que ela sempre pode se aquecer num daqueles bordéis de Peshawar. Ouvi dizer que esse é um comércio que vem prosperando por lá. Uma moça bonita como ela deve render uma pequena fortuna, não acha?

Pôs o cinzeiro na mesinha de cabeceira e baixou as pernas, como se fosse se levantar.

— Olhe — disse ele, num tom mais conciliador, coisa que só os vencedores podem se permitir —, eu sabia que você não ia gostar dessa ideia e, na verdade, não a censuro por isso. Mas é melhor assim. Você vai ver só. Pense por esse prisma. Estou *lhe* dando alguém para ajudá-la com a casa, e, a *ela*, um abrigo. Um lar e um marido. Hoje em dia, com as coisas do jeito que estão, uma mulher precisa de um marido. Já não reparou em todas essas viúvas dormindo pelas ruas? Elas dariam tudo para ter essa oportunidade. Na verdade, é... Bom, diria que é um ato decididamente caridoso de minha parte.

E acrescentou, sorrindo.

— Em minha concepção, mereço até uma medalha.

Mais tarde, no escuro do quarto, Mariam contou tudo para a garota.

Durante um bom tempo, ela ficou calada.

— Ele quer uma resposta pela manhã — disse Mariam.

— Posso responder agora mesmo — retrucou a menina. — Minha resposta é sim.

30

Laila

No dia seguinte, Laila ficou na cama. Estava debaixo das cobertas quando Rashid meteu a cabeça pela porta e disse que estava indo ao barbeiro. Ainda estava deitada quando ele voltou, já mais para o fim da tarde, e lhe mostrou seu novo corte de cabelo, seu terno novo de segunda mão, azul com listrinhas creme, e a aliança que tinha comprado para ela.

Ele se sentou ao seu lado, na beira da cama, e, com uma grande encenação, foi desfazendo lentamente o embrulho, abriu a caixa e tirou de lá a aliança com todo cuidado. Admitiu que tinha vendido a aliança de Mariam para comprar esta nova.

— Ela não se importa, acredite. Não vai nem notar.

Laila se afastou, indo para a outra ponta da cama. Podia ouvir Mariam lá embaixo, o chiado de seu ferro de passar.

— De qualquer jeito, ela nunca a usou — acrescentou Rashid.

— Não quero essa aliança — disse a menina. — Não desse jeito. Você tem que devolvê-la.

— Devolvê-la? — exclamou Rashid, e um ar de impaciência passou pelo seu rosto para desaparecer tão depressa quanto tinha surgido. — Mas tive que pagar a diferença — disse ele, sorrindo. — E, na verdade, não foi pouca coisa. Esta é melhor do que a outra. É ouro 22 quilates. Veja como é pesada. Vamos, experimente. Não?

Fechou então a caixinha.

— E que tal flores? Seria um bom presente. Gosta de flores? Tem alguma favorita? Margaridas? Tulipas? Lilases? Não quer flores? Está bem! Mas não consigo entender. Só achei que... Bom, conheço um alfaiate em Deh-Mazang. Pensei que poderíamos ir até lá amanhã, e mandar fazer um vestido decente para você.

Laila abanou a cabeça.

Rashid ergueu as sobrancelhas.

— Prefiro... — principiou a menina.

Ele pôs a mão em seu pescoço. Laila não pôde se impedir de recuar e se encolher. O toque daquela mão parecia uma velha suéter de lã úmida usada sem nada por baixo.

— Sim?

— Prefiro resolver logo essa história.

Rashid abriu a boca e, depois, deu um sorriso, mostrando aqueles dentes saltados e amarelos.

— Impaciente, hein? — disse ele então.

Antes da visita de Abdul Sharif, Laila tinha decidido ir embora para o Paquistão. Agora, achava que devia ter feito isso, mesmo depois que ele trouxe aquela notícia. Partir para algum lugar longe de Cabul. Sair dessa cidade onde cada esquina era uma armadilha, cada beco escondia um fantasma que pulava sobre ela como o boneco de uma caixa de surpresa. Devia ter corrido o risco.

De repente, porém, ir embora tinha deixado de ser uma opção.

Não com esses enjoos diários.

Não com esse novo volume dos seus seios.

E, sabe-se lá como, em meio a esse verdadeiro turbilhão, a certeza de que sua menstruação não tinha vindo.

Laila tentava se imaginar num campo de refugiados, um lugar desolado, com milhares de pedaços de plástico presos a estacas improvisadas e balançando ao vento frio, cortante. Sob uma dessas tendas, via o seu bebê, o filho de Tariq, com as têmporas esqueléticas, as mandíbulas frouxas, a pele manchada de um cinza-azulado. Imaginava aquele corpinho franzino sendo lavado por estranhos, envolto numa mortalha amarelada e depositado num buraco aberto num pedacinho de terra varrida pelo vento, sob o olhar desapontado dos abutres.

Como poderia ir embora agora?

Fez um inventário sinistro das pessoas que eram parte de sua vida. Ahmad e Noor, mortos. Hasina, longe dali. Giti, morta. *Mammy*, morta. *Babi*, morto. E, agora, Tariq...

Milagrosamente, porém, tinha restado algo de sua antiga vida, sua última ligação com a pessoa que ela foi antes de se tornar extremamente só. Uma parte de Tariq ainda vivia dentro dela, com minúsculos bracinhos e mãos translúcidas se formando. Como poderia pôr em risco a única coisa que lhe restava dele, da sua vida de antigamente?

Não precisou de muito tempo para decidir. Tinham-se passado seis semanas desde que esteve com Tariq. Se demorasse um pouco mais, Rashid ficaria desconfiado.

Sabia que não era uma atitude honrada. Era infame, calculado e vergonhoso. E tremendamente injusto para com Mariam. Mas, embora o seu bebê não fosse maior que uma amora, Laila já percebia os sacrifícios que uma mãe tem que fazer. E a virtude era apenas a primeira das coisas a serem sacrificadas.

Pôs a mão na barriga e fechou os olhos.

Da cerimônia silenciosa, Laila se lembrava de uns poucos fragmentos. As listras creme do terno de Rashid. O cheiro forte do seu spray de cabelo. O cortezinho logo acima do pomo de adão feito enquanto ele se barbeava. O toque áspero de seus dedos manchados de tabaco quando ele pôs o anel em seu dedo. A caneta que não estava funcionando. Tiveram que ir procurar outra. O contrato. A assinatura dele, com a mão firme, e a sua, com a mão trêmula. As orações. Pelo espelho, reparou que Rashid tinha depilado as sobrancelhas.

E, em algum ponto do aposento, Mariam apenas olhando, deixando o ar pesado com sua desaprovação.

Laila não conseguiu enfrentar o olhar daquela mulher.

À noite, deitada sob o lençol frio, Laila o viu fechar as cortinas. Antes mesmo que os seus dedos começassem a desabotoar sua blusa, a desatar o cordão de sua calça, ela já estava tremendo. E ele, agitado. Atrapalhou-se todo para desabotoar a própria camisa, para abrir a fivela do cinto. Pôde ver nitidamente o peito flácido, a barriga proeminente, a veiazinha azulada bem no meio dela, os tufos de cabelo branco no seu torso, nos seus ombros, nos seus braços. Sentiu que ele a olhava de cima a baixo.

— Que Deus me ajude — disse ele. — Acho que estou apaixonado por você.

Com os dentes batendo, Laila lhe pediu que apagasse a luz.

Mais tarde, depois de se certificar de que ele estava dormindo, a garota estendeu a mão para apanhar a faca que tinha escondido debaixo do colchão. Com ela, fez um pequeno corte no dedo indicador. Depois, ergueu as cobertas e passou o dedo com sangue no local onde eles tinham estado juntos.

31

Mariam

Durante o dia, só um rangido das molas do colchão e o ruído de passos no andar de cima denunciavam a presença da menina naquela casa. Ela era o barulho de água no banheiro ou uma colher de chá tilintando na xícara lá no quarto. De vez em quando, uma percepção visual: o borrão de cor de um vestido nas bordas do campo de visão de Mariam, pisando furtivamente nos degraus da escada, braços cruzados no peito, sandálias batendo no calcanhar.

Mas era inevitável que acabassem se encontrando. Mariam cruzava com ela na escada, no estreito corredor, na cozinha ou na porta ao voltar do quintal. E sempre que isso acontecia, uma estranha tensão pairava no espaço que as separava uma da outra. A moça arregaçava a saia, murmurava uma ou duas palavras se desculpando e passava, apressando o passo. Nesse meio-tempo, com o rabo do olho, Mariam podia perceber um rubor em seu rosto. Às vezes, sentia também o cheiro de Rashid. Conseguia identificar o suor dele naquela pele, o tabaco, o desejo. Graças a Deus, sexo era um capítulo encerrado em sua vida. Já vinha sendo assim há algum tempo e, agora, a simples ideia de se ver ali, naquela situação tão penosa, deitada sob o corpo de Rashid, a deixava com o estômago embrulhado.

À noite, porém, aquela dança mutuamente orquestrada para se evitarem uma à outra tornava-se impossível. Rashid dizia que eram uma família. Insistia nisso, acrescentando que uma família deve fazer as refeições junta.

— O que é isso? — perguntava ele, soltando a carne de um osso com as mãos. Afinal, a farsa do garfo e da colher havia sido abandonada uma semana depois do casamento com a menina. — Será que me casei com um par de estátuas? Vamos, Mariam, *gap bezan*, diga algo a ela. Onde está sua educação?

E, sugando o tutano de um osso, prosseguia, dirigindo-se à menina.

— Mas você não deve censurá-la por isso. Ela é calada assim mesmo. O que, na verdade, é uma bênção, pois, *wallah*, se alguém não tem muito a dizer, o melhor que faz é poupar as palavras. Nós dois somos da cidade, mas ela é uma *dehati*. Uma menina da roça. Nem isso. Cresceu numa *kolba* de taipa nos arredores de uma aldeia. Foi o pai dela quem a instalou ali. Você já lhe contou, Mariam, que é uma *harami*? Pois é. Mas, no fundo, tem lá suas qualidades. Você vai ver só, Laila *jan*. Antes de mais nada, é robusta, muito trabalhadora e não tem pretensões. Como costumo dizer, se ela fosse um carro, seria um Volga.

Mariam tinha, agora, 33 anos, mas aquela palavra, *harami*, ainda a magoava. Ainda hoje, ao ouvi-la, sentia-se como um inseto nocivo, uma barata. Lembrou de Nana segurando-a pelos punhos. "Você é uma *harami* desastrada. Vejam só a minha recompensa por tudo o que tive de aguentar: uma *harami* desastrada, que quebra a louça de família."

— Já você — acrescentou Rashid — seria um Mercedes. Um Mercedes novinho em folha, modelo de luxo, reluzente. *Wah wah*. Só que... Só que... — prosseguiu ele erguendo o indicador cheio de gordura — é preciso tomar alguns... cuidados com um Mercedes. É uma questão de respeito pela beleza e pela qualidade desse carro. Ah, você deve estar achando que fiquei maluco, *diwana*, com toda essa história de automóveis. Mas não estou dizendo que vocês duas são carros. Só estou fazendo uma comparação para explicar melhor.

Antes de continuar, Rashid pôs de volta no prato o bolinho de arroz que tinha feito. Com as mãos pendendo vazias sobre o prato, baixou os olhos com um ar sério e pensativo.

— Não se deve criticar os mortos, muito menos os *shahids*. E não pretendo faltar com o respeito quando digo, pois gostaria que você soubesse, que tenho certas... reservas... com relação à forma como os seus pais... que Allah os perdoe e lhes dê um lugar no paraíso... bem, à tolerância deles para com você. Desculpe a franqueza.

O olhar gélido e cheio de ódio que a moça lançou a Rashid não escapou a Mariam, mas ele próprio estava de olhos baixos e não percebeu nada.

— Mas, pouco importa. A questão é que, agora, que sou seu marido, cabe a mim proteger não apenas sua honra, mas a nossa, isso mesmo, nossa *nang* e nosso *namoos*. Este é o fardo que um marido deve carregar. Deixe que eu cuide disso. Por favor. Pois você é a rainha, a *malika*, e esta casa é o seu palácio. Qualquer coisa que queira, basta pedir a Mariam e ela a fará para você. Não é mesmo, Mariam? Se imaginar alguma coisa, vou buscá-la para você. Está vendo? Esse é o tipo de marido que eu sou.

"Em troca, só lhe peço uma coisa bem simples. Que evite sair desta casa sem a minha companhia. Só isso. Simples, não é? Se eu estiver fora e você precisar de algo urgentemente, mas precisar mesmo, e não puder esperar pela minha volta, mande Mariam providenciar o que quer que seja. Você deve estar achando estranha essa diferença, mas é que não se dirige um Volga e um Mercedes do mesmo jeito. Seria besteira, não é mesmo? Ah, também quero lhe pedir para usar uma *burqa* quando sairmos. Para sua própria proteção, naturalmente. É melhor assim. Há tantos homens imorais nesta cidade atualmente... Tantos sujeitos mal-intencionados, loucos para desonrar até mesmo as mulheres casadas. Pronto, é só isso."

E acrescentou:

— Devo dizer — disse ele, tossindo — que Mariam vai ser os meus olhos e os meus ouvidos enquanto eu estiver fora. — Neste momento, fuzilou a mulher com um olhar tão duro que mais parecia um soco nas têmporas. — Não que eu tenha qualquer desconfiança. Muito pelo contrário. Para falar a verdade, fico até surpreso ao ver como você é sensata para a sua idade. Mas você ainda é muito jovem, Laila *jan*, uma *dokhtar e jawan*, e os jovens podem fazer escolhas infelizes. Têm tendência a se enganar. Seja como for, Mariam vai ficar responsável por isso. Se houver um deslize...

E lá se foi ele, prosseguindo com sua preleção. Mariam ficou sentada ali, olhando a menina com o rabo do olho, enquanto as exigências e as determinações de Rashid caíam sobre ambas como os mísseis sobre Cabul.

Certo dia, Mariam estava na sala de visitas dobrando umas camisas de Rashid que tinha acabado de tirar do varal. Não sabia há quanto tempo a menina estava ali, mas, quando pegou uma das camisas e se virou, deu com ela parada no vão da porta, segurando uma xícara de chá.

— Não pretendia assustá-la — disse ela. — Desculpe.

Mariam se limitou a fitá-la.

O sol bateu no rosto da garota, naqueles grandes olhos verdes e naquela testa lisa, nas suas maçãs do rosto e nas espessas sobrancelhas atraentes, que nada tinham a ver com as de Mariam, finas e mal-traçadas. O cabelo louro, ainda despenteado, estava repartido no meio.

Pelo jeito como segurava a xícara, bem agarrada nas mãos, com os ombros retesados, Mariam percebeu que ela estava nervosa. Imaginou-a, sentada na cama, tentando tomar coragem.

— As folhas estão mudando de cor — disse ela, em tom amistoso. — Já reparou? O outono é a minha estação favorita. Gosto do cheiro das folhas que as pessoas queimam no quintal. Minha mãe preferia a primavera. Você conheceu minha mãe?

— Não exatamente.

— Como? — indagou a moça, pondo a mão em concha junto ao ouvido.

— Disse que não — repetiu Mariam, erguendo a voz. — Não conheci sua mãe.

— Ah!

— Está precisando de alguma coisa?

— Mariam *jan*, eu queria... Sobre o que ele disse aquela noite...

— Pretendia mesmo conversar sobre isso com você — atalhou Mariam.

— Faça isso, por favor — disse a garota, e o seu tom era sincero, quase ansioso.

Deu um passo à frente. Parecia aliviada.

Lá fora, um papa-figo estava cantando. Alguém empurrava uma carrocinha. Mariam podia ouvir os rangidos do veículo, o chocalhar de suas rodas metálicas pela rua. Não muito longe, o som de tiros: primeiro, um só, depois, mais três. Em seguida, o silêncio.

— Não vou ser sua criada — disse ela. — Não vou mesmo.

— Claro que não — retrucou a moça, encolhendo-se ligeiramente.

— Você pode ser a *malika* do palácio, e eu, a *dehati*, mas não pense que vou deixar que me dê ordens. Pode ir fazer queixa e ele pode até me cortar a garganta. Não vai adiantar nada. Está me ouvindo? Não vou ser sua criada.

— Mas não pretendia...

— E se acha que vai usar sua beleza para se livrar de mim, está muito enganada. Eu cheguei primeiro. Não vou ser descartada assim. Você vai ter que me aguentar.

— Não é isso que eu quero — balbuciou a menina.

— Pelo que vejo, seus ferimentos já sararam. Portanto, pode começar a fazer a sua parte no trabalho da casa...

A moça assentia com movimentos rápidos. Chegou a derramar um pouco do chá, mas nem percebeu.

— Foi exatamente por isso que desci — disse ela. — Para lhe agradecer por ter cuidado de mim.

— Pois eu não teria feito nada disso — retrucou Mariam —, não teria lhe dado comida e banho, não teria feito seus curativos se soubesse que você ia acabar roubando o meu marido.

— Roubando...

— Vou continuar cozinhando e lavando a louça. Você lava a roupa e varre a casa. O resto nós alternamos, dia sim, dia não. E tem mais uma coisa. Não preciso da sua companhia, e nem quero isso. Só quero que me deixe em paz. Prometo que farei o mesmo. É assim que vamos viver aqui dentro. As regras são essas.

Quando terminou, tinha o coração aos pulos e sentia a boca seca. Nunca tinha falado desse jeito antes, nunca tinha expressado seus desejos com tanta veemência. Deveria ter se sentido fortalecida, mas os olhos da moça se encheram de lágrimas, o seu rosto se anuviou, e, com isso, toda a satisfação que Mariam experimentou com aquele desabafo acabou lhe parecendo minguada, até um tanto ilícita.

Estendeu as camisas para Laila.

— Tome, leve isso lá para cima. Ah! E não guarde no armário. Ele gosta que as brancas fiquem na gaveta de cima da *almari*, e o resto, na do meio, junto com as meias.

A moça pôs a xícara no chão e estendeu as mãos para apanhar as camisas.

— Sinto muito por tudo isso — murmurou, com voz rouca.

— E deve mesmo — disse Mariam. — É bom mesmo que sinta.

32

Laila

Laila se lembrava de uma daquelas reuniões em sua casa, anos atrás, num dos dias em que sua mãe estava bem. As mulheres estavam sentadas no jardim, comendo uma tigela de amoras frescas que Wajma tinha colhido no quintal de casa. As frutas, bem roliças, eram brancas e rosadas, e algumas delas tinham o mesmo tom arroxeado das veiazinhas que se viam no nariz de Wajma.

— Sabem como o filho dele morreu? — perguntou ela, enfiando mais um punhado de amoras na boca encovada.

— Ele se afogou, não foi? — disse Nila, a mãe de Giti. — No lago Ghargha, não é mesmo?

— Mas vocês sabiam... sabiam que Rashid... — principiou Wajma, erguendo um dedo, assentindo, mastigando e obrigando todas as demais a esperar até que tivesse engolido. — Vocês sabiam que, na época, ele bebia *sharab* e que estava completamente bêbado naquele dia? Verdade. Pelo que me disseram, estava bêbado de cair. E olhem que ainda era cedo. Lá pelo final da manhã, ele apagou, deitado numa espreguiçadeira. Podiam ter disparado o canhão do meio-dia ali ao lado que ele nem piscaria.

Laila se lembrou que Wajma tapou a boca com a mão, arrotou e, em seguida, sua língua ficou explorando os espaços entre os poucos dentes que lhe restavam.

— Dá para imaginar o resto. O menino foi para a água sem que ninguém notasse. Pouco depois, alguém o viu boiando, de barriga para baixo. Todos correram para ajudar. Metade tentava despertar o garoto; a outra metade tentava acordar o pai. Alguém se abaixou e fez aquele negócio, sabem? A tal respiração boca a boca que se deve fazer nessas horas. Em vão, é claro. O menino já tinha morrido.

Laila lembrava que Wajma ergueu um dedo e prosseguiu, com a voz ligeiramente trêmula:

— É por isso que o Santo Corão proíbe a *sharab*. Porque são sempre os que estão sóbrios que pagam pelos pecados dos bêbados. E é verdade.

Laila não conseguia tirar essa história da cabeça desde que tinha contado a Rashid sobre o bebê. Mais que depressa, ele passou a mão na bicicleta e foi até a mesquita rezar para que fosse um menino.

Naquela noite, durante o jantar, viu que Mariam não parava de empurrar um pedaço de carne no prato. Estava presente quando Rashid lhe deu a notícia em voz alta, num tom bem dramático, e nunca na vida tinha visto alguém ter tanto prazer em ser cruel. Mariam pestanejou ao ouvir aquilo. Seu rosto ficou ruborizado. Ela se sentou, abatida, parecendo desolada.

Depois, Rashid subiu para ouvir rádio e Laila foi ajudá-la a tirar os pratos.

— Não tenho ideia do que você passou a ser agora — disse Mariam, catando uns grãos de arroz e umas migalhas de pão. — Afinal, se antes já era um Mercedes...

— Um trem? Quem sabe um avião a jato? — indagou Laila, tentando adotar uma tática mais amena.

— Só espero que não ache que isso vai livrá-la das tarefas domésticas — retrucou a outra, se levantando.

Laila chegou a abrir a boca, mas desistiu. Não deveria esquecer que Mariam era o único elemento inocente naquela situação. Aliás, ela e o bebê.

Mais tarde, já na cama, Laila começou a chorar.

Rashid veio ver o que estava acontecendo e, erguendo o seu queixo, a crivou de perguntas: qual era o problema? Estava doente? Era o bebê? Tinha alguma coisa errada com ele? Não? Mariam a estava maltratando?

— É isso, não é?

— Não.

— *Wallah o billah*, vou lhe dar uma boa lição. Quem ela pensa que é, essa *harami*, para tratar você...

— Não!

Rashid já estava se levantando e Laila precisou agarrá-lo pelo pulso para obrigá-lo a se sentar novamente.

— Não faça isso! Ela tem sido absolutamente decente comigo. Só preciso de um minuto. Logo vou estar bem.

Então, Rashid ficou sentado ali, ao seu lado, massageando-lhe o pescoço e murmurando coisas bem baixinho. A mão dele foi descendo por suas costas, depois, voltou a subir. Ele se inclinou e sorriu, mostrando aqueles dentes irregulares.

— Vamos ver se consigo fazer você se sentir melhor — sussurrou ele, todo carinhoso.

Primeiro, foram as árvores — as que ainda não tinham sido cortadas para servir de lenha —, exibindo suas folhas tingidas em tons que iam do amarelo até o acobreado. Depois, vieram os ventos, frios e duros, açoitando a cidade. Com sua força, arrancaram as últimas folhas que pendiam dos galhos, deixando as árvores com aquele ar fantasmagórico, recortadas sobre o marrom esmaecido das montanhas. A primeira neve da estação foi branda, com flocos que não tardaram a se derreter. Mais tarde, as ruas ficaram brancas e a neve foi se acumulando nos telhados, se empilhando diante das janelas recobertas por uma fina camada de gelo. Com a neve, vieram as pipas que, antigamente, imperavam no céu de Cabul durante o inverno, mas, agora, não passavam de tímidos invasores do território dominado por mísseis desenfreados e aviões de caça.

Rashid continuava a trazer notícias da guerra e Laila ficava atordoada com aquelas alianças que ele tentava lhe explicar. Sayyaf estava combatendo os *hazaras*. Estes lutavam contra Massoud.

— E ele está enfrentando Hekmatyar, é claro, que conta com o apoio dos paquistaneses. Esses dois, Massoud e Hekmatyar, são inimigos mortais. Já Sayyaf está do lado de Massoud, ao passo que Hekmatyar defende os *hazaras*, por enquanto.

Quanto ao imprevisível comandante uzbeque Dostum, Rashid disse que ninguém sabia a quem ele daria seu apoio. Dostum havia combatido os soviéticos, nos anos 1980, lutando lado a lado com os *mujahedins*. Desligou-se, porém, desse grupo para se aliar a Najibullah, o joguete dos comunistas, depois que os soviéticos deixaram o país. Chegou até a ser condecorado, pelo próprio Najibullah, antes de mudar de lado novamente e voltar a se unir aos *mujahedins*. Até segunda ordem, pelo que disse Rashid, Dostum estava apoiando Massoud.

Em Cabul, especialmente na zona oeste da cidade, os incêndios se espalhavam e rolos de fumaça negra se erguiam como cogumelos sobre os prédios cobertos de neve. As embaixadas foram fechadas. As escolas também. Nas salas de espera dos hospitais, segundo Rashid, os feridos sangravam até a morte. Nos centros cirúrgicos, estavam amputando membros sem anestesia.

— Mas não se preocupe — disse ele. — Comigo, você está a salvo, minha flor, minha *gul*. Se alguém tentar lhe fazer mal, arranco o fígado do sujeito e o obrigo a comê-lo.

Naquele inverno, para onde quer que Laila se virasse, encontrava muros bloqueando o seu caminho. Tinha saudade do céu limpo e claro de sua infância, dos dias em que ia com *babi* assistir aos torneios de *buzkashi* ou fazer compras com *mammy* em Mandaii, das correrias pelas ruas e das conversas sobre os garotos com Giti e Hasina. E dos dias em que sentava com Tariq num canteiro de trevos, às margens de um riacho qualquer, brincando de charadas e chupando balas, até o sol se pôr.

Mas lembrar de Tariq era perigoso, porque, antes que conseguisse se conter, já o via numa cama, longe de casa, cheio de tubos enfiados pelo corpo queimado. Como a bile que lhe queimava a garganta naqueles dias, uma dor profunda, paralisante, vinha subindo pelo seu peito. Suas pernas ficavam bambas, a tal ponto que ela precisava se segurar para não cair.

Laila passou todo o inverno de 1992 varrendo a casa, esfregando as paredes cor de abóbora do quarto que dividia com Rashid, lavando roupas num grande *lagaan* de cobre, que ficava no quintal. Às vezes via a si mesma como que pairando acima do próprio corpo. Via-se agachada na borda do *lagaan*, com as mangas arregaçadas até o cotovelo e as mãos avermelhadas, torcendo uma das camisetas do marido. Então, sentia-se perdida, como o sobrevivente de um naufrágio que procura em vão por uma praia, mas só vê quilômetros e quilômetros de água.

Quando estava frio demais para ir lá fora, Laila ficava perambulando pela casa. Andava de um lado a outro do corredor, passando a unha pela parede, descia a escada, voltava a subir, sem sequer ter lavado o rosto ou penteado o cabelo. Ficava andando até encontrar Mariam, que se limitava a lhe lançar um olhar melancólico antes de voltar a cortar o talo de um pimentão ou a retirar as pelancas de um pedaço de carne. O aposento se enchia de um doloroso silêncio e Laila quase podia ver a muda hostilidade que irradiava de Mariam, como as ondas de calor que se erguem do asfalto. Voltava então para o seu quarto, sentava na cama e ficava vendo a neve cair.

Um dia, Rashid a levou até a sapataria.

Quando saíam juntos, ele ia andando ao seu lado, segurando-a pelo braço com uma das mãos. Para Laila, estar na rua tinha se tornado um exercício para evitar se machucar. Seus olhos ainda tentavam se acostumar à visibilidade limitada pela telinha da *burqa* e seus pés ainda se atrapalhavam com a borda daquele traje comprido. Ia andando, sempre com medo de tropeçar e cair, de quebrar o tornozelo ao pisar num buraco qualquer. Mesmo assim, o anonimato que a *burqa* lhe proporcionava não deixava de ser confortável. Se por acaso encontrasse conhecidos, ninguém saberia que era ela. Não precisaria aguentar a surpresa estampada em seus olhos, nem a piedade ou a alegria deles ao ver a que ponto ela tinha chegado, como as suas elevadas aspirações tinham desmoronado.

A loja era maior e mais iluminada do que supunha. Lá dentro, havia a cadeira e a bancada onde ele trabalhava, abarrotada de solas e retalhos de couro. Rashid lhe mostrou os seus martelos, fez uma demonstração do funcionamento da lixadeira, e sua voz soava forte e cheia de orgulho.

Passou a mão pela barriga de Laila, não por cima da blusa, mas por baixo dela, e a moça sentiu aqueles dedos frios e ásperos que mais pareciam cortiça na sua pele esticada. Lembrou-se, então, das mãos de Tariq, macias, mas fortes, com o dorso atravessado por aquelas veias tortuosas, mãos que ela achava tão másculas e atraentes.

— Está crescendo bem rápido — disse Rashid. — Vai ser um garotão. Meu filho será um *pahlawan*! Exatamente como o pai.

Laila ajeitou a blusa. Rashid a deixava assustadíssima quando falava daquele modo.

— Como vão as coisas com Mariam?

Ela disse que estava tudo bem.

— Ótimo. Ótimo.

Não lhe contou que tinham brigado de verdade, pela primeira vez.

Foi poucos dias atrás. Laila entrou na cozinha e viu Mariam abrindo e fechando as gavetas com estardalhaço. Pelo que disse, estava procurando uma colher de pau que usava para mexer o arroz.

— Onde você enfiou a minha colher? — perguntou ela, virando-se para encarar a outra.

— Eu? — exclamou Laila. — Não mexi nela. Quase não venho aqui.

— Deu para perceber.

— Isso é uma acusação? Foi você que quis assim, lembra? Disse que a cozinha ficaria por sua conta. Mas, se preferir trocar...

— Quer dizer que a colher criou pernas e saiu andando sozinha: *tap, tap, tap, tap*... Foi isso que aconteceu, *degeh*?

— Estou dizendo... — principiou Laila, tentando manter o controle. Em geral, conseguia digerir o desprezo e as acusações de Mariam, mas, naquele dia, seus tornozelos estavam inchados, a cabeça lhe doía e estava com uma azia terrível. — Estou dizendo que talvez você tenha posto essa colher no lugar errado.

— No lugar errado? — exclamou Mariam, abrindo uma gaveta e fazendo tilintar os talheres que estavam ali dentro. — Há quanto tempo você mora aqui, alguns meses? Pois estou nesta casa há 19 anos, *dokhtar jo*. Você ainda estava borrando as fraldas e eu já guardava aquela colher nesta gaveta.

— Mesmo assim — retrucou Laila, agora saindo do sério, com os dentes cerrados —, você pode perfeitamente ter posto essa colher em outro lugar e esquecido disso.

— E você pode perfeitamente ter escondido minha colher, só para me irritar.

— Você é uma pobre coitada — disse Laila.

Mariam estremeceu, mas, depois, se recobrou e apertou os lábios.

— E você é uma puta. Puta e *dozd*. Uma puta ladra, é isso que você é!

A essa altura, as duas já estavam aos berros. Chegaram a pegar potes e tigelas, mas não os atiraram. Xingaram-se mutuamente, com palavrões que, agora, faziam Laila enrubescer. Desde então, não voltaram a se falar. A moça ainda estava chocada com a facilidade com que perdeu a cabeça, mas tinha de admitir que parte dela bem que gostou de gritar com Mariam, de lhe rogar pragas, de poder descontar em alguém toda a sua raiva, toda a sua dor.

E, intuitivamente, Laila se perguntava se Mariam não teria sentido a mesma coisa.

Depois daquela cena, subiu correndo e se atirou na cama de Rashid. Lá embaixo, Mariam ainda estava gritando: "Maldita seja! Maldita seja!" Com o rosto enterrado no travesseiro, gemendo, Laila se viu subitamente com saudade dos pais, uma saudade tão forte como nunca mais tinha sentido desde aqueles dias terríveis que se seguiram à explosão. Ficou deitada ali, com as mãos crispadas nos lençóis, até que, de repente, deu um pulo. Sentou-se na cama e levou as mãos à barriga.

O bebê tinha acabado de chutar, pela primeira vez.

33

Mariam

CERTA MANHÃ, BEM CEDO, NA PRIMAVERA de 1993, Mariam ficou parada na janela da sala vendo Rashid sair com a garota. Ela estava andando meio inclinada para frente, curvada com aquele peso, envolvendo, com um braço protetor, a barriga bem visível sob o tecido da *burqa*. Rashid, aflito e excessivamente cuidadoso, ia segurando o braço da mulher, guiando os seus passos como se fosse um guarda de trânsito. Primeiro, com um gesto, mandou que ela esperasse. Correu então até a entrada e a chamou, prendendo o portão com o pé para que ele não se fechasse. Quando ela o alcançou, Rashid a pegou pela mão para ajudá-la a sair. De onde estava, Mariam quase pôde ouvi-lo dizendo: *"Cuidado com o degrau, minha flor, minha* gul."

Só voltaram no dia seguinte, de noitinha.

Mariam viu Rashid entrar na frente. Soltou o portão um pouco cedo demais, quase deixando que batesse no rosto da garota. Cruzou o quintal a passos rápidos e Mariam notou algo em seu rosto, uma sombra que sobressaía à luz acobreada do crepúsculo. Já dentro de casa, tirou o casaco, atirando-o em cima do sofá. Ao passar roçando por ela, disse, em tom ríspido:

— Estou com fome. Prepare logo o jantar.

A porta se abriu. Do corredor, Mariam pôde ver a garota carregando algo embrulhado no braço esquerdo. Ainda tinha um pé do lado de fora e, com o outro, tentava segurar a porta para ela não fechar. Resmungando, curvou-se para frente e esticou o braço, num esforço para apanhar a sacola que tinha posto no chão para prender a porta. Fazendo uma careta, ergueu os olhos e deu com Mariam parada ali.

Ela, porém, virou as costas e foi para a cozinha esquentar o jantar de Rashid.

— Parece que estão enfiando uma chave de fenda no meu ouvido — disse Rashid, esfregando os olhos. Estava parado na porta do quarto de Mariam, com o rosto inchado e usando apenas um *tumban* preso com um nó frouxo. O cabelo branco estava despenteado, todo desgrenhado. — Esse choro que não para. Não aguento mais.

Lá embaixo, a moça estava andando com o bebê de um lado para o outro, tentando niná-lo.

— Há dois meses que não tenho uma noite de sono decente — prosseguiu ele. — O quarto todo está com cheiro de esgoto. Tem fralda com cocô por todo lado. Outro dia mesmo, pisei numa delas.

Mariam sorriu por dentro, experimentando um prazer perverso.

— Leve ela lá para fora! — gritou Rashid, virando a cabeça na direção da escada. — Não dá para levar ela lá para fora?

Por um instante, a cantiga parou.

— Ela vai pegar uma pneumonia!

— Estamos no verão!

— O quê?

— Eu disse que está quente lá fora! — respondeu ele, entre dentes, erguendo a voz.

— Não vou sair com ela agora!

E a cantiga recomeçou.

— Juro que, às vezes, me dá vontade de botar essa coisinha numa caixa e largar lá no rio Cabul. Como fizeram com Moisés.

Mariam nunca o tinha ouvido chamar a filha pelo nome que lhe deram, Aziza, aquela que é querida. Era sempre o bebê, ou, quando ele estava realmente irritado, essa coisinha.

Havia noites em que Mariam ouvia os dois brigando. Pé ante pé, ia até a porta e ouvia Rashid reclamando do bebê — sempre o bebê. Eram o choro constante, os cheiros, os brinquedos que o faziam tropeçar, a forma como aquela criatura tinha roubado a atenção que Laila lhe dedicava, com suas inesgotáveis necessidades de comer, arrotar, ser trocada, embalada, carregada no colo. Por sua vez, a moça o repreendia por fumar no quarto, por não deixar que o bebê dormisse ali com eles.

Havia ainda outras discussões, em voz mais baixa.

— O médico disse seis semanas.

— Ainda não, Rashid. Não. Esqueça. Ah, vamos, pare com isso.

— Já se passaram dois meses.

— Shhh! Pronto. Está vendo só? Você acordou o bebê — e acrescentava, em tom mais ríspido. — *Khosh shodi*? Está contente agora?

Mariam se esgueirava de volta ao seu quarto.

— Será que você não pode ajudar? — perguntou Rashid. — Deve haver alguma coisa que possa fazer.

— E eu lá entendo de bebês? — retrucou Mariam.

— Rashid! Pode trazer a mamadeira? Está em cima da *almari*. Ela não mamou. Vou tentar a mamadeira novamente.

O choro ficou ainda mais alto, cortante como um facão enfiado na carne.

— Essa coisinha é um verdadeiro senhor da guerra — disse Rashid, fechando os olhos. — O próprio Hekmatyar. Pode acreditar, Laila pariu Gulbuddin Hekmatyar.

Mariam via Laila passar os dias amamentando, embalando, correndo, andando de um lado para o outro. Mesmo quando o bebê adormecia, havia as fraldas sujas para esfregar e deixar de molho num balde com um desinfetante que, por insistência da moça, Rashid tinha comprado. As unhas tinham que ser lixadas, e havia macacões e pijamas para lavar e estender. Essas roupas, como tantas outras coisas relativas ao bebê, também tinham se tornado motivo de discórdia.

— Qual é o problema? — perguntou Rashid.

— São roupas de menino. Para um *bacha*.

— E ela por acaso sabe qual é a diferença? Paguei um bom dinheiro por isso. E, tem mais uma coisa, não gosto nada desse tom. Considere isto um aviso.

Toda semana, sem falta, a moça aquecia uma panelinha de ferro, jogava ali dentro um punhado de sementes de arruda selvagem e espalhava a fumaça *espandi* na direção de seu bebê para espantar as energias negativas.

Mariam ficava exausta só de ver todo o entusiasmo da moça — e tinha de admitir, embora só para si mesma, que chegava a admirá-la por isso. Ficava fascinada ao ver como os olhos daquela moça brilhavam com verdadeira adoração, mesmo pela manhã, quando estava abatida e pálida depois de passar a noite inteira embalando a filha. Tinha acessos de riso quando o bebê soltava gases. As mínimas mudanças que percebia a deixavam maravilhada e qualquer coisa que a criança fizesse a deslumbrava.

— Olhe! Ela está tentando pegar o chocalho. Como é esperta!

— Vou convocar a imprensa — observava Rashid.

Toda noite, havia alguma exibição. Quando a moça insistia em lhe mostrar algo, Rashid erguia o queixo e, nitidamente impaciente, lançava um olhar de esguelha por sobre aquele nariz adunco e cheio de veiazinhas azuladas.

— Veja. Veja como ela ri quando estalo os dedos. Olhe só. Viu? Viu?

Rashid se limitava a grunhir e voltava a se concentrar no prato de comida. Mariam lembrava que, tempos atrás, a simples presença dessa moça o deixava completamente encantado. Qualquer coisa que ela dissesse o divertia, o intrigava, fazendo-o erguer os olhos do prato e assentir com a cabeça.

O mais estranho era que o fato de a moça ter caído em desgraça devia agradar a Mariam, lhe dar uma sensação de estar vingada. Mas não era isso o que acontecia. Não era mesmo. Para seu próprio espanto, Mariam percebeu que tinha pena de Laila.

Era também na hora do jantar que a moça desfiava uma longa lista de preocupações. Em primeiro lugar, vinha a pneumonia, suspeita que surgia à mínima tosse do bebê. Depois, sempre que a criança tinha diarreia, vinha o medo de que fosse disenteria. Já qualquer pintinha na pele era catapora ou rubéola.

— Você não devia se apegar tanto assim — disse Rashid certa noite.

— O que está querendo dizer com isso?

— Outro dia, eu estava ouvindo "A Voz da América", no rádio, e eles mencionaram uma estatística interessante. Disseram que, no Afeganistão, uma em cada quatro crianças morre antes de fazer cinco anos. Foi o que disseram. Agora, eles... O que foi? Onde é que você vai? Volte aqui. Volte já aqui!

E olhou para Mariam com um ar inteiramente atônito.

— O que deu nela?

Naquela noite, Mariam estava deitada quando os dois recomeçaram a brigar. Era uma noite quente e seca, típica do mês do *Saratan*, em Cabul. Mariam tinha aberto a janela, mas voltou a fechá-la, pois não havia nenhuma brisa que pudesse amenizar o calor, só mosquitos. Dava para sentir o ar quente subindo do chão lá fora, passando pelas tábuas rachadas e desbotadas da latrina, no quintal, subindo pelas paredes e penetrando no seu quarto.

Em geral, as brigas não duravam mais que alguns minutos. Hoje, porém, já tinha se passado meia hora e ela não apenas prosseguia como estava se intensificando. A essa altura, Rashid estava gritando. A voz da moça, meio abafada pela dele, soava hesitante e estridente. Logo, logo o bebê começou a chorar.

Nesse momento, Mariam ouviu a porta do quarto se abrir violentamente. Pela manhã, viu a marca deixada pela maçaneta na parede do corredor. Estava sentada na cama quando a porta de seu quarto se abriu e Rashid entrou.

Estava de ceroulas e a camiseta tinha manchas amareladas de suor debaixo dos braços. E calçava chinelos de dedo. Nas mãos, trazia um cinto, aquele de couro marrom que tinha comprado para seu *nikka* com a moça, e havia enrolado no pulso a ponta perfurada.

— Você sabe muito bem que a culpa é toda sua — esbravejou ele, avançando para a mulher.

Mariam se levantou da cama e começou a recuar. Instintivamente, cruzou os braços diante do peito, onde ele geralmente batia primeiro.

— Do que você está falando? — balbuciou ela.

— Ela me disse não. Isso é coisa sua. Sei que está ensinando isso a ela.

Ao longo dos anos, Mariam aprendeu a criar uma couraça contra o desprezo, as censuras, o deboche e as brigas do marido. Mas não tinha conseguido dominar o medo que sentia. Depois de tanto tempo, ainda tremia, apavorada, quando o via assim, furioso, com o cinto enrolado no punho, o couro rangendo e aquele brilho nos seus olhos injetados. Era o medo da cabra deixada na jaula do tigre, quando a fera ergue os olhos, mostra as garras e começa a rugir.

De repente, a moça entrou no quarto, com os olhos arregalados e o rosto contraído.

— Eu devia ter imaginado que você ia corrompê-la — berrou Rashid. Sacudiu o cinto, testando-o contra a própria coxa. A fivela tilintou bem alto.

— Pare com isso, *bas*! — exclamou a moça. — Você não pode fazer isso, Rashid.

— Volte para o quarto.

Mariam recuou mais um pouco.

— Não! Não faça isso!

— Já!

E voltou a erguer o cinto, desta feita na direção de Mariam.

Foi então que algo surpreendente aconteceu. A moça se atracou com ele. Agarrou o braço do marido com ambas as mãos e tentou puxá-lo para baixo, mas tudo o que pôde fazer foi se pendurar nele. Mesmo assim, conseguiu retardar o avanço de Rashid sobre Mariam.

— Solte! — gritou ele.

— Você venceu. Você venceu. Não faça isso. Por favor, Rashid, não bata nela! Por favor, não faça isso.

E os dois ficaram assim, por algum tempo, ela agarrada ao braço dele, implorando, ele tentando afastá-la, sem tirar os olhos de Mariam, que estava espantada demais para fazer o que quer que fosse.

Até que, finalmente, entendeu que não ia apanhar, não esta noite. Ele tinha conseguido o que queria. Ficou parado ali ainda por alguns instantes, com o braço erguido, o peito arfando, uma fina camada de suor lhe cobrindo a testa. Lentamente, Rashid foi baixando o braço. Os pés da moça voltaram a tocar o chão e, mesmo assim, ela continuou segurando firme, como se não confiasse no marido. Ele precisou dar um safanão para se livrar daquelas mãos.

— Estou de olho, hein! — disse ele, jogando o cinto no ombro. — Estou de olho nas duas! Não tentem me tratar como um *ahmaq*. Não pensem que vão me fazer de bobo na minha própria casa.

Lançou um último olhar furioso a Mariam e deu um empurrão na garota, pelas costas, ao sair do quarto.

Quando ouviu a outra porta se fechar, Mariam voltou para a cama, escondeu a cabeça debaixo do travesseiro e ficou esperando a tremedeira passar.

Mariam foi acordada três vezes durante a noite. Primeiro, foi o estrondo dos mísseis, vindo dos lados de Karteh-Char. Depois, foi o bebê chorando lá embaixo, a moça tentando fazê-lo calar, o ruído de uma colher batendo no vidro da mamadeira. Finalmente, foi a sede, que a tirou da cama.

No térreo, a sala estava às escuras, a não ser por um raio de luar que entrava pela janela. Mariam podia ouvir o zumbido de uma mosca em algum lugar, discernir os contornos do fogareiro no canto, com a chaminé se projetando para cima e, depois, formando um ângulo bem fechado logo abaixo do teto.

A caminho da cozinha, quase tropeçou em alguma coisa que estava no chão, a seus pés. Quando seus olhos se acostumaram à escuridão, percebeu a moça e o bebê deitados no chão, em cima de uma manta.

A moça dormia, e ressonava, deitada de lado. O bebê estava acordado. Acendeu a lamparina que estava sobre a mesa e se agachou. Viu então, e pela primeira vez, o rostinho do bebê bem de perto. Viu aquele cabelo preto, os olhos cor de avelã com cílios espessos, as faces rosadas, os lábios da cor de uma romã madura.

Mariam teve a impressão de que o bebê também a observava. A menininha estava de barriga para cima, com a cabeça meio virada de lado, e a fitava intensamente, meio divertida, meio confusa e até um pouco desconfiada. Mariam chegou a pensar que o seu rosto pudesse assustá-la, mas, quando a criança deu um gritinho de felicidade, soube que sua presença tinha sido aprovada.

— Shhh — sussurrou, então. — Assim você acorda sua mãe, embora ela seja meio surda.

O bebê cerrou o punho. Depois, ergueu a mão, voltou a baixá-la e acabou conseguindo levá-la à boca. Mesmo com a mão toda enfiada ali dentro, a menininha lhe sorriu com bolhazinhas de cuspe brilhando em seus lábios.

— Ora, vejam só que triste figura a sua, vestida assim como um menino. E toda embrulhada, apesar do calor. Não admira que ainda esteja acordada.

Puxou então o cobertor que a cobria e ficou horrorizada ao ver mais um, por baixo do primeiro. Estalou a língua e tirou este outro também. O bebê deu um risinho, aliviado, e bateu os bracinhos como um pássaro.

— Está melhor assim, não é mesmo?

Quando ia se levantar, a menininha agarrou o seu mindinho. Aqueles dedinhos minúsculos se fecharam com força para segurá-lo. Mariam sentiu o toque quente e macio daquela mão úmida de baba.

— *Gu-gu* — balbuciou o bebê.

— Está bem. Agora, *bas*. Solte.

Mas a criança não soltou e começou a bater as perninhas.

Mariam tentou soltar o dedo. O bebê sorriu e fez uma porção de barulhinhos gorgolejantes. E levou a mão de volta à boca.

— Por que você está tão contente, hein? De que está rindo? Acho que não é tão esperta quanto sua mãe diz. Seu pai é um brutamontes, e sua mãe, uma boba. Se soubesse disso, não estaria tão sorridente. Não estaria mesmo. Ande, agora durma. Vamos.

Mariam se levantou. Mal tinha dado uns poucos passos, a menininha começou a fazer uns ruídos que anunciavam um choro sentido. Voltou atrás e se agachou novamente.

— O que foi? O que quer de mim?

O bebê abriu um sorriso desdentado.

Mariam suspirou. Sentou no chão, deixou que ela agarrasse o seu dedo. Viu a menininha soltar uns gritinhos, levantar as perninhas roliças e chutar o ar. Ficou sentada ali, só olhando, até que a criança parou de se mexer e começou a ressonar bem de mansinho.

Lá fora, os rouxinóis cantavam animadamente, e, por vezes, quando alguns desses cantores alçavam voo, Mariam podia ver as suas asas refletirem a luz azulada do luar e brilharem por entre as nuvens. E, embora estivesse com a garganta seca e os pés formigando, levou um bom tempo até soltar com jeito o dedo que a menininha ainda segurava e finalmente se levantar.

34

Laila

Para Laila, não havia maior prazer na vida do que ficar deitada ali, junto de Aziza, com o rostinho do bebê tão perto que dava para ver as suas pupilas se dilatarem e se contraírem. Adorava passar o dedo pela pele gostosa e macia da filha, pelas covinhas de suas mãos, as dobrinhas de gordura de seus cotovelos. Às vezes, deitava Aziza sobre o próprio peito e sussurrava, no topo daquela cabecinha, falando-lhe de Tariq, o pai que ela jamais conheceria, cujo rosto jamais veria. Laila lhe falava de como ele era bom com charadas, como era trapaceiro e implicante, como ria com facilidade.

— Ele tinha os cílios mais lindos do mundo, como os seus. Um queixo bonito, um nariz fino, uma testa arredondada. Ah, o seu pai era lindo, Aziza. Era perfeito. Exatamente como você.

Mas tomava todo cuidado para nunca dizer o nome dele.

Às vezes surpreendia Rashid olhando para a menina de um jeito bem estranho. Ainda outra noite, quando ele estava sentado no chão do quarto tirando um calo do pé, disse, como quem não quer nada:

— Como eram as coisas entre vocês?

Laila o fitou espantada, como se não tivesse entendido nada.

— Laili e Majnoon. Você e aquele *yaklenga*, aquele aleijado. O que havia entre vocês dois?

— Ele era meu amigo — respondeu a moça, cuidando para que a sua voz não soasse alterada. E tratou de se ocupar com a mamadeira. — Você sabe disso.

— Não sei o que eu sei — retrucou ele, pondo a gilete no parapeito e se jogando na cama. As molas protestaram rangendo alto. Ele abriu as pernas e coçou o saco. — E como... amigos, nunca fizeram nada inconveniente?

— Inconveniente?

Rashid deu um sorriso descontraído, mas Laila podia sentir o seu olhar frio, vigilante.

— Bom, vejamos... Ele alguma vez lhe deu um beijo? Ou, quem sabe, pôs a mão onde não devia?

Laila reagiu com um ar, ao menos era o que pretendia, indignado. O coração lhe batia na garganta.

— Ele era como um irmão para mim.

— Afinal, era um amigo ou um irmão?

— Ambas as coisas. Ele...

— Qual das duas?

— As duas.

— Mas irmãos são criaturinhas curiosas. É isso mesmo. Às vezes, um irmão deixa a irmã ver seu pau, e a irmã...

— Você me dá nojo — disse Laila.

— Então nunca aconteceu nada.

— Nunca mais quero falar sobre isso.

Rashid balançou a cabeça, contraiu os lábios e assentiu.

— As pessoas falavam, sabe? Lembro bem disso. Diziam todo tipo de coisas a respeito de vocês dois. Mas, já que você está dizendo que não aconteceu nada...

Laila decidiu fitá-lo.

Rashid a encarou por um tempo penosamente longo, sem piscar, fazendo com que os nós de seus dedos ficassem esbranquiçados pela força com que suas mãos seguravam a mamadeira, e a moça precisou de um esforço sobre-humano para não fraquejar.

Estremeceu ao pensar no que ele faria se viesse a descobrir que ela o estava roubando. Toda semana, desde que Aziza nasceu, Laila abria a carteira do marido, quando ele estava dormindo ou lá fora na latrina, e apanhava uma única nota. Às vezes, quando não havia muito dinheiro ali, pegava apenas cinco afeganes ou não pegava nada, temendo que ele pudesse perceber. Já quando a carteira estava mais cheia, apanhava uma nota de dez ou de vinte, e, certa feita, chegou até a apanhar duas de vinte. Escondia aquele dinheiro num bolso que havia costurado no forro de seu casacão quadriculado.

Tentava imaginar qual seria a reação de Rashid se soubesse que ela estava planejando fugir na primavera, ou, o mais tardar, no verão. Até lá, esperava ter juntado uns mil afeganes, ou mais, e gastaria metade disso com a passagem de Cabul a Peshawar. Quando o momento estivesse se aproximando, levaria a aliança a uma casa de penhores, juntamente com algumas outras joias que o marido tinha lhe dado no ano anterior, quando ela ainda era a *malika* desse palácio.

— Bem, mas, de qualquer forma — disse ele enfim, tamborilando com os dedos na barriga —, você não pode reclamar. Sou seu marido. E maridos se perguntam esse tipo de coisas. Em todo caso, ele teve sorte de morrer como morreu, pois, se estivesse por aqui e eu pusesse as mãos nele... — sugou o ar por entre os dentes cerrados e abanou a cabeça.

— E aquela história de não falar mal dos mortos?

— Na minha opinião, tem gente que nunca está morta o bastante — disse ele.

Dois dias depois, ao acordar, Laila encontrou, junto à porta de seu quarto, uma pilha de roupinhas de bebê dobradas com todo cuidado. Entre elas, um vestido rodado com peixinhos cor-de-rosa pregados no corpete, um vestido de lã azul, estampado de flores, com luvas e meias combinando, um pijama amarelo de bolinhas laranja, e uma calça verde de algodão com um babadinho na bainha.

— Está circulando o boato — disse Rashid na hora do jantar, estalando os lábios, sem nem perceber a presença de Aziza ou o pijama que a menina estava usando — que Dostum vai se bandear para o lado de Hekmatyar. Massoud vai cortar um dobrado para enfrentar esses dois juntos. E não podemos esquecer os *hazaras*. — Serviu-se da berinjela em conserva que Mariam tinha preparado no verão, e prosseguiu: — Tomara que seja apenas um boato porque, se for verdade, a guerra que estamos vendo agora vai parecer um piquenique de sexta-feira em Paghman — comentou ele, gesticulando com a mão engordurada.

Mais tarde, na cama, deitou-se sobre Laila e se aliviou às pressas, sem dizer uma palavra, inteiramente vestido, a não ser pelo *tumban* que não tinha tirado, mas simplesmente baixado até os tornozelos. Quando terminou aquele sacolejar frenético, rolou para o lado e pegou no sono em poucos minutos.

Laila saiu do quarto e encontrou Mariam na cozinha, agachada, limpando duas trutas. Ao seu lado, uma vasilha com arroz de molho. A cozinha estava cheirando a cominho e a fumaça, a cebola refogada e a peixe.

A moça sentou num canto, envolvendo os joelhos com a borda do vestido.

— Obrigada — disse.

Mariam nem pareceu notá-la. Acabou de limpar a primeira truta e pegou a segunda. Com uma faca serrilhada, cortou as nadadeiras; depois, virou o peixe e abriu sua barriga da cauda até as guelras, com uma prática incrível. Laila a viu enfiar o polegar na boca do animal, bem abaixo da mandíbula inferior, e, com um único puxão, remover guelras e entranhas.

— As roupinhas são lindas.

— Não me serviam de nada — resmungou Mariam. Pôs o peixe num jornal lambuzado de um líquido viscoso e acinzentado e lhe cortou a cabeça. — Ou iam para sua filha, ou para as traças.

— Onde aprendeu a limpar peixe desse jeito?

— Quando eu era criança, morava perto de um riacho. E pescava.

— Nunca pesquei.

— Não tem mistério algum. É só esperar.

Laila a viu cortar a truta já limpa em três pedaços.

— Foi você mesma quem fez essas roupas?

Mariam assentiu.

— Quando?

— Na primeira vez que engravidei — respondeu a outra, lavando os pedaços do peixe numa tigela com água. — Ou na segunda. Há 18, talvez 19 anos. De qualquer forma, muito tempo atrás. Como já disse, elas nunca tiveram serventia para mim.

— Você é uma ótima *khayat*. Não poderia me ensinar a costurar?

Mariam pôs os pedaços de truta já lavados numa tigela limpa. Com as mãos pingando, ergueu a cabeça e olhou para Laila, fitando-a como se fosse a primeira vez.

— Na outra noite, quando ele... Nunca ninguém tinha me defendido antes — disse ela.

Laila observou o rosto desfeito de Mariam, as pálpebras formando pregas cansadas, os vincos profundos que lhe cercavam a boca — e era também como se visse aquela mulher pela primeira vez. E, pela primeira vez, não era o rosto de uma adversária que estava à sua frente, mas sim o de uma mulher que sofria calada, que aceitava as imposições sem protestar, que se submetia a um destino que era preciso suportar. Se continuasse nessa casa, quem sabe aquele não seria o seu rosto daqui a uns vinte anos?

— Não podia permitir — disse Laila. — Na minha casa, ninguém fazia coisas assim.

— Esta é a sua casa, agora. É melhor ir se acostumando.

— Não a isso. Nunca.

— Sabe que ele vai se voltar contra você, não sabe? — prosseguiu Mariam, enxugando as mãos num pano. — E não vai demorar muito. E olhe que você lhe deu uma filha. Portanto, o seu pecado é mais fácil de perdoar do que o meu.

— Sei que está frio lá fora — disse Laila, se levantando. — Mas que tal as duas pecadoras tomarem uma xícara de *chai* no quintal?

— Não posso — respondeu Mariam, decididamente surpreendida. — Ainda tenho que catar e lavar o feijão.

— Ajudo você amanhã de manhã.

— E tenho que limpar isso aqui.

— Limpamos juntas. Se não me engano, sobrou um pouco de *halwa*. Fica ótimo com *chai*.

Mariam pôs o pano na bancada. Laila notou alguma ansiedade no jeito como ela baixou as mangas, ajeitou o *hijab*, pôs uma mecha de cabelo para trás.

— Como dizem os chineses, é melhor ficar três dias sem comida do que um dia sem chá.

— É um ditado acertado — disse Mariam, com um ligeiro sorriso.

— É mesmo.

— Mas não posso demorar muito.

— Uma xícara só.

Sentaram-se em cadeiras de armar e comeram a *halwa* com as mãos, da mesma tigela. Tomaram mais uma xícara de chá e, quando Laila lhe perguntou se queria uma terceira, Mariam disse que sim. Ouviram uns disparos nas colinas, viram as nuvens deslizando diante da lua e os últimos vaga-lumes da estação formando círculos de um amarelo brilhante na escuridão. E, quando Aziza acordou chorando, e Rashid gritou para que Laila a fizesse calar, as duas mulheres se entreolharam. Foi um olhar desarmado, de cumplicidade. E por essa comunicação rápida e sem palavras, Laila compreendeu que elas não eram mais inimigas.

35

Mariam

DAQUELA NOITE EM DIANTE, Mariam e Laila passaram a fazer juntas as tarefas domésticas. Sentavam-se na cozinha e preparavam massa de pão, cortavam cebolinhas verdes, fatiavam alho e, enquanto isso, davam pedacinhos de pepino para Aziza, que ficava ali por perto, batendo colheres e brincando com cenouras. Se estavam no quintal, deixavam a menininha deitada num berço de vime, com camadas e mais camadas de roupas e um cachecol de lã enrolado no pescoço. Mariam e Laila ficavam de olho nela e lavavam a roupa, as mãos de uma esbarrando nas da outra, enquanto esfregavam camisas, calças e fraldas.

Aos poucos, Mariam se habituou a esse companheirismo ainda hesitante, mas bem agradável. Esperava ansiosa pela hora de ir tomar as três xícaras de *chai* com Laila no quintal, o que já tinha se tornado um ritual de todas as noites. Pela manhã, surpreendia-se na expectativa de ouvir o som dos chinelos rasgados de Laila nos degraus da escada, indicando que a moça estava descendo para o café, e havia ainda as risadinhas de Aziza, a visão dos seus oito dentinhos, o cheiro de leite de sua pele. Se Laila e a filha dormissem um pouco mais, sua ansiedade aumentava. Lavava pratos que não precisavam ser lavados, voltava a arrumar as almofadas na sala, tirava o pó dos parapeitos já limpos, tentando se manter ocupada até que Laila entrasse na cozinha carregando Aziza no colo.

Assim que avistava Mariam, a garotinha arregalava os olhos e começava a pular e a se remexer no colo da mãe. Esticava os braços na direção de Mariam, pedindo que ela a pegasse, abrindo e fechando as mãozinhas, e, nos olhos, um misto de adoração e ansiedade.

— Que drama, menina! — exclamava Laila, pondo-a no chão para que ela fosse engatinhando até Mariam. — Que drama! Calma... *Khala* Mariam não vai fugir. Pronto, aí está a sua tia. Viu? Pode ir com ela.

Mal a outra a pegava no colo, Aziza metia o dedo na boca e aninhava a cabeça no ombro de Mariam, que a embalava um tanto sem jeito, com um sorriso meio surpreendido, meio encantado nos lábios. Na verdade, nunca tinha sido tão querida. Nunca alguém lhe tinha declarado o seu amor de uma forma tão espontânea, tão sem reservas.

Aziza lhe dava vontade de chorar.

— Por que você entregou esse coraçãozinho a uma velha feia como eu? — murmurava ela junto à cabeça da menininha. — Hein? Será que não percebe que não sou ninguém? Sou uma *dehati*. O que acha que tenho para lhe dar?

Mas Aziza balbuciava toda satisfeita, se aconchegando ainda mais naquele colo. E, quando isso acontecia, Mariam se desmanchava. Seus olhos se enchiam de lágrimas. Seu coração pulava de alegria. E ela ficava deslumbrada ao ver que, depois de tantos anos do mais absoluto desamparo, tinha encontrado, naquela criaturinha, a primeira ligação verdadeira numa vida em que todas as relações tinham sido falsas ou não tinham dado certo.

Bem no início do ano seguinte, em janeiro de 1994, Dostum efetivamente mudou de lado. Uniu-se a Gulbuddin Hekmatyar e se instalou perto de Bala Hissar, as muralhas da velha cidadela que dominavam a cidade do alto das montanhas Koh-e-Shirdawaza. Juntas, as duas facções atacaram as forças de Massoud e Rabbani, no Ministério da Defesa e no palácio presidencial. De ambas as margens do rio Cabul, os dois lados se alternavam em disparos, uns contra os outros. As ruas se encheram de corpos, vidro e pedaços de metal retorcidos. Os saques e os assassinatos eram frequentes e, cada vez mais, ocorriam estupros, usados como forma de intimidar a população civil e recompensar os milicianos. Mariam ouviu falar de mulheres que se matavam por medo de serem estupradas, e homens que, em nome da honra, matavam esposas e filhas que houvessem sido estupradas pelos milicianos.

Aziza gritava quando os morteiros explodiam. Para distraí-la, Mariam espalhava grãos de arroz pelo chão, formando uma casa, um galo ou uma estrela, e deixava que a menina desmanchasse tudo. Desenhava elefantes, daquele jeito que Jalil tinha lhe ensinado, com um único traço, sem tirar a caneta do papel uma vez sequer.

Rashid lhes disse que, diariamente, civis estavam sendo mortos às dúzias. Os hospitais e as lojas de material médico estavam sendo bombardeados. Veículos transportando suprimentos de comida eram impedidos de entrar na cidade, atacados a tiros, de surpresa. Mariam se perguntava se Herat também estaria sendo atacada e, se estivesse, o que seria feito do mulá Faizullah, caso ainda fosse vivo, e de Bibi *jo*, com todos os seus filhos, noras e netos. E, é claro, de Jalil. Será que ele estava escondido, como ela própria? Ou teria deixado o país, junto com as esposas e os filhos? Desejava que Jalil estivesse a salvo, em algum lugar; que tivesse dado um jeito de escapar de toda aquela matança.

Por uma semana, Rashid foi obrigado a ficar em casa. Trancou a porta que dava para o quintal, instalou umas armadilhas, trancou também a porta da frente e pôs um sofá diante dela, formando uma barricada. Ficou andando pela casa, para um lado e para o outro, fumando, espiando pela janela, limpando o revólver, carregando a arma, preparando-a para ser usada. Por duas vezes, atirou para a rua, alegando ter visto alguém tentando pular o muro.

— Eles estão forçando os garotos a se alistar no combate — disse ele. — Os *mujahedins*. Em plena luz do dia, de arma em punho. Saem arrastando os garotos pela rua. E, quando os soldados de uma milícia rival capturam esses pobres coitados, eles os torturam. Ouvi dizer que são eletrocutados. Ao menos é o que andam dizendo. Que esmagam o saco deles com um alicate. Aí, os milicianos obrigam esses garotos a levá-los às suas casas. Chegando lá, matam o pai deles e estupram a mãe e as irmãs.

Rashid brandiu o revólver acima da cabeça.

— Eles que tentem invadir a minha casa — prosseguiu. — *Eu* é que vou esmagar o saco deles! Vou estraçalhar a cabeça de todos! Vocês nem imaginam como são sortudas por terem um homem que não tem medo nem do próprio Shaitan!

Baixou os olhos e percebeu Aziza a seus pés.

— Saia daí! — esbravejou ele, tentando enxotá-la com o revólver. — Pare de me seguir! E pare também de ficar remexendo as mãos desse jeito! Não vou pegar você no colo. Ande, saia já daí! Vou acabar pisando em você.

Aziza estremeceu. Voltou engatinhando para perto de Mariam, parecendo magoada e confusa. Já no colo, logo tratou de pôr o dedo na boca e ficou olhando para Rashid com um ar emburrado e pensativo. De quando em quando, erguia os olhos, querendo se sentir segura. Ao menos era assim que Mariam interpretava aquele olhar.

Mas, em se tratando da figura paterna, Mariam não tinha como tranquilizá-la.

Mariam ficou aliviada quando os combates voltaram a se abrandar, em boa parte porque não precisaria aguentar a presença de Rashid, aquele seu gênio terrível infestando a casa toda. E porque tinha ficado muito assustada ao vê-lo sacudir o revólver carregado na direção de Aziza.

Certo dia, naquele inverno, Laila lhe perguntou se podia trançar o seu cabelo.

Mariam se sentou, bem quieta, só olhando pelo espelho, vendo os dedos finos de Laila trabalhando em seu cabelo e o rosto da moça contraído pela concentração. Aziza estava toda encolhida, dormindo no chão, agarrada com a boneca de pano que Mariam fez para ela. A boneca tinha o corpo recheado de feijão, usava um vestido feito com tecido tingido com chá e um colar de carretéis vazios enfiados num barbante.

De repente, a menininha soltou um pum. Laila começou a rir, e Mariam também. As duas ficaram rindo, se vendo pelo espelho, os olhos lacrimejando, e aquilo tudo foi tão natural, tão espontâneo, que Mariam começou a lhe falar de Jalil, de Nana e do *jinn*. Laila parou o que fazia, pousou as mãos no ombro da outra e ficou fitando o seu rosto no espelho. E as palavras foram brotando, como sangue jorrando de uma artéria. Mariam lhe falou de Bibi *jo*, do mulá Faizullah, daquela ida humilhante à casa de Jalil, do suicídio de Nana. Falou também das esposas de seu pai, do *nikka* arranjado às pressas com Rashid e da viagem para Cabul. Falou das diversas vezes em que engravidou, daquele ciclo interminável de esperança e desapontamento, da rejeição de Rashid.

Depois, Laila se sentou no chão, diante da cadeira de Mariam. Com um ar distraído, tirou um fiapinho do cabelo de Aziza. Houve então um momento de silêncio.

— Também tenho uma coisa para lhe contar — disse Laila.

Mariam passou a noite em claro. Ficou sentada na cama, vendo a neve cair em silêncio.

As estações chegaram e se foram; em Cabul, presidentes foram empossados e assassinados; um império foi derrotado; velhas guerras terminaram e outras começaram. Mas Mariam mal se deu conta disso tudo; pouco lhe importava. Tinha passado todos aqueles anos mergulhada num cantinho da própria mente. Um local estéril e árido, para além do desejo e do sofrimento, do sonho e da desilusão. Ali, o futuro não contava. E o passado só continha uma certeza: o amor era um erro nocivo, e sua cúmplice, a esperança, uma ilusão traiçoeira. E, onde quer que brotassem essas duas flores venenosas, Mariam as arrancava. Arrancava e jogava fora, antes que criassem raízes.

De algum modo, porém, nos últimos meses, Laila e Aziza (que, afinal, era uma *harami*, como ela mesma) passaram a fazer parte do seu mundo e, agora, sem elas, aquela vida que tinha tolerado por tanto tempo de repente lhe parecia insuportável.

"Aziza e eu vamos embora na primavera. Venha conosco, Mariam."

Os anos não tinham sido bons para com ela. "Mas, talvez, anos melhores estivessem por vir", pensou Mariam. Uma nova vida, uma vida em que pudesse encontrar as coisas boas que, segundo Nana, uma *harami* jamais chegaria a experimentar. Inesperadamente, duas novas flores haviam brotado em sua vida e, olhando a neve caindo brandamente, Mariam se lembrou do mulá Faizullah desfiando as contas de seu *tasbeh*, inclinado e sussurrando com aquela sua voz branda e trêmula: "*Mas foi Deus quem as plantou, Mariam* jo. *E a Sua vontade é que você cuide delas. Esta é a Sua vontade, minha filha.*"

36

Laila

À MEDIDA QUE A LUZ DO DIA ia removendo a escuridão do céu naquela manhã de primavera de 1994, Laila teve a certeza de que Rashid sabia. E de que, a qualquer momento, ele viria tirá-la da cama perguntando se ela acreditava mesmo que ele fosse um perfeito *khar*, um burro que nunca descobriria nada. Mas ouviu o *azan*, vindo do alto dos minaretes, e logo o sol estava batendo nos telhados, os galos estavam cantando e nada de extraordinário aconteceu.

Podia ouvi-lo agora, no banheiro, o aparelho de barbear batendo na borda da pia. Depois, andando lá embaixo, esquentando o chá. O tilintar das chaves. E lá estava ele atravessando o pátio, empurrando a bicicleta.

Foi espiar por uma fresta nas cortinas da sala. Viu Rashid se afastar, pedalando, grandalhão numa bicicleta pequena, com o sol da manhã reluzindo no guidão.

— Laila?

Era Mariam, parada no vão da porta. Laila percebeu que a outra também não tinha dormido. Será que também tinha passado a noite toda oscilando entre momentos de euforia e crises de uma ansiedade tão forte que chegava a deixar a boca seca?

— Vamos embora daqui a meia hora — disse Laila.

No banco de trás do táxi, nenhuma das duas falava. Sentada no colo de Mariam, agarrada à boneca de pano, Aziza olhava espantadíssima a cidade que ia passando por elas.

— *Ona*! — exclamou, apontando para um grupo de meninas que pulava corda. — Mayam! *Ona*!

Para onde quer que se virasse, Laila via Rashid. Via-o saindo de barbearias com vidraças parecendo cobertas de pó de carvão, de minúsculas tendinhas que vendiam perdizes, de lojinhas de beira de rua abarrotadas de pneus velhos, empilhados até o teto.

E cada vez se afundava mais no banco do carro.

Ao seu lado, Mariam ia rezando baixinho. Laila gostaria de ver o seu rosto, mas ela estava de *burqa*, ambas estavam, aliás, e tudo o que podia distinguir era o brilho de seus olhos por detrás da tela.

Era a primeira vez que saía à rua em semanas, sem contar com a ida à casa de penhores na véspera, quando depositou a aliança no vidro do balcão e de onde saiu atordoada pela sensação do inexorável, sabendo que não havia como voltar atrás.

Por toda parte, via as consequências dos combates recentes cujo barulho ouvira de casa. Lares transformados em escombros, meras pilhas de tijolos e pedras; prédios fendidos, com vigas caídas aparecendo pelos buracos abertos nas paredes; carcaças queimadas e retorcidas de carros revirados, às vezes empilhadas umas sobre as outras; muros esburacados com perfurações de todos os calibres imagináveis; estilhaços de vidro por todo lado. Viu um cortejo fúnebre que se dirigia a uma mesquita, e, atrás dele, uma velha toda de preto, arrancando os cabelos. Passaram por um cemitério repleto de túmulos de simples pedras empilhadas, com bandeiras já esfarrapadas dos *shahids* tremulando ao vento.

Laila estendeu a mão por cima da mala e segurou a maciez do braço da filha.

Na estação rodoviária da Porta de Lahore, perto de Pol Mahmud Khan, na zona leste de Cabul, havia uma fileira de ônibus parados ao longo do meio-fio. Homens de turbante circulavam atarefados, pondo trouxas e caixotes no alto dos ônibus, amarrando malas com cordas. Dentro da estação, homens faziam fila diante do guichê. Mulheres de *burqa*, formando grupinhos, conversavam, com seus pertences empilhados no chão a seus pés. Havia bebês no colo e crianças eram repreendidas por terem se afastado demais.

Milicianos *mujahedins* patrulhavam a estação e as calçadas, gritando breves ordens aqui e ali. Usavam botas, *pakols* e fardas verdes empoeiradas. Todos tinham um Kalashnikov.

Laila se sentia vigiada. Não encarava ninguém, mas tinha a impressão de que todos ali sabiam o que estava acontecendo, que todos desaprovavam o que Mariam e ela estavam fazendo.

— Está vendo alguém? — perguntou Laila.

— Estou procurando — respondeu Mariam, ajeitando Aziza no colo.

Laila não ignorava que este seria o primeiro passo arriscado: encontrar um homem que pudesse se passar por um membro da família. A liberdade e as oportunidades que as mulheres tiveram entre 1978 e 1992 eram agora coisa do passado. Laila ainda se lembrava de seu pai dizendo que aqueles anos de governo comunista eram "uma boa época para ser mulher no Afeganistão". Desde que os *mujahedins* assumiram o poder, em abril de 1992, o nome do país passou a ser Estado Islâmico do Afeganistão. A Suprema Corte do governo de Rabbani era formada agora por mulás de linha dura que trataram de eliminar todos os decretos do período comunista que fortaleciam a posição das mulheres e de substituí-los por determinações baseadas na *Shari'a*, as estritas leis islâmicas segundo as quais as mulheres têm que andar cobertas, são proibidas de viajar sem a companhia de um parente de sexo masculino, são punidas por apedrejamento se cometerem adultério. Se bem que, nas atuais circunstâncias, a aplicação de tais leis era, na melhor das hipóteses, esporádica. "Seria muito mais rígida", comentou Laila certa feita, "se eles não estivessem tão ocupados se matando entre si. E nos matando também".

O segundo passo arriscado da viagem seria quando chegassem ao Paquistão. Já abarrotado com quase dois milhões de refugiados afegãos, o país havia fechado a fronteira com o Afeganistão em janeiro daquele mesmo ano. Laila ouviu dizer que só podiam entrar aqueles que tivessem visto. Mas a fronteira era permeável, sempre foi, e Laila sabia que centenas de afegãos continuavam entrando no Paquistão, seja graças a suborno, seja comprovando razões humanitárias — e também havia a possibilidade de contratar alguém para fazê-las atravessar. "Quando chegarmos lá, daremos um jeito", foi o que disse.

— Que tal aquele ali? — indagou Mariam, apontando com o queixo.

— Não parece muito confiável.

— E aquele outro?

— É velho demais. E está viajando com mais dois homens.

Laila acabou vendo alguém, sentado num banco do lado de fora da estação. Estava acompanhado de uma mulher que usava um véu e tinha um menininho de gorro, mais ou menos da idade de Aziza, sentado no colo. Era alto e magro, barbudo e trajava uma camisa de colarinho aberto e um modesto paletó cinzento com alguns botões faltando.

— Espere aqui — disse ela, e, ao se afastar, ouviu que Mariam murmurava uma oração.

Quando chegou perto do homem, ele ergueu os olhos, protegendo-os do sol com a mão.

— Desculpe, irmão, mas está indo para Peshawar?

— Estou — respondeu ele, semicerrando os olhos.

— Talvez pudesse nos ajudar. Poderia nos fazer um favor?

Ele entregou o menino à esposa e se afastou um pouco com Laila.

— Do que se trata, *hamshira*?

Aqueles olhos brandos, aquele rosto bondoso lhe deram coragem. Então, contou-lhe a história que tinha combinado com Mariam. Disse que era *biwa*, viúva, e que, além da mãe e da filha, não tinha mais ninguém em Cabul. Estavam indo para Peshawar, morar com um tio.

— E quer vir junto com minha família — disse o homem.

— Sei que é *zahmat* para vocês. Mas você me pareceu um homem decente e...

— Não se preocupe, *hamshira*. Eu entendo. Não é problema algum. Vou comprar suas passagens.

— Obrigada, irmão. É realmente uma *sawab*. Deus vai se lembrar dessa sua boa ação.

E entregou a ele um envelope que tirou do bolso por baixo da *burqa*. Havia ali mil e cem afeganes, cerca da metade do que tinha juntado durante o ano anterior mais o que conseguiu com a venda da aliança. O homem enfiou o envelope no bolso da calça.

— Espere aqui.

Ela o viu entrar na estação. Meia hora mais tarde, estava de volta.

— É melhor ficar com as passagens na mão — disse ele. — O ônibus sai daqui a uma hora, às 11h. Vamos embarcar juntos. O meu nome é Wakil. Se perguntarem, o que não deve acontecer, digo que somos primos.

Laila disse como as três se chamavam e ele garantiu que se lembraria.

— Fiquem por perto — recomendou.

Sentaram-se no banco ao lado daquele onde Wakil estava com a família. Era uma manhã de sol, a temperatura estava agradável, e, no céu, havia apenas umas poucas nuvens pairando a distância, sobre as colinas. Mariam deu à menina alguns dos biscoitos que tinha se lembrado de trazer na pressa de arrumar as coisas. Ofereceu um a Laila.

— Se comer, vomito — respondeu a moça, rindo. — Estou aflita demais.

— Eu também.

— Obrigada, Mariam.

— Por quê?

— Por isso. Por vir conosco — disse Laila. — Acho que não conseguiria se estivesse sozinha.

— Eu nunca ia deixar vocês sozinhas.

— Vamos ficar bem, não é, Mariam, lá no lugar para onde estamos indo?

— Como diz o Corão, "a Deus pertencem o Levante e o Poente. Para onde quer que vos tornardes, lá encontrareis o semblante de Deus".

— *Bov*! — exclamou Aziza, apontando para um ônibus. — *Bov*, Mayam!

— Estou vendo, Aziza *jo* — respondeu Mariam. — É isso mesmo, um *bov*. Logo, logo vamos embarcar num deles. Ah, quantas coisas você vai ver...

Laila sorriu. Ficou olhando para um carpinteiro que, numa loja do outro lado da rua, serrava madeira, fazendo lasquinhas voarem pelo ar. Viu os carros passando a toda, com os vidros cobertos de fuligem e sujeira. Viu os ônibus parados junto ao meio-fio, com o motor roncando e todos pintados com pavões, leões, sóis nascentes e espadas reluzentes.

Ao calor do sol da manhã, sentia-se atordoada e ousada. Teve mais um daqueles breves momentos de euforia e, quando um vira-lata de olhos amarelados se aproximou, Laila se inclinou para acariciar as suas costas.

Poucos minutos antes das 11h, um homem usando um megafone chamou os passageiros com destino a Peshawar. Estava na hora de embarcar. As portas do ônibus se abriram com um forte suspiro. Foi um verdadeiro desfile de viajantes apressados, quase correndo para entrar ali.

Pegando o filho no colo, Wakil fez um gesto para Laila.

— Estamos indo — disse a moça.

O rapaz foi na frente. Ao se aproximar do ônibus, Laila viu rostos que surgiam nas janelas, narizes e mãos colados às vidraças. Ao seu redor, gente se despedindo aos gritos.

Um jovem miliciano verificava as passagens junto à porta do veículo.

— *Bov*! — exclamou Aziza.

Wakil entregou as passagens ao soldado que as rasgou no meio antes de devolvê-las. O rapaz fez a esposa embarcar primeiro. Laila percebeu que ele e o miliciano se entreolharam. Depois de subir no primeiro degrau do ônibus, Wakil se inclinou e cochichou alguma coisa ao ouvido do jovem que se limitou a assentir.

A moça sentiu o coração disparar.

— Vocês duas, com a criança, fiquem aqui ao lado — disse o soldado.

Laila fingiu não ouvir e se dispôs a subir no ônibus, mas o miliciano a segurou pelo ombro, tirando-a da fila com um gesto brusco.

— Você também — exclamou, dirigindo-se a Mariam. — Ande logo! Está atrapalhando o embarque.

— Qual é o problema, irmão? — indagou Laila com os lábios entorpecidos. — Está tudo certo. Meu primo não lhe entregou nossas passagens?

Ele a fez calar pondo um dedo diante da boca e disse algo em voz baixa a um outro soldado. Este, um sujeito gorducho, com uma cicatriz na face direita, assentiu com um gesto.

— Venham comigo — disse então a Laila.

— Temos que embarcar nesse ônibus — retrucou a moça percebendo que a própria voz tremia. — Temos as passagens. Por que estão fazendo isso?

— Vocês não vão embarcar. É melhor aceitar a ideia. Sigam-me. A menos que queira que a menininha a veja sendo arrastada.

Enquanto estavam sendo levadas até um caminhão, Laila olhou para trás e viu o filhinho de Wakil no fundo do ônibus. O menino também a viu e acenou, todo contente.

No posto policial da praça Torabaz Khan, mandaram que as duas se sentassem separadas, uma em cada ponta do longo corredor cheio de gente. Entre elas, havia uma escrivaninha por trás da qual um homem fumava um cigarro atrás do outro e, de vez em quando, batia alguma coisa na máquina de escrever. Três horas se passaram. Aziza corria para uma, e, depois, para a outra. Estava brincando com um clipe que o homem da escrivaninha tinha lhe dado. Comeu todos os biscoitos. Finalmente, adormeceu no colo de Mariam.

Por volta das três da tarde, Laila foi levada para uma sala. Mandaram que Mariam ficasse esperando no corredor, com Aziza.

Na sala, o homem por trás de uma escrivaninha tinha uns trinta anos e estava à paisana — terno preto, gravata, mocassins pretos. Tinha uma barba aparada bem rente, cabelo curto e sobrancelhas que se uniam acima do nariz. Ficou olhando para Laila, batendo com a borracha do lápis no tampo da mesa.

— Sabemos — principiou ele depois de pigarrear, cobrindo a boca com o punho fechado — que você já contou uma mentira hoje, *hamshira*. O rapaz na estação não era seu primo. Ele próprio nos disse isso. Resta saber se vai contar mais mentiras. Pessoalmente, devo lhe dizer que não é uma boa ideia.

— Estávamos indo morar com meu tio — disse Laila. — É a pura verdade.

O policial assentiu.

— Aquela *hamshira* lá no corredor é sua mãe?

— É.

— Ela tem sotaque de Herat. E você, não.

— É que se criou lá. Eu nasci aqui, em Cabul.

— Claro. E ficou viúva? Foi o que disse, não? Meus pêsames. E esse tio, esse *kaka*, mora onde?

— Em Peshawar.

— Isso você já disse — retrucou o sujeito, lambendo a ponta do lápis e aproximando-o de uma folha em branco. — Mas onde, em Peshawar? Em que bairro, por favor? Nome da rua, número do setor.

Laila tentou resistir à onda de pânico que lhe invadia o peito. Deu o nome da única rua de Peshawar que tinha ouvido mencionar uma única vez, naquela festa que sua mãe deu quando os *mujahedins* entraram em Cabul.

— Rua Jamrud.

— Ah, claro. É onde fica o hotel Pearl Continental. Seu tio deve ter lhe dito isso.

Laila agarrou a oportunidade e confirmou:

— Exatamente.

— Só que esse hotel fica na rua Khyber.

Ao ouvir a filha chorando no corredor, a moça perguntou:

— Minha filha parece assustada. Posso ir buscá-la, irmão?

— Prefiro que me chame de "policial". E logo, logo você vai estar com ela. Tem o telefone de seu tio?

— Tenho. Ou melhor, tinha. Eu... — Mesmo por trás da *burqa*, Laila não se sentia protegida contra aqueles olhos penetrantes. — Estou tão chateada... Acho que o esqueci.

O homem suspirou. Perguntou o nome do tio e o de sua mulher. Quantos filhos tinha. Como se chamavam. Onde ele trabalhava. Que idade tinha. E todas aquelas perguntas deixaram a moça atordoada.

Então, pôs o lápis na mesa, enlaçou os dedos e se inclinou para a frente, como fazem os pais quando querem comunicar algo a um filho pequeno.

— Você bem sabe, *hamshira*, que é crime uma mulher tentar fugir. Vemos isso todos os dias. Mulheres viajando sozinhas, alegando que o marido morreu. Às vezes, é verdade; quase sempre não. Você pode ser presa por estar fugindo. Acho que entende isso, não é mesmo?

— Deixe-nos ir, policial... — Viu o nome dele escrito no distintivo da lapela: policial Rahman. — Honre o significado de seu nome e tenha misericórdia. Que importância tem para o senhor duas pobres mulheres irem embora? Que mal haveria em nos liberar? Não somos criminosas.

— Não posso.

— Eu lhe imploro, por favor.

— É uma questão de *qanun*, *hamshira*. A lei é a lei — retrucou Rahman, dando à voz um tom grave e assumindo ares de importância. — A minha função é manter a ordem, entende?

Apesar do desespero que sentia, Laila quase riu. Era incrível ele usar aquela palavra depois de tudo o que as facções *mujahedins* vinham fazendo, todos os assassinatos, os saques, os estupros, as torturas, as execuções, os bombardeios, os milhares de mísseis lançados de um lado e de outro, sem fazer caso de toda aquela gente inocente que morria em meio ao fogo cruzado. *Ordem*. Mas mordeu a língua.

— Se o senhor nos mandar voltar — disse ela, de mansinho —, nem sei o que ele fará conosco.

Ao dizer isso, percebeu o esforço que o sujeito fazia para não desviar os olhos.

— O que um homem faz dentro de casa é problema dele — observou o policial.

— E, nesse caso, onde fica a lei, policial Rahman? — perguntou ela, com os olhos marejados de tanta raiva. — O senhor estará lá para manter a ordem?

— A nossa política é não interferir em assuntos de família, *hamshira*.

— Claro. Quando isso beneficia o homem. E o que está acontecendo não é um "assunto de família", como o senhor diz? Hein, não é?

Ele empurrou a cadeira, se levantou e ajeitou o paletó.

— Pelo que vejo, essa entrevista está encerrada. Devo dizer, *hamshira*, que você está em maus lençóis. Sem dúvida alguma. Agora, faça o favor de esperar lá fora, pois vou ter uma palavrinha com sua... seja lá o que ela for.

Laila começou a protestar, chegou a gritar, e ele teve que chamar dois outros homens para retirá-la da sala.

A entrevista com Mariam durou apenas alguns minutos. Quando ela saiu da sala, parecia muito abalada.

— Ele fez tantas perguntas... — disse. — Sinto muito, Laila *jo*. Não sou tão esperta quanto você. Ele fez tantas perguntas que eu não soube o que dizer. Sinto muito.

— A culpa não é sua, Mariam — retrucou Laila, desanimada. — É minha. Tudo culpa minha. Só minha.

Já passava das seis da tarde quando o carro da polícia parou diante da casa. Mandaram que Laila e Mariam ficassem esperando no banco de trás, sob a vigilância de um soldado *mujahid* que estava no banco do carona. Quem saiu do carro foi o motorista. Bateu à porta, falou com Rashid e fez sinal para que elas viessem.

— Bem-vindas de volta à casa — disse o soldado do banco da frente, acendendo um cigarro.

— Você — disse Rashid, dirigindo-se a Mariam — espere aqui.

Ela obedeceu, sentando-se quietinha no sofá.

— Vocês duas, lá para cima.

Rashid agarrou Laila pelo braço, obrigando-a a subir a escada. Ainda estava com os sapatos que usava para ir trabalhar. Não tinha posto os chinelos, nem tirado o relógio, nem sequer pendurado o casaco. Laila imaginou a cena ocorrida uma hora, talvez minutos atrás: Rashid indo de um quarto ao outro, batendo as portas, furioso e incrédulo, xingando baixinho.

No alto da escada, Laila parou e se virou para ele:

— Ela não queria ir — disse. — Eu a obriguei. Ela não queria ir...

Nem viu o punho fechado que se aproximava. Num segundo, estava falando, no outro, estava de quatro no chão, com os olhos arregalados e o rosto vermelho, tentando respirar. Foi como se um carro a tivesse atropelado a toda velocidade, acertando-a entre o final da caixa torácica e o umbigo. Percebeu que tinha deixado Aziza cair e que a menina estava gritando. Mais uma vez, tentou respirar, mas tudo o que saiu foi um som abafado, rouco. De sua boca, escorria um filete de baba.

De repente, sentiu que estava sendo arrastada pelo cabelo. Viu Aziza ser erguida do chão, suas sandálias caírem, seus pezinhos se agitando no ar. O puxão era tão forte que lhe arrancou cabelo da cabeça, e seus olhos se encheram de lágrimas de tanta dor. Viu que ele empurrou com o pé a porta do quarto de Mariam, atirou a menininha na cama e só então soltou seu cabelo. Laila sentiu a ponta do sapato dele na nádega esquerda e urrou de dor. A porta bateu com estardalhaço. A chave girou na fechadura.

Aziza ainda estava chorando. Laila jazia no chão, encolhida, arquejando. Apoiando-se nas mãos, conseguiu rastejar até a cama e se esticou para apanhá-la.

Lá embaixo, começou a surra. Para Laila, os sons que ouvia eram de uma atividade metódica, habitual. Não havia xingamentos, nem gritos, nem súplicas, nem sequer exclamações de surpresa, apenas as atitudes sistemáticas do que batia e do que era espancado, o *tump, tump* de algo sólido atingindo um corpo repetidas vezes, algo, alguém se chocando contra a parede, tecido se rasgando. De quando em quando, ouvia passos apressados, uma perseguição calada, móveis que caíam, vidro que se quebrava, e as pancadas que recomeçavam.

Pegou Aziza no colo. Sentiu algo quente no vestido: a menina tinha feito xixi.

No andar de baixo, a correria e a perseguição finalmente cessaram. O som que ouviu parecia o de um soquete acertando repetidas vezes um bife.

Laila ficou embalando a filha até aquele barulho parar e, quando ouviu a porta se abrindo e batendo, pôs Aziza no chão e espiou pela janela. Viu Rashid empurrando Mariam pela nuca, jardim afora. Ela estava descalça e recurvada. Havia sangue nas mãos dele, no rosto dela, em seu cabelo, escorrendo pelo pescoço e pelas costas. Sua camisa tinha sido rasgada de alto a baixo.

— Eu sinto tanto, Mariam... — exclamou Laila por trás da vidraça.

Viu Rashid empurrar a mulher para dentro do galpão de ferramentas. Depois, ele próprio entrou ali e saiu carregando um martelo e várias tábuas. Fechou a porta da cabana, tirou uma chave do bolso e trancou o cadeado. Testou a porta, deu a volta na construção e apanhou uma escada.

Poucos minutos mais tarde, seu rosto apareceu na janela, com a boca cheia de pregos. Estava inteiramente desgrenhado e tinha um risco de sangue na testa. Ao vê-lo, Aziza soltou um gritinho e escondeu o rosto na axila da mãe.

Rashid começou então a pregar aquelas tábuas, vendando inteiramente a janela.

A escuridão era total, impenetrável e constante, sem distinção ou textura. Rashid preencheu as brechas com alguma coisa, pôs um objeto grande e pesado diante da fresta da porta para que não passasse nenhuma luz por ali. E também enfiou algo no buraco da fechadura.

Com os olhos, era impossível perceber a passagem do tempo, então, Laila tentou fazê-lo com o ouvido bom. O *azan* e os galos cantando indicavam a manhã. O som de pratos na cozinha, o rádio tocando eram sinais do anoitecer.

No primeiro dia, as duas tateavam e apalpavam, tentando se encontrar no escuro. Laila não conseguia ver Aziza quando a menina chorava, nem quando saía engatinhando.

— *Aishee* — choramingava a garotinha. — *Aishee.*

— Já, já — dizia Laila, beijando a filha, visando sua testa, mas encontrando o topo da cabeça. — Já, já você vai tomar o seu leite. Só um pouquinho de paciência. Seja boazinha e *mammy* vai arranjar leite para você.

Cantou então algumas cantigas.

Voltou a ouvir o *azan* e Rashid ainda não tinha lhes trazido comida ou, o que era ainda pior, água. Naquele dia, um calor espesso e sufocante as envolveu. O quarto virou uma verdadeira panela de pressão. Laila passava a língua seca pelos lábios, pensando no poço do quintal, com sua água pura e fresca. Aziza continuava a chorar e Laila percebeu, assustada, que, quando tentou enxugar o rosto da menina, suas mãos ficaram secas. Rasgou as roupas da filha, tentou achar algo com que pudesse abaná-la, começou a soprá-la até ficar tonta. Em pouco tempo, Aziza parou de engatinhar pelo quarto. Adormecia e logo despertava.

Ao longo do dia, socou as paredes diversas vezes, se exauriu gritando por socorro, na esperança de que algum vizinho a ouvisse. Ninguém apareceu. E seus gritos só fizeram assustar Aziza, que recomeçou a chorar, mas era um chorinho fraco, rouco. Laila se deitou no chão. Culpadíssima, lembrou de Mariam, espancada e ensanguentada, trancada naquela cabana do quintal.

A certa altura, pegou no sono, com o corpo tostando no calor. Sonhou que tinha fugido com Aziza para ir ao encontro de Tariq. Ele estava na calçada, do outro lado de uma rua movimentada, sob o letreiro de uma alfaiataria. Estava de cócoras, remexendo num caixote de figos. "Olhe o seu pai", dizia Laila. "Aquele homem lá do outro lado, está vendo? Ele é o seu verdadeiro *baba*." Chamou-o então pelo nome, mas o barulho da rua abafou a sua voz e ele não a ouviu.

Acordou com o assobio dos mísseis rasgando o céu. Em algum ponto que não podia ver, houve explosões e o ruído frenético de metralhadoras. Fechou os olhos. Acordou novamente com os pesados passos de Rashid no corredor. Arrastou-se até a porta, bateu nela com as mãos espalmadas.

— Só um copo, Rashid. Não para mim. Faça isso por ela. Não vai querer ter o sangue dela nas mãos.

Ele passou.

Laila se pôs a argumentar. Implorou o seu perdão, fez mil promessas. Amaldiçoou aquele homem.

A porta do quarto se fechou. O rádio foi ligado.

A voz do muezim soou pela terceira vez. E aquele calor novamente. Aziza estava mais calada ainda. Tinha parado de chorar, tinha até parado de se mexer.

Laila aproximou o ouvido da boca da filha, morrendo de medo de não ouvir o barulhinho de sua respiração. Até o simples ato de erguer o tronco a deixava zonza. Pegou no sono e teve sonhos dos quais não conseguiu se lembrar. Quando acordou, foi ver como estava Aziza. Tateando, sentiu os seus lábios rachados, os batimentos quase imperceptíveis em seu pescoço, e se deitou novamente. Agora tinha certeza de que ambas morreriam ali, mas o que mais temia era morrer antes da filha, que era tão pequena e tão frágil... Por quanto tempo ainda conseguiria resistir? Aziza morreria de calor e Laila teria que ficar deitada junto àquele corpinho enrijecido à espera da própria morte. Voltou a adormecer. Acordou. Adormeceu. A linha entre sonho e vigília foi se dissipando.

Desta vez, não foram galos nem o *azan* que a despertaram, mas o som de algo pesado sendo arrastado. Ouviu um ruído metálico. De repente, o quarto foi inundado pela luz. Seus olhos se estreitaram, recusando-se àquela claridade. Laila ergueu a cabeça, cerrou os olhos, protegendo-os com a mão. Pelas frestas entre seus dedos, viu um vulto alto e embaçado parado num retângulo de luz. O vulto se moveu. Agora, uma forma se agachava ao seu lado, se inclinava sobre ela e uma voz soou perto de seu ouvido.

— Faça isso novamente e vou atrás de você. Juro pelo nome do Profeta que vou atrás de você. E, quando conseguir encontrá-la, não há tribunal nesse bendito país que vá me condenar pelo que eu fizer. Primeiro, Mariam, depois, ela, e, finalmente você. Vai ter que assistir a tudo! Está me entendendo? *A tudo*!

E, dizendo isso, saiu do quarto. Não sem, antes, lhe dar um chute nas costas que a deixou urinando sangue por vários dias.

37

Mariam
Setembro de 1996

Dois anos e meio depois, Mariam acordou, na manhã do dia 27 de setembro, ouvindo gritos e assobios, fogos e música. Correu até a sala e Laila já estava na janela, com Aziza encarapitada nos ombros. A moça se virou e sorriu.

— Os talibãs chegaram — disse ela.

Fazia dois anos que Mariam tinha ouvido falar dos talibãs pela primeira vez, em outubro de 1994, quando Rashid chegou em casa com a notícia de que eles haviam derrotado os senhores da guerra em Kandahar e tomado a cidade. Eram um grupo guerrilheiro, segundo Rashid, formado por jovens *pashtuns*, cujas famílias tinham fugido para o Paquistão durante a guerra contra os soviéticos. A maioria cresceu — ou até mesmo nasceu — em campos de refugiados, ao longo da fronteira paquistanesa e em madraças daquele país, onde estudaram a *Shari'a* com mulás. Eram liderados por um homem misterioso, analfabeto e caolho, que vivia recluso e era conhecido como mulá Omar, mas, como comentou Rashid achando engraçado, se autodenominava *Amir-ul-Muminin*, o Líder dos Fiéis.

— Na verdade, esses rapazes não têm *risha*, não têm raízes — disse Rashid, sem se dirigir especificamente a Laila ou a Mariam.

Desde aquela tentativa de fuga frustrada, há dois anos e meio, Mariam sabia que, a seus olhos não havia diferença entre as duas, ambas estavam igualmente desgraçadas, eram igualmente dignas de sua desconfiança, de seu desprezo e de sua indiferença. Quando ele falava, dava a sensação de estar conversando consigo mesmo ou com alguma presença invisível que, à diferença daquelas duas mulheres, merecia ouvir o que ele pensava.

— Talvez não tenham passado — prosseguiu ele, fumando e olhando para o teto. — Talvez não saibam nada sobre o mundo ou a história deste país. É. E, comparada a eles, Mariam poderia ser professora universitária. Ha, ha! É verdade. Mas olhem ao seu redor. O que veem? Comandantes *mujahedins* ambiciosos e corruptos, armados até os dentes, ricos à custa de heroína, declarando *jihad* uns contra os outros e matando todos os que estão ali no meio. Esta é a situação. Ao menos os talibãs são puros, incorruptíveis. Ao menos, são rapazes muçulmanos decentes. *Wallah*, quando chegarem aqui, vão limpar esse lugar. Vão trazer a paz e a ordem. Ninguém mais vai ser morto ao sair para comprar leite. Não haverá mais mísseis! Imaginem só!

Há dois anos, os talibãs vinham se aproximando de Cabul, conquistando cidades dominadas pelos *mujahedins*, pondo fim à guerra entre as facções onde quer que se instalassem. Capturaram e executaram o comandante *hazara* Abdul Ali Mazari. Passaram meses nos arredores da capital, disparando sobre a cidade, trocando mísseis com Ahmad Shah Massoud. Em princípios de setembro, tomaram as cidades de Jalalabad e Sarobi.

E, segundo Rashid, os talibãs tinham uma coisa que faltava aos *mujahedins*: união.

— Pois que venham — disse ele. — Por mim, vou recebê-los com pétalas de rosas.

Naquele dia, os quatro saíram, com Rashid à frente, guiando-as de um ônibus a outro, para saudar a vida nova, seus novos líderes. Em cada bairro destroçado, Mariam via gente surgindo por entre os escombros e se dirigindo para as ruas. Viu uma mulher idosa desperdiçar punhados de arroz para atirá-los nos passantes, ostentando um sorriso murcho e desdentado. Dois homens se abraçavam no que restava de um prédio parcialmente demolido e, no céu, o chiado, o assobio e o estrondo de uns poucos fogos de artifício que uns garotos trepados nos telhados estavam soltando. Ouvia-se o hino nacional, vindo de gravadores e competindo com as buzinas dos carros.

— Olhe, Mayam! — exclamou Aziza, apontando para um grupo de garotos que corria pela Jadeh Maywand. Vinham com o punho erguido e arrastavam latas enferrujadas amarradas num barbante. Aos brados, anunciavam que Massoud e Rabbani tinham deixado Cabul.

Por todo canto, ouviram-se os gritos de *Allah-u-akbar*!

Ainda na Jadeh Maywand, Mariam viu um lençol pendurado numa janela, e, nele, três palavras em letras grandes e pretas: ZENDA BAAD TALIBAN! Vida longa ao Talibã!

Pelas ruas por onde passavam, Mariam avistou mais cartazes — pintados nas vidraças, pregados nas portas, pendurados nas antenas dos carros — que proclamavam a mesma coisa.

~

Só mais tarde, Mariam viu um talibã pela primeira vez, quando estavam na praça Pashtunistan. Havia uma multidão reunida ali. Tinha gente esticando o pescoço, gente amontoada em torno da fonte azul, que fica no meio da praça, e gente trepada na própria fonte, agora seca. Todos tentavam enxergar a extremidade da praça, perto do velho restaurante Khyber.

Rashid tirou proveito de seu tamanho para ir abrindo caminho entre os curiosos e conseguiu levá-las até o local de onde vinha a voz que se ouvia pelo alto-falante.

Aziza soltou um gritinho e escondeu o rosto na *burqa* de Mariam.

Aquela voz pertencia a um jovem magro e barbudo, usando um turbante negro, que estava em cima de uma espécie de palanque improvisado. Na mão livre, segurava um lança-mísseis. Ao seu lado, dois corpos masculinos ensanguentados pendiam de cordas amarradas aos postes dos sinais de trânsito. As roupas de ambos tinham sido rasgadas. Seus rostos inchados eram de um azul-arroxeado.

— Conheço aquele ali — disse Mariam. — O da esquerda.

Uma moça que estava à sua frente se virou e disse que era Najibullah. O outro, o irmão dele. Mariam se lembrava daquele rosto rechonchudo, de bigodes, sorrindo nos cartazes e nas vitrines das lojas durante os anos do domínio soviético.

Mais tarde, ouviu dizer que os talibãs tinham arrancado Najibullah de seu esconderijo na sede da ONU, perto do palácio Darulaman. Disseram também que eles o tinham torturado por horas a fio e, depois, amarrado o seu corpo já sem vida a um caminhão para arrastá-lo pelas ruas da cidade.

— Ele matou muitos, muitos muçulmanos! — bradava o jovem *talib* pelo alto-falante. Falava farsi com sotaque *pashto* e, depois, passou a falar nessa língua. Pontuava suas palavras com gestos, apontando para os cadáveres com a arma que trazia na mão. — Ninguém ignora os crimes que ele cometeu. Era comunista e *kafir*. É isto que fazemos com os infiéis que cometem crimes contra o islã!

Rashid sorria, todo satisfeito.

No colo de Mariam, Aziza começou a chorar.

No dia seguinte, as picapes circulavam por toda Cabul. Em Khair khana, Shar-e-Nau, Karteh-Parwan, Wazir Akbar Khan e Taimani, Toyotas vermelhos desfilavam pelas ruas. Dentro desses veículos, homens barbudos, de turbante negro e armados. Em cada picape, os alto-falantes transmitiam um comunicado, aos brados, primeiro em farsi, depois em *pashto*. A mesma mensagem era veiculada por alto-falantes instalados no alto das mesquitas e também pela rádio agora denominada "A Voz da *Shari'a*". Texto idêntico podia ainda ser visto em panfletos lançados pelas ruas da cidade. Mariam achou um destes no quintal.

Nosso watan *chama-se agora Emirado Islâmico do Afeganistão. Eis as leis que começam a vigorar e às quais todos devem obedecer:*

Todos os cidadãos devem rezar cinco vezes ao dia. Quem for apanhado fazendo outra coisa nas horas de oração será espancado.

Todos os homens deverão deixar crescer a barba. O comprimento correto é pelo menos um punho fechado abaixo do queixo. Quem não cumprir essa determinação será espancado.

Todos os meninos devem usar turbante. Os estudantes da primeira à sexta série usarão turbantes negros, os alunos das séries superiores usarão turbantes brancos. Todos deverão usar trajes islâmicos. O colarinho das camisas deve ser abotoado.

É proibido cantar.

É proibido dançar.

É proibido jogar cartas, jogar xadrez, fazer apostas e soltar pipas.

É proibido escrever livros, ver filmes e pintar quadros.

Quem possuir periquitos será espancado, e os pássaros, mortos.

Quem roubar terá a mão direita cortada na altura do pulso. Quem voltar a roubar terá um pé decepado.

Quem não é muçulmano não pode realizar seu culto em lugar onde possa ser visto por muçulmanos. Quem fizer isso será espancado e detido. Quem for apanhado tentando converter um muçulmano à sua fé será executado.

Atenção mulheres:

Vocês deverão permanecer em casa. Não é adequado uma mulher circular pelas ruas sem estar indo a um local determinado. Quem sair de casa deverá se fazer acompanhar de um mahram, *um parente de sexo masculino. A mulher que for apanhada sozinha na rua será espancada e mandada de volta para casa.*

Vocês não deverão mostrar o rosto em circunstância alguma. Sempre que saírem à rua, deverão usar a burqa. *A mulher que não fizer isso será severamente espancada.*

Estão proibidos os cosméticos.

Estão proibidas as joias.

Vocês não deverão usar roupas atraentes.

Só deverão falar quando alguém lhes dirigir a palavra.

Não deverão olhar um homem nos olhos.

Não deverão rir em público. A mulher que fizer isso será espancada.

Não deverão pintar as unhas. A mulher que fizer isso perderá um dedo.

As meninas estão proibidas de frequentar a escola. Todas as escolas femininas serão imediatamente fechadas.

As mulheres estão proibidas de trabalhar.

A mulher que for culpada de adultério será apedrejada até a morte.

Ouçam. Ouçam bem. Obedeçam. Allah-u-akbar.

Rashid desligou o rádio. Estavam sentados no chão da sala, jantando, menos de uma semana depois daquele dia em que viram o cadáver de Najibullah pendurado por uma corda.

— Eles não podem mandar metade da população do país ficar em casa sem fazer nada — observou Laila.

— Por que não? — indagou Rashid. E, desta vez, Mariam concordava com ele. Não era exatamente o que ele tinha feito com elas duas? Com certeza Laila percebeu isso.

— Não estamos numa aldeia qualquer. Isto aqui é *Cabul*. As mulheres exerciam o direito e a medicina, ocupavam postos no governo...

— Quem está falando é a filha arrogante de um professor que lia livros de poesia. Como você é urbana, como é tadjique! Acha que isso é alguma novidade, alguma ideia radical introduzida pelos talibãs? Já morou fora de sua preciosa conchinha em Cabul, minha *gul*? Já teve a curiosidade de conhecer o Afeganistão de verdade, o do sul, o do leste, junto das fronteiras tribais do Paquistão? Não? Pois eu já. E posso lhe dizer que há muitos lugares neste país que sempre viveram desse jeito, ou, pelo menos, quase assim. Não é esse mundo que você conhece.

— Eu me recuso a acreditar nisso — disse Laila. — Eles não podem estar falando sério.

— O que os talibãs fizeram a Najibullah me pareceu bem sério — observou Rashid. — Não acha?

— Mas ele era comunista! Foi chefe da Polícia Secreta.

Rashid riu.

Nesse riso, Mariam ouviu as palavras que não foram ditas: aos olhos do Talibã, o fato de Najibullah ter sido comunista e chefiado a temida KHAD só o tornava *ligeiramente* mais abominável que uma mulher.

38

Laila

Quando os talibãs começaram a agir, Laila ficou feliz por seu pai não estar ali, pois ele teria ficado arrasado ao ver aquilo.

Homens munidos de picaretas circulavam pelo já dilapidado museu de Cabul destruindo inteiramente as esculturas pré-islâmicas, ou melhor, as que tinham sobrevivido à pilhagem dos *mujahedins*. A universidade foi fechada e os estudantes dispensados. Quadros eram arrancados das paredes e rasgados à faca. Televisores eram destruídos a pontapés. Qualquer livro, à exceção do Corão, era queimado em grandes fogueiras e as livrarias foram obrigadas a fechar as portas. Poemas de Khalili, Pajwak, Ansari, Haji Dehqan, Ashraqi, Beytaab, Hafez, Jami, Nizami, Rumi, Khayyám, Beydel e outros tantos viraram fumaça.

Laila ouviu contarem que homens eram arrastados pelas ruas, acusados de não estarem fazendo uma das *namaz*, e empurrados para dentro das mesquitas. Soube que o restaurante Marco Polo, perto da rua das Galinhas, tinha sido transformado num centro para interrogatórios. Às vezes, ouviam-se gritos por detrás de suas vidraças pintadas de preto. Por toda parte, as Patrulhas Barbadas, como eram chamadas, circulavam pelas ruas, nas picapes Toyota, à cata de rostos barbeados que pudessem ser espancados.

Os cinemas também foram fechados. O Park, o Ariana, o Aryub. As salas de projeção foram saqueadas e os rolos de filmes, queimados. Laila lembrou das vezes em que ela e Tariq tinham se sentado naquelas poltronas para ver filmes indianos, todas aquelas histórias melodramáticas de amantes separados por alguma trágica reviravolta do destino, um deles vagando por uma terra longínqua, o outro sendo obrigado a se casar, o choro, as canções pelos campos floridos, a espera pelo reencontro. Lembrou como Tariq ria ao vê-la chorar com esses filmes.

— O que será que fizeram com o cinema de meu pai? — disse Mariam certo dia. — Se é que ele ainda existe. Ou se ainda pertence a meu pai.

O Kharabat, o velho gueto musical de Cabul, foi silenciado. Músicos eram espancados e trancafiados em prisões. Seus *rubabs*, seus *tambouras*, seus harmônios eram pisoteados. Os talibãs foram até onde Ahmad Zahir, o cantor favorito de Tariq, estava enterrado e dispararam contra o seu túmulo.

— Já faz quase vinte anos que ele morreu — disse Laila. — Será que morrer uma vez só não basta?

Rashid não estava muito incomodado pelas atitudes dos talibãs. Só precisou deixar crescer a barba e frequentar a mesquita. E fez ambas as coisas. Encarava tudo aquilo com uma espécie de surpresa afetuosa e condescendente, um pouco como alguém que vê um primo um tanto excêntrico e imprevisível, que deu para fazer coisas risíveis e escandalosas.

Toda quarta-feira à noite, ouvia "A Voz da *Shari'a*", pois era quando os talibãs anunciavam os nomes dos que receberiam punições. Então, às sextas, ele ia ao estádio Ghazi, comprava uma Pepsi e assistia ao espetáculo. Na cama, com uma estranha animação, descrevia para Laila as mãos que tinha visto deceparem, as chibatadas, os enforcamentos, as decapitações.

— Hoje vi um homem cortar a garganta do assassino de seu irmão — disse ele certa noite, soprando rodelas de fumaça.

— Eles são uns selvagens — observou Laila.

— Acha mesmo? — indagou Rashid. — Comparados a quem? Os soviéticos mataram um milhão de pessoas. Sabe quantas pessoas foram mortas pelos *mujahedins* em Cabul, só nos últimos quatro anos? Cinquenta mil. *Cinquenta mil*! Comparado a isso, é tão terrível assim cortar a mão de um punhado de ladrões? Olho por olho, dente por dente. Está escrito no Corão. Além disso, diga-me uma coisa: se alguém matasse Aziza, não ia querer ter a possibilidade de vingá-la?

Laila lhe lançou um olhar enojado.

— Estou apenas argumentando — disse Rashid.

— Você é igualzinho a eles.

— É interessante a cor dos olhos de Aziza, não acha? Nem como os seus, nem como os meus...

Virou-se de frente para ela e arranhou bem de leve a sua coxa com a unha meio torta do dedo indicador.

— Vou tentar explicar melhor — prosseguiu ele. — Se por acaso me desse na telha (não estou dizendo que isso vai acontecer, mas que é uma possibilidade), eu teria todo direito de mandar essa menina embora. Como você encararia isso? Ou, então, eu poderia procurar os talibãs um belo dia dizendo que estava desconfiado de você. Bastaria apenas isso. Em quem acha que eles acreditariam? O que imagina que fariam com você?

Laila afastou a coxa.

— Não que eu vá fazer isso — acrescentou ele. — Não vou, não. Provavelmente não. Você me conhece.

— Você é desprezível — disse Laila.

— Bonita palavra... — observou Rashid. — Aí está uma coisa que sempre detestei em você. Mesmo em criança, quando ficava correndo por aí com o seu aleijado, sempre se achou espertíssima, com todos os seus livros e os seus poemas. De que lhe serve agora toda essa inteligência? Foi ela que impediu que você ficasse pelas ruas ou fui eu? Sou desprezível? Metade das mulheres dessa cidade mataria para ter um marido como eu. *Mataria* para conseguir isso.

Voltou a se virar de barriga para cima e soprou fumaça na direção do teto.

— Você gosta dessas palavras bonitas? Pois vou lhe dizer uma: perspectiva. É o que estou fazendo, Laila. Impedindo que você perca a noção de perspectiva.

O que deixou a moça com o estômago embrulhado pelo resto da noite é que cada palavra que Rashid lhe disse, inclusive a última, era verdade.

Pela manhã, porém, e por várias manhãs depois desse dia, aquele desconforto continuou, e chegou até a piorar, tornando-se algo assustadoramente familiar.

Dias depois, numa tarde fria e encoberta, Laila estava deitada de costas no chão do quarto. Mariam cochilava com Aziza no aposento ao lado.

Em suas mãos, uma vareta de metal que tinha tirado com um alicate de uma velha roda de bicicleta. Achou aquilo no mesmo beco em que havia beijado Tariq anos atrás. Laila ficou deitada ali por um bom tempo, inalando por entre os dentes cerrados, com as pernas bem abertas.

Adorou Aziza desde o primeiro instante em que desconfiou de sua existência. Não houve nenhuma hesitação, nenhuma incerteza. Agora percebia como era terrível uma mãe ter medo de não sentir amor algum pelo próprio filho. Como era antinatural... E, mesmo assim, ela se perguntava, deitada ali no chão, com as mãos suadas prestes a manipular a vareta metálica, se conseguiria amar um filho de Rashid como amava a filha de Tariq.

Mas, afinal, não pôde fazer o que pretendia.

Não foi o medo de sangrar até morrer que a fez largar a vareta, nem tampouco a ideia de que aquele ato era condenável, como, aliás, achava que fosse. Laila largou a vareta metálica porque não conseguia admitir aquilo que os *mujahedins* aceitaram tão prontamente: que, às vezes, numa guerra, uma vida inocente precisava ser ceifada. A sua guerra era contra Rashid. O bebê não tinha culpa de nada. E já tinha havido mortes demais. Já tinha visto muitos inocentes serem mortos pelo fogo cruzado dos inimigos.

39

Mariam
Setembro de 1997

— Aqui não se atendem mais mulheres — bradou o guarda, de pé, no alto da escada, fitando impassível a multidão reunida diante do hospital Malalai.

Ouviu-se um rumor generalizado.

— Mas é um hospital para mulheres! — gritou uma voz feminina por trás de Mariam, e logo vieram as exclamações de aprovação.

Mariam passou Aziza para o outro braço. Com a mão livre, tentou ajudar Laila, que gemia, com um braço passado no pescoço de Rashid.

— Já não é mais — retrucou o *talib*.

— Minha mulher está em trabalho de parto! — berrou um sujeito grandalhão. — Vocês vão obrigá-la a ter o bebê aqui na rua, irmão?

Em janeiro, Mariam tinha ouvido anunciarem que homens e mulheres passariam a ser atendidos em hospitais diferentes; que todas as profissionais de sexo feminino estavam sendo demitidas dos hospitais de Cabul e enviadas para uma unidade central de saúde. Ninguém acreditou que fosse verdade e os talibãs acabaram não implantando tais medidas. Até agora, pelo visto.

— E o hospital Ali Abad? — perguntou outro homem.

O guarda abanou a cabeça.

— E o Wazir Akbar Khan?

— Masculino — disse ele.

— E nós, para onde devemos ir?

— Para o Rabia Balkhi — respondeu o guarda.

A moça se adiantou, dizendo que já tinha estado lá e que eles não tinham água limpa, nem oxigênio, nem remédios, nem eletricidade.

— Não tem nada lá — acrescentou ela.

— Pois é para onde devem ir — disse o guarda.

Houve mais exclamações e gritos de protesto, um ou outro palavrão. Alguém atirou uma pedra.

O *talib* apontou o Kalashnikov para cima e fez alguns disparos. Por trás dele, apareceu outro *talib* brandindo um chicote.

Em pouco tempo, a multidão tinha se dispersado.

A sala de espera do Rabia Balkhi fervilhava de mulheres usando *burqas* e de crianças. O ar fedia a suor e corpos não lavados, a chulé, urina, cigarro e antisséptico. Sob o ventilador de teto parado, as crianças corriam atrás umas das outras, pulando por cima das pernas esticadas de pais que cochilavam.

Mariam ajudou Laila a se sentar junto a uma parede cujo reboco tinha caído em vários pontos, formando desenhos que mais pareciam mapas de países estrangeiros. A moça balançava o corpo para frente e para trás, segurando a barriga com as mãos.

— Você vai ser examinada, Laila *jo*. Prometo que vai.

— Ande logo — exclamou Rashid.

Diante do guichê de atendimento, havia uma horda de mulheres se acotovelando e se empurrando mutuamente. Algumas carregavam seus bebês. Outras saíam daquele tumulto e tentavam passar pelas portas de folhas duplas que levavam aos consultórios. Um guarda armado bloqueava sua passagem, mandando-as de volta à sala de espera.

Mariam decidiu abrir caminho até lá. A passos firmes, foi investindo contra cotovelos, quadris e ombros de estranhas. Alguém lhe deu uma cotovelada nas costelas; ela revidou. Uma mão desesperada tentou agarrar o seu rosto; ela a afastou. Para conseguir avançar, foi agarrando pescoços, braços, cotovelos e até cabelos e, quando alguém reclamava, Mariam fazia o mesmo.

Agora percebia quantas coisas uma mãe tem de sacrificar. A própria decência era apenas uma delas. Pensou então em Nana, nos sacrifícios que ela também teve de fazer. Nana, que podia ter se livrado dela, ou tê-la atirado numa vala qualquer e ido embora. Mas não fez nada disso. Enfrentou a vergonha de estar esperando uma *harami*, dedicou a vida à ingrata tarefa de criá-la e, mesmo que a seu próprio modo, de amá-la.

E, afinal, Mariam preferiu Jalil à sua mãe. Naquele instante, abrindo caminho até o guichê com uma ousadia inabalável, só queria ter sido uma filha melhor para Nana; adoraria compreender, naquela época, o que compreendia agora a respeito da maternidade.

Viu-se cara a cara com uma enfermeira coberta dos pés à cabeça por uma *burqa* cinzenta e suja. A mulher falava com uma jovem cuja *burqa* estava toda manchada de sangue já seco na altura da cabeça.

— A bolsa d'água de minha filha já rompeu e o bebê não está nascendo — exclamou Mariam.

— *Eu* estou falando com ela — gritou a moça ensanguentada. — Aguarde a sua vez!

Toda aquela multidão às suas costas se agitava para um lado e para o outro, como o mato alto em volta da *kolba* quando ventava na clareira. Uma mulher gritava dizendo que a filha tinha quebrado o cotovelo ao cair de uma árvore. Outra dizia que estava evacuando sangue.

— Ela está com febre? — perguntou a enfermeira, e Mariam levou alguns segundos para perceber que a pergunta era dirigida a ela.

— Não.

Está sangrando?

— Não.

— Onde ela está?

Por cima daquelas cabeças cobertas, Mariam apontou na direção do lugar onde Laila estava sentada com Rashid.

— Ela vai ser atendida — disse a enfermeira.

— Vai demorar muito? — perguntou Mariam, mas alguém a tinha agarrado pelos ombros e a puxava para trás.

— Não sei — respondeu a enfermeira, acrescentando que só havia ali duas médicas e ambas estavam operando naquele momento.

— Ela está com muitas dores — disse Mariam.

— Eu também! — gritou a mulher com a cabeça ensanguentada. — Aguarde a sua vez!

Mariam foi sendo afastada dali. Agora, mal via a enfermeira por trás daqueles ombros e nucas. Pelo cheiro, percebeu que um bebê tinha dado uma golfada.

— Leve-a para dar uma volta — gritou a enfermeira. — E espere.

Já tinha escurecido quando a enfermeira finalmente as mandou entrar. A sala de parto tinha oito leitos, todos ocupados por mulheres que gemiam e se contorciam assistidas por enfermeiras cobertas da cabeça aos pés. Duas dessas mulheres estavam em pleno parto. Não havia cortinas entre os leitos. Laila foi para um que ficava na outra ponta da sala, sob uma janela que alguém tinha pintado de preto. Ao lado da cama, havia uma pia seca e rachada, e, acima dela, penduradas num barbante, luvas cirúrgicas manchadas. No meio do aposento, Mariam viu uma mesa de alumínio de dois andares. No tampo de cima, havia uma colcha cor de carvão; o outro estava vazio.

Uma das mulheres percebeu que Mariam estava olhando.

— Eles põem as vivas na parte de cima — observou, com voz cansada.

A médica, vestindo uma *burqa* azul-escura, era uma mulher miúda e irrequieta, agitada como um pássaro. O que quer que dissesse tinha um tom de impaciência, de urgência.

— Primeiro bebê — disse ela, assim mesmo, como se não fosse uma pergunta, e sim uma afirmação.

— Segundo — retrucou Mariam.

Laila gritou e se virou de lado. Seus dedos apertaram a mão de Mariam.

— Algum problema no primeiro parto?

— Não.

— A senhora é a mãe?

— Sou — disse Mariam.

A médica ergueu a frente da *burqa* e apanhou um objeto metálico em forma de cone. Levantou, então, a *burqa* de Laila e pôs a extremidade mais larga do tal objeto em sua barriga aproximando a mais estreita do próprio ouvido. Ficou escutando por quase um minuto, inverteu a posição do instrumento, escutou novamente, voltou a inverter o cone.

— Não estou ouvindo o bebê, *hamshira*.

Pôs uma das luvas que estavam penduradas acima da pia com um pregador de roupas. Pressionou a barriga de Laila com uma das mãos e enfiou a outra dentro dela. A moça gemeu. Quando terminou, a médica entregou a luva a uma enfermeira que a enxaguou e pendurou de volta no barbante.

— Vamos ter de fazer uma cesariana. Sabe o que é isso? Temos que abrir o útero de sua filha e retirar o bebê, pois ele está sentado.

— Não estou entendendo — disse Mariam.

A médica lhe explicou que, estando naquela posição, o bebê não sairia por si só.

— E já se passou muito tempo — acrescentou ela. — Precisamos levá-la para a sala de operações agora mesmo.

Laila assentiu, com uma careta, e deixou a cabeça pender para o lado.

— Mas preciso lhe dizer uma coisa — prosseguiu a médica. Aproximou-se de Mariam, inclinou-se um pouco e falou em voz baixa, num tom mais confidencial. Havia um certo constrangimento no seu jeito de falar.

— O que é? — gemeu Laila. — Tem alguma coisa errada com o bebê?

— Mas como ela vai aguentar? — perguntou Mariam.

A médica deve ter percebido um quê de acusação naquela pergunta, a julgar pela postura defensiva que assumiu.

— Acha que gosto disso? — retrucou ela. — O que quer que eu faça? Eles não me dão as coisas mais elementares. Não tenho aparelho de raios X, nem drenos, nem oxigênio, nem mesmo simples antibióticos. Quando as ONGs oferecem dinheiro, os talibãs o desviam para outros fins. Ou destinam essas verbas para os locais que atendem homens.

— Mas não há nada que a senhora possa dar a ela, doutora *sahib*? — indagou Mariam.

— O que está acontecendo? — perguntou Laila.

— A senhora pode ir comprar o remédio, mas...

— Escreva o nome — disse Mariam. — Escreva o nome num papel e vou providenciar.

Por baixo da *burqa*, a médica abanou a cabeça secamente.

— Não dá tempo — disse ela. — E por uma razão muito simples: nenhuma das farmácias mais próximas tem esse remédio. A senhora teria então que enfrentar o tráfego para ir de um lugar a outro, talvez até cruzando a cidade de ponta a ponta, com boas chances de não conseguir encontrá-lo. São quase oito e meia da noite, portanto, a senhora ainda corre o risco de ser presa por violar o toque de recolher. Mesmo que consiga encontrar o remédio, é provável que não possa pagar por ele. Ou vai ter que brigar com alguém tão desesperado quanto a senhora. Não vai dar tempo. Esse bebê tem que sair agora.

— Digam-me o que está acontecendo — pediu Laila, que tinha se erguido na cama, apoiando-se nos cotovelos.

A médica respirou fundo e lhe disse que o hospital não dispunha de anestésico.

— E, se esperarmos mais, você vai perder o seu bebê.

— Então faça a operação — disse Laila. Deixou-se cair na cama e dobrou os joelhos. — Pode me cortar e retire o meu bebê.

Laila estava deitada numa maca na velha sala de operações em condições deploráveis. Enquanto isso, a médica lavava as mãos numa bacia. A moça estava tremendo. Sugava o ar por entre os dentes cerrados toda vez que a enfermeira molhava sua barriga com uma toalha encharcada de um líquido marrom-amarelado. Outra enfermeira ficou parada junto à porta. De quando em quando, abria-a e dava uma espiada lá fora.

A médica tinha tirado a *burqa* e Mariam viu seus cabelos grisalhos, suas pálpebras caídas e os vincos de cansaço que marcavam os cantos de sua boca.

— Eles querem que a gente opere de *burqa* — disse ela, mostrando com um gesto de cabeça a enfermeira lá na porta. — Ela fica de olho. Se os vir chegando, eu ponho a *burqa* de novo.

Disse aquilo de um jeito prático, quase indiferente, e Mariam percebeu que ali estava uma mulher que não se abalava com mais nada. "Uma mulher", pensou ela, "que compreendeu a sorte que tinha por estar trabalhando, que sabia que sempre haveria alguma coisa que jamais poderiam lhe tomar".

De ambos os lados da maca, perto dos ombros de Laila, havia duas barras metálicas na vertical. Usando pregadores de roupas, a enfermeira que tinha desinfetado a barriga da moça prendeu ali um lençol, formando uma cortina entre Laila e a médica.

Mariam se pôs na outra extremidade, junto à cabeça de Laila e baixou o rosto até suas faces se tocarem. Podia ver os dentes da moça batendo. E as duas ficaram de mãos dadas.

Através da cortina, Mariam viu a sombra da médica ir para o lado esquerdo e a enfermeira, para o direito. Os lábios de Laila se retesaram ao máximo. Bolhas de cuspe surgiam e estouravam em seus dentes cerrados. Ela fazia uns barulhinhos que pareciam pequenos assobios.

— Coragem, irmãzinha — disse a médica, inclinando-se sobre o corpo da moça.

Os olhos de Laila se arregalaram. Depois, sua boca se abriu. Ela ficou assim por um bom tempo, tremendo, com os tendões do pescoço esticados, o suor lhe escorrendo pelo rosto, as mãos apertando as de Mariam.

E Mariam a admiraria para sempre, pelo tempo que transcorreu antes que ela gritasse.

40

Laila
Outono de 1999

Foi Mariam quem teve a ideia de fazer aquele buraco. Certa manhã, apontou para um canto do terreno, por trás do galpão de ferramentas.

— Que tal aqui? — indagou ela. — É um bom lugar.

As duas se revezaram cavando o chão com a enxada e atirando a terra para o lado com a pá. Não tinham planejado fazer um buraco muito grande, nem muito profundo, pois, assim não precisariam cavar tanto, como acabou acontecendo. Já era o segundo ano de seca que enfrentavam, e viam-se os seus estragos por toda parte. No último inverno, mal tinha nevado e durante toda a primavera não choveu uma vez sequer. Por todo o país, os fazendeiros estavam abandonando os seus campos esturricados, vendendo o que possuíam e peregrinando de aldeia em aldeia à procura de água. Iam para o Paquistão ou para o Irã. Instalavam-se em Cabul. Mas, na cidade, o nível do lençol freático também estava baixo e os poços mais rasos tinham secado. Nos poços mais profundos, as filas eram tão grandes que Laila e Mariam passavam horas esperando a sua vez. O rio Cabul, sem as cheias anuais da primavera, estava inteiramente seco. Tinha se transformado num gigantesco banheiro público e, em seu leito, só se viam excrementos humanos e entulho.

Como não tinha outro jeito, as duas continuaram trabalhando, enxada em punho, mas aquele chão crestado pelo sol estava duro como uma rocha: a terra não cedia, parecendo compactada, quase petrificada.

Mariam tinha agora quarenta anos. Seu cabelo, preso num coque, tinha uns poucos fios já grisalhos. Sob os seus olhos, havia umas bolsas mais escuras e em forma de meia-lua. E tinha perdido dois dentes da frente. Um deles caiu, o outro Rashid arrancou com um soco quando ela deixou Zalmai cair acidentalmente. A sua pele era mais ressecada, tostada por todo o tempo que vinham passando no quintal sob o sol escaldante. Ficavam sentadas ali vendo Zalmai correr atrás de Aziza.

Quando terminaram de cavar aquele buraco, pararam junto dele, olhando lá para dentro.

— Acho que vai dar certo... — disse Mariam.

Zalmai já estava com dois anos. Era um menininho gorducho, de cabelo cacheado. Tinha uns olhos castanhos e miúdos, e o rosto sempre corado, como o de Rashid, qualquer que fosse o tempo que estivesse fazendo. Tinha também a mesma nascida de cabelo do pai, em forma de meia-lua e bem baixa, quase no meio da testa.

Quando estava sozinho com Laila, Zalmai era uma criança meiga, bem-humorada e brincalhona. Gostava de se encarapitar nos ombros da mãe, brincar de esconde-esconde no quintal com ela e com Aziza. Às vezes, em momentos mais tranquilos, vinha se sentar no colo de Laila pedindo-lhe que cantasse para ele. Sua cantiga favorita era "mulá Mohammad *jan*". Ficava balançando os pezinhos rechonchudos e cantava junto com ela quando chegava a hora do refrão, dizendo esse trecho da letra a seu modo, com voz estridente.

Venha, vamos lá para Mazar, mulá Mohammad jan,
Ver os campos de tulipas, ó querido companheiro.

Laila adorava os beijos melados que o filho lhe dava; adorava as covinhas de seus cotovelos, e os dedinhos roliços de seus pés. Adorava fazer-lhe cócegas, construir túneis com travesseiros e almofadas para ele atravessar de gatinhas; adorava vê-lo adormecer em seus braços com uma das mãos invariavelmente agarrada à sua orelha. Chegava a sentir um bolo no estômago quando se lembrava daquela tarde em que se deitou no chão do quarto, com a vareta da roda de bicicleta entre as pernas. Foi por pouco. Agora, sequer conseguia imaginar como pôde ter aquela ideia. Seu filho era uma bênção e Laila descobriu, aliviada, que os seus temores eram infundados: amava Zalmai com todas as suas forças, exatamente como amava Aziza.

Mas Zalmai tinha verdadeira loucura pelo pai. Por isso, era outra criança quando Rashid estava por perto para mimá-lo. Logo surgiam a risadinha desafiadora ou o sorriso atrevido. Na presença do pai, qualquer coisa o irritava. O menino se tornava rancoroso e, embora a mãe zangasse com ele, continuava mentindo, coisa que jamais fazia quando o pai estava ausente.

Já Rashid aprovava tudo isso.

— É sinal de inteligência — dizia.

E também encarava desse jeito as bobagens do filho, mesmo quando eram coisas perigosas como engolir bolas de gude e expeli-las ao fazer cocô; acender fósforos ou mastigar os cigarros do pai.

Quando Zalmai nasceu, Rashid o instalou na cama que dividia com Laila. Comprou um berço novo e mandou pintar leões e leopardos nas laterais do móvel. Gastou um bom dinheiro em roupas, chocalhos, mamadeiras, fraldas, embora não tivessem condições de comprar tudo isso e as coisas que tinham sido de Aziza pudessem perfeitamente ser aproveitadas. Certo dia, voltou para casa com um móbile a pilha e o pendurou sobre o berço do filho. Abelhinhas coloridas de preto e amarelo pendiam de um girassol e soltavam uma espécie de guincho quando eram pressionadas. E ainda tinha uma musiquinha quando o brinquedo estava ligado.

— Pensei que você tinha dito que os negócios não iam lá muito bem — observou Laila.

— Tenho amigos, e posso pedir dinheiro emprestado — respondeu Rashid, com um ar de desprezo.

— E como vai pagar essas dívidas?

— As coisas vão melhorar. É sempre assim. Olhe, ele gostou. Está vendo?

Muitas vezes, Laila ficava o dia inteiro sem o filho, porque Rashid o levava para a loja. Deixava que o menino engatinhasse debaixo daquela bancada abarrotada de ferramentas, que brincasse com velhas solas de borracha e retalhos de couro. Rashid martelava os seus pregos de aço, punha a lixadeira para funcionar, sempre de olho no garoto. Se Zalmai derrubasse uma pilha de sapatos, o pai ralhava com ele, mas de mansinho, meio sorridente. Se o menino repetisse a bobagem, deixava de lado o martelo, sentava o filho na mesa de trabalho e conversava com ele brandamente.

A paciência que tinha com Zalmai era um poço profundo que jamais se esgotava.

Voltavam para casa de tardinha, o menino com a cabeça nos ombros do pai, ambos cheirando a cola e couro. Sorriam, como fazem as pessoas que compartilham algum segredo, um sorriso matreiro, como se tivessem passado o dia inteiro naquela lojinha escura, não fabricando sapatos, mas tramando os planos mais secretos.

Zalmai gostava de sentar ao lado do pai na hora do jantar, e de fazer aquelas brincadeiras que só os dois conheciam, enquanto Mariam, Laila e Aziza punham os pratos na *sofrah*. Cutucavam-se mutuamente, rindo, ou atiravam pedacinhos de pão um no outro, falando sempre bem baixinho para as mulheres não poderem ouvir. Se Laila dissesse algo, Rashid erguia os olhos, nitidamente aborrecido com aquela intromissão indesejada. Se pedisse para pegar o filho no colo, ou, pior ainda, se o menino estendesse os braços para ela, Rashid a fuzilava com os olhos.

Então, Laila se afastava, magoada.

Até que um dia, poucas semanas depois de Zalmai ter completado dois anos, Rashid apareceu em casa com uma televisão e um videocassete. Não tinha feito muito frio durante o dia, mas a temperatura caiu bastante ao anoitecer e já era quase noite fechada, com um céu sem estrelas.

Pôs tudo aquilo na mesa da sala, dizendo que tinha comprado no mercado negro.

— Mais um empréstimo? — indagou Laila.

— É um Magnavox.

Aziza entrou na sala e, quando viu a TV, correu em sua direção.

— Cuidado, Aziza *jo* — disse Mariam. — Não mexa nisso.

O cabelo da menina tinha ficado claro como o da mãe. Laila reconhecia as próprias covinhas no rosto da filha. Ela era, agora, uma menina calma, introspectiva, e, achava Laila, com umas atitudes que nem pareciam de uma criança de seis anos. Ficava encantada com o jeito de falar da filha, a cadência e o ritmo, as pausas reflexivas e a entonação, tão adultas, tão incompatíveis com o corpinho imaturo que abrigava aquela voz. Foi Aziza que, com uma atitude animada e decidida, se incumbiu da tarefa de acordar Zalmai diariamente, vestir e pentear o irmão, e lhe dar o café da manhã. Era ela que o punha para dormir à tarde, que, com toda calma, aquietava os repentes daquele garotinho tão voluntarioso. Agora, quando isso acontecia, a menina tinha dado para abanar a cabeça de um jeito meio exasperado, curiosamente adulto.

A menina ligou a TV. Rashid a repreendeu, agarrando o seu pulso e apertando-o contra o tampo da mesa. Sem qualquer delicadeza.

— Essa televisão é de Zalmai — disse ele.

Aziza correu para Mariam e subiu no seu colo. As duas eram, agora, inseparáveis. Recentemente, com a aprovação de Laila, Mariam tinha começado a lhe ensinar versículos do Corão. Aziza recitava de cor a surata de *Ikhlas* e a *Fatiha*, e já era capaz de fazer as quatro *ruqats* da prece matinal.

"É só o que tenho para dar a ela", foi o que disse a Laila, "esse conhecimento, essas orações. Eles são o único bem que jamais possuí na vida".

Então, Zalmai entrou na sala. A expectativa de Rashid lembrava aquela das pessoas ansiosas para ver os truques de um mágico de rua. O menino puxou o fio da TV, apertou seus diversos botões, pôs as mãos espalmadas na tela do aparelho. Quando as tirou dali, as marcas daquelas mãozinhas miúdas foram desaparecendo aos poucos. O pai sorria, orgulhoso, vendo o filho pôr as mãos na tela e tirá-las dali repetidas vezes.

Os talibãs tinham proibido a televisão. Os videoteipes foram destruídos em público: as fitas eram rasgadas e amarradas a mourões de cercas. Antenas parabólicas foram penduradas nos postes das ruas. Mas Rashid disse que não era porque algo tinha sido proibido que não se podia encontrá-lo.

— Amanhã mesmo vou começar a procurar fitas de desenhos animados — acrescentou ele. — Não vai ser difícil de encontrar. Pode-se comprar qualquer coisa nos bazares clandestinos.

— Então quem sabe você não consegue comprar um poço novo para nós? — indagou Laila, o que lhe valeu um olhar de desprezo.

Foi só mais tarde, depois de um outro jantar de arroz puro e sem chá, por causa da seca, e depois de ter fumado o seu cigarro, que Rashid mencionou a decisão que tinha tomado.

— Não — disse Laila.

Mas ele retrucou, afirmando que não estava perguntando nada.

— Pouco importa se é uma pergunta ou não.

— Você não pensaria assim se soubesse a história toda.

Disse então que tinha feito mais empréstimos do que ela imaginava, que só o dinheiro da loja não bastava para sustentar cinco pessoas.

— Não lhe falei disso antes para poupá-la de mais uma preocupação — acrescentou ele. — Além disso, você ficaria espantada ao ver quanto isso pode render.

Laila insistiu na negativa. Os dois estavam na sala. Mariam e as crianças, na cozinha. Dava para ouvir o barulho dos pratos, o riso estridente de Zalmai, Aziza dizendo algo a Mariam com aquele seu jeito firme, ponderado.

— Existem vários outros como ela, e até menores — disse Rashid. — Todos em Cabul estão fazendo isso.

Laila retrucou que não tinha nada a ver com o que os outros faziam.

— Vou ficar de olho nela — prosseguiu Rashid, já mais impaciente. É um lugar seguro. Tem uma mesquita bem defronte.

— Não vou deixar você transformar minha filha numa mendiga! — esbravejou Laila.

O tapa estalou bem alto, pois aquela mão de dedos grossos acertou em cheio o rosto da moça. Com o impacto, sua cabeça virou para o lado. Na cozinha, os ruídos cessaram. Por um momento, o silêncio na casa foi total. Depois, ouviram-se passos apressados pelo corredor e Mariam e as crianças apareceram na sala. Seus olhos iam de Laila para Rashid, e vice-versa.

Então, ela o acertou com um soco.

Foi a primeira vez que bateu em alguém na vida, sem contar, é claro, com os socos de brincadeira que Tariq e ela davam um no outro. Mas esses eram mais uns tabefes, dados com a mão aberta e sem qualquer intenção de machucar; eram antes a expressão de ansiedades a um só tempo surpreendentes e excitantes. E visavam sempre o músculo que Tariq, em tom professoral, chamava de *deltoide*.

Laila viu o próprio punho fechado cortando o ar, sentiu as pontinhas da barba por fazer, o contato da pele áspera com os nós dos dedos.

Pelo barulho, parecia que um saco de arroz tinha caído no chão. Ela o atingiu em cheio, e com tanta força que Rashid chegou a recuar uns dois passos.

No outro lado da sala, alguém perdeu o fôlego, alguém soltou uma exclamação de espanto, alguém gritou. Mas Laila não conseguiu distinguir quem fez o quê. Naquela hora, estava atônita demais para perceber o que quer que fosse, ou até para se preocupar; esperava apenas que a sua mente registrasse o que a sua mão tinha feito. Quando isto aconteceu, deve ter sorrido, ao menos era a impressão que tinha. Deve ter rido de orelha a orelha, pois, para sua surpresa, Rashid se virou, com toda calma, e saiu da sala.

De repente, lhe pareceu que todos os sofrimentos da vida daquelas três criaturas, ela mesma, Aziza e Mariam, tinham simplesmente se evaporado, sumido como as marcas das mãos de Zalmai na tela da TV. Por mais absurdo que fosse, tinha a sensação de que valera a pena aguentar tudo o que tinham aguentado, só para viver aquele momento, aquele ato de desafio que poria fim a todos aqueles ultrajes.

Laila não notou que Rashid estava de volta até sentir a mão dele em sua garganta, até ser erguida do chão e imprensada de encontro à parede.

Assim, tão de perto, o rosto debochado daquele homem parecia incrivelmente grande. Laila percebeu como ele estava ficando mais rechonchudo com a idade, como os vasinhos em seu nariz tinham se multiplicado. Rashid não disse absolutamente nada. Aliás, o que se pode dizer, o que se precisa dizer quando se tem o cano do revólver enfiado na boca da própria mulher?

Era por causa das patrulhas que estavam cavando ali no jardim. Às vezes, as rondas eram mensais, às vezes, semanais. Nos últimos tempos, praticamente diárias. De um modo geral, os talibãs confiscavam os objetos, chutavam o traseiro de alguém, davam um tapa na nuca de uma ou duas pessoas. Mas, às vezes, aconteciam os espancamentos públicos, os chicotes estalando nas palmas das mãos e nas solas dos pés.

— Devagar — disse Mariam, ajoelhada na borda do buraco. Foram baixando a TV ali dentro, segurando-a pelas pontas do plástico que a envolvia. — Acho que vai dar certo — observou ainda.

Quando terminaram, taparam o buraco novamente e assentaram bem a terra no local onde haviam cavado. Espalharam também um pouco de terra ao redor, para disfarçar.

— Pronto — disse Mariam, limpando as mãos no vestido.

Concordaram que, mais tarde, quando as coisas estivessem mais tranquilas, quando os talibãs deixassem de patrulhar as casas, dentro de um mês, ou dois, ou seis, ou quem sabe até mais, desenterrariam a televisão.

Em seu sonho, Laila se viu cavando novamente atrás do galpão de ferramentas, acompanhada de Mariam. Mas, desta vez, era Aziza que elas estavam enterrando no buraco. O hálito da menina embaçava o plástico em que a tinham embrulhado. Laila via o seu olhar de pânico, a brancura das palmas de suas mãos batendo no plástico, tentando empurrá-lo. E suas súplicas. Laila podia ouvi-la gritar. "É só por algum tempo", dizia então, "só por algum tempo. É por causa das patrulhas, sabe, querida? Quando essas rondas tiverem terminado, *mammy* e *khala* Mariam vêm tirar você daqui. Prometo, meu amor. E, aí, vamos poder brincar. Vamos brincar do que você quiser". E encheu a pá de terra. Laila acordou, sem fôlego, sentindo um gosto de terra na boca, no exato momento em que os primeiros punhados caíram sobre o plástico.

41

Mariam

No verão de 2000, a seca atingiu o seu terceiro ano, e o pior de todos.

Nas regiões de Helmand, Zabol, Kandahar, aldeias inteiras se transformaram em comunidades nômades, sempre em movimento, à cata de água e de pastagens para o gado. Quando não conseguiam encontrar nem uma coisa, nem outra, e suas vacas, ovelhas e cabras acabavam morrendo, vinham todos para Cabul. Ocuparam as encostas de Kareh-Ariana, vivendo em favelas improvisadas, às vezes quinze ou vinte pessoas amontoadas num mesmo casebre.

Esse foi também o verão do *Titanic*, o verão em que Mariam e Aziza rolavam pelo chão, às gargalhadas, Aziza insistindo em *ser* Jack.

— Shhh... Não grite, Aziza *jo*!

— Jack! Diga o meu nome, *khala* Mariam. Vamos, diga! Jack!

— Seu pai vai ficar uma fera se você o acordar.

— Eu sou Jack! E você é Rose!

No fim, Mariam acabava deitada ali, de barriga para cima, entregando os pontos, concordando em ser Rose.

— Tudo bem, você é Jack — concedia ela. — Mas vai morrer jovem, enquanto eu vou viver até ficar bem velhinha.

— É verdade, mas eu vou morrer como um herói — disse Aziza. — Já você, Rose, vai passar a vida inteira chorando, com saudade de mim. — Então, montando no peito de Mariam, declarou: — Agora, temos que nos beijar!

Mariam tentava desviar o rosto, virando a cabeça para um lado e para o outro, e Aziza, encantada com a própria atitude escandalosa, ficava fazendo biquinho e estalando os lábios.

Às vezes, Zalmai vinha se chegando e parava para ver a brincadeira das duas.

— E *eu*? — perguntava o menino. — Vou ser o quê?

— Você pode ser o *iceberg* — respondia Aziza.

Nesse verão, Cabul foi tomada pela febre do *Titanic*. As pessoas contrabandeavam cópias pirata do filme lá do Paquistão, por vezes escondendo-as na roupa de baixo. Depois do toque de recolher, todos trancavam as próprias casas, apagavam as luzes, baixavam ao máximo o volume das televisões e voltavam a chorar por Jack, Rose e os demais passageiros do navio que naufragou. Quando não estava faltando luz, Mariam, Laila e as crianças também viam o filme. Por dez vezes, ou mais, desenterraram a TV lá do quintal, tarde da noite, com a casa toda às escuras e umas mantas penduradas nas janelas.

Vendedores desciam ao leito ressecado do rio Cabul. Em pouco tempo, era possível comprar ali dentro, nos buracos esturricados pelo sol, tapetes e roupas Titanic, que enchiam carrinhos de mão. Havia desodorante Titanic, pasta de dentes Titanic, perfume Titanic, *pakora* Titanic e até mesmo *burqas* Titanic. Um mendigo particularmente persistente passou a se autodenominar "Pedinte Titanic".

Nasceu uma verdadeira "Cidade Titanic".

"É a música", diziam alguns.

"Não, é o mar. O luxo. O navio", emendavam certas pessoas.

"É o sexo", sussurravam outros tantos.

— É o Leo — disse Aziza, encabulada. — É só por causa dele.

— Todos querem um Jack — comentou Laila, dirigindo-se a Mariam. — Esse é o motivo. Todos querem um Jack que venha salvá-los do desastre. Mas não existe nenhum Jack. Jack não vai voltar. Jack morreu.

Mais para o fim do verão, porém, um mercador de tecidos adormeceu e esqueceu de apagar o cigarro. O homem sobreviveu ao incêndio, mas sua loja, não. O incêndio atingiu também a loja de tecidos que ficava ao lado, uma loja de roupas usadas, uma pequena loja de móveis e uma padaria.

Disseram a Rashid que, se o vento estivesse soprando do leste, e não do oeste, a sua loja, que ficava na esquina, poderia ter se salvado.

Tiveram que vender tudo.

Primeiro, foram as coisas de Mariam; depois, as de Laila. Venderam as roupas de bebê de Aziza e os poucos brinquedos que Laila tinha conseguido convencer Rashid a comprar para a menina. Aziza viu tudo aquilo com um ar dócil. O relógio de Rashid também precisou ser vendido, bem como o seu velho rádio de pilha, as duas gravatas que possuía, seus sapatos e a aliança de casamento. O sofá, a mesa, o tapete e as cadeiras da sala se foram. Zalmai fez o maior escândalo quando o pai vendeu a TV.

Depois do incêndio, Rashid passava praticamente todos os dias em casa. Esbofeteava Aziza, chutava Mariam, atirava coisas, achava defeito em tudo que Laila fazia: reclamava de seu cheiro, do seu jeito de se vestir e de se pentear, de seus dentes que estavam ficando amarelados.

— O que aconteceu com você? — exclamou ele. — Eu me casei como uma *pari* e, agora, tenho que aguentar uma bruaca! Você está virando uma segunda Mariam.

Foi demitido da casa de *kebab*, perto da praça Haji Yaghoub, porque teve uma briga com um cliente. Este se queixou, dizendo que Rashid tinha atirado o pão na mesa com a maior grosseria. Os dois trocaram insultos. Rashid chamou o outro de uzbeque com cara de macaco. De um dos lados, surgiu um revólver; do outro, um espeto de cozinha. Segundo Rashid, era ele que estava com o espeto. Mariam, porém, tinha suas dúvidas.

Foi despedido também de um restaurante em Taimani, porque, quando os fregueses começaram a se queixar da longa espera, Rashid retrucou que o cozinheiro era lerdo e preguiçoso.

— Vai ver que você estava lá nos fundos, cochilando — disse Laila.

— Não o provoque, Laila *jo* — interveio Mariam.

— Olhe lá, mulher! — exclamou ele.

— Ou cochilando ou fumando — prosseguiu Laila.

— Juro por Deus!

— Você não pode deixar de ser o que é! — exclamou a moça.

E pronto. Rashid saltou sobre ela, socando-lhe o peito, a cabeça e a barriga com os punhos cerrados, agarrando-a pelos cabelos, atirando-a de encontro à parede. Aziza gritava, puxando o pai pela camisa; Zalmai também gritava, tentando separar os dois. Rashid empurrou as crianças, afastando-as, jogou Laila no chão e começou a chutá-la. Mariam se atirou sobre Laila. Rashid continuou chutando, só que, desta vez, acertando Mariam. Espumava de raiva e tinha, nos olhos, um brilho assassino. Continuou a chutar, até não poder mais.

— Juro que você ainda vai me fazer matá-la, Laila — disse ele, ofegante. E saiu porta afora como uma bala.

Quando o dinheiro acabou, a sombra da fome começou a rondar suas vidas. Mariam ficou impressionada ao ver que, de uma hora para outra, abrandar a fome tinha passado a ser o ponto crucial daquelas existências.

Agora, arroz cozido, puro, sem carne ou molho, era um raro prazer. Pulavam refeições com uma frequência cada vez maior e mais assustadora. Às vezes, Rashid trazia sardinhas em lata e um pão velho, que mais parecia serragem. Outras vezes, chegava com um saco de maçãs roubadas, mesmo correndo o risco de perder a mão. Nas mercearias, surrupiava com todo cuidado ravióli enlatado que dividiam em cinco porções, sendo que Zalmai ficava sempre com a cota maior. Comiam até nabo cru, com um nadinha de sal. E chegaram a jantar folhas de alface murchas e bananas já passadas.

De repente, morrer de fome se tornou uma nítida possibilidade. Houve até quem resolvesse não ficar esperando que acontecesse. Mariam ouviu dizer que uma viúva da vizinhança tinha amassado pão seco, misturado com veneno de rato e dado de comer aos seus sete filhos, não sem antes separar a maior porção para si mesma.

Já dava para ver as costelas de Aziza por baixo da pele, e a gordura de suas bochechas desapareceu. As pernas estavam fininhas e sua pele foi ficando da cor de chá bem fraco. Quando a pegava no colo, Mariam podia sentir os ossos da bacia bem saltados sob a pele retesada. Zalmai ficava deitado pela casa, com um olhar vago e os olhos semicerrados, ou jogado, como um trapo, no colo do pai. Se não tinha forças, chorava, querendo dormir, mas o sono era irregular e sobressaltado. Sempre que Mariam se levantava, via uns pontinhos brancos pulando à sua frente. Sentia a cabeça girar e seus ouvidos zumbiam constantemente. Lembrou de algo que o mulá Faizullah dizia com relação à fome, no início do período do Ramadã: "Até mesmo quem está passando pelas maiores dificuldades consegue dormir, mas quem tem fome, não."

— Meus filhos vão morrer — disse Laila. — E bem diante dos meus olhos.

— Não vão, não — retrucou Mariam. — Não vou deixar que isso aconteça. Vai dar tudo certo, Laila *jo*. Sei que vai.

Num dia escaldante, Mariam pôs a *burqa* e foi com Rashid até o hotel Intercontinental. Passagens de ônibus eram, agora, um luxo que eles não podiam se permitir, e Mariam já estava exausta quando chegaram ao alto da ladeira. Enquanto subiam a colina, sentiu tonteiras e, por duas vezes, teve de parar esperando que passassem.

Na porta do hotel, Rashid cumprimentou e abraçou um dos porteiros, que usava um quepe e um terno bordô. Conversaram um pouco, com alguma intimidade, ao que parecia, pois, o tempo todo, Rashid segurava o porteiro pelo braço. A certa altura, fez um gesto na direção de Mariam e os dois a olharam por um breve instante, o suficiente, porém, para ela ter a impressão de que aquele rosto lhe era vagamente familiar.

Depois, o porteiro entrou no hotel, e os dois ficaram ali, esperando. Lá do alto, Mariam avistou o Instituto Politécnico e, mais ao longe, o velho distrito de Khair khana e a estrada que leva a Mazar. Ao sul, via-se a fábrica de pão, Silo, há muito abandonada, com sua fachada de um amarelo-claro toda esburacada pelos tantos bombardeios que tinha sofrido. Além dela, podia identificar as ruínas do palácio Darulaman aonde, anos atrás, Rashid a tinha levado para fazerem um piquenique. A lembrança desse dia era uma relíquia de um passado que já não parecia lhe pertencer.

Mariam se concentrou nessas coisas, nesses marcos da cidade, pois tinha medo de perder a coragem se deixasse a mente vagar.

A toda hora, jipes e táxis paravam diante do hotel. Os porteiros vinham correndo cumprimentar os passageiros, todos homens, armados, barbudos, usando turbantes, todos saindo dos veículos com um ar de autossuficiência, displicentemente ameaçador. Mariam ouvia trechos das conversas enquanto aquela gente se dirigia para a porta e desaparecia ali. Ouviu falarem *pashto* e farsi, mas também urdu e árabe.

— Veja, esses são os nossos *verdadeiros* amos — disse Rashid, em voz alta. — Muçulmanos árabes e paquistaneses. Os talibãs não passam de joguetes nas mãos dessa gente. *Esses aí* é que mexem os peões do jogo e o Afeganistão é apenas um imenso tabuleiro.

Acrescentou ainda que circulavam boatos de que os talibãs permitiam que essas pessoas instalassem campos secretos por todo o país, e, nesses locais, jovens eram treinados para se tornarem homens-bomba e combatentes do *jihad*.

— Por que ele está demorando tanto? — indagou Mariam.

Rashid cuspiu no chão e chutou um pouco de terra para cobrir a cusparada.

Uma hora depois, entraram no hotel, seguindo o porteiro. Atravessaram o saguão deliciosamente fresco, com os sapatos ressoando no piso de ladrilhos. Mariam viu dois homens sentados em poltronas de couro, e, entre eles, uma mesinha e seus rifles. Tomavam chá preto, comendo *jelabi* em calda, e as rodelas fritas do doce se espalhavam pelo prato, polvilhadas de açúcar. Lembrou então de Aziza, que adorava *jelabi*, e desviou os olhos.

O porteiro os conduziu até uma varanda. Do bolso, tirou um pequeno telefone preto, sem fio, e um pedaço de papel onde havia um número anotado. Disse a Rashid que era o telefone por satélite de seu supervisor.

— Consegui cinco minutos — declarou ele. — Não mais que isso.

— *Tashakor* — disse Rashid. — Estou lhe devendo essa.

O porteiro assentiu e se afastou. Rashid teclou o número. Passou o telefone para Mariam.

Aquele sinal cheio de ruídos levou sua mente para longe. Ela se lembrou da última vez que tinha visto Jalil, 13 anos atrás, na primavera de 1987. Ele ficou parado na rua, defronte de sua casa, apoiado numa bengala, junto ao Mercedes azul com placa de Herat e com uma linha branca atravessando a capota, a tampa da mala e o capô. Ficou horas ali, esperando por ela, chamando-a de quando em quando pelo nome, exatamente como Mariam tinha feito uma vez, chamando o nome *dele* diante de *sua* casa. Por um momento, tinha afastado um pouquinho as cortinas e olhado para ele. Apenas uma olhada, mas foi o bastante para ela ver que Jalil tinha agora o cabelo branco e que estava um tanto curvado. Usava óculos, uma gravata vermelha, como sempre, e o famoso triângulo branco do lenço aparecendo no bolso do paletó. O que mais a impressionou, porém, foi ver como ele havia emagrecido: estava muito mais magro do que o Jalil de suas recordações; o paletó do terno marrom chegava a ficar pendurado nos ombros e as calças embolavam por cima dos sapatos.

Ele também a viu, apenas por um instante. Os olhos de ambos se encontraram através da brecha nas cortinas, exatamente como havia acontecido anos atrás, em outra janela. Então, Mariam tratou de fechar rapidamente as cortinas e ficou sentada na cama esperando ele ir embora.

Lembrou-se da carta que ele acabou deixando à sua porta e que ela guardou por vários dias, debaixo do travesseiro, apanhando-a de vez em quando, virando-a nas mãos para um lado e para o outro. Finalmente, rasgou aquela carta sem abri-la.

E, agora, ali estava ela, tantos anos depois, telefonando para ele.

Mariam se arrependia de sua tolice, de seu orgulho meio infantil. Adoraria tê-lo deixado entrar. Que mal haveria nisso? Qual o problema de se sentar com ele, de deixá-lo dizer o que tinha vindo lhe dizer? Afinal, era o seu pai. É bem verdade que não tinha sido um bom pai, mas como os seus defeitos lhe pareciam banais atualmente, como lhe pareciam fáceis de perdoar se comparados à maldade de Rashid ou à brutalidade e à violência que tinha visto os homens se infligirem mutuamente...

Adoraria não ter destruído aquela carta.

Do outro lado da linha, uma voz masculina bem grave lhe disse que era do escritório do prefeito de Herat.

Mariam pigarreou.

— *Salaam*, irmão. Estou procurando alguém que vive aí em Herat. Ou vivia, há muitos anos. Ele se chama Jalil Khan. Morava em Shar-e-Nau e era o dono do cinema. O senhor sabe o seu paradeiro?

— Foi para isso que ligou para o escritório do prefeito? — perguntou o homem, visivelmente irritado.

Mariam lhe respondeu que não sabia para onde mais poderia telefonar.

— Desculpe-me, irmão — disse ela. — Sei que o senhor tem assuntos importantes a tratar, mas é uma questão de vida ou morte. Estou ligando por uma questão de vida ou morte.

— Não conheço esse sujeito. E o cinema foi fechado há muito tempo.

— Talvez tenha alguém aí que o conheça...

— Não tem, não.

— Por favor, irmão — insistiu Mariam, fechando os olhos. — Trata-se de crianças. De crianças pequenas.

Ouviu então um longo suspiro do outro lado da linha.

— Talvez alguém... — principiou ela.

— Bom, tem o jardineiro. Acho que ele sempre morou aqui.

— Pode perguntar a ele, por favor?

— Volte a ligar amanhã.

Mariam lhe explicou que não era possível.

— Só consegui esse telefone emprestado por cinco minutos. Não...

Quando ouviu um clique, Mariam achou que o sujeito tinha desligado, mas pôde distinguir o ruído de passos, de vozes, uma buzina ao longe e um zumbido mecânico, pontuado por uns estalidos... Talvez um ventilador elétrico. Passou o aparelho para o outro ouvido e fechou os olhos.

Viu Jalil, todo sorridente, metendo a mão no bolso.

"*Ah, é claro. Bom, aqui está. Não vamos discutir por isso...*"

Um pingente em forma de folha do qual pendiam moedinhas minúsculas com luas e estrelas gravadas.

"*Vamos lá, experimente, Mariam* jo."

"*O que acha?*"

"*Acho que você está parecendo uma rainha.*"

Passaram-se alguns minutos. Então, ouviu passos, um rangido e um clique.

— É, conhece mesmo — disse o sujeito.

— Conhece?

— Pelo menos foi o que ele disse.

— E onde ele está? — perguntou Mariam. — Esse homem sabe onde está Jalil Khan?

Houve um momento de silêncio.

— Ele morreu anos atrás, em 1987.

Mariam sentiu um bolo no estômago. É claro que tinha pensado nessa possibilidade. Jalil estaria agora com uns setenta e tantos anos, mas...

"1987. Ele estava morrendo naquela época. Fez toda aquela viagem até Cabul para se despedir."

Aproximou-se, então, do parapeito da varanda. De onde estava, via a célebre piscina do hotel, agora vazia e cheia de lodo, com marcas de tiros e os ladrilhos caindo. E a quadra de tênis, também em péssimo estado, com a rede rasgada, jogada ali no meio como se fosse a pele abandonada de uma cobra.

— Preciso desligar agora — disse o homem.

— Lamento tê-lo incomodado — respondeu Mariam, chorando baixinho. Viu Jalil acenando para ela, pulando de pedra em pedra ao atravessar o riacho, com o volume dos presentes no bolso. Lembrou de todas as vezes em que prendeu a respiração por ele, para que Deus lhe desse um pouco mais de tempo com seu pai. — Obrigada — disse ela, mas, na outra ponta da linha, o sujeito já tinha desligado.

Rashid a fitava. Mariam abanou a cabeça.

— Um inútil — disse ele, pegando o telefone de suas mãos. — Tal pai, tal filha...

Quando atravessaram o saguão, a caminho da porta, Rashid se aproximou da mesinha de centro, agora vazia, e pegou a rodela de *jelabi* que tinha sobrado no prato. Meteu aquilo no bolso e levou para dar a Zalmai.

42

Laila

NUMA SACOLA DE PAPEL, Aziza guardou sua blusa florida e seu único par de meias, suas luvas de lã desemparelhadas, um velho cobertor laranja estampado com estrelinhas e cometas, uma caneca de plástico rachada, uma banana, seus dados.

Era uma manhã fria de abril de 2001, pouco antes do vigésimo terceiro aniversário de Laila. O céu estava de um cinza translúcido e as rajadas de um vento frio e úmido açoitavam a porta de tela.

Dias antes, Laila ouviu a notícia de que Ahmad Shah Massoud tinha ido à França e falado diante do Parlamento europeu. Atualmente, estava no norte do país, sua terra natal, liderando a Aliança do Norte, único grupo de oposição que ainda combatia os talibãs. Na Europa, Massoud havia alertado o Ocidente sobre os campos de treinamento de terroristas no Afeganistão, e pediu ajuda aos Estados Unidos para lutar contra o Talibã.

— Se o presidente Bush não nos ajudar — disse ele —, esses terroristas logo, logo estarão atacando o país dele e a Europa.

Um mês antes, Laila soube que os talibãs haviam dinamitado os Budas gigantes de Bamiyan, alegando que as estátuas eram objeto de idolatria e de pecado. Houve protestos no mundo inteiro, dos Estados Unidos à China. Governantes, historiadores e arqueólogos de todo o planeta escreveram cartas implorando que os dois maiores monumentos históricos do Afeganistão não fossem destruídos. Mas os talibãs detonaram as cargas explosivas que tinham instalado nos Budas de dois mil anos de idade. A cada explosão, bradavam *Allah-u-akbar*, e comemoravam cada vez que um braço ou uma perna das estátuas se desfazia numa nuvem de pó. Laila se lembrou daquele dia, em 1987, quando, lá no alto da estátua maior, junto com *babi* e Tariq, viu os corvos voando em círculos sobre o vale que se estendia aos seus pés, com a brisa batendo em seu rosto iluminado pelo sol. Mas a notícia da destruição dos Budas a deixou indiferente. Não parecia tão importante assim. Como poderia se preocupar com estátuas quando a sua própria vida estava ruindo?

Até Rashid vir lhe dizer que estava na hora, ficou sentada no chão, num canto da sala, sem dizer uma palavra, impassível, com o cabelo lhe caindo pelo rosto em cachos desordenados. Por mais que respirasse, tinha a impressão de não conseguir encher os pulmões o suficiente.

~

Durante o trajeto até Karteh-Seh, Zalmai ia sacolejando no colo do pai e Aziza, de mãos dadas com Mariam, caminhava a passos rápidos a seu lado. O vento soprava o lenço sujo que a menina trazia na cabeça e sacudia a bainha de seu vestido. Estava mais séria agora, como se houvesse começado a perceber, a cada passo, que a estavam enganando. Laila não teve coragem de contar a verdade à filha. Disse-lhe que ela estava indo para uma escola, uma escola especial, onde as crianças comiam e dormiam, sem voltar para casa depois das aulas. Agora, lá estava ela de novo, bombardeando Laila com as mesmas perguntas que vinha lhe fazendo há dias. Os alunos dormiam em quartos separados ou todos juntos, num quarto bem grande? Ela ia ter amigos? A mãe tinha certeza de que os professores eram bonzinhos?

E, mais de uma vez, "quanto tempo vou ter que ficar lá?".

Pararam a dois quarteirões do prédio atarracado, que mais parecia um quartel.

— Zalmai e eu vamos ficar esperando aqui — disse Rashid. — Ah, antes que me esqueça...

Tirou um chiclete do bolso, um presente de despedida, e o entregou a Aziza todo prosa, com um ar magnânimo. A menina pegou o chiclete e agradeceu, com um murmúrio. Laila sempre se maravilhava com a bondade da filha, com sua imensa capacidade de perdoar, e seus olhos se encheram de lágrimas. Sentiu o coração apertado pela tristeza de pensar que, aquela tarde, Aziza não cochilaria ao seu lado, que não sentiria o peso quase imperceptível do bracinho da menina em seu peito, o contorno daquela cabecinha apoiado em suas costelas, o hálito de Aziza esquentando o seu pescoço, seus calcanhares pressionando-lhe a barriga.

Quando se afastaram, Zalmai começou a chorar, gritando "Ziza! Ziza!". O menino ficou se remexendo, dando chutes, chamando pela irmã, até que se distraiu com o macaco de um tocador de realejo do outro lado da rua.

Mariam, Laila e Aziza percorreram os últimos quarteirões sozinhas. Quando chegaram mais perto, Laila viu a fachada rachada do prédio, seu telhado meio despencado, as tábuas pregadas nas janelas sem vidraças, a parte mais alta de um balanço por cima do muro caindo aos pedaços.

Pararam diante da porta e Laila repetiu para a filha o que já tinha lhe dito antes.

— Se perguntarem por seu pai, o que você vai dizer?

— Que os *mujahedins* o mataram — respondeu Aziza, compenetrada.

— Ótimo, Aziza. Você está entendendo, não é?

— É porque essa escola é especial — disse a menina. Agora que estavam ali, e o prédio tinha se tornado realidade, parecia bem abalada. Seu lábio superior tremia e seus olhos ameaçavam se encher de lágrimas. Laila percebeu, então, que a filha estava lutando para ser corajosa. — Se dissermos a verdade — prosseguiu Aziza, meio sem fôlego, com um fiozinho de voz —, eles não vão me aceitar. É uma escola especial. Quero ir para casa.

— Venho visitar você o tempo todo — disse Laila, fazendo um grande esforço. — Prometo.

— Eu também — disse Mariam. — Nós duas viremos visitá-la, Aziza *jo*, e vamos brincar juntas, como sempre fazemos. É só por algum tempo, até o seu pai arranjar trabalho.

— Aqui tem comida — acrescentou Laila, trêmula, sentindo-se aliviada por estar de *burqa*, pois, por baixo daquele traje, Aziza não podia ver que estava arrasada. — Aqui, você não vai ficar com fome. Eles têm arroz, pão e água, e talvez até frutas.

— Mas *você* não vai estar aqui. E *khala* Mariam não vai estar comigo.

— Venho visitá-la — disse Laila. — Sempre. Olhe para mim, Aziza. Venho visitá-la. Sou sua mãe. Venho visitá-la, nem que tenha de morrer por isso.

O diretor do orfanato era um homem encurvado, de ombros estreitos, com um rosto levemente enrugado. Era meio calvo, tinha uma barba arrepiada e olhos miúdos que pareciam ervilhas. O seu nome era Zaman. Usava um barrete e a lente esquerda de seus óculos estava quebrada.

Enquanto se dirigiam ao seu escritório, perguntou a Laila e a Mariam como ambas se chamavam e também perguntou o nome e a idade de Aziza. Seguiram por corredores mal-iluminados onde crianças descalças se afastavam para deixá-los passar e ficavam só olhando. Todas estavam descabeladas ou tinham a cabeça raspada, usavam suéteres com as mangas esfarrapadas, jeans rasgados, com os joelhos inteiramente rotos, e casacos remendados com fita isolante. Laila sentiu cheiro de sabão e talco, amônia e urina, e percebeu também a apreensão crescente de Aziza, que tinha começado a choramingar.

A certa altura, avistou o pátio: um terreno cheio de mato, um balanço caquético, pneus velhos, uma bola de basquete murcha. Os quartos por que passavam estavam vazios, com pedaços de plástico cobrindo o vão das janelas. De um desses quartos, surgiu um menino que agarrou Laila pelo braço, tentando subir em seu colo. Um empregado, que estava limpando algo que parecia uma poça de urina, deixou o esfregão de lado e veio afastar o garoto dali.

Zaman era gentil com os órfãos, mas parecia tratá-los como se fossem propriedade sua: ao passar, dava uns tapinhas na cabeça de alguns, dizia-lhes uma ou duas palavras cordiais, afagava-lhes o cabelo, sem contudo assumir uma atitude protetora. As crianças gostavam daqueles gestos. Laila teve a impressão de que todos o olhavam à espera de um sinal de aprovação.

Ele as convidou a entrar no escritório mobiliado apenas por três cadeiras de armar e uma escrivaninha caótica, com pilhas de papel espalhadas por todo lado.

— A senhora é de Herat — disse ele, dirigindo-se a Mariam. — Dá para notar pelo sotaque.

Reclinou-se um pouco na cadeira, cruzou as mãos na altura da barriga e disse que tinha um cunhado que morava lá. Mesmo em gestos tão banais como esses, Laila podia notar os movimentos cuidadosamente estudados. E, embora o diretor sorrisse ligeiramente, a moça percebia algo perturbado e sofrido por baixo daquela aparência, um desapontamento e um sentimento de derrota sob a capa de um falso bom humor.

— Ele trabalhava com vidro — prosseguiu Zaman. — Fazia aqueles lindos cisnes verde-jade. Olhando contra o sol, eles brilham por dentro, como se o vidro estivesse cheio de joias minúsculas. A senhora voltou à sua terra?

Mariam lhe disse que não.

— Eu sou de Kandahar. Já esteve lá, *hamshira*? Não? Ah, é uma cidade linda. Que jardins! E as uvas! Ah, as uvas... Um verdadeiro fascínio para o paladar!

Umas poucas crianças tinham parado na porta e estavam olhando lá para dentro. Zaman os despachou delicadamente, em *pashto*.

— É claro que também adoro Herat. A cidade dos artistas e dos escritores, dos sufis e dos místicos. Conhecem a velha piada que diz que não se pode esticar a perna em Herat sem chutar o traseiro de um poeta?

Ao lado de Laila, Aziza riu.

— Ah, pronto! — exclamou Zaman, fingindo surpresa. — Fiz você rir, minha pequena *hamshira*. Em geral, essa é a parte mais difícil dessa história. Já estava até ficando preocupado. Achei que teria que cacarejar feito galinha ou zurrar como um burro... Mas, não... E você é uma gracinha.

Chamou um dos empregados e lhe pediu que olhasse Aziza por uns instantes. A menina pulou no colo de Mariam e se agarrou a ela.

— Nós só vamos conversar, querida — disse Laila. — Vou estar aqui, está bem? Não vou sair daqui, não.

— Que tal a gente ir lá fora um pouquinho, Aziza *jo*? — perguntou Mariam. — Sua mãe precisa conversar com *kaka* Zaman. É só um minuto. Venha.

Quando ficaram a sós, Zaman lhe perguntou a data de nascimento de Aziza, seu histórico de doenças, se tinha alguma alergia. Perguntou pelo pai da menina e Laila experimentou a estranha sensação de estar contando uma mentira que era efetivamente verdade. Zaman a ouviu e, pela expressão de seu rosto, não se podia dizer se acreditava ou não no que a moça lhe contou. Segundo afirmou, dirigia aquele orfanato baseando-se no princípio da honra. Se uma *hamshira* lhe dizia que seu marido havia morrido e que não podia criar os filhos, ele aceitava, sem discutir.

Laila começou a chorar.

Zaman pousou a caneta.

— Estou envergonhada — balbuciou Laila, cobrindo a boca com a mão.

— Olhe para mim, *hamshira*.

— Que mãe é essa que abandona o próprio filho?

— Olhe para mim.

Laila ergueu os olhos.

— Não é culpa sua, está me ouvindo? A culpa não é sua. A culpa é toda desses *wahshis*, desses selvagens. Fico até com vergonha de ser *pashtun*. Eles desgraçaram o nome do meu povo. E a senhora não é a única, *hamshira*. Estamos recebendo mães como a senhora o tempo todo, o tempo todo, mesmo. Mães que vêm até aqui, pois não conseguem dar comida aos filhos e tudo porque os talibãs não permitem que vocês saiam para ganhar a própria vida. Portanto, não se culpe. Ninguém aqui a está acusando de nada. Eu compreendo — disse ele, inclinando-se para frente. — Eu compreendo, *hamshira*.

Laila enxugou os olhos com uma ponta da *burqa*.

— Como pode ver — prosseguiu Zaman, fazendo um gesto com a mão —, esse lugar está num estado deplorável. Nunca temos dinheiro, lutamos com a maior dificuldade, sempre improvisando. Recebemos pouco ou nenhum apoio do Talibã. Mas damos um jeito. Como a senhora, fazemos o que temos a fazer. Allah é bom e misericordioso. Ele nos provê e, enquanto Ele olhar por nós, garanto que sua filha terá roupa e comida. É o que posso lhe prometer.

Laila assentiu.

— Está tudo bem? — indagou ele, com um sorriso afável. — Não chore, *hamshira*. Não deixe que ela a veja chorando.

Laila enxugou os olhos novamente.

— Deus o abençoe — disse, com voz rouca. — Deus o abençoe, irmão.

Quando, porém, chegou a hora de se despedirem, aconteceu exatamente o que Laila tanto temia.

Aziza entrou em pânico.

No trajeto de volta para casa, apoiada em Mariam, Laila podia ouvir os gritos apavorados da filha. Revia nitidamente a cena: as mãos grandes e calosas de Zaman segurando a menina pelos braços, puxando-a, a princípio com brandura, depois, com mais vigor, e, finalmente, com força, para fazê-la soltar a mãe. Via Aziza, nos braços do diretor, dando chutes e pontapés, enquanto ele a levava às pressas para algum lugar; e ouvia a menina gritar como se fosse desaparecer da face da Terra. E via a si mesma, correndo pelo corredor, de cabeça baixa, com um berro lhe subindo pela garganta.

— Sinto o cheiro dela — disse a Mariam quando já estavam em casa. Seus olhos fitavam o vazio, por sobre os ombros de Mariam, para além do quintal, dos muros, na direção das montanhas, escuras como uma cusparada de tabaco. — Sinto o cheiro dela dormindo. Você também sente? Sente o cheiro dela?

— Ah, Laila *jo* — disse Mariam —, não fique assim. Para quê? De que adianta?

De início, Rashid condescendia e acompanhava Laila, Mariam e Zalmai. Durante o trajeto, porém, fazia de tudo para ela notar como era difícil para ele ir até lá: ostentava um ar sofrido, reclamava dizendo como lhe doíam as pernas e as costas. Em suma, se esmerava em deixar bem claro o sacrifício que ela o obrigava a fazer indo com eles três até o orfanato.

— Não sou mais um rapazinho — dizia ele. — Claro que sei que você não se importa com isso. Sei que me destruiria, se pudesse. Mas você não pode, Laila. Não tem a mínima condição de fazer isso.

A dois quarteirões do orfanato, ele parava e só lhes concedia 15 minutos.

— Mais um minuto que seja — ameaçava — e vou embora. Vou mesmo.

Laila precisava atormentá-lo, implorar para conseguir ficar um pouquinho mais com a filha. Fazia isso por si mesma, mas também por Mariam que andava desolada com a ausência de Aziza, embora, como sempre, optasse por sofrer sozinha e calada. E por Zalmai, que vivia perguntando pela irmã, e fazia as maiores cenas que, às vezes, acabavam com o menino aos prantos, inconsolável.

Certos dias, quando estavam indo para o orfanato, Rashid parava no meio do caminho, queixando-se de dores nas pernas. Dava meia-volta, então, e começava a voltar para casa, todo lampeiro, sem ao menos mancar. Ou estalava a língua, dizendo:

— São os meus pulmões, Laila. Estou sem fôlego. Quem sabe amanhã não me sinto melhor, ou depois de amanhã. Vamos ver.

E nem se dava o trabalho de fingir que ofegava. Muitas vezes, assim que começava a voltar para casa, acendia um cigarro. Laila não tinha então outra escolha senão ir atrás dele, desamparada, tremendo de raiva e sentindo-se inteiramente impotente.

Até que, um belo dia, Rashid declarou que não ia mais levá-la ao orfanato.

— Estou cansado demais de ficar andando pela rua para cima e para baixo, procurando emprego — disse ele.

— Então, vou sozinha — retrucou Laila. — Você não pode me impedir, Rashid. Está me ouvindo? Pode me bater o quanto quiser, mas vou continuar indo lá.

— Como quiser. Mas não vai conseguir passar pelos talibãs. Depois, não venha me dizer que não avisei...

— Vou com você — interveio Mariam.

Mas Laila não deixou.

— Não. Você tem que ficar em casa com Zalmai. Se formos detidas... não quero que ele veja essa cena.

De repente, a vida de Laila tinha se transformado nisso: encontrar um jeito de ver Aziza. Na maior parte do tempo, não conseguia sequer chegar ao orfanato. Logo ao atravessar a rua era notada pelos talibãs que a crivavam de perguntas: "Qual é o seu nome? Onde está indo? Por que está sozinha? Onde está o seu *mahram*?" E acabava tendo de voltar para casa. Às vezes, tinha sorte, e só lhe davam uma bronca, um pontapé no traseiro ou um tapa nas costas. Outras vezes, porém, eram as surras com cassetetes, com varas verdes, com chicotes, além de tapas e, quase sempre, socos.

Um dia, um jovem *talib* lhe bateu com uma antena de rádio. Quando ficou satisfeito, o rapaz lhe deu uma última pancada na nuca e disse:

— Se eu a vir novamente, vou surrá-la até o leite de sua mãe sair jorrando dos seus ossos.

Dessa vez, Laila voltou para casa. Deitou de bruços, sentindo-se um animal idiota e deplorável, e gemeu quando Mariam pôs uns panos úmidos em suas costas e em suas coxas ensanguentadas. Geralmente, porém, ela se recusava a ceder. Fingia que estava indo para casa e, depois, seguia por outro caminho. Às vezes, era apanhada, interrogada e punida duas, três ou até quatro vezes no mesmo dia. Então, os chicotes e as antenas se erguiam à sua frente, e ela se arrastava de volta para casa, ensanguentada, sem ter conseguido chegar perto de Aziza. Começou então a usar camadas extras de roupas, mesmo no calor, pondo duas ou três suéteres por baixo da *burqa* para se proteger das pancadas.

Mas, se conseguia escapar aos talibãs, a recompensa valia a pena. Podia passar o tempo que quisesse, *horas* até, com Aziza. As duas se sentavam no pátio, perto do balanço, em meio a outras crianças e mães que vinham de visita, e conversavam sobre o que a menina tinha aprendido naquela semana.

Aziza lhe disse que *kaka* Zaman fazia questão de lhes ensinar alguma coisa diariamente: quase sempre liam e escreviam, às vezes, aprendiam geografia, um pouco de história ou de ciências, algo sobre plantas e animais.

— Mas temos de fechar as cortinas — acrescentou a menina —, para os talibãs não poderem nos ver. E disse ainda que *kaka* Zaman sempre tinha agulhas e lã à mão, para o caso de uma inspeção. — Aí, escondemos os livros e fingimos que estamos fazendo tricô.

Certa feita, durante uma daquelas visitas, Laila viu uma mulher de meia-idade, com a *burqa* jogada para trás, deixando o seu rosto descoberto. Estava conversando com três meninos e uma menina. A moça reconheceu aquele rosto afilado, as sobrancelhas espessas, apesar da boca encovada e do cabelo grisalho. Lembrou dos xales, das saias pretas, da voz ríspida, do jeito como ela prendia o cabelo bem preto num coque que deixava ver uns pelinhos escuros na nuca. Laila lembrou ainda que, naquela época, essa mulher proibiu que suas alunas usassem o véu, afirmando que os homens e as mulheres eram iguais, que não havia motivo para elas se cobrirem se os homens não precisavam fazê-lo.

A certa altura, *Khala Rangmaal* ergueu a cabeça e seus olhos se encontraram, mas Laila não viu qualquer sinal de reconhecimento na expressão de sua ex-professora.

— Existem umas fraturas na crosta terrestre — disse Aziza. — Elas são chamadas de falhas.

Era uma tarde quente, uma sexta-feira, em junho de 2001. Todos os quatro estavam sentados nos fundos do orfanato: Laila, Zalmai, Mariam e Aziza. Desta vez, Rashid tinha cedido, coisa rara, aliás, e os levou até lá. Ficou esperando na rua, no ponto de ônibus.

Crianças descalças corriam ao seu redor. Alguém chutou uma bola de futebol murcha, e, mais que depressa, todos saíram correndo atrás dela.

— E, de ambos os lados dessas falhas, há as camadas de rochas que formam a crosta terrestre — prosseguia Aziza.

Tinham puxado o cabelo da menina para trás e feito uma trança presa bem no alto de sua cabeça. Laila sentiu inveja daquela pessoa que se sentou atrás de sua filha e foi repartindo as mechas do cabelo da menina, pedindo-lhe que ficasse quieta.

Aziza estava explicando o que dizia abrindo as mãos, com as palmas viradas para cima, e esfregando uma na outra. Zalmai olhava aquela demonstração com o maior interesse.

— São as placas quetônicas, não é?

— Tectônicas — emendou Laila. Tinha dificuldades para falar. O seu queixo ainda doía, bem como as costas e o pescoço. Seu lábio estava inchado e a língua não parava de se enfiar no buraco deixado pelo incisivo inferior que Rashid lhe arrancara com um soco dois dias antes. Antes de seus pais morrerem e de sua vida virar de pernas para o ar,

Laila jamais teria imaginado que um corpo humano pudesse aguentar ser espancado tantas vezes, com tanta regularidade, e, mesmo assim, continuar funcionando.

— Isso mesmo. E quando se aproximam uma da outra, elas se roçam ou se chocam, está entendendo, *mammy*? Aí liberam energia. É essa energia que corre pela superfície da Terra, fazendo ela tremer.

— Você está ficando muito sabida — disse Mariam. — Muito mais sabida que essa sua *khala* bobalhona.

O rosto da menina se iluminou.

— Você não é uma bobalhona, *khala* Mariam. E *kaka* Zaman diz que, às vezes, esse movimento de rochas acontece bem lá no fundo, é fortíssimo e assustador, mas nós, aqui na superfície, só sentimos um leve tremor. Só um leve tremor.

Na visita que fizeram antes dessa, foram os átomos de oxigênio na atmosfera fazendo a luz azul do Sol se dispersar. "Se a Terra não tivesse atmosfera", disse Aziza um tanto ansiosa, "o céu não seria azul, e sim como um mar bem preto. E o Sol seria uma enorme estrela brilhante nessa escuridão".

— Desta vez Aziza vai voltar para casa com a gente? — perguntou Zalmai.

— Ainda não, querido — respondeu sua mãe. — Mas logo, logo ela vai.

Laila o viu se afastar, andando igualzinho ao pai, meio inclinado para frente, com os pés para dentro. O menino foi até o balanço, empurrou um dos assentos vazios e acabou se sentando no chão de cimento para arrancar o mato de uma rachadura.

— A água evapora pelas folhas, sabia disso, *mammy*? Exatamente como acontece com a roupa pendurada para secar. E, com isso, a água vai para a parte alta da árvore. Desde o chão, passando pelas raízes e, depois, subindo pelo tronco, pelos galhos e chegando até as folhas. Isso se chama transpiração.

Não raro Laila se perguntava o que os talibãs fariam se descobrissem essa história das aulas clandestinas de *kaka* Zaman.

Durante as visitas, Aziza não deixava muito espaço para o silêncio. Estava sempre falando alto e efusivamente, com uma voz vibrante. Fazia digressões com relação aos temas e gesticulava muito, mexendo as mãos de um jeito irrequieto, nada habitual naquela menina. E seu riso também estava diferente. Não era exatamente um riso, mas um toque de nervosismo que pretendia ser tranquilizador. Ao menos era o que Laila desconfiava.

E havia ainda outras mudanças. Laila reparou que a filha tinha terra nas unhas. Quando Aziza percebeu que a mãe tinha notado aquilo, logo tratou de esconder as mãos sob as coxas. Sempre que uma criança chorava perto delas, com o nariz escorrendo, ou que alguma delas passava por ali, de bunda de fora, com o cabelo imundo, Aziza pestanejava e tentava disfarçar. Parecia até uma dona de casa constrangida porque as visitas estavam vendo a bagunça de seu lar, o desleixo de seus filhos.

Quando lhe perguntavam como estavam as coisas, as respostas eram sempre vagas, mas animadas.

— Estou ótima, *khala*. Ótima.

— Alguma criança maltrata você?

— Não, *mammy*. Todo mundo aqui é muito legal.

— Tem comido direito? Tem dormido bem?

— Tenho comido, sim. E dormido, também. Ontem à noite comemos carneiro. Talvez tenha sido na semana passada.

Quando a filha falava desse jeito, Laila via nela mais que uma pequena Mariam.

Agora, a menina estava gaguejando. Foi Mariam quem reparou primeiro. Era uma gagueira sutil, mas perceptível. E ficava mais nítida nas palavras que começavam com "t". Laila foi falar com Zaman a este respeito. Ele franziu a testa e respondeu:

— Achei que ela sempre tivesse gaguejado.

Naquela tarde de sexta-feira, saíram do orfanato levando Aziza para dar um passeio e foram ao encontro de Rashid que as esperava no ponto de ônibus. Quando Zalmai viu o pai, soltou um gritinho e começou a se remexer, tentando sair do colo da mãe. Aziza o cumprimentou secamente, mas sem hostilidade.

Rashid lhes disse que teriam de se apressar, pois, em duas horas, precisava estar no trabalho. Era a sua primeira semana como porteiro do Intercontinental. Do meio-dia às oito, seis dias por semana, abria portas de carros, carregava bagagens, e até limpava o chão se porventura respingasse alguma coisa ali. Às vezes, no fim do dia, o cozinheiro do restaurante, que funcionava em sistema de bufê, deixava que ele levasse algumas sobras para casa, contanto que fizesse tudo discretamente. Eram almôndegas nadando em gordura; asas de frango fritas, com a pele endurecida e ressecada; alguma massa recheada já borrachuda; arroz duro e empedrado. Rashid prometeu a Laila que, assim que tivesse juntado algum dinheiro, Aziza poderia voltar para casa.

Ele estava de uniforme: terno bordô de poliéster, camisa branca, gravata de nó feito e o quepe comprimindo o cabelo branco. Vestido daquele jeito, Rashid era outra pessoa. Parecia vulnerável, lamentavelmente desnorteado, quase inofensivo. Como alguém que houvesse aceitado, sem esboçar qualquer protesto, as indignidades que a vida lhe impôs. Alguém a um só tempo patético e admirável em sua docilidade.

Pegaram o ônibus até "Cidade Titanic". Caminharam pelo leito do rio margeado, de ambos os lados, por lojinhas improvisadas. Perto da ponte, enquanto desciam os degraus, viram um homem morto, pendurado num guindaste. Estava descalço, suas orelhas haviam sido arrancadas e seu pescoço estava amarrado à ponta de uma corda. No rio, misturaram-se à multidão de compradores que circulava por ali, aos cambistas e aos funcionários das ONGs, com ar entediado, aos vendedores de cigarros, às mulheres inteiramente cobertas que mostravam falsas receitas de antibióticos aos passantes, pedindo dinheiro para poder comprar os tais remédios. *Talibs*, empunhando chicotes e mascando *naswar*, patrulhavam o local à cata de risos indiscretos ou de rostos descobertos.

Num quiosque de brinquedos, entre um vendedor de casacos *poostin* e uma barraca de flores artificiais, Zalmai escolheu uma bola de basquete de borracha com riscos azuis e amarelos.

— Escolha alguma coisa — disse Rashid, dirigindo-se a Aziza.

A menina se aproximou, hesitante, visivelmente embaraçada.

— Ande logo. Tenho que estar no trabalho daqui a uma hora.

Aziza acabou escolhendo uma daquelas máquinas de chicletes. A mesma moeda inserida para fazer a bolinha cair voltava, saindo por uma portinhola na base do brinquedo.

O rosto de Rashid se anuviou quando o vendedor lhe disse o preço. Houve uma breve discussão e, no fim, Rashid se virou para Aziza, em tom de repreensão, como se fosse *ela* que tivesse discutido com ele.

— Devolva isso. Não posso comprar os dois.

No caminho de volta, a aparente animação de Aziza foi desaparecendo à medida que se aproximavam do orfanato. A menina parou de gesticular. Seu rosto ficou taciturno. Era sempre assim. Agora, era Laila que, com a ajuda de Mariam, tratava de puxar conversa, rindo nervosamente, falando à toa e quase sem parar, tentando preencher aquele silêncio melancólico.

Mais tarde, depois que Rashid as deixou em casa e pegou o ônibus para ir trabalhar, Laila viu a filha acenando e se arrastando junto ao muro dos fundos do orfanato. Lembrou da gagueira de Aziza, e do que ela tinha dito a respeito de fraturas e colisões fortíssimas que aconteciam bem lá no fundo, mas que, às vezes, nós só percebíamos como um ligeiro tremor na superfície.

— Vá embora! — gritou Zalmai.

— Shhh! — exclamou Mariam. — Com quem você está falando?

— Com ele. Com aquele homem ali — respondeu o menino, apontando numa direção.

Laila acompanhou o gesto do filho. Efetivamente, tinha um homem parado na frente da casa, recostado na porta. Ele virou a cabeça quando as viu chegando. Descruzou os braços. Deu uns passos em sua direção, mancando.

Laila parou.

Um ruído surdo lhe subiu pela garganta. Suas pernas ficaram bambas. De repente, quis, *precisou* segurar o braço de Mariam, ou seu ombro, seu pulso, qualquer coisa, fosse o que fosse, para não cair. Mas não fez nada disso. Não ousou fazê-lo. Não ousou mover um músculo. Não ousou respirar, ou sequer piscar, temendo que aquilo não passasse de uma miragem, uma frágil ilusão que se desvaneceria ao mínimo movimento que fizesse. Ficou então absolutamente imóvel, olhando para Tariq, até o seu peito implorar pedindo ar e os seus olhos arderem querendo piscar. E, sabe-se lá como, por um milagre qualquer, depois que respirou, depois que fechou os olhos e voltou a abri-los, ele ainda estava lá. Tariq ainda estava parado lá.

Então ela se permitiu dar um passo em sua direção. E mais outro. E outro ainda. De repente, estava correndo.

43

Mariam

Lá em cima, no quarto de Mariam, Zalmai estava impossível. Brincou com a bola nova de borracha por algum tempo, jogando-a no chão e nas paredes. Mariam lhe pediu para não fazer isso, mas o menino sabia que ela não tinha nenhuma autoridade sobre ele e continuou atirando a bola para cá e para lá, enfrentando-a com um ar desafiador. Depois, os dois passaram alguns instantes empurrando, de um lado a outro do quarto, a ambulância de brinquedo com letras vermelhas enormes nas laterais.

Mais cedo, quando encontraram Tariq na porta da casa, Zalmai agarrou a bola contra o peito e enfiou o dedo na boca, coisa que já não fazia há tempos, a não ser quando estava com medo. E ficou olhando para o rapaz, desconfiado.

— Quem é aquele homem? — perguntou ele enfim. — Não gosto dele.

Mariam ia começar a lhe dar uma explicação, contar que Laila e ele tinham crescido juntos, mas o menino a interrompeu, pedindo-lhe que virasse a ambulância, para o motor ficar de frente para ele. Quando ela fez isso, ele disse que queria brincar de novo com a bola.

— Onde ela está? — indagou Zalmai. — Onde está a bola que *baba jan* me deu? Onde ela está? Quero minha bola! Quero minha bola!

E sua voz foi ficando mais alta e estridente a cada palavra que dizia.

— Ela estava bem aqui — disse Mariam.

— Ela sumiu — exclamou Zalmai, chorando. — Sumiu, sim. Sei que ela sumiu. Onde ela está? Onde?

— Pronto, achei — disse Mariam, pegando a bola em cima do armário, onde ela tinha caído. Mas Zalmai continuou aos berros, dando socos e gritando que não era a mesma bola, não podia ser, porque a dele tinha sumido; insistindo que aquela era falsa e perguntando onde a sua tinha ido parar. Onde? Onde? Onde?

Gritou tanto que Laila teve de subir as escadas, pegá-lo no colo, embalá-lo, passar os dedos por seus cachinhos escuros, enxugar o seu rosto molhado e estalar a língua bem perto de seu ouvido.

Mariam ficou esperando no corredor. Dali, tudo o que via eram as pernas compridas de Tariq, a verdadeira e a outra, mecânica, de calça cáqui, esticadas no chão sem tapete da sala de estar. Foi então que compreendeu por que o porteiro do Intercontinental tinha lhe parecido familiar no dia em que foi até lá com Rashid, tentando telefonar para Jalil. Como ele estava de quepe e óculos escuros, ela não o reconheceu de imediato. Mas, de repente, tudo ficou muito claro. Lembrou perfeitamente daquele dia, nove anos atrás, quando o viu sentado lá embaixo, enxugando a testa com o lenço, pedindo um copo de água. Agora, todo tipo de pergunta lhe passava pela cabeça: Será que os comprimidos de sulfa faziam parte da farsa? Qual dos dois armou a mentira, imaginou os detalhes convincentes? E quanto Rashid teria pagado a Abdul Sharif, ou seja lá qual fosse o seu nome, para vir até ali e destruir Laila com a história da morte de Tariq?

44

Laila

TARIQ DISSE QUE UM DOS HOMENS com quem dividia a cela tinha um primo que fora espancado publicamente por pintar flamingos. Ao que parece, esse tal primo era maníaco por essas aves.

— Eram cadernos inteiros, daqueles de desenho — prosseguiu o rapaz. — Dezenas de pinturas a óleo dessas aves andando numa lagoa, pegando sol num pantanal e acho que até voando pelo céu ao pôr do sol.

— Flamingos... — disse Laila.

Ela o via ali, sentado junto à parede, com a perna de verdade dobrada. Tinha tanta vontade de tocá-lo de novo, como fez ainda há pouco no portão, quando correu ao seu encontro... Agora, se envergonhava só de pensar como o abraçou e chorou encostada em seu peito, como repetiu seu nome mil vezes com voz abafada e rouca. Será que tinha sido ávida demais? Será que tinha exagerado? Talvez. Mas não pôde evitar. E, nesse exato momento, adoraria tocá-lo de novo, provar a si mesma, mais uma vez, que ele estava ali, que não era um sonho, um fantasma.

— Isso mesmo — disse ele. — Flamingos.

Segundo o rapaz, quando os talibãs viram as pinturas, acharam que as patas longas e nuas das aves eram uma visão ofensiva. Amarraram então o tal primo, bateram nas solas de seus pés a ponto de tirar sangue e, depois, lhe propuseram uma escolha: ou ele destruía as pinturas ou fazia aquelas aves parecerem mais decentes. Então, o sujeito pegou o pincel e pintou calças em cada um dos flamingos.

— E tudo se resolveu — acrescentou Tariq. — Agora, eram flamingos islâmicos.

Laila começou a rir, mas se conteve. Tinha vergonha de seus dentes amarelos, da falta de um incisivo. Tinha vergonha de sua pele sem vida, de seu lábio inchado. Adoraria ter podido lavar o rosto ou, pelo menos, pentear o cabelo.

— Mas foi o primo quem riu por último — disse Tariq. — As tais calças foram feitas com tinta de aquarela. Assim que os talibãs foram embora, ele simplesmente tirou tudo. — Sorriu, revelando também a falta de um dente, e ficou fitando as próprias mãos. — Isso mesmo.

Ele estava usando um *pakol* na cabeça, botas de caminhada e um suéter de lã preto enfiado para dentro da calça cáqui. Assentia lentamente com a cabeça, esboçando um ligeiro sorriso. Laila não se lembrava de ouvi-lo usar tanto a expressão "isso mesmo" antes, e essa atitude pensativa, com os dedos das mãos formando uma tenda em seu colo, e o aceno de cabeça também eram novidade. Uma atitude tão adulta, uma expressão tão adulta... Mas por que seria tão espantoso? Afinal, ele era *efetivamente* adulto, um homem de 25 anos, com gestos lentos e uma ponta de cansaço no sorriso. Alto, barbudo, mais magro do que o via em seus sonhos, mas com mãos que pareciam fortes, mãos de trabalhador, com veias saltadas e sinuosas. Ainda tinha aquele rosto magro e bonito, mas sua pele não era mais como antes: a sua testa mostrava as marcas do tempo e estava queimada pelo sol, como o seu pescoço; era a testa de um viajante ao fim de uma jornada longa e exaustiva. O *pakol*, posto mais para trás, revelava os primeiros indícios de calvície. O tom de seus olhos cor de avelã era mais desbotado do que em suas lembranças, mais claro, ou quem sabe não era apenas o efeito da luz da sala?

A moça se lembrou então da mãe de Tariq, com seus gestos pausados, seu sorriso esperto, sua estranha peruca arroxeada. E lembrou também de seu pai, com aqueles olhos meio estrábicos, aquele humor sarcástico. Mais cedo, no portão, com a voz embargada pelas lágrimas, tropeçando nas próprias palavras, Laila lhe contou o que achava que tinha acontecido com sua família, e ele abanou a cabeça. Perguntou-lhe então, agora, como estavam seus pais. Mas se arrependeu quando o rapaz baixou os olhos e disse, de um jeito um tanto distraído:

— Morreram.

— Sinto muito.

— É. Eu também. Tome — disse ele, tirando do bolso um saquinho de papel e estendendo-o para ela. — Com os cumprimentos de Alyona — acrescentou.

Ali dentro, havia um pedaço de queijo embrulhado em plástico.

— Alyona. Lindo nome — disse Laila. E se esforçou para manter a voz firme ao prosseguir. — É sua esposa?

— Minha cabra — retrucou ele, sorrindo com certa expectativa, como se estivesse esperando que ela revolvesse as lembranças do passado.

Então, ela se lembrou. O filme soviético. Alyona era a filha do capitão, a moça que estava apaixonada pelo imediato do navio. Depois, se recordou daquele dia em que os dois, juntamente com Hasina, foram ver os tanques e os jipes soviéticos deixando Cabul, o dia em que Tariq estava usando aquele ridículo gorro de pele russo.

— Tive que amarrá-la numa estaca cravada no chão — disse Tariq. — E também construí uma cerca. Por causa dos lobos. Lá nas colinas, onde moro, talvez a uns quinhentos metros de distância, tem um bosque quase todo de pinheiros, alguns abetos, alguns cedros. Em geral, eles só ficam pelo bosque, mas nunca se sabe. Com uma cabra balindo, um lobo pode resolver sair vagando por ali... Por isso a cerca. E a estaca.

Laila lhe perguntou que colinas eram essas.

— Pir Panjal — disse ele. — No Paquistão. O lugar onde moro é conhecido como Murree. É uma região de veraneio, a uma hora de Islamabad. É um local montanhoso, muito verde, cheio de árvores, bem acima do nível do mar. Por isso é fresco no verão. Perfeito para turistas.

Tariq lhe contou que foram os britânicos que construíram tudo por ali, perto de seu quartel em Rawalpindi, para os vitorianos escaparem ao calor. Ainda se veem algumas relíquias do período colonial, como o salão de chá, os bangalôs de teto de zinco, que eles chamavam de *cottages*, esse tipo de coisa. A cidade em si é pequena e agradável. A rua principal era chamada *The Mall*. É onde ficam o correio, um *bazaar*, uns poucos restaurantes, lojas que cobram os tubos dos turistas por objetos de vidro pintado e tapetes artesanais. Curiosamente, a rua é de mão única e funciona num sentido, numa semana, e no outro, na semana seguinte.

— A gente de lá diz que o tráfego também é assim em alguns lugares da Irlanda — comentou Tariq. — Não sei se é verdade. De todo modo, é um lugar bonito. A vida por lá é bem simples, mas eu gosto. Gosto de morar ali.

— Com sua cabra. Com Alyona.

Laila disse isso menos como uma brincadeira do que como um jeito disfarçado de dar outro rumo à conversa, tentando saber, por exemplo, se mais alguém se preocupava com essa história de lobos que podiam comer as cabras. Mas Tariq prosseguiu, assentindo ligeiramente com a cabeça.

— Também lamento muito o que aconteceu com seus pais.

— Ah, você soube...

— Falei com alguns vizinhos, antes de vocês chegarem — disse ele. E, durante a pausa que se seguiu, Laila se perguntou o que mais os vizinhos teriam dito. — Não conheço mais ninguém. Dos velhos tempos, quero dizer...

— Todo mundo foi embora. Não tem mesmo mais ninguém que você conheça.

— Não reconheço Cabul.

— Nem eu — observou Laila. — E olhe que nunca saí daqui.

— *Mammy* arranjou um amigo — disse Zalmai, depois do jantar, naquela mesma noite, quando Tariq já tinha ido embora. — É um homem.

— Ah, é mesmo? — indagou Rashid, erguendo os olhos.

Tariq perguntou se podia fumar.

Tinham passado algum tempo no campo de refugiados de Nasir Bagh, perto de Peshawar, disse ele, batendo a cinza do cigarro num pires. Quando chegaram, já havia sessenta mil afegãos vivendo ali.

— Não era tão ruim quanto alguns outros campos como, Deus me perdoe, Jalozai — prosseguiu ele. — Acho que, a certa altura, chegou a ser uma espécie de campo-modelo, na época da Guerra Fria, um lugar que o Ocidente mostrava para provar ao mundo que não estava se limitando a introduzir armas no Afeganistão.

Mas isso foi durante a guerra contra os soviéticos, naquela época do *jihad*, do interesse do mundo inteiro pelo país, das doações generosas, e das visitas de gente como Margaret Thatcher.

— O resto da história você conhece, Laila — acrescentou ele. — Depois da guerra, o bloco soviético desmoronou e o Ocidente seguiu em frente. Como já não havia mais nada que pudesse interessar no Afeganistão, a fonte de dinheiro secou. Hoje em dia, Nasir Bagh é um punhado de barracas, de poeira, de esgoto a céu aberto. Quando chegamos lá, deram-nos um pau e um pedaço de lona dizendo que era para fazermos nossa própria tenda.

Tariq disse ainda que a lembrança mais nítida que tinha de Nasir Bagh, onde ficaram por um ano, era a cor marrom.

— Barracas marrons. Gente marrom. Cachorros marrons. Mingau marrom.

Todo dia, trepava numa árvore desfolhada e ficava ali, encarapitado num galho, olhando os refugiados deitados ao sol, com seus ferimentos e seus membros amputados bem à mostra. Via menininhos esquálidos carregando água em latões, apanhando cocô de cachorro para usar como lenha, fazendo rifles AK-47 de brinquedo com um pedaço de pau e um canivete, arrastando sacos de farinha de trigo que já não servia mais para fazer um pão que prestasse. Ventava tanto que as barracas mal se aguentavam em pé. O vento espalhava capim por todo lado e carregava as pipas que os meninos empinavam nos telhados de uns casebres de barro.

— Morriam muitas crianças. De disenteria, de tuberculose, de fome, e do que mais você puder imaginar. Quase sempre, era a maldita disenteria. Por Deus, Laila, se soubesse quantas eu vi serem enterradas... Não há cena pior do que essa.

Tariq cruzou as pernas e o silêncio voltou a se instalar entre os dois por algum tempo.

— Meu pai não sobreviveu ao primeiro inverno — prosseguiu ele. — Morreu dormindo. Acho que não sentiu nada.

E acrescentou que, naquele mesmo inverno, sua mãe pegou uma pneumonia e quase morreu. Teria morrido se não fosse por um médico ali do campo que transformou uma caminhonete num hospital itinerante. Ela passou a noite inteira acordada, com febre, tossindo e cuspindo um catarro grosso, de um marrom-avermelhado. As pessoas faziam longas filas para serem atendidas pelo médico. E, na fila, todos tremiam, gemiam, tossiam, alguns com merda escorrendo pelas pernas, outros cansados demais, famintos demais ou doentes demais para articular uma palavra que fosse.

— Mas o médico era um sujeito decente. Atendeu minha mãe, mandou que tomasse uns comprimidos e salvou a vida dela naquele inverno.

Foi nessa mesma época que Tariq atacou um garoto.

— Ele devia ter uns 12 anos, talvez 13 — disse ele, sem qualquer emoção na voz. — Ameacei cortar a garganta dele com um caco de vidro e roubei seu cobertor para dar para minha mãe.

Depois que a mãe ficou doente, Tariq prometeu a si mesmo que não passariam outro inverno no campo de refugiados. Ia trabalhar, juntar algum dinheiro, levá-la para morar num apartamento em Peshawar, com aquecimento e água corrente. Quando chegou a primavera, saiu à cata de trabalho. De tempos em tempos, vinha um caminhão, bem cedinho, saía recolhendo umas duas dúzias de garotos e os levava a um campo, onde trabalhariam removendo pedras, ou a um pomar, para colherem maçãs, em troca de algum dinheiro, ou, às vezes, de um cobertor ou de um par de sapatos. Mas essa gente nunca quis levá-lo.

— Bastava olhar para minha perna e pronto — disse ele.

Havia outros tipos de trabalho: lavar pratos, construir casebres, carregar água, limpar latrinas. Mas os rapazes mais velhos brigavam por esses empregos, e Tariq nunca teve vez.

Até que, um dia, conheceu um mercador, no outono de 1993.

— Ele me ofereceu dinheiro para levar um casaco de couro a Lahore. Não era muito, mas talvez desse para pagar um ou quem sabe dois meses de aluguel.

O homem lhe deu uma passagem de ônibus e um endereço, numa esquina, perto da estação ferroviária de Lahore, onde deveria entregar o casaco a um amigo dele.

— Eu sabia. É claro que sabia — disse Tariq. — Ele me disse que eu teria de me virar sozinho se fosse apanhado, que não me esquecesse de que ele sabia onde minha mãe morava. Mas, por aquele dinheiro, não dava para dizer não. E o inverno já vinha chegando novamente.

— Até onde conseguiu ir? — perguntou Laila.

— Não muito longe — disse ele, rindo envergonhado, como que se desculpando. — Nem entrei no ônibus. Mas achei que não ia acontecer nada, sabe, que eu estava a salvo. Como se houvesse um sujeito por aí, em algum lugar, com um lápis enfiado atrás da orelha, anotando tudo, fazendo as contas. Ele olharia para baixo e diria: "Tudo bem, esse aí pode, deixem que faça isso, afinal, ele já teve a sua cota..."

O haxixe estava escondido nas costuras e se espalhou pela rua quando a polícia meteu a faca no casaco.

Tariq riu novamente. Foi um riso meio ascendente, trêmulo, e Laila lembrou que ele ria desse jeito, quando os dois eram pequenos, sempre que queria fingir que não estava envergonhado, disfarçar alguma travessura ou alguma besteira que tivesse feito.

— Ele manca — disse Zalmai.

— Por acaso é *quem* estou pensando? — perguntou Rashid.

— Ele veio apenas visitar — interveio Mariam.

— E você, cale a boca! — esbravejou Rashid, erguendo um dedo ameaçador. — Ora, ora, vejam só! — prosseguiu ele, dirigindo-se a Laila. — Laili e Majnoon juntos outra vez. Como nos bons e velhos tempos. — E acrescentou, carrancudo: — E você deixou ele entrar. Aqui. Na minha casa. Deixou ele entrar. Ele ficou aqui, junto com o meu filho.

— Você me enganou. Mentiu para mim — retrucou Laila, com os dentes cerrados. — Você mandou aquele homem aqui... Sabia que eu ia embora se soubesse que ele estava vivo.

— E VOCÊ NÃO MENTIU PARA MIM? — perguntou Rashid, aos berros. — Acha que não entendi tudo? Que não sei sobre a sua *harami*? Pensa que sou idiota, sua puta?

Quanto mais Tariq falava, mais Laila temia o momento em que ele parasse. O silêncio que viria a seguir, indicando que tinha chegado a sua vez de falar, de lhe dizer como, onde e por quê, de formalizar o que ele com certeza já sabia. Cada vez que ele fazia uma pausa, ela se sentia meio enjoada. Evitava encontrar o seu olhar. Fitava as mãos dele, aqueles pelos escuros e espessos que tinham surgido ali durante os anos em que não se viram.

Ele não falou muito sobre os anos em que esteve preso. Disse apenas que tinha aprendido a falar urdu na cadeia. Quando Laila lhe fez perguntas, o rapaz abanou a cabeça, com certa impaciência. Nesse gesto, Laila viu grades enferrujadas e corpos sujos, homens violentos e salas apinhadas, tetos úmidos e mofados. Leu no seu rosto que aquele lugar tinha significado humilhação, degradação e desespero.

Tariq lhe contou que sua mãe tinha tentado visitá-lo na prisão.

— Ela foi até lá três vezes, mas nunca consegui vê-la — disse ele.

Ele lhe escreveu uma carta, e, depois, mais algumas, embora achasse que a mãe nunca as receberia.

— E escrevi para você.

— Para mim?

— É. Milhares de páginas — respondeu ele. — O seu amigo Rumi teria ficado com inveja da minha produção — acrescentou, e riu novamente. Desta vez, riu alto, como se estivesse espantado com a própria ousadia, mas também encabulado pelo que acabava de dizer.

Zalmai começou a berrar lá em cima.

— Exatamente como nos velhos tempos, então — disse Rashid. — Vocês dois. Suponho que tenha deixado ele ver o seu rosto.

— Deixou sim — disse Zalmai. E, repetiu, dirigindo-se a Laila: — Deixou sim, *mammy*. Eu vi.

— O seu filho não gosta muito de mim — observou Tariq quando Laila voltou.

— Desculpe — disse ela. — Mas não é isso não. Ele só... Não ligue para ele.

E tratou de mudar de assunto, pois estava se sentindo perversa e culpada por estar irritada com Zalmai. Afinal, ele era apenas uma criança, um menino que adorava o pai e a aversão instintiva que demonstrava por aquele estranho era legítima e compreensível.

"E escrevi para você."

"Milhares de páginas."

"Milhares de páginas."

— Há quanto tempo mora em Murree?

— Há menos de um ano.

Tariq lhe contou então que, na prisão, tinha feito amizade com um homem mais velho, um sujeito chamado Salim. Ele era paquistanês, um ex-jogador de hóquei na grama que tinha estado preso diversas vezes e que, agora, cumpria pena de dez anos por ter esfaqueado um policial disfarçado. Disse-lhe ainda que em todas as prisões tem gente como Salim. Há sempre alguém esperto e bem-relacionado, que consegue burlar o sistema e arranja coisas para si e para os outros, alguém que cheira tanto a oportunidade quanto a perigo. Foi ele que tentou ter notícias da mãe de Tariq. Foi Salim que mandou que ele se sentasse e, num tom carinhoso, paternal, lhe disse que ela tinha morrido por causa do frio.

Tariq passou sete anos na prisão paquistanesa.

— Até que me safei com facilidade — disse ele. — Tive sorte. O juiz designado para o meu caso tinha um irmão casado com uma afegã. Acho que ele resolveu ser indulgente, sei lá.

Quando Tariq estava para sair da cadeia, no início do inverno de 2000, Salim lhe deu o endereço e o telefone de seu irmão, Sayid.

— Ele me disse que Sayid era dono de um pequeno hotel em Murree — prosseguiu Tariq. — Só uns vinte quartos e um saguão, um lugarzinho para turistas. E disse que eu fosse procurá-lo em seu nome.

Tariq acrescentou que tinha gostado de Murree assim que desceu do ônibus: os pinheiros cobertos de neve; o ar frio, cortante; os chalés com janelas de madeira; a fumaça saindo das chaminés.

"Aquele era um lugar", pensou ele, batendo à porta de Sayid, "que não tinha absolutamente nada a ver com todos os horrores que tinha conhecido". Mas, acima de tudo, era um lugar que fazia a própria ideia de sofrimento e de dor parecer de certa forma obscena, inimaginável.

— Disse a mim mesmo que ali um homem podia tocar a vida.

Tariq começou a trabalhar como zelador, fazendo também consertos e outros pequenos trabalhos. Tudo correu bem durante o período de experiência de um mês, em que recebeu metade do salário. Enquanto ele falava, Laila visualizou Sayid, que imaginava como um sujeito de olhos miúdos e rosto corado, espiando pela janela da recepção e vendo Tariq cortar lenha e retirar a neve da entrada. Ela o viu também, meio debruçado por cima das pernas do rapaz estiradas no chão, observando enquanto ele consertava um cano da pia que estava vazando. Pôde até visualizá-lo verificando os registros para ver se estava faltando algum dinheiro.

Seu quarto ficava num casebre de madeira perto do pequeno bangalô da cozinheira, uma viúva já idosa, chamada Adiba. As duas cabanas eram separadas do corpo do hotel por um punhado de amendoeiras, um banco de jardim e uma fontezinha de pedra, em forma de pirâmide, que, no verão, ficava o dia inteiro ligada, vertendo água. Laila imaginou Tariq em seu quartinho, sentado na cama, olhando, pela janela, aquele mundo verde lá fora.

Quando terminou o período de experiência, Sayid passou a lhe pagar o salário integral, disse-lhe que podia almoçar de graça, deu a ele um casaco de lã e lhe arranjou uma perna nova. Tanta bondade, acrescentou o rapaz, o tinha feito chorar.

Com o primeiro salário no bolso, Tariq foi até a aldeia e comprou Alyona.

— Ela tem o pelo branquinho — disse ele, sorrindo. — Às vezes, quando neva a noite inteira, acordo de manhã, olho pela janela e tudo o que vejo são dois olhos e um focinho.

Laila assentiu. Mais uma vez, os dois ficaram em silêncio. Lá em cima, Zalmai tinha recomeçado a jogar a bola na parede.

— Achei que você tinha morrido — disse Laila.

— Eu sei. Você me contou.

A voz da moça falhou. Ela precisou pigarrear, tentar se recompor.

— O homem que veio me dar a notícia parecia tão sincero... Acreditei nele, Tariq. Adoraria não ter acreditado, mas acreditei. Então, me senti tão sozinha, tão assustada... Se não fosse assim, não teria aceitado me casar com Rashid. Não teria...

— Você não precisa me explicar... — disse ele, brandamente, evitando encará-la. Não havia vestígio de censura, de recriminação no jeito como disse isso. Nada que sugerisse uma acusação.

— Preciso, sim. Porque houve uma razão maior para eu me casar com ele. Tem uma coisa que você não sabe, Tariq. Existe *alguém*. Preciso lhe contar tudo.

— Você se sentou para conversar com ele? — perguntou Rashid, dirigindo-se ao filho.

Zalmai não disse nada. Agora, Laila percebia incerteza e hesitação nos seus olhos, como se o menino tivesse percebido que sua revelação acabou virando uma coisa bem maior do que podia imaginar.

— Eu lhe fiz uma pergunta, garoto!

— Fiquei lá em cima, brincando com Mariam — respondeu ele, engolindo em seco e evitando o olhar do pai.

— E sua mãe?

Zalmai olhou para ela com um ar sentido. Era evidente que estava a ponto de chorar.

— Está tudo bem, Zalmai — disse Laila. — Pode falar a verdade.

— Ela ficou... aqui embaixo, conversando com aquele homem — respondeu o menino, com uma voz tão baixinha que mais parecia um sussurro.

— Ah, entendi... — disse Rashid. — Foi um trabalho de equipe.

— Quero conhecê-la. Quero vê-la — disse Tariq, quando estava indo embora.

— Pode deixar — retrucou Laila. — Vou dar um jeito.

— Aziza. Aziza... — repetiu ele, sorrindo, saboreando aquele nome. Sempre que Rashid dizia o nome da filha, ele soava ofensivo, quase vulgar. — Aziza. É lindo.

— Lindo como ela. Você vai ver.

— Vou contar os minutos para isso.

Fazia quase dez anos que os dois tinham se visto pela última vez. Mentalmente, Laila reviveu todos aqueles encontros no beco, aqueles beijos escondidos. Como será que ele a via agora? Será que ainda a achava bonita? Ou ela lhe parecia sem viço, acabada, lamentável, como uma velha assustada que arrasta os pés por aí afora? Quase dez anos. Mas, por um instante, parada ali com Tariq, ao sol, era como se todos aqueles anos não houvessem existido. A morte de seus pais, o casamento com Rashid, a matança, os mísseis, os talibãs, as surras, a fome, até mesmo seus filhos, tudo isso parecia um sonho, um estranho desvio, um simples interlúdio entre a última tarde em que estiveram juntos e o momento presente.

De repente, o rosto de Tariq se transformou, ficou mais sério. Era uma expressão que Laila conhecia bem. Era a mesma cara que ele fez, tantos anos atrás, quando não passavam de duas crianças, naquele dia em que tirou a perna mecânica e partiu para cima de Khadim. E, agora, o rapaz estendeu a mão e tocou o canto de seu lábio inferior.

— Olhe o que ele fez com você — disse ele, friamente.

Ao sentir o toque da mão dele, Laila se lembrou da loucura daquela tarde em que Aziza foi concebida. O hálito de Tariq em seu pescoço, os músculos dos quadris dele se movendo, o peito dele apertando os seus seios, as mãos de ambos enlaçadas.

— Adoraria ter levado você comigo — disse o rapaz, quase num sussurro.

Laila teve de baixar os olhos, num esforço para não chorar.

— Sei que, agora, você é uma mulher casada. E mãe. No entanto, aqui estou, depois de todos esses anos, depois de tudo o que aconteceu, sozinho com você na porta de sua casa. Provavelmente, isso não é certo, ou não é justo, mas vim de tão longe só para vê-la, e... Ah, Laila! Eu nunca devia ter deixado você.

— Não... — balbuciou ela, com voz rouca.

— Eu deveria ter sido mais decidido. Ter casado com você quando podia fazer isso. Tudo teria sido inteiramente diferente.

— Não fale assim. Por favor. Dói tanto...

Ele assentiu, fez menção de se aproximar, mas se deteve.

— Não estou pretendendo nada — disse ele. — Não tenho a intenção de virar a sua vida de pernas para o ar, aparecendo assim, surgindo do meio do nada. Se quiser que eu vá embora, que eu volte para o Paquistão, é só dizer, Laila. Sério. Diga que é o que quer, e eu vou. Nunca mais venho perturbá-la. Eu...

— Não! — exclamou a moça, com mais veemência do que pretendia. Quando deu por si, já estava segurando o braço dele. Então, deixou cair as mãos. — Não — acrescentou. — Não vá embora, Tariq. Fique. Por favor.

Ele fez que sim com a cabeça.

— Rashid trabalha de meio-dia às oito. Volte amanhã à tarde. Vou levá-lo para ver Aziza.

— Fique sabendo que não tenho medo dele.

— Eu sei. Volte amanhã à tarde.

— E depois?

— Depois? Não sei... Preciso pensar. É...

— Eu compreendo — disse ele. — Sinto muito, Laila. Há tantas coisas que lamento...

— Pois não deve. Você prometeu que voltaria. E voltou.

— Como é bom ver você, Laila — disse ele, com os olhos cheios de água.

Ela ficou parada ali, vendo-o se afastar, e estremeceu. "Milhares de páginas", pensou. De repente, sentiu um calafrio, uma onda de tristeza e desalento, mas também de uma ansiedade e uma inquietação cheias de esperança.

45

Mariam

— Fiquei lá em cima, brincando com Mariam — disse Zalmai.

— E a sua mãe?

— Ela ficou... aqui embaixo, conversando com aquele homem.

— Ah, entendi — observou Rashid. — Foi um trabalho de equipe.

Laila percebeu que o rosto dele estava relaxado, sem qualquer tensão. Viu as pregas de sua testa se desfazerem. Viu a desconfiança e a dúvida desaparecerem de seus olhos. Ele se sentou bem ereto, e, por alguns instantes, pareceu apenas pensativo, como o capitão de um navio que acaba de saber que estão na iminência de um motim e que reflete sobre o próximo passo a ser dado.

Rashid ergueu os olhos.

Mariam ia dizendo algo, mas ele levantou a mão, e, sem olhar para ela, exclamou:

— Tarde demais, Mariam!

Virou-se para Zalmai e disse friamente:

— E você, garoto, vá lá para cima.

Mariam percebeu o medo no rosto do menino. Nitidamente nervoso, Zalmai ficou parado ali, olhando para os outros três. Agora, tinha certeza de que a sua brincadeirinha de leva e traz tinha provocado alguma coisa bem séria naquela casa, coisa séria de adultos. Olhou para Mariam com ar desolado, contrito. E, depois, olhou para a mãe.

— *Já*! — bradou Rashid, em tom desafiador.

Agarrou o filho pelo braço e o menino se deixou levar docilmente escada acima.

Mariam e Laila ficaram petrificadas, com os olhos pregados no chão, como se o simples fato de se entreolharem pudesse confirmar a interpretação de Rashid, a sua certeza de que, enquanto estava abrindo portas e carregando malas para pessoas que nem se dignavam a olhá-lo, havia uma conspiração às suas costas, em sua própria casa, na presença de seu filhinho adorado. Nenhuma das duas disse uma palavra sequer. Ouviram os passos no corredor, uns pesados e cheios de presságios, outros mais parecendo as patas de um animalzinho assustado. Ouviram falas, uma vozinha implorando, uma resposta ríspida, uma porta se fechando, o ruído da chave na fechadura. Depois, passos que voltavam, mais impacientes desta feita.

Mariam viu seus pés pisando forte nos degraus. Viu ele meter a chave no bolso, viu o cinto, a ponta com os furinhos bem enrolada em seus dedos. E a fivela imitando latão pendendo ao lado do corpo de Rashid, balançando enquanto ele ia descendo a escada.

Tentou detê-lo, mas ele a afastou com um tapa nas costas e passou por ela como um furacão. Sem dizer uma palavra, ergueu o cinto na direção de Laila. E o golpe veio tão rápido que a moça não teve tempo de recuar ou se esquivar, nem sequer de erguer o braço para se proteger. Laila levou a mão à têmpora, olhou para o sangue, olhou para Rashid, atordoada. Mas esse olhar de espanto durou apenas um instante, sendo logo substituído pelo ódio.

Rashid voltou a erguer o cinto.

Desta feita, Laila se protegeu com um dos braços e, com o outro, tentou agarrar o cinto. Não conseguiu, e Rashid bateu novamente. A moça o segurou de raspão, mas ele o soltou com um safanão e a atingiu mais uma vez. Laila saiu correndo pela sala. Mariam gritava coisas quase incompreensíveis, implorando que Rashid parasse com aquilo. E ele continuou correndo atrás da mulher até que bloqueou sua passagem e voltou a lhe bater com o cinto. A certa altura, Laila conseguiu se esquivar e acertou um soco na orelha do marido, que soltou um palavrão e saiu atrás dela com mais fúria ainda. Quando a alcançou, atirou-a de encontro à parede e bateu, bateu, bateu, atingindo, com a fivela do cinto, o seu peito, os seus ombros, os seus braços erguidos, os seus dedos, deixando-a inteiramente ensanguentada.

Mariam já tinha perdido as contas de quantas vezes o cinto estalou, quantas súplicas gritou. Ficou girando em torno daqueles corpos que se engalfinhavam, aquela mistura incoerente de dentes, punhos, cinto, até que viu uns dedos atingirem o rosto de Rashid, unhas afiadas se cravando em suas bochechas, puxando o seu cabelo, arranhando a sua testa. Não tinha noção de quanto tempo se passou até perceber, espantada e deliciada, que aqueles dedos eram dela própria.

Rashid largou Laila e se voltou contra ela. A princípio, fitou a mulher sem parecer vê-la. Estreitou então os olhos e a encarou, interessado. Era um olhar desconcertado. Depois, Mariam viu surpresa, desaprovação, até desapontamento naqueles olhos que se detiveram um instante em seu rosto.

Ela se lembrou da primeira vez que viu os olhos de Rashid, no espelho, debaixo do véu da cerimônia de casamento, diante de Jalil; lembrou-se de como seus olhares deslizaram pela superfície do espelho e se encontraram: o dele, indiferente; o seu, dócil, um olhar de aceitação, quase como se pedisse desculpas.

Desculpas.

Agora, naqueles mesmos olhos, via como tinha sido tola.

Tinha sido uma esposa infiel? Foi a pergunta que se fez. Uma esposa complacente? Uma mulher indigna? Infame? Vulgar? Que mal tinha feito, deliberadamente, a esse homem para justificar sua maldade, seus repetidos ataques, o prazer que ele sentia em atormentá-la? Não tinha cuidado dele quando estava doente? Não tinha lhe dado comida, a ele e a seus amigos, e limpado as coisas dele com todo cuidado?

Não tinha entregado a sua juventude a esse homem?

Por uma única vez que fosse, tinha merecido a sua crueldade?

Ouviu o barulho do cinto caindo no chão quando Rashid o soltou e veio para cima dela. Algumas tarefas devem ser feitas só com as mãos, foi o que disse aquele ruído.

Mas, no exato momento em que Rashid investiu contra ela, Mariam viu Laila pegar algo no chão às suas costas. Viu a mão da moça se erguer bem alto, acima da cabeça, e descer sobre o rosto do marido. E o ruído de vidro se estilhaçando. Choveram caquinhos do copo por todo lado. Havia sangue nas mãos de Laila. E também no corte aberto na bochecha de Rashid, sangue que lhe escorria pelo pescoço, pela camisa. Ele se virou, dentes arreganhados, olhar de fúria.

E saíram ambos rolando pelo chão. Finalmente, Rashid ficou por cima da moça, com ambas as mãos apertando o seu pescoço.

Mariam lhe deu unhadas. Bateu em suas costas. Atirou-se sobre ele. Fez tudo para soltar aquelas mãos do pescoço de Laila. Chegou mesmo a mordê-lo. Mas Rashid continuava apertando a garganta da moça e Mariam percebeu que ele pretendia ir até o fim.

Ele pretendia estrangulá-la e nenhuma das duas conseguiria impedi-lo.

Recuou, então, e saiu da sala. Podia ouvir o barulho que vinha lá de cima, o barulho das mãozinhas batendo na porta fechada. Correu pelo corredor e saiu porta afora. Atravessou o quintal.

Foi até o galpão e passou a mão na pá.

Rashid não percebeu que ela tinha voltado. Ainda estava em cima do corpo de Laila, de olhos arregalados e enlouquecidos, as mãos apertando aquele pescoço. O rosto da moça já estava ficando azulado e seus olhos se reviraram. Mariam viu que ela já não lutava. "Ele vai matá-la", pensou. "Vai mesmo." E não podia, não ia deixar que isso acontecesse. Rashid já tinha lhe tirado tantas coisas durante aqueles 27 anos de casamento... Não ia ficar ali parada, vendo ele lhe roubar Laila também.

Então, firmou bem os pés no chão e segurou o cabo da pá com toda força. Ergueu a ferramenta. Chamou-o pelo nome. Queria que ele visse o que ia acontecer.

— Rashid!

Ele ergueu a cabeça.

Mariam o golpeou.

A pá o atingiu na têmpora. Com a pancada, ele soltou o pescoço de Laila.

Levou as mãos à cabeça. Olhou para o sangue em seus dedos, e, depois, para Mariam. Ela teve a impressão de que aquele rosto havia se abrandado. Imaginou que algo tinha se passado entre ambos, que, talvez, aquele golpe tivesse literalmente aberto a cabeça de Rashid para fazê-lo compreender as coisas. "Talvez ele também tenha visto algo em seu rosto", pensou Mariam, "algo que o fez balançar". Quem sabe não viu ali um pouco de todo o desprendimento, de todos os sacrifícios, do tremendo esforço que ela teve de fazer para conviver com ele por tantos anos, conviver com seu constante desprezo e sua violência, com as suas críticas a tudo o que ela fizesse e a sua crueldade... Será que era respeito o que estava vendo nos olhos dele? Seria arrependimento?

Mas, quando Rashid arreganhou o lábio superior, numa careta de desdém, Mariam compreendeu como era inútil, talvez até irresponsável não ir até o fim. Se deixasse Rashid se safar, quanto tempo levaria para ele passar a mão na chave e ir buscar o revólver lá no quarto onde Zalmai estava trancado? Se tivesse certeza de que ele se contentaria em atirar só nela, de que havia a possibilidade de Laila ser poupada, talvez largasse a pá imediatamente. Mas o que via nos olhos de Rashid era a morte das duas.

Ergueu então a ferramenta o mais alto que pôde, tanto que ela chegou a esbarrar em suas costas. Virou-a, para que a ponta ficasse na vertical e, ao fazer isso, percebeu que, pela primeira vez, era *ela* quem estava decidindo o rumo da própria vida.

E, pensando nisso, desfechou o golpe. Desta feita, deu tudo de si.

46

Laila

LAILA PODIA VER AQUELE ROSTO ALI, bem pertinho, só dentes, cheiro de tabaco e olhos esbugalhados. Tinha também uma vaga noção da presença de Mariam, um vulto além desse rosto, com as mãos pendendo ao lado do corpo. Acima deles, o teto. E foi esse teto que chamou a sua atenção, com as marcas escuras de mofo se espalhando como tinta derramada num vestido, a rachadura no gesso, que mais parecia um sorriso impassível ou um muxoxo de aborrecimento, dependendo de que lado da sala se estivesse olhando. Lembrou de todas as vezes em que tinha amarrado um pano na ponta de uma vassoura para tirar as teias de aranha daquele teto. Das três vezes em que ela e Mariam passaram uma mão de tinta branca ali. Agora, a rachadura tinha deixado de ser um sorriso: era uma careta debochada. E estava recuando. O teto se afastava, se erguia, ia ficando cada vez mais longe e se encaminhando para algum lugar distante, sombrio e enevoado. Foi subindo até ficar do tamanho de um selo, branco e brilhante, enquanto todo o resto mergulhou na mais cerrada escuridão. E, no escuro, o rosto de Rashid era como uma mancha solar.

Agora, via pequenos focos de uma luz ofuscante, como estrelas prateadas que explodissem diante de seus olhos. Naquela luz, estranhas formas geométricas, vermes, coisas ovaladas, todas elas se movendo para cima e para baixo, para um lado e para o outro, misturando-se umas às outras, separando-se, transformando-se em algo diferente, e, finalmente, desaparecendo, sumindo na escuridão.

Vozes abafadas, distantes.

Por trás de suas pálpebras, os rostos de seus filhos apareciam e se extinguiam. Aziza, esperta e contida, consciente, cheia de segredos. Zalmai erguendo os olhos para o pai, tremendo de ansiedade.

Então, era assim que tudo ia acabar. Que fim lamentável...

Mas, de repente, a escuridão começou a se dissipar. Laila teve a sensação de estar se erguendo, de estar sendo içada. Lentamente, o teto foi voltando ao seu lugar, crescendo e, agora, ela podia distinguir novamente aquela rachadura que reassumiu a aparência de um sorriso inexpressivo.

Alguém a estava sacudindo.

— Está tudo bem? Responda, você está bem?

O rosto de Mariam, cheio de arranhões e de preocupação, estava ali, debruçado sobre ela.

Laila tentou respirar. Sentiu a garganta arder. Tentou outra vez. A garganta ardeu ainda mais, e não só a garganta, mas o peito também. Começou a tossir. Seu peito chiava. Engasgou. Mas estava conseguindo respirar. O seu ouvido bom zumbia.

A primeira coisa que viu, quando se sentou, foi Rashid. Ele estava deitado de barriga para cima, olhando para o nada, com os olhos fixos e a boca entreaberta. De seus lábios, saía uma espuma levemente rosada, que lhe escorria pelo rosto. A parte da frente de sua calça estava molhada. Viu sua testa.

E, então, viu a pá.

Um gemido brotou de sua garganta.

— Ah! — disse ela, trêmula, mal conseguindo emitir algum som. — Ah, Mariam...

Ficou andando de um lado para o outro, gemendo, batendo as mãos, enquanto Mariam ficava ali sentada, ao lado de Rashid, com as mãos pousadas no colo, calma, imóvel. E calada. Por um bom tempo, não disse absolutamente nada.

Laila sentia a boca seca. Mal podia articular as palavras de tanto que tremia. Esforçava-se para não olhar para Rashid, para o ricto de sua boca, os olhos abertos, o sangue coagulando na curva de seu pescoço.

Lá fora, a claridade diminuía, as sombras se avultavam. Sob essa luz, o rosto de Mariam parecia magro e abatido, mas, aparentemente, ela não estava agitada ou assustada, apenas preocupada, pensativa, tão absorta em seus pensamentos que nem reparou quando uma mosca pousou em seu queixo. Ficou simplesmente sentada ali, mordendo o lábio inferior, como sempre fazia quando estava refletindo.

— Sente-se, Laila *jo* — disse ela, enfim.

E Laila obedeceu.

— Temos que tirá-lo daqui. Zalmai não pode ver isso.

Antes de embrulharem o corpo de Rashid num lençol, Mariam apanhou a chave que estava no seu bolso. Laila o pegou pelas pernas, segurando por trás dos joelhos, e Mariam o agarrou por baixo dos braços. Tentaram erguê-lo do chão, mas ele era muito pesado e acabaram tendo que arrastá-lo. Quando estavam saindo para o quintal, o pé dele ficou preso na soleira da porta e a perna se dobrou. As duas precisaram recuar e tentar novamente. Ouviram um barulho no andar de cima e as pernas de Laila fraquejaram. Ela soltou o corpo de Rashid, atirou-se no chão, chorando e tremendo. Mariam parou então ao seu lado, com as mãos na cintura, dizendo-lhe que devia se recompor, pois o que estava feito estava feito.

Depois de algum tempo, Laila se levantou, enxugou o rosto e as duas conseguiram levar Rashid para o quintal sem mais incidentes. Carregaram-no para o galpão. Puseram o corpo atrás da bancada, onde havia uma serra, alguns pregos, um formão, um martelo e um bloco cilíndrico de madeira que Rashid pretendia transformar num brinquedo qualquer para Zalmai. Só que nunca achava tempo para isso.

Voltaram então para dentro de casa. Mariam lavou as mãos, passou-as pelo cabelo, respirou fundo e disse:

— Agora, deixe-me cuidar de seus machucados. Você está toda cortada, Laila *jo*.

Mariam disse que precisava daquela noite para pensar no que fazer. Precisava se concentrar para bolar um plano.

— Tem de haver um jeito — disse ela —, só preciso descobrir qual é.

— Temos de ir embora! Não podemos ficar aqui! — exclamou Laila, com a voz embargada. De repente, imaginou o som que a pá deve ter feito ao atingir a cabeça de Rashid, e seu corpo se curvou para frente. Uma onda de bile lhe subiu pelo peito.

Mariam esperou pacientemente até que Laila melhorasse. Então, mandou a moça se deitar ali, no seu colo, e, passando a mão por seus cabelos, disse-lhe que não havia com que se preocupar, que tudo ia dar certo. Disse que iriam embora, ela própria, Laila, as crianças e Tariq também. Que deixariam aquela casa e aquela cidade impiedosa. Sempre acariciando os cabelos de Laila, Mariam disse que, juntos, deixariam aquele país desesperançado e iriam para algum lugar distante e seguro, onde ninguém conseguiria encontrá-los, onde poderiam renegar o passado e encontrar abrigo.

— Algum lugar em que haja árvores — acrescentou ela. — Isso mesmo. Muitas árvores.

Viveriam numa casinha nos arredores de uma cidade inteiramente desconhecida ou de uma aldeia bem remota, no final de uma estrada estreita e sem calçamento, mas bordejada de todo tipo de plantas e de arbustos. Quem sabe até com uma trilha por onde pudessem passear, uma trilha que levasse a uma campina onde as crianças brincariam, ou uma estradinha de cascalho que fosse dar num lago azul de águas claras, com trutas nadando e juncos por todo lado. Criariam carneiros e galinhas. Juntas, fariam pão e ensinariam as crianças a ler. Começariam uma vida nova, levariam uma vida tranquila, solitária, e, então, o peso de tudo aquilo por que tinham passado desapareceria, e eles encontrariam a felicidade e a prosperidade simples que mereciam.

Laila murmurava, incentivando-a. Seria uma vida de abundância, com dificuldades, é claro, mas um tipo de dificuldade gratificante, de que poderiam se orgulhar, que poderiam valorizar, como se fosse uma herança de família. A voz branda e maternal de Mariam prosseguiu falando, trazendo-lhe algum conforto. "Tem de haver um jeito", era o que tinha dito. Pela manhã, Mariam lhe diria então o que fazer e fariam isso juntas.

Quem sabe amanhã, a essa hora, já não estariam a caminho da nova vida, daquela vida repleta de possibilidades, de alegrias e de dificuldades que seriam acolhidas com satisfação... Que bom que Mariam estava lúcida e sóbria, em condições de pensar pelas duas. Pois a sua própria cabeça era um verdadeiro caos, de confusão e nervosismo.

— Agora, é melhor você ir ver o seu filho — disse Mariam, levantando-se. E, em seu rosto, havia a expressão mais sofrida que Laila tinha visto num ser humano.

Foi encontrar Zalmai no escuro, todo encolhido no lado da cama em que Rashid dormia. Deitou-se, então, a seu lado e puxou as cobertas.

— Está dormindo?

— Não posso. *Baba jan* ainda não veio rezar as preces do *Babalu* comigo — respondeu o menino, sem se virar.

— Talvez ele não venha fazer isso hoje.

— Mas você não pode rezar como ele.

— Vamos tentar? — propôs Laila, apertando aquele ombro miúdo e dando um beijo na nuca do filho.

— Onde está *baba jan*?

— Foi embora — respondeu Laila, mais uma vez com um nó na garganta.

E pronto. Ali estava ela, dita pela primeira vez, aquela mentira enorme, abominável. E, na maior aflição, Laila se perguntou quantas vezes mais teria de repeti-la? Quantas vezes mais enganaria Zalmai? Viu o filho correndo, todo feliz, para receber o pai que chegava do trabalho. Viu Rashid pegando o menino pelos braços e fazendo-o girar, girar até as suas perninhas esticadas voarem bem alto. Viu os dois rindo quando Zalmai saía dali inteiramente zonzo, como se estivesse bêbado. Lembrou da bagunça que faziam, de suas risadas escandalosas, dos olhares secretos que trocavam.

E Laila foi tomada por uma onda de vergonha e de tristeza pelo filho.

— Onde é que ele foi?

— Não sei, amor.

Quando ia voltar? Ia trazer algum presente quando voltasse para casa?

Fez então as orações com Zalmai, dizendo *Bismallah-e-rahman-e-rahim* 21 vezes, uma para cada articulação de sete dedos. Viu o menino juntar as mãos em concha diante do próprio rosto, soprá-las, tocar a testa com o dorso de ambas as mãos e, fazendo um gesto como quem afasta algo, sussurrar:

— Vá embora, *Babalu*, não chegue perto de Zalmai. Ele não quer saber de você. Vá embora, *Babalu*.

Depois, para terminar, os dois disseram "*Allah-u-akbar*" três vezes.

Mais tarde, bem mais tarde, naquela mesma noite, Laila se assustou ouvindo uma voz perguntar bem baixinho:

— *Baba jan* foi embora por minha causa? Por causa daquilo que eu disse sobre você e o homem lá embaixo?

Inclinou-se então sobre o filho deitado, pronta para tranquilizá-lo, para lhe dizer "Não tem nada a ver com você, Zalmai. Nada disso é culpa sua", mas ele estava dormindo, com o peitinho subindo e descendo num movimento ritmado.

Quando foi se deitar, Laila estava com a cabeça atordoada, confusa, incapaz de raciocinar. Ao acordar, porém, ouvindo o chamado do muezim para as preces da manhã, boa parte daquele embotamento tinha desaparecido.

Sentou-se na cama e, por um instante, ficou olhando para o filho que dormia com o punho cerrado junto ao queixo. Imaginou Mariam se esgueirando para dentro do quarto, no meio da noite, enquanto ela e Zalmai estavam dormindo, fitando os dois ali, e fazendo mil planos.

Levantou-se, então, e teve dificuldades em se manter de pé. O corpo todo lhe doía. O pescoço, os ombros, as costas, os braços, as coxas estavam machucados, cortados pela fivela do cinto de Rashid. Com uma careta de dor, saiu do quarto bem de mansinho.

No quarto ao lado, a luz tinha uma tonalidade escura, mais que cinzenta, o tipo de claridade que Laila sempre associou a galos cantando e orvalho pingando das folhas. Mariam estava sentada num canto, de frente para a janela, num tapete de orações. Laila foi se agachando lentamente e se sentou diante dela.

— Você deveria ir ver Aziza hoje de manhã — disse Mariam.

— Sei o que você está pretendendo...

— Não vá a pé. Pegue o ônibus. Ali, você se mistura a muita gente. Já os táxis são suspeitos demais. Certamente será parada por estar sozinha.

— Aquilo que você prometeu ontem à noite...

Laila não conseguiu concluir. As árvores, o lago, a aldeia sem nome. Agora percebia que tinha sido puro fingimento. Uma mentira amorosa, para abrandar o sofrimento. Como alguém acalentando uma criança aflita.

— Eu estava falando sério — disse Mariam. — É o que *você* pode ter, Laila *jo*.

— Não quero ter nada disso sem você — retrucou a moça, com voz rouca.

Mariam esboçou um sorriso cansado.

— Quero que as coisas sejam exatamente como você disse, Mariam, todos nós, juntos, você, eu e as crianças. Tariq tem uma casinha no Paquistão. Podemos nos esconder lá por algum tempo, até tudo se acalmar...

— Impossível — disse Mariam, com toda paciência, como uma mãe falando com um filho que está errado, embora tenha boas intenções.

— Vamos cuidar uma da outra — prosseguiu Laila, tropeçando nas palavras e com os olhos cheios de lágrimas. — Como você mesma disse. Eu vou cuidar de *você*, para variar.

— Ah, Laila *jo*...

E a moça continuou insistindo. Tentou negociar. Fez promessas. Cuidaria da limpeza, disse, e também da cozinha.

— Você não vai precisar fazer nada. Nunca mais. Vai descansar, dormir, cultivar um jardim. Tudo o que quiser, Mariam. Peça o que quiser que eu consigo para você. Não faça isso, Mariam. Não me deixe. Não parta o coração de Aziza.

— Eles cortam a mão de quem roubar pão — disse Mariam. — O que acha que farão quando descobrirem um marido morto e duas esposas foragidas?

— Ninguém vai ficar sabendo — sussurrou Laila. — Nunca vão nos encontrar.

— Vão, sim. Mais cedo ou mais tarde. Eles são verdadeiros cães de caça — retrucou Mariam. E sua voz soava mansa, cautelosa, fazendo os argumentos de Laila parecerem irreais, enganosos, tolos.

— Por favor, Mariam...

— E, quando nos encontrarem, você será considerada tão culpada quanto eu. Tariq também. Não quero que os dois vivam se escondendo, como fugitivos. O que vai ser de seus filhos se você for apanhada?

Laila sentia os olhos enevoados, ardendo.

— Quem vai cuidar deles? Os talibãs? Pense como mãe, Laila *jo*. Pense como mãe. É o que estou fazendo.

— Não consigo.

— Mas tem de conseguir.

— Não é justo — gemeu Laila.

— Mas *tem* de ser assim. Venha cá. Venha se deitar aqui.

Laila se arrastou para perto dela e, mais uma vez, deitou a cabeça no colo de Mariam. Lembrou de todas as tardes que passaram juntas, fazendo tranças uma na outra, Mariam ouvindo pacientemente suas ideias aleatórias e as histórias banais que ela contava, sempre com um ar de gratidão, como se estivesse sendo digna de um privilégio dos mais cobiçados.

— É justo, *sim* — disse Mariam. — Matei nosso marido. Privei seu filho do pai. Não é certo eu fugir. Não *posso* fazer isso. Mesmo que eles não nos apanhem, eu nunca... — Seus lábios tremeram. — Eu nunca vou poder fugir da dor de seu filho. Como vou olhar para ele? Como vou conseguir olhar para ele, Laila *jo*?

Mariam ficou brincando com uma mecha do cabelo da moça, desfazendo um cacho teimoso.

— Para mim, tudo termina aqui. Não há mais nada que eu queira. Tudo o que sempre desejei, em criança, você já me deu. Você e seus filhos me fizeram tão feliz... Está tudo bem, Laila *jo*. É assim que tem de ser. Não fique triste.

Laila não conseguia encontrar nenhum argumento sensato para responder ao que Mariam tinha lhe dito. Mesmo assim, não desistiu e continuou dizendo coisas incoerentes, infantis, sobre árvores frutíferas esperando para serem plantadas e galinhas a serem cuidadas. Seguiu falando de casinhas em aldeias sem nome, passeios a lagos repletos de trutas. E, no fim, quando as palavras secaram, as lágrimas continuaram a lhe brotar dos olhos. Tudo o que podia fazer, então, era se render e soluçar como uma criança impotente diante da lógica impecável de um adulto. Tudo o que conseguiu fazer foi se virar e, pela última vez, enterrar o rosto no calor daquele colo tão acolhedor.

Horas depois, Mariam preparou um lanchinho para Zalmai, com pão e figos secos. Também embrulhou uns figos para Aziza, e uns poucos biscoitos em forma de bichinhos. Pôs tudo num saco de papel e entregou a Laila.

— Diga a Aziza que mandei um beijo — pediu ela. — Diga que ela é a *noor* dos meus olhos e o sultão do meu coração. Faz isso por mim?

Laila fez que sim com a cabeça, e contraiu os lábios.

— Pegue o ônibus, como eu lhe disse, e fique de cabeça baixa.

— Quando vou poder vê-la, Mariam? Quero ver você antes de depor. Vou contar a eles como aconteceu. Vou dizer que não foi culpa sua. Que teve de fazer isso. Eles vão entender, não vão, Mariam? Eles vão entender.

Mariam a fitou com brandura.

Abaixou-se para falar com Zalmai. O menino estava de camiseta vermelha, uma calça cáqui surrada e umas velhas botas de caubói que Rashid tinha comprado para ele em Mandaii. Com ambas as mãos, segurava a bola nova. Mariam lhe deu um beijo no rosto.

— Seja um bom menino, e seja forte — disse ela. — Trate bem a sua mãe. — Pegou o rostinho do menino. Ele recuou, mas ela continuou segurando. — Sinto muito, Zalmai *jo*. Lamento muitíssimo a sua dor e a sua tristeza, pode acreditar.

Laila deu a mão ao filho e lá se foram os dois, descendo a rua. Antes de dobrarem a esquina, Laila olhou para trás e viu Mariam parada no portão. Ela estava com um lenço branco na cabeça, um casaco azul-escuro abotoado na frente e calças brancas de algodão. Uma mecha grisalha lhe caía na testa. Raios de sol batiam no seu rosto e nos seus ombros. Mariam acenou, carinhosa.

Dobraram a esquina e Laila nunca mais voltou a vê-la.

47

Mariam

Parecia até que estava de volta à *kolba* depois de todos aqueles anos.

A prisão feminina de Walayat é um prédio quadrado e pardacento, localizado em Shar-e-Nau, perto da rua das Galinhas. Fica no centro de um complexo maior que abriga os internos de sexo masculino. Uma porta trancada com um cadeado separava Mariam e as outras mulheres dos homens que as cercavam. Ela contou cinco celas em uso. Eram aposentos sem móveis, com as paredes sujas e descascando, e minúsculas janelas que davam para o pátio. Essas janelas tinham grades, embora as portas das celas ficassem abertas e as mulheres pudessem andar livremente, indo ao pátio e voltando quando bem entendessem. Mas não havia vidraças. Tampouco havia cortinas, o que significava que os guardas talibãs que circulavam pelo pátio tinham uma visão completa do interior das celas. Algumas das mulheres reclamavam, dizendo que os guardas fumavam ali fora e ficavam espiando pela janela, com aqueles olhos brilhando e aqueles sorrisos de lobo, e contando piadinhas indecentes a respeito das prisioneiras. Por isso, a maioria das mulheres passava o dia inteiro de *burqa*, tirando-as apenas depois que o sol se punha, depois que o portão principal era trancado e os guardas voltavam para seus postos.

À noite, a cela que Mariam dividia com cinco mulheres e quatro crianças ficava às escuras. Quando não estava faltando luz, elas içavam Naghma, uma menina baixinha, de peito franzino e cabelo preto bem crespo, até o teto. Havia um fio que estava desencapado em certo ponto. Naghma enrolava então esse fio na base da lâmpada para alimentar o circuito.

Os banheiros eram minúsculos, com o chão de cimento rachado. Havia ali um buraco pequeno e retangular, e, lá no fundo, uma pilha de fezes, com moscas zumbindo ao seu redor.

No centro da construção, havia um pátio aberto, retangular, e, bem no meio dele, um poço. Como esse poço não tinha sistema de drenagem, muitas vezes o pátio parecia um charco e a água tinha gosto de podre. Varais, repletos de meias e fraldas lavadas à mão, se entrecruzavam de lado a lado desse pátio. Era ali que os prisioneiros recebiam visitas, era ali que preparavam o arroz que seus familiares traziam — a prisão não fornecia comida. Mas era também o lugar onde as crianças brincavam. Mariam ficou sabendo que muitas daquelas crianças tinham nascido em Walayat e jamais tinham visto o mundo além daqueles muros. Via-os correr atrás dos outros, via os seus pés descalços chafurdarem na lama. Elas passavam o dia inteiro correndo por ali, inventando brincadeiras, sem parecer notar o fedor de fezes e de urina que impregnava Walayat e seus próprios corpos, sem ligar para os guardas talibãs, até que um deles lhes batesse.

Mariam não recebia visitas. Foi a primeira e única coisa que pediu às autoridades talibãs. Não queria visitas.

Nenhuma das companheiras de cela de Mariam estava cumprindo pena por crime violento. Todas estavam ali acusadas de um mesmo delito comum: fugir de casa. Ela acabou adquirindo, então, alguma notoriedade, tornando-se uma espécie de celebridade ali dentro. As mulheres a olhavam com um ar reverente, quase temeroso. Ofereciam-lhe suas cobertas. Competiam entre si para dividir sua comida com ela.

A mais ávida de todas era Naghma, que vira e mexe a segurava pelo braço e andava atrás de Mariam onde quer que ela fosse. Naghma era aquele tipo de pessoa que se diverte contando desgraças, tanto as suas próprias quanto as alheias. Disse que seu pai a tinha prometido em casamento a um alfaiate cerca de trinta anos mais velho que ela.

— Ele fede como um *goh* e tem menos dentes na boca do que dedos nas mãos — disse a moça.

Ela tinha então tentado fugir para Gardez com um rapaz por quem estava apaixonada e que era filho do mulá local. No entanto, mal conseguiram chegar a Cabul. Quando foram apanhados e levados de volta para casa, o filho do mulá foi chicoteado até declarar que estava arrependido e que Naghma o tinha seduzido com seus encantos femininos.

Ela o enfeitiçou, foi o que disse o rapaz. Prometeu que ia retomar seus estudos do Corão com a máxima dedicação e acabou sendo libertado. Já Naghma foi condenada a cinco anos de prisão.

Segundo a moça, até que era bom para ela estar na prisão. Seu pai tinha jurado que, no dia em que a libertassem, cortaria sua garganta com uma faca.

Ao ouvir essa história, Mariam se lembrou do brilho discreto das estrelas frias e das nuvens finas e rosadas que pairavam sobre as montanhas Safid-koh naquela manhã tão distante em que Nana tinha lhe dito: "Assim como uma bússola precisa apontar para o norte, assim também o dedo acusador de um homem sempre encontra uma mulher à sua frente. Sempre. Nunca se esqueça disso, Mariam."

O julgamento de Mariam tinha ocorrido na semana anterior. Não houve defesa, inquirição de testemunhas, exame de provas, ou possibilidade de apelação. Mariam declinou do direito de testemunhar. Ao todo, a sessão durou menos de 15 minutos.

O juiz do meio, um *talib* de aparência frágil, era o principal. Era um sujeito extremamente magro, de pele curtida e amarela, e uma barba ruiva toda encaracolada. Usava uns óculos que faziam os seus olhos parecerem enormes, evidenciando ainda mais o amarelado da esclera. Seu pescoço parecia fino demais para sustentar a cabeça com aquele turbante enrolado de forma tão intrincada.

— A senhora admite isso, *hamshira*? — perguntou ele, com voz cansada.

— Admito — respondeu Mariam.

O homem assentiu. Ou talvez não. Era difícil dizer, pois suas mãos e sua cabeça tremiam tanto... Mariam lembrou até do tremor do mulá Faizullah. Quando queria tomar um gole de chá, não pegava a xícara: fazia um gesto na direção do sujeito de ombros largos que estava ao seu lado e este levava a xícara aos seus lábios com um ar respeitoso. Depois, o *talib* fechava os olhos com brandura, num gesto calado e elegante de gratidão.

Mariam percebeu nele uma qualidade que desarmava qualquer um. Quando falava, era sempre com um toque de astúcia e de ternura. O seu sorriso era paciente. Ele não a fitava com desprezo. Ao lhe dirigir a palavra, não demonstrava má vontade, nem parecia acusá-la; pelo contrário, havia em sua voz um tom que soava quase como um pedido de desculpas.

— A senhora tem plena noção do que está declarando? — indagou o *talib* de rosto ossudo que estava à direita do juiz. Não aquele que lhe dava chá. Era o mais jovem dos três. Falava depressa, com uma confiança enfática, arrogante. Ficou irritado ao ver que Mariam não falava *pashto*. Dirigia-se a ela como um daqueles rapazes valentões, que gostam de alardear autoridade, que se sentem ofendidos por qualquer bobagem, que acham que podem julgar os outros por direito de nascença.

— Tenho — respondeu ela.

— É espantoso — observou o jovem *talib*. — Deus nos fez diferentes, vocês mulheres e nós homens. Nossos cérebros são diferentes. A senhora não é capaz de pensar como nós, como já foi provado pelos médicos ocidentais e sua ciência. É por isso que só exigimos uma testemunha de sexo masculino, mas duas de sexo feminino.

— Admito que fiz o que fiz, irmão — disse Mariam. — Mas, se não tivesse feito, ela teria morrido. Ele a estava estrangulando.

— É o que a senhora diz. Mas as mulheres juram qualquer coisa, e fazem isso o tempo todo.

— É a verdade.

— Há alguma testemunha? Além, é claro, da segunda esposa de seu marido, sua *ambagh*?

— Não — respondeu Mariam.

— Bom, então... — disse ele, abrindo as mãos, num gesto de impotência, e dando um risinho.

Quem falou a seguir foi o *talib* de ar doentio.

— Tenho um médico em Peshawar — disse ele. — Um jovem paquistanês, muito gentil. Fui vê-lo um mês atrás e, novamente, na semana passada. Pedi-lhe, então: diga-me a verdade, amigo, e ele respondeu, três meses, mulá *sahib*, no máximo seis... Deus é quem sabe, claro.

Fez um aceno discreto de cabeça para o homem de ombros largos à sua esquerda e tomou mais um gole do chá que o outro lhe deu. Enxugou a boca com o dorso da mão trêmula.

— Não tenho medo de deixar esta vida que meu único filho já deixou há cinco anos — prosseguiu ele. — Esta vida que insiste em nos fazer suportar sofrimentos e mais sofrimentos, mesmo quando já não aguentamos mais. Não, creio que vou me despedir dela alegremente quando chegar a hora.

"O que me assusta, *hamshira*, é que Deus possa me convocar à Sua presença e perguntar: 'Por que não fez o que mandei, mulá? Por que não obedeceu às minhas leis?' Como vou poder me justificar perante Ele, *hamshira*? Como poderei me defender de não ter cumprido as Suas determinações? Tudo o que posso fazer, tudo o que qualquer um de nós pode fazer, durante o tempo de que dispomos, é agir de acordo com as leis que Ele estabeleceu para nós. Quanto mais perto me vejo do fim, *hamshira*; quanto mais perto me vejo do dia em que deverei prestar contas de meus atos, maior é a minha determinação no sentido de pôr em prática as Suas palavras. Por mais que isso possa me custar."

Remexeu-se na almofada e fez uma careta.

— Acredito que seu marido fosse um homem de temperamento difícil, como a senhora diz — prosseguiu ele, fitando-a com um olhar a um só tempo severo e compassivo, por detrás das lentes dos óculos. — Nem por isso deixo de me sentir extremamente perturbado pela brutalidade de seu ato, *hamshira*. O que a senhora fez me aflige, como também me aflige saber que o filhinho dele chorava no andar de cima enquanto a senhora cometia esse crime.

"Estou cansado, estou morrendo, e quero ser misericordioso. Quero perdoá-la. Mas, quando Deus me chamar à Sua presença e me disser: 'Não lhe cabia perdoar, mulá', o que poderei Lhe dizer?"

Seus companheiros assentiram, fitando-o com admiração.

— Algo me diz que a senhora não é uma mulher má, *hamshira*. Mas fez uma coisa má. E deve pagar pelo que fez. A *Shari'a* é bem precisa quanto a isto. E diz que devo mandá-la para onde eu mesmo estarei indo em breve. Está me entendendo, *hamshira*?

De olhos baixos, fitando as próprias mãos, Mariam disse que sim.

— Que Allah possa perdoá-la.

Antes que viessem levá-la dali, entregaram-lhe um documento e mandaram que o assinasse, abaixo de suas próprias declarações e da sentença do mulá. Diante do olhar dos três talibãs, Mariam escreveu o *meem*, o *reh*, o *yah*, mais um *meem*, lembrando-se da última vez em que tinha posto seu nome num documento, 27 anos atrás, naquela mesa da casa de Jalil, sob o olhar atento de um outro mulá.

Mariam ficou presa por dez dias. Sentava-se junto à janela, vendo a vida da prisão que transcorria naquele pátio. Quando começaram os ventos do verão, viu pedaços de papel saírem voando, num frenético turbilhão, precipitando-se bem além dos muros do presídio. Ficou olhando os ventos que revolviam a areia, fazendo-a circular em violentas espirais que seguiam pelo pátio como verdadeiras chicotadas pelo ar. Todos, tanto os guardas, quanto as crianças e os prisioneiros, inclusive Mariam, protegiam o rosto com o braço, mas não conseguiam evitar aquele açoite. A areia penetrava pelos ouvidos e pelas narinas, grudava nos cílios e nas dobras da pele, se esgueirava até pelo espaço entre os dentes. E os ventos só se abrandavam ao anoitecer. Quando havia uma brisa noturna, ela vinha tão tímida que parecia até se desculpar pelos excessos que seus irmãos haviam cometido.

No último dia de Mariam em Walayat, Naghma lhe deu uma tangerina. Pôs a fruta em sua mão e fechou os seus dedos, obrigando-a a segurá-la. Então, começou a chorar.

— Você é a melhor amiga que já tive na vida — disse a menina.

Mariam passou o resto do dia perto da janela gradeada, olhando os prisioneiros lá embaixo. Alguém estava fazendo comida e uma baforada de ar quente cheirando a cominho chegou até ela. Viu crianças brincando de cabra-cega. Duas garotinhas estavam cantando, e Mariam se lembrou de sua infância. Lembrou de Jalil cantando a mesma cantiga para ela, quando estavam sentados numa pedra, pescando no riacho:

Bem no meio do caminho
Tinha um tanque de passarinho.
Com muita sede,
Dona carpa foi se chegando,
Mas escorregou na borda do tanque
E acabou afundando.

Naquela noite, teve sonhos disparatados. Sonhou com pedrinhas, 11 ao todo, dispostas em fileiras verticais. Jalil, jovem outra vez, com seu sorriso atraente, seu queixo furado, suas manchas de suor e o paletó pendurado no ombro, vindo finalmente levar a filha para um passeio no Buick Roadmaster preto e lustroso. O mulá Faizullah desfiando as contas de seu rosário, passeando a seu lado à beira do riacho, as sombras de ambos refletidas na água e no mato das margens salpicadas de íris de um azul-arroxeado que, em seu sonho, tinham cheiro de cravo. Sonhou com Nana parada na porta da *kolba*; ouviu sua voz sumida, distante, que a chamava para jantar, enquanto ela brincava na grama fresca e emaranhada por onde as formigas caminhavam, os besouros rodopiavam, os gafanhotos saltavam em meio às mais diversas tonalidades de verde. Ouviu o rangido de um carrinho de mão passando por uma estrada de terra. O tilintar das sinetas no pescoço das vacas. Os balidos das ovelhas nas colinas.

A caminho do estádio Ghazi, Mariam ia sacolejando no fundo de uma picape que desviava de buracos e levantava pedrinhas ao passar. Seu cóccix doía com aqueles solavancos. Havia um jovem talibã armado sentado à sua frente e olhando para ela.

Mariam se perguntava se seria ele, aquele rapaz de aparência amistosa, de olhos fundos e brilhantes e um rosto ligeiramente anguloso, que ia tamborilando na lateral da picape com o indicador de unha preta.

— Está com fome, mãe? — perguntou ele.

Mariam fez que não com a cabeça.

— Tenho um biscoito aqui. É gostoso. Pode comê-lo se estiver com fome. Não me importo.

— Não. *Tashakor*, irmão.

Ele assentiu e a fitou com olhos bondosos.

— Está com medo, mãe?

Ela sentiu um nó na garganta. Com voz trêmula, disse a verdade:

— Estou. Com muito medo.

— Tenho uma foto do meu pai — disse o rapaz. — Não me lembro dele. Tudo o que sei é que ele consertava bicicletas. Mas não me lembro do jeito dele, sabe, do seu andar, do seu riso ou do som de sua voz. — Desviou os olhos, e, depois, voltou a fitá-la. — Minha mãe dizia que nunca tinha visto ninguém mais corajoso. Era um verdadeiro leão, segundo ela. Mas disse também que ele chorou feito criança no dia em que os comunistas vieram buscá-lo. Estou lhe contando isso para a senhora ver que é normal ter medo. Não precisa se envergonhar, mãe.

Pela primeira vez, naquele dia, Mariam chorou um pouquinho.

Milhares de olhos a fitavam. Nas arquibancadas lotadas, os pescoços se espichavam tentando ver melhor. Línguas estalavam. Um murmúrio percorreu todo o estádio quando ajudaram Mariam a descer da picape. Ela imaginou as cabeças abanando quando o alto-falante anunciou o seu crime. Mas não ergueu os olhos para ver se as pessoas abanavam a cabeça em sinal de desaprovação ou de piedade, censurando-a ou com pena dela. Tratou de não ver nada disso.

Mais cedo, pela manhã, teve medo de fazer papel de boba, implorando e chorando diante de toda aquela gente. Teve medo de começar a gritar, de vomitar ou até de fazer xixi nas calças; de ser traída, nos últimos instantes, pelo instinto animal ou pelo próprio corpo. Quando mandaram que descesse da picape, porém, suas pernas não travaram, seus braços não se debateram, ninguém precisou arrastá-la dali. E, quando efetivamente se sentiu fraquejar, lembrou de Zalmai. Zalmai, que ela tinha privado da pessoa que ele mais amava; Zalmai, cuja vida era agora marcada pela tristeza causada pelo desaparecimento do pai. Então, os seus passos se firmaram e ela pôde caminhar sem problemas.

Um homem armado se aproximou e mandou que ela se dirigisse até o gol que ficava do lado sul. Mariam podia sentir a multidão se enrijecendo por antecipação. Não olhou para cima. Manteve os olhos pregados no chão, vendo sua própria sombra e a sombra de seu carrasco que vinha logo atrás.

Apesar de alguns momentos de beleza, Mariam bem sabia que, de um modo geral, a vida tinha sido cruel para com ela. Mesmo assim, enquanto ia andando, percorrendo os últimos vinte passos de seu caminho, não pôde se impedir de querer continuar vivendo. Adoraria rever Laila, ouvir o som de seu riso, sentar com ela novamente para tomar uma tigela de *chai* e comer sobras de *halwa* sob um céu estrelado. Era triste saber que não veria Aziza crescer, que não chegaria a conhecer a linda moça que ela viria a ser um dia, que não pintaria as suas mãos com hena nem atiraria *noqul*, os confeitos de amêndoas, no dia de seu casamento. Nunca brincaria com os filhos de Aziza. Como gostaria de poder fazer isso, de envelhecer e brincar com os filhos de Aziza!

Quando chegaram junto das traves, o homem que vinha às suas costas mandou que parasse. Mariam obedeceu. Pela tela furadinha da *burqa*, viu a sombra dos braços dele erguendo a sombra de um Kalashnikov.

Mariam desejou muitas coisas nesses momentos finais. Assim que fechou os olhos, porém, as tristezas se foram e tudo o que sentiu foi uma imensa paz se abater sobre ela. Pensou em sua chegada a este mundo, a filha *harami* de uma aldeã humilde, algo que não foi desejado, que não passou de um lamentável acidente. Uma erva daninha. E, no entanto, estava deixando este mundo como uma mulher que tinha amado e sido amada. Deixava esta vida como amiga, companheira, protetora. Como mãe. Finalmente, alguém importante. Não. "Não", pensou Mariam, "não era tão ruim assim morrer desse jeito". Não era mesmo. Era um fim legítimo para uma vida que começou de forma ilegítima.

Seus últimos pensamentos foram umas poucas palavras do Corão que ela murmurou bem baixinho:

"Criou os céus e a Terra pela verdade, inserindo a noite no dia e o dia na noite; e submeteu o Sol e a Lua que deslizam para um termo predeterminado. Não é Ele o Poderoso, o Perdoador?"

— De joelhos — disse o *talib*.

"Ó Senhor nosso, cremos! Perdoa-nos, pois, e tem piedade de nós, porque Tu és o melhor dos misericordiosos!"

— Ajoelhe-se aqui, *hamshira*. E olhe para baixo.

Pela última vez, Mariam fez o que lhe mandaram fazer.

PARTE IV

48

TARIQ VINHA TENDO DORES DE CABEÇA.

Certas noites, Laila acordava e o via sentado na beira da cama, balançando o corpo, cobrindo a cabeça com a camiseta. Aquelas dores tinham começado em Nasir Bagh, e piorado na prisão. Às vezes, chegava a vomitar, ou mesmo a ficar cego de um olho. Ele dizia que era como se um facão de açougueiro entrasse por uma de suas têmporas e fosse se remexendo bem dentro de seu cérebro e saindo pelo outro lado.

— Chego até a sentir o gosto do metal, quando as dores começam.

Por vezes, Laila umedecia uns panos para botá-los na testa de Tariq, e isso ajudava um pouco. Os comprimidos brancos e redondos que o médico de Sayid tinha lhe dado também ajudavam. Algumas noites, porém, tudo o que o rapaz podia fazer era segurar a cabeça com as mãos e gemer, com os olhos injetados, o nariz pingando. Durante essas crises mais fortes, Laila se sentava junto dele, massageava a sua nuca, segurava as suas mãos, sentindo o frio do metal daquela aliança roçando em sua pele.

Os dois se casaram no dia em que chegaram a Murree. Sayid pareceu aliviado quando Tariq lhe deu a notícia. Não gostaria de discutir com o rapaz um assunto tão delicado, mas sentia-se incomodado com a presença daqueles dois em seu hotel, morando juntos sem serem casados. Aliás, ele não era absolutamente o sujeito de rosto corado e olhinhos miúdos que Laila tinha imaginado. Tinha um bigode grisalho cujas pontas ele enrolava formando uma voltinha e uma basta cabeleira também grisalha penteada toda para trás. Era um homem de fala mansa, educado, comedido nas palavras e delicado nas atitudes.

Foi ele quem chamou um amigo e um mulá para a celebração do *nikka*. Depois, chamou Tariq à parte e lhe deu algum dinheiro. O rapaz não queria aceitar, mas Sayid insistiu, e, com isso, pôde ir a uma loja da aldeia comprar duas alianças fininhas, bem simples. Os dois se casaram naquela mesma noite, depois que as crianças tinham ido dormir.

Pelo espelho, sob o véu verde com que o mulá cobriu a cabeça de ambos, os seus olhos se encontraram. Não houve lágrimas, nem sorrisos, nem juras de amor eterno sussurradas bem baixinho. Em silêncio, Laila fitou aqueles dois rostos refletidos no espelho, aqueles rostos envelhecidos para a idade que tinham, aquelas bolsas, aquelas rugas que agora marcavam a sua pele que antes era tão lisa, tão jovem. Tariq abriu a boca para falar, mas, nesse exato momento, alguém retirou o véu e ela não entendeu o que ele estava começando a dizer.

Naquela noite, deitaram-se na cama como marido e mulher, com as crianças ressonando em seus colchões. Laila pensou na facilidade com que preenchiam o espaço entre eles com palavras quando eram mais moços; lembrou de como falavam desordenadamente, sempre se atropelando um ao outro, cutucando-se mutuamente para enfatizar alguma coisa que dissessem, sempre prontos para rir à toa, sempre loucos para se divertir. Tinha acontecido tanta coisa desde então, tanta coisa que precisava ser dita... Mas, naquela primeira noite, a enormidade de tudo aquilo a deixava sem palavras. Bastava-lhe estar ali, ao lado dele. Bastava saber que ele estava ali, sentir o calor daquele corpo junto ao seu, estar deitada ao seu lado, sentir a cabeça dele roçando a sua, a mão direita dele segurando a sua esquerda.

Quando acordou com sede, no meio da noite, viu que ainda estavam de mãos dadas, que suas mãos se seguravam com força, daquele jeito aflito com que as crianças agarram a corda de um balão.

Laila gostava daquelas manhãs frias e enevoadas de Murree, de seus fantásticos crepúsculos, do brilho sombrio de suas noites. Gostava também do verde dos pinheiros, do marrom-claro dos esquilos subindo e descendo na disparada pelo tronco vigoroso das árvores. E gostava das súbitas pancadas de chuva que obrigavam as pessoas a se abrigar nas lojas. Gostava das lojinhas de suvenires e dos inúmeros hotéis onde se hospedavam turistas, mesmo que os moradores do lugar reclamassem das construções, da constante expansão de infra estrutura que, segundo diziam, estava destruindo as belezas naturais da região. Só achava estranho as pessoas criticarem a *construção* de prédios. Em Cabul, isso seria motivo de comemoração...

Gostava de fato de terem um banheiro, não uma latrina do lado de fora da casa, mas um banheiro de verdade, com descarga na privada, chuveiro e até uma pia com duas torneiras de onde saía água fria ou quente graças a um simples movimento de sua mão. Gostava de acordar de manhã com o balido de Alyona, e gostava de Adiba, a cozinheira rabugenta, mas inofensiva, que fazia maravilhas na cozinha.

Às vezes, ficava olhando para Tariq, vendo-o dormir, enquanto seus filhos resmungavam e se remexiam durante o sono, e uma onda de gratidão se detinha em sua garganta, deixando os seus olhos cheios de água.

De manhã, acompanhava Tariq de quarto em quarto, com as chaves tilintando numa argola que ele levava presa à cintura e um frasco de limpa-vidros pendurado nas alças do cós da calça jeans. Laila levava um balde repleto de pedaços de pano, desinfetante, uma escova para esfregar as privadas e cera em spray para as cômodas. Aziza vinha junto com eles, trazendo um esfregão numa das mãos e, na outra, a velha boneca de pano que Mariam fez para ela. E Zalmai os seguia com alguma relutância, emburrado, andando sempre alguns passos mais atrás.

Laila passava o aspirador pelos quartos, fazia as camas, espanava tudo. Tariq lavava a pia e a banheira, esfregava as latrinas e passava um pano no piso de linóleo. Punha toalhas limpas nas prateleiras, frascos de xampu em miniatura e sabonetes de amêndoas. Aziza disse que ficaria encarregada de passar o limpa-vidros nas janelas e secá-las com um pano. E a boneca ficava sempre por perto.

Poucos dias depois do *nikka*, Laila conversou com Aziza sobre Tariq.

Achava estranho, quase perturbador o que havia entre aqueles dois. A menina já terminava as frases que ele começava, e vice-versa. Pegava alguma coisa antes mesmo que ele a pedisse. À mesa, durante o jantar, trocavam sorrisos cúmplices, como se não fossem estranhos, mas companheiros que se reencontravam depois de uma longa separação.

Aziza baixou os olhos, pensativa, e ficou fitando as próprias mãos enquanto a mãe falava com ela.

— Gosto dele — disse a menina, depois de um momento de silêncio.

— Ele ama *você*.

— Ele disse isso?

— Nem precisa dizer, Aziza.

— Conte o resto, *mammy*. Quero saber de tudo.

Foi o que Laila fez.

— Seu pai é um bom homem. O melhor que já conheci.

— E quando ele for embora? — perguntou Aziza.

— Ele não vai embora. Olhe para mim, Aziza. Seu pai nunca vai fazê-la sofrer. Nunca vai embora.

O alívio que viu no rosto da filha lhe partiu o coração.

Tariq comprou um cavalinho de balanço para Zalmai, e construiu uma carrocinha para o menino. Com um companheiro de prisão, tinha aprendido a fazer bichinhos de papel. Dobrando e recortando, transformou inúmeras folhas em leões e cangurus, cavalos e pássaros de plumagem colorida para Zalmai. O menino, porém, desprezava todas essas tentativas sem a menor cerimônia, chegando até a ser malcriado.

— Você é um burro! — gritou ele certa feita. — Não quero esses brinquedos que você faz!

— Zalmai! — exclamou Laila.

— Não tem problema — disse Tariq. — Pode deixar, Laila. Não tem problema.

— Você não é meu *baba jan*! Meu *baba jan* de verdade foi viajar e, quando voltar, vai lhe dar uma surra! E você não vai poder fugir, porque ele tem duas pernas e você só tem uma!

À noite, Laila abraçava Zalmai junto ao peito e recitava com ele as preces do *Babalu*. Sempre que o menino perguntava pelo pai, repetia a mesma mentira, dizendo que seu *baba jan* tinha ido embora e que não sabia quando ele ia voltar. Detestava fazer isso, tinha raiva de si mesma por mentir assim para uma criança.

Laila sabia que essa mentira vergonhosa ainda seria repetida inúmeras vezes. Porque Zalmai estava sempre perguntando: quando pulava de um balanço, quando acordava depois de dormir à tarde. Mesmo depois, quando já tivesse idade para amarrar os próprios sapatos, ir à escola sozinho, a mesma mentira continuaria a ser contada.

A certa altura, as perguntas vão parar. Aos poucos, Zalmai vai deixar de se perguntar por que o pai o abandonou. Vai deixar de vê-lo nos sinais de trânsito, de identificá-lo em qualquer homem meio encurvado andando pela rua ou sentado na varanda de uma casa de chá. Até que, um belo dia, quando estiver caminhando às margens de algum rio sinuoso, ou fitando um campo deserto recoberto de neve, Zalmai vai perceber que o sumiço de seu pai já não é mais uma ferida aberta. Que isso se tornou algo inteiramente diferente, algo mais brando, que não machuca. Como uma espécie de lenda. Alguma coisa a ser reverenciada e não explicada.

Laila está feliz em Murree. Mas não é uma felicidade fácil. Ela tem seu preço.

Em seus dias de folga, Tariq leva Laila e as crianças à rua principal da aldeia com suas lojas vendendo as mais diversas bugigangas e onde fica uma igreja anglicana construída em meados do século XIX. De algum vendedor ambulante, compra *chapli kebabs* bem temperados para todos. Os quatro passeiam por entre a multidão de moradores do local, europeus com seus telefones celulares e câmeras digitais e punjabis que vêm para Murree tentando fugir do calor das planícies.

Às vezes, pegam um ônibus até um mirante nas colinas, chamado Kashmir Point. De lá, Tariq lhes mostra o vale do rio Jhelum, as encostas recobertas de pinheiros e os bosques viçosos onde, segundo diz, ainda se podem ver macacos pulando de galho em galho. Vão também a Nathia Gali, com os seus bosques de bordos, a uns trinta quilômetros de Murree, e lá, Tariq e Laila passeiam de mãos dadas pela rua sombreada de árvores que leva à Casa do Governador. Param para ver o velho cemitério britânico ou pegam um táxi até o cume de uma das montanhas de onde se tem uma linda vista do vale verdejante e cercado pela neblina.

Durante esses passeios, quando passam diante de alguma loja, Laila os vê refletidos nas vitrines. Marido, mulher, filha, filho. Sabe que, para os estranhos, parecem uma família bem comum, sem segredos, sem mentiras, sem arrependimentos.

Aziza tem pesadelos e acorda aos gritos. Laila se deita então ao seu lado, enxuga o rosto da filha com a manga da blusa, tenta acalmá-la para que volte a dormir.

Ela própria também sonha. Nesses sonhos, se vê de volta à casa de Cabul, andando pelo corredor, subindo a escada. Está só, mas, por detrás das portas fechadas, ouve o chiado ritmado de um ferro de passar, o ruído de lençóis sendo estendidos e, depois, dobrados. Às vezes, ouve a voz aguda de uma mulher cantarolando uma velha canção *herati*. Mas, quando abre a porta, o quarto está vazio. Não há ninguém lá dentro.

Esses sonhos a deixam abaladíssima. Acorda banhada de suor, com os olhos ardendo por causa das lágrimas. É devastador. Cada vez que acontece é devastador.

49

Um domingo, naquele mês de setembro, Laila tentava fazer Zalmai dormir um pouco, pois o menino estava resfriado. De repente, Tariq irrompe pela porta do bangalô em que moravam.

— Já ouviu a notícia? — perguntou, um tanto ofegante. — Mataram ele. Ahmad Shah Massoud está morto.

— O quê?

Parado ali, no vão da porta, Tariq lhe conta o que sabe.

— Dizem que ele deu uma entrevista a dois jornalistas que se diziam belgas vindos do Marrocos. Enquanto estavam conversando, explodiu uma bomba que estava escondida na câmera de vídeo. Massoud e um dos jornalistas morreram. O outro foi baleado quando tentava fugir. Estão dizendo que esses jornalistas eram provavelmente gente da Al-Qaeda.

Laila lembrou do pôster de Ahmad Shah Massoud que sua mãe tinha pendurado na parede do quarto. Massoud ligeiramente inclinado para frente, uma sobrancelha erguida, a expressão de concentração no rosto, como se estivesse ouvindo alguém com todo respeito. Lembrou também de como sua mãe tinha ficado agradecida ao saber que Massoud havia feito uma prece no enterro de seus irmãos, como contava isso a todo mundo. Mesmo depois que estourou a guerra entre a facção de Massoud e as demais, *mammy* se recusava a fazer qualquer acusação contra ele. "Massoud é um homem bom", dizia ela. "Quer a paz. Quer reconstruir o Afeganistão. Mas não deixam. Simplesmente não deixam." Para sua mãe, mesmo no fim, mesmo quando deu tudo errado e Cabul ficou reduzida a ruínas, Massoud continuava a ser o Leão de Panjshir.

Laila não era tão benevolente. A morte violenta de Massoud não a deixava alegre, mas não esquecia os bairros inteiros arrasados bem diante dos olhos dele, os cadáveres retirados dos escombros, as mãos e pés de crianças encontrados nos telhados ou no alto de alguma árvore dias depois de seus corpos terem sido enterrados. Lembrava nitidamente do rosto de sua própria mãe minutos antes da explosão do míssil e também, por mais que tentasse esquecer essa cena, do torso sem cabeça de seu pai caindo ali no chão, com as extremidades da ponte pintada em sua camiseta aparecendo em meio à nevoa e ao sangue.

— Vai haver um funeral — dizia Tariq. — Tenho certeza. Provavelmente em Rawalpindi. E deve ter uma verdadeira multidão por lá.

Zalmai, que já estava quase dormindo, tinha se sentado na cama e esfregava os olhos com os punhos cerrados.

Dois dias depois, quando estavam limpando um dos quartos do hotel, ouviram um alvoroço. Tariq largou o escovão e saiu correndo. Laila foi atrás dele.

O barulho vinha do saguão do hotel. Havia uma espécie de sala de visitas à direita do balcão da recepção, com várias cadeiras e dois sofás estofados de camurça bege. Num canto, defronte dos sofás, ficava uma televisão, e Sayid, o porteiro e inúmeros hóspedes estavam parados diante do aparelho.

Laila e Tariq foram até lá.

A TV estava ligada na BBC. Na tela, via-se um prédio, uma torre, com fumaça negra saindo dos andares mais altos. Tariq perguntou algo e, mal Sayid começou a responder, surgiu um avião num dos cantos da tela. Este segundo avião se chocou com a torre ao lado, explodindo como uma bola de fogo muito maior que qualquer outra que Laila já tinha visto na vida. Todos na sala soltaram exclamações de espanto.

Em menos de duas horas, ambas as torres tinham desmoronado.

Logo depois, todos os canais começaram a falar do Afeganistão, dos talibãs, de Osama bin Laden.

— Ouviu o que os talibãs disseram? — perguntou Tariq. — Sobre Bin Laden?

Aziza estava sentada na cama, defronte dele, observando o tabuleiro. Tariq estava lhe ensinando a jogar xadrez. A menina tinha agora a testa franzida e dava umas batidinhas no lábio inferior, imitando os gestos do pai quando refletia sobre o próximo movimento que deveria fazer.

Zalmai tinha melhorado um pouco do resfriado. Estava dormindo naquele momento e Laila passava Vick em seu peito.

— Ouvi, sim — disse ela.

O Talibã tinha declarado que não entregaria Bin Laden, pois ele era um *mehman*, um hóspede que tinha conseguido abrigo no Afeganistão e o código de ética *pashtunwali* não permitia que se traísse um hóspede. Tariq deu um risinho amargo e, por esse riso, Laila percebeu a revolta do marido ao ver essa distorção de um nobre costume dos *pashtuns*, essa deturpação dos hábitos do seu povo.

Poucos dias depois daqueles ataques, Laila e Tariq estavam novamente no saguão do hotel. Na tela da TV, George W. Bush estava falando. Às suas costas, uma grande bandeira dos Estados Unidos. A certa altura, a voz do presidente tremeu e Laila achou que ele fosse chorar.

Sayid, que falava inglês, disse a ambos que Bush acabava de declarar guerra.

— Contra quem? — indagou Tariq.

— Contra o país de vocês, para começar...

— Talvez não seja tão ruim assim... — observou Tariq.

Tinham acabado de fazer amor. Ele estava deitado ao seu lado, com a cabeça no seu peito e o braço passado por sua barriga. As primeiras vezes que tentaram foram bem difíceis. Tariq só fazia se desculpar e Laila procurava tranquilizá-lo. As dificuldades continuavam, mas, agora, não eram físicas e sim de logística. O casebre que dividiam com as crianças era pequeno. Aziza e o irmão dormiam em caminhas de armar, logo ali ao lado, não lhes dando, portanto, nenhuma privacidade. Quase sempre, Laila e Tariq fazem amor em silêncio, com paixão calada e contida, inteiramente vestidos por debaixo das cobertas, temendo serem interrompidos pelas crianças. Estão sempre atentos ao menor ruído de um lençol, ao menor rangido de molas. Para Laila, porém, o simples fato de estar com Tariq compensava todas essas apreensões. Quando faziam amor, ela se sentia segura, protegida. Suas aflições, o medo de que essa vida fosse apenas uma felicidade temporária, de que, em breve, algo fosse se estilhaçar novamente e ir por água abaixo, desapareciam. Seus temores de uma separação deixavam de existir.

— O que quer dizer com isso? — indagou ela.

— O que está acontecendo lá no Afeganistão. Talvez acabe não sendo tão ruim assim.

As bombas tinham voltado a cair sobre o país. Desta feita, lançadas pelos Estados Unidos. Todos os dias, Laila via imagens da guerra na TV, quando estava trocando os lençóis ou passando o aspirador. Mais uma vez, os Estados Unidos tinham armado os senhores da guerra e convocado o auxílio da Aliança do Norte para expulsar os talibãs e encontrar Bin Laden.

Mas Laila ficou aborrecida ao ouvir Tariq dizer aquilo. Com um gesto brusco, tirou a cabeça dele de seu peito.

— Como assim? Gente morrer? Mulheres, crianças, velhos? Lares destruídos novamente? Como isso pode não ser tão ruim?

— Shhh. Você vai acordar as crianças.

— Como pode dizer uma coisa dessas, Tariq? — esbravejou ela. — Depois do tal "engano" em Karam? Uma centena de inocentes mortos! Você viu os corpos com seus próprios olhos!

— Mas não é isso — retrucou Tariq, erguendo o tronco e apoiando-se no cotovelo para fitá-la. — Você não entendeu. O que eu queria dizer era...

— Você não sabe de nada — disse Laila. Percebia que estava começando a erguer a voz, que os dois estavam tendo a primeira briga depois de casados. — Você foi embora assim que os *mujahedins* começaram a lutar entre si, lembra? Fui eu que fiquei lá. Eu. *Conheço* a guerra. Perdi meus pais na guerra. Meus *pais*, Tariq. E, agora, você vem me dizer que uma guerra não é tão ruim assim?

— Desculpe, Laila. Desculpe — disse ele, pegando o rosto da mulher com ambas as mãos. — Tem razão. Sinto muito. Me desculpe. O que eu estava querendo dizer era que talvez haja alguma esperança no fim desta guerra. Quem sabe, pela primeira vez depois de tanto tempo...

— Não quero mais falar sobre isso — atalhou Laila, espantada com sua própria reação. Sabia que não era justo o que tinha dito a ele. Afinal, a guerra não lhe roubou os pais também? E toda aquela indignação já estava começando a se abrandar. Tariq continuava falando baixinho e, quando ele a puxou para junto de si, Laila deixou. Quando ele beijou a sua mão e, depois, a sua testa, ela deixou. Sabia que ele bem podia ter razão. Sabia o que ele estava querendo dizer. Talvez aquilo *fosse* necessário. Talvez *houvesse* esperanças depois que cessassem os bombardeios de Bush. Mas não conseguia sequer formular essas frases, não quando o que aconteceu a seus pais estava acontecendo a alguém mais no Afeganistão, não quando uma menina ou um menino inteiramente desavisados chegavam de volta em casa para descobrir que um míssil os tinha deixado órfãos, como aconteceu com ela. Simplesmente não conseguia. Era difícil se animar. Parecia uma atitude hipócrita, perversa.

Naquela noite, Zalmai acordou tossindo. Antes que Laila pudesse se mexer, Tariq já estava sentado na cama. Prendeu a prótese, foi até a caminha de Zalmai e o pegou no colo. De sua cama, Laila via o vulto do marido se movendo para frente e para trás no escuro. Via o contorno da cabeça de Zalmai em seu ombro, a mãozinha do menino em seu pescoço, o seu pezinho balançando na altura da cintura de Tariq.

Quando ele voltou para a cama, nenhum dos dois disse nada. Laila estendeu a mão. O rosto de Tariq estava molhado.

50

Para Laila, esses tempos em Murree têm sido uma vida de conforto e tranquilidade. O trabalho não é exaustivo, e, nos dias de folga, levam as crianças para andar no teleférico do morro Patriata, ou a Pindi Point de onde, quando o tempo está bom, se pode ver até Islamabad e o centro de Rawalpindi. Lá no alto, estendem uma toalha na grama, comem sanduíches de bolo de carne com pepino e tomam *ginger ale* gelada.

A seu ver, é uma vida boa, e deve agradecer por isso. Na verdade, é exatamente a vida que sonhava nos piores dias de seu casamento com Rashid. E Laila se lembra disso diariamente.

Até que, numa noite quente do mês de julho de 2002, Tariq e ela estavam deitados, conversando em voz baixa sobre todas as mudanças que vinham ocorrendo no Afeganistão. Eram tantas... As forças da coalizão tinham expulsado os talibãs de todas as principais cidades, empurrando-os em direção à fronteira com o Paquistão e às montanhas ao sul e a leste do país. A ISAF, uma força internacional de segurança, foi mandada para Cabul. E o país tinha, agora, um presidente interino, Hamid Karzai.

Laila decidiu que tinha chegado a hora de contar a Tariq.

Um ano atrás, teria dado um braço para ir embora de Cabul, e faria isso de muito bom grado. Nos últimos meses, porém, vinha sentindo saudade da cidade de sua infância. Sentia falta do movimento do Shor Bazaar, dos Jardins de Babur, do pregão dos carregadores de água com seus sacos de pele de cabra. Tinha saudade dos mascates que vendiam roupas na rua das Galinhas e dos ambulantes vendendo melão em Karteh-Parwan.

Mas não era só por isso que vinha pensando tanto em Cabul nos últimos tempos. Laila andava atormentada pela inquietação. Ouviu dizer que estavam construindo escolas em Cabul, que as ruas estavam sendo pavimentadas novamente, que as mulheres tinham recomeçado a trabalhar e a vida que levava em Murree, por mais agradável que fosse, por mais agradecida que estivesse, lhe parecia agora... insuficiente. Sem sentido. Pior que isso, um desperdício. Ultimamente, não raro ouvia a voz de *babi* lhe dizendo: "Você vai poder ser o que quiser, Laila. Sei disso. E também sei que, quando esta guerra terminar, o Afeganistão vai precisar de você..."

Ouvia também a voz de sua mãe, lembrava da resposta que ela deu ao marido quando ele sugeriu que a família deixasse o Afeganistão. "Quero ver o sonho dos meus filhos se tornar realidade... Quero estar aqui quando isso acontecer, quando o Afeganistão voltar a ser livre, pois, assim, os meninos vão ver isso também. Vão ver essas cenas através dos meus olhos." Agora, uma parte de Laila quer voltar a Cabul, por seus pais, para que eles possam ver isso através dos *seus* olhos.

Mas há ainda uma coisa, a mais irresistível de todas: Mariam. "Foi para isso que ela morreu?", pergunta-se a moça. Será que ela se sacrificou para Laila ser camareira num país estrangeiro? Talvez, para Mariam, nada disso tivesse a menor importância, contanto que ela e as crianças estivessem a salvo e felizes. Mas era importante para Laila. De repente, talvez fosse a coisa mais importante no mundo.

— Quero voltar — disse ela.

Tariq se sentou na cama e olhou para a mulher.

Mais uma vez, Laila ficou impressionada com a beleza dele, a curva perfeita da testa, os músculos esguios dos braços, os olhos sonhadores, inteligentes. Mesmo agora, um ano depois, ainda existem momentos como esse, momentos em que Laila não consegue acreditar que eles se reencontraram, que Tariq está mesmo ali, com ela, e é seu marido.

— Voltar? Para Cabul? — perguntou ele.

— Só se você quiser — respondeu ela.

— Não está gostando daqui? Parece feliz. E as crianças também.

Laila se levantou. Tariq se ajeitou na cama, abrindo espaço para ela sentar ao seu lado.

— E *estou* feliz — disse a moça. — Claro que estou. Mas... para onde vamos depois, Tariq? Por quanto tempo vamos ficar? Aqui não é a nossa casa. Cabul é que é, e tem muita coisa acontecendo por lá, muita coisa boa. Quero participar de tudo isso. Quero *fazer* algo. Quero dar minha contribuição, entende?

Tariq fez que sim com a cabeça, bem devagar.

— Então, é isso que você quer? Tem certeza?

— É, sim. Tenho certeza. Mas não é só isso. Sinto que *preciso* voltar. Ficar aqui já não me parece mais certo.

Tariq ficou fitando as próprias mãos, e, depois, voltou a erguer os olhos para ela.

— Mas *só* vou se você também quiser ir — disse Laila.

Tariq sorriu. Sua testa se desanuviou e, por um breve instante, quem estava ali era o Tariq de antigamente, que não tinha dores de cabeça, que, um dia, disse que, na Sibéria, as melecas viravam gelo antes de cair no chão. Talvez fosse apenas sua imaginação, mas Laila achava que essas manifestações do velho Tariq tinham se tornado mais frequentes nos últimos tempos.

— Eu? — exclamou ele. — Com você, vou até o fim do mundo, Laila.

Ela o puxou para si e o beijou. Achava que nunca o tinha amado tanto quanto naquele instante.

— Obrigada — disse ela, recostando a cabeça na dele.

— Vamos voltar para casa.

— Mas, antes, quero ir a Herat — acrescentou ela.

— A Herat?

Então, a moça lhe explicou por quê.

Laila precisou tranquilizar os filhos, cada um a seu modo. Sentou-se para conversar com uma Aziza ansiosa, que continuava tendo pesadelos, que, na semana anterior, chegou a chorar de tão assustada que ficou quando alguém deu uns tiros para o alto num casamento celebrado na vizinhança. Teve de explicar à menina que, quando chegassem a Cabul, os talibãs não estariam mais lá, que não haveria mais combates e que ela não voltaria para o orfanato.

— Vamos morar todos juntos. Seu pai, Zalmai, eu e você, Aziza. Nunca mais vou me separar de você. Nunca. Juro. — E acrescentou, sorrindo: — A não ser quando *você* resolver fazer isso, é claro. Quando se apaixonar por um rapaz e quiser se casar com ele.

No dia em que deixaram Murree, Zalmai estava inconsolável. Passou os braços pelo pescoço de Alyona e não queria soltar o animal de jeito nenhum.

— Ele não quer largar, *mammy* — disse Aziza.

— Não podemos levar uma cabra no ônibus, Zalmai — disse Laila, mais uma vez.

Só quando Tariq se ajoelhou ao seu lado, prometendo que lhe compraria uma cabra igualzinha a Alyona quando estivessem em Cabul, Zalmai soltou o animal, mas não sem alguma relutância.

Também houve lágrimas quando se despediram de Sayid. Para lhes trazer boa sorte, o homem segurou o Corão diante da porta e Tariq, Laila e as crianças o beijaram três vezes. Depois, Sayid ergueu bem alto o livro sagrado para que os quatro passassem por baixo dele. Ajudou Tariq a pôr a bagagem no porta-malas de seu carro, levou a família até a rodoviária e ficou parado na calçada, acenando, enquanto o ônibus dava a partida e ia embora.

Pelo vidro traseiro do veículo, Laila viu Sayid ir desaparecendo, e, então, a voz da dúvida começou a sussurrar em sua cabeça. Será que era tolice deixar para trás a segurança de Murree? Voltar para a terra onde morreram seus pais e seus irmãos, onde a fumaça dos bombardeios ainda não tinha assentado de vez?

Mas, lá do fundo de suas lembranças, surgiram dois versos de um poema, a ode de despedida de seu pai a Cabul:

Não se podem contar as luas que brilham em seus telhados,
Nem os mil sóis esplêndidos que se escondem por trás de seus muros.

Laila se ajeitou na poltrona, piscando os olhos marejados. Cabul estava à sua espera. Precisava dela. Essa viagem de volta era a atitude certa a tomar.

Antes, porém, havia mais uma despedida.

Todas aquelas guerras tinham destruído as estradas ligando Cabul, Herat e Kandahar. Atualmente, a melhor maneira de se chegar a Herat era por Mashad, no Irã. Laila e sua família só ficaram por lá uma noite. Dormiram num hotel e, na manhã seguinte, embarcaram em outro ônibus.

Mashad é uma cidade movimentada, populosa. Pela janela, Laila viu desfilarem parques, mesquitas e restaurantes *chelo kebab*. Quando o ônibus passou pelo santuário do imame Reza, o oitavo imame dos xiitas, a moça espichou o pescoço para ver melhor os azulejos reluzentes, os minaretes, a magnífica cúpula dourada, tudo maravilhosamente preservado. Lembrou das estátuas dos Budas em seu próprio país. Agora, elas não passam de pó que o vento espalha pelo vale de Bamiyan.

A viagem até a fronteira entre o Irã e o Afeganistão leva quase dez horas. À medida que vão se aproximando de sua terra, a paisagem vai ficando mais desolada, o solo, mais árido. Pouco antes de cruzarem a fronteira, passam por um campo de refugiados afegãos. Para Laila, é apenas um borrão de poeira amarelada, tendas pretas e estruturas precárias feitas de folhas de zinco. Estende então o braço e pega a mão de Tariq.

Em Herat, quase todas as ruas são pavimentadas e bordejadas de pinheiros que exalam sua fragrância agradável. Há parques públicos e bibliotecas em obras, jardins bem-cuidados, prédios recém-pintados. Os sinais de trânsito estão funcionando e, para a grande surpresa de Laila, não falta luz. Tinha ouvido dizer que o senhor da guerra local, Ismail Khan, com seu estilo feudal, tinha contribuído para a reconstrução da cidade graças às consideráveis taxas alfandegárias que recolhe na fronteira entre o Irã e o Afeganistão, dinheiro que Cabul alega pertencer não a ele, mas ao governo central. Há um misto de reverência e de medo no tom do motorista de táxi que os leva ao hotel Muwaffaq, quando este menciona o nome de Ismail Khan.

As duas diárias naquele hotel lhes custaram quase um quinto de suas economias, mas a viagem tinha sido longa e cansativa, e as crianças estavam exaustas. O funcionário idoso da recepção disse a Tariq, dando-lhe as chaves do quarto, que o Muwaffaq é muito frequentado por jornalistas e gente que trabalha para organizações não governamentais.

— Bin Laden dormiu aqui uma vez — disse ele, se vangloriando.

O quarto tinha duas camas e um banheiro com água fria. Na parede, entre as camas, um quadro do poeta Khaja Abdullah Ansary. Pela janela, Laila viu a rua movimentada, lá embaixo, e, do outro lado, um parque com aleias de tijolos em tons pastel entre arbustos repletos de flores. As crianças, que tinham se habituado à televisão, ficaram desapontadas por não haver uma no quarto. Logo, logo, porém, pegaram no sono. Tariq e Laila também não tardaram a adormecer. Laila dormiu a sono solto nos braços de Tariq, a não ser por um breve instante em que acordou durante a noite. Sabia que tinha sonhado, mas não conseguiu se lembrar do sonho.

Na manhã seguinte, depois de tomarem um chá, comerem pão fresco com geleia de marmelo e ovos cozidos, Tariq foi chamar um táxi para ela.

— Tem certeza de que não quer que eu vá com você? — perguntou. Aziza estava de mão dada com ele. Zalmai não, mas estava bem pertinho, com um dos ombros apoiados em seu quadril.

— Tenho, sim.

— Mas fico preocupado.

— Vai dar tudo certo — disse Laila. — Pode confiar em mim. Leve as crianças ao mercado e compre alguma coisa para elas.

O táxi se afastou e Zalmai começou a chorar. Quando Laila se virou, viu o filho estendendo os braços para Tariq. É evidente que o menino está começando a aceitá-lo. Laila fica tranquila com isso, mas também com o coração apertado.

— A senhora não é daqui — disse o taxista.

O homem tinha um cabelo escuro, que lhe batia nos ombros — o que, como Laila acabou descobrindo, era uma espécie de revanche, depois que os talibãs se foram — e uma cicatriz que lhe atravessava o bigode do lado esquerdo. No para-brisa, perto dele, havia uma foto pregada com fita adesiva. Era uma menina de rosto corado e cabelo repartido no meio, penteado em duas tranças.

Laila lhe disse que tinha passado um ano no Paquistão, e estava voltando para Cabul.

— Para Deh-Mazang.

Lá fora, viu latoeiros soldando alças metálicas em jarras, seleiros estendendo pedaços de couro cru para secar ao sol.

— O senhor mora aqui há muito tempo, irmão? — perguntou ela.

— A vida toda. Nasci aqui. Vi tudo acontecer. A senhora se lembra do levante?

Embora a resposta de Laila tenha sido afirmativa, ele prosseguiu.

— Foi em março de 1979, uns nove meses antes da invasão soviética. Alguns *heratis* enfurecidos mataram uns conselheiros soviéticos e, então, eles mandaram seus tanques e seus helicópteros e abriram fogo contra a cidade. E nos bombardearam durante três dias, *hamshireh*. Derrubaram prédios, destruíram um dos minaretes, mataram milhares de pessoas. *Milhares*. Perdi duas irmãs nesses três dias. Uma delas tinha 12 anos. É essa aqui — acrescentou ele, batendo com a mão na foto presa ao para-brisa.

— Sinto muito — disse Laila, impressionada por ver que a história de cada afegão é marcada por mortes, perdas e dor. E, mesmo assim, percebe que as pessoas dão um jeito de sobreviver, de seguir em frente. Pensa em sua própria vida e em tudo o que lhe aconteceu, e se surpreende ao se dar conta de que também sobreviveu, que está viva, sentada nesse táxi, ouvindo a história desse homem.

Gul Daman é uma aldeia com umas poucas casas erguendo-se em meio a *kolbas* feitas de barro e palha. Nos quintais desses casebres, Laila vê mulheres queimadas de sol que cozinham, suando por causa do vapor quente que sai de panelas enegrecidas sobre fogareiros improvisados. Vê mulas comendo em cochos. Crianças que corriam atrás de galinhas e começam a correr atrás do táxi. Homens empurrando carrinhos de mão repletos de pedras. Todos param para ver o carro passar. Depois de uma curva, o táxi passa defronte de um cemitério e, bem no meio dele, Laila vê um mausoléu castigado pelo tempo. O homem lhe diz que quem está enterrado ali é um sufi da aldeia.

Há também um moinho. À sombra de suas pás já inúteis e enferrujadas, três menininhos agachados brincam na lama. O motorista para e mete a cabeça pela janela. O menino que parece mais velho responde à sua pergunta, apontando para uma casa que fica mais acima, na mesma rua. O taxista agradece e o carro segue adiante.

Estaciona defronte de uma casa térrea. Por detrás do muro, Laila vê a parte superior de umas figueiras com alguns galhos que se esparramam de ambos os lados.

— Não demoro — diz ela ao motorista.

O homem de meia-idade que veio abrir a porta é baixo, magro, de cabelo avermelhado e uma barba entremeada de fios grisalhos. Está usando um *chapan* por cima do *pirhan-tumban*.

Os dois se cumprimentam, dizendo *salaam alaykum*.

— Esta é a casa do mulá Faizullah? — perguntou Laila.

— É, sim. Sou o filho dele, Hamza. Em que posso ajudá-la, *hamshireh*?

— Vim até aqui por causa de uma velha amiga de seu pai, Mariam.

— Mariam... — disse ele, piscando os olhos com uma expressão um tanto desconcertada.

— A filha de Jalil Khan.

O homem volta a piscar os olhos. De repente, leva uma das mãos ao rosto que se ilumina com um sorriso revelando dentes estragados e algumas falhas.

— Ah! — exclama ele, e sua exclamação se alonga num *Ahhhhhh* que mais parece uma exalação. — Ah, Mariam! Você é filha dela? Ela está... — prossegue Hamza, virando a cabeça para um lado e para o outro, ansioso, procurando. — Ela está aqui? Já faz tanto tempo! Mariam está aqui?

— Infelizmente, ela faleceu.

O sorriso desapareceu do rosto de Hamza.

Por um instante, ficaram os dois parados ali. Ele fitava o chão. Em algum lugar, um burro zurrou.

— Entre — disse ele, enfim, abrindo a porta. — Entre, por favor.

Sentaram-se no chão de uma sala com pouquíssimos móveis. Havia um tapete de Herat cobrindo o assoalho, almofadas bordadas e, numa moldura, uma foto de Meca pendurada na parede. Instalaram-se perto da janela aberta, um de cada lado da figura oblonga que o sol traçava no chão. Laila podia ouvir vozes femininas sussurrando em algum outro cômodo da casa. Um menino descalço pôs à sua frente uma bandeja com chá verde e *gaaz*, o nugá de pistache.

— É meu filho — disse Hamza, indicando o menino com um gesto de cabeça.

E o garoto saiu da sala sem dizer nada.

— Conte-me o que aconteceu — pediu ele, com um ar cansado.

E Laila obedeceu. Contou tudo. Levou mais tempo do que supunha. Quando já estava chegando ao fim de seu relato, precisou lutar para manter a compostura. Mesmo agora, um ano depois, ainda era muito difícil falar de Mariam.

Terminou e Hamza ficou um bom tempo calado, fazendo a xícara girar no pires para um lado e para o outro.

— Meu pai, que Deus o tenha, gostava tanto dela... — disse ele, enfim. — Foi ele que cantou o *azan* em seu ouvido quando ela nasceu. Ia visitá-la toda semana, sem falta. Às vezes, eu ia junto com ele. Era seu professor, mas também um amigo. Meu pai era um homem muito bom. Foi um grande golpe para ele quando Jalil decidiu casá-la daquele jeito.

— Lamento por seu pai. Que Deus tenha piedade dele.

Hamza agradeceu com um aceno de cabeça.

— Ele morreu bem velhinho. Na verdade, viveu mais que Jalil Khan. Está enterrado no cemitério da aldeia, não muito longe da sepultura da mãe de Mariam. Meu pai era um homem muito, muito querido. Com certeza, tem seu lugar garantido no Paraíso.

Laila pousou a xícara no pires.

— Posso lhe pedir uma coisa?

— Claro.

— O senhor pode me levar até lá? — indagou ela. — Onde Mariam morava. Pode me levar até lá?

O taxista concordou em esperar mais um pouco.

Hamza e Laila deixaram a aldeia e tomaram a estrada que liga Herat a Gul Daman. Cerca de 15 minutos depois, ele apontou para uma trilha estreita em meio ao capim alto que cobria ambos os lados da estrada.

— É por aqui — disse Hamza. — Há um caminho mais adiante.

Era uma estradinha irregular, sinuosa e sombria, encoberta pela vegetação e com muito mato. Com o vento, o capim ia roçando nas pernas da moça enquanto subiam por aquela trilha, dobrando uma curva aqui, outra ali. De ambos os lados, um caleidoscópio de flores silvestres balançava ao vento, algumas delas mais altas, com pétalas recurvadas, outras, baixinhas, de folhagem espalmada. Vira e mexe, surgiam botões-de-ouro por entre as moitas menores. Laila ouvia o piado das andorinhas lá no alto, e os estalidos dos gafanhotos a seus pés.

Subiram uns 150 metros ou mais. Até que o solo ficou plano, abrindo-se para uma espécie de platô. Os dois pararam para retomar o fôlego. Laila enxugou a testa com a manga e espantou os mosquitos que voavam diante de seu rosto. Dali, podia ver as montanhas que se erguiam não muito altas contra o horizonte, umas poucas faias, alguns choupos, inúmeros arbustos silvestres cujo nome desconhecia.

— Antigamente, havia um riacho aqui — disse Hamza, um tanto ofegante. — Mas ele secou há muito tempo.

Mandou, então, que ela atravessasse o leito seco do riacho e seguisse em direção às montanhas.

— Vou ficar esperando aqui — disse ele, sentando-se numa pedra à sombra de um choupo. — Pode ir.

— Não vou...

— Não se preocupe, *hamshireh*. Não se apresse. Pode ir.

Laila agradeceu a gentileza. Atravessou o leito do riacho, pisando nas pedras com cuidado. Viu garrafas de refrigerante quebradas, latas enferrujadas e uma espécie de baú metálico com tampa de zinco, todo azinhavrado e parcialmente enterrado no chão.

Seguiu andando em direção às montanhas, rumo aos salgueiros-chorões que, agora, já podia ver, com seus longos ramos pendentes se agitando a cada rajada de vento. Seu coração estava aos pulos no peito. Via que as árvores tinham exatamente a disposição que Mariam havia descrito, formando um bosquezinho circular com a clareira bem no meio. Laila ia andando mais depressa, agora, quase correndo. Olhou para trás e avistou a figura miúda de Hamza. Seu *chapan* era apenas um borrão de cor contra o pano de fundo marrom do tronco da árvore. Tropeçou numa pedra, quase caiu, mas conseguiu se equilibrar. Arregaçou as calças e fez o resto do trajeto em ritmo bem acelerado. Quando chegou aos salgueiros, estava ofegante.

A *kolba* de Mariam ainda estava lá.

Mais de perto, viu que a única janela estava sem a vidraça e que a porta já não existia. Mariam tinha lhe falado também de um galinheiro, um *tandoor* e um banheiro externo, mas não havia sinal de nada disso. Laila se deteve na entrada da *kolba*. Podia ouvir as moscas zumbindo ali dentro.

Precisou se desviar de uma teia de aranha bem grande. Estava escuro no interior do casebre. Laila teve de esperar alguns instantes, até os seus olhos se acostumarem à escuridão. Então, percebeu que o lugar era ainda menor do que supunha. Das tábuas do assoalho, só restava uma, pela metade, apodrecida. Imaginou que o resto havia sido arrancado para ser usado como lenha. Agora, o chão é forrado de folhas secas, garrafas quebradas, papéis de chicletes, cogumelos selvagens, pontas de cigarro amareladas pelo tempo. Mas, acima de tudo, está cheio de ervas daninhas, algumas mirradas, outras se erguendo atrevidas, e subindo pelas paredes.

"Quinze anos", pensou Laila, "quinze anos vivendo nesse lugar".

Sentou-se, então, recostada na parede. Ouvia o vento soprando por entre a folhagem dos salgueiros. Havia outras teias de aranha espalhadas pelo teto. Alguém escreveu algo com tinta spray numa das paredes, mas, como boa parte das palavras tinha se deteriorado, a moça não conseguiu decifrar o que diziam. De repente, percebeu que eram letras do alfabeto russo. Num canto, viu um ninho de pássaros abandonado, e, no outro, um morcego de cabeça para baixo, exatamente no ponto em que parede e teto se encontravam.

Laila fechou os olhos e ficou sentada ali por um instante.

Às vezes, quando estava no Paquistão, achava difícil lembrar do rosto de Mariam em detalhes. Houve até algumas ocasiões em que os seus traços lhe escapavam, como uma palavra que está na ponta da língua. Mas agora, naquele lugar, é fácil evocar a imagem de Mariam por trás de suas pálpebras cerradas: o brilho manso de seu olhar, o queixo comprido, a pele curtida de seu pescoço, o sorriso naqueles lábios finos. Aqui, Laila podia voltar a deitar a cabeça no colo macio de Mariam, senti-la balançando o corpo para frente e para trás, recitando versículos do Corão, e podia sentir as palavras vibrando por aquele corpo, chegando aos joelhos e, de lá, a seus próprios ouvidos.

De repente, as ervas daninhas começaram a desaparecer, como se algo as puxasse pelas raízes bem lá do fundo da terra. E elas foram afundando, afundando, até que o chão da *kolba* engoliu a última de suas folhas pontiagudas. Num passe de mágica, as teias de aranha se desfizeram. O ninho de passarinho se desmanchou, com os gravetos se soltando um a um, e voando porta afora para longe do casebre. Uma borracha invisível apagou as letras russas da parede.

As tábuas do assoalho estão de volta. Nesse momento, Laila pode ver dois catres, uma mesa de madeira, duas cadeiras, um fogareiro de ferro fundido num canto, prateleiras pelas paredes, abrigando vasilhas e panelas, um serviço de chá escurecido, xícaras e colheres. Ouve as galinhas cacarejando ali fora e, mais ao longe, o gorgolejo do riacho.

Uma jovem Mariam está sentada junto à mesa, fazendo uma boneca à luz de uma lamparina a óleo. Está cantarolando. Tem o rosto suave e juvenil, o cabelo foi lavado e está penteado para trás. E não lhe falta nenhum dente.

Laila a vê colar pedaços de lã na cabeça da boneca. Em poucos anos, essa menina vai ser uma mulher que pede muito pouco da vida, que nunca incomoda ninguém, nunca deixa transparecer que ela também tem tristezas, desapontamentos, sonhos que foram menosprezados. Uma mulher que vai ser como uma rocha no leito de um rio, suportando tudo sem se queixar. Uma mulher cuja generosidade, longe de ser contaminada, foi *forjada* pelas turbulências que se abateram sobre ela. Laila já consegue ver algo nos olhos daquela menina, algo tão arraigado que nem Rashid nem os talibãs conseguiram destruir. Algo tão rijo e inabalável quanto um bloco de calcário. Algo que, afinal, acabou sendo a *sua* ruína e a salvação de Laila.

A menina ergue os olhos. Deixa a boneca de lado. E sorri.

"Laila *jo*?"

Assustada, Laila abre os olhos. Quase engasga e debruça o corpo para frente. Espanta o morcego que voa de um lado a outro da *kolba*, lembrando o ruído de folhas de papel ao vento, até sair pela janela.

A moça se levanta, espana as folhas secas das calças e sai da *kolba*. Lá fora, a claridade já se alterou ligeiramente. O vento que sopra faz o capim ondular e as folhas dos salgueiros estalarem.

Antes de deixar a clareira, olha, pela última vez, para a *kolba* onde Mariam dormiu, comeu, sonhou, ansiou pela presença de Jalil. Naquelas paredes alquebradas, a sombra dos salgueiros traça figuras que se movem a cada rajada de vento. Um corvo vem pousar no teto plano do casebre. Cisca um pouco, solta um grasnido, e vai embora.

— Adeus, Mariam.

E, dizendo isso, sai correndo de volta pelo mato, sem perceber que estava chorando.

Vai encontrar Hamza ainda sentado naquela pedra. Assim que ele a vê, se põe de pé.

— Vamos voltar — diz ele. — Tenho algo para lhe dar.

Laila ficou esperando por Hamza no jardim da frente da casa. O menino que tinha lhes servido chá mais cedo estava debaixo de uma figueira, com uma galinha nos braços, e a fitava com um ar impassível. Laila avistou dois rostos, o de uma velha e o de uma garota, ambas usando *hijabs*, que a observavam, um tanto acanhadas, por detrás de uma das janelas.

Quando a porta da casa se abriu, Hamza saiu carregando uma lata que entregou à moça.

— Jalil Khan deu isso a meu pai cerca de um mês antes de morrer — disse Hamza. — Pediu que meu pai a guardasse até que Mariam viesse buscá-la. E ele a guardou, por dois anos. Depois, pouco antes de falecer, me transmitiu a incumbência de guardar isso para Mariam. Mas ela... ela nunca apareceu.

Laila baixou os olhos e fitou a latinha ovalada. Parecia uma velha caixa de bombons, toda verde-oliva com uns arabescos dourados já bastante desbotados na tampa. A lata tinha uns pontos de ferrugem nas laterais e estava ligeiramente amassada na borda da tampa. A moça tentou abri-la, mas ela estava trancada.

— O que há aqui dentro? — perguntou.

— Meu pai jamais a abriu — respondeu Hamza, depositando uma chave na palma de sua mão. — Nem eu. Acho que era a vontade de Deus que a senhora a abrisse.

Quando Laila chegou ao hotel, Tariq e as crianças ainda não tinham voltado.

Sentou-se na cama, com a latinha no colo. Parte dela queria deixá-la fechada, manter em segredo o que quer que Jalil pretendesse com aquilo. Mas a curiosidade acabou sendo maior. Enfiou a chave na fechadura e, depois de algumas tentativas e sacudidelas, conseguiu abri-la.

Ali dentro, havia três coisas: um envelope, um saco de aniagem e uma fita de vídeo.

Laila pegou a fita e foi até a recepção. O mesmo funcionário idoso que os recebeu na véspera disse que o hotel só tinha um aparelho de videocassete, na suíte principal. Como ela estava vazia, ele concordou em levá-la até lá, deixando a recepção aos cuidados de um rapaz de bigode que estava de terno e falava num telefone celular.

Subiram, então, ao segundo andar e dirigiram-se a uma porta que ficava no fundo de um corredor comprido. O velho abriu a porta para ela entrar. Laila avistou a TV num canto. E foi tudo que seus olhos registraram ali.

Ligou a TV e o videocassete. Pôs a fita no aparelho e apertou o botão. Por alguns momentos, a tela ficou vazia e Laila se perguntou por que Jalil se daria o trabalho de mandar uma fita em branco para Mariam. De repente, porém, começou a tocar uma música e foram surgindo imagens na tela da TV.

Com as sobrancelhas franzidas, Laila ficou olhando as cenas por um ou dois minutos. Depois, apertou o botão "*stop*", adiantou a fita e voltou a acionar o botão "*play*". Era o mesmo filme.

O velho recepcionista a fitava, espantado.

O filme que estava passando era *Pinóquio*, de Walt Disney. Para Laila, aquilo não fazia o menor sentido.

Pouco depois das seis da tarde, Tariq e as crianças chegaram. Aziza veio correndo lhe mostrar o que o pai tinha lhe dado: uns brincos de prata com uma borboleta esmaltada. Zalmai estava agarrado com um golfinho inflável que soltava uns guinchos quando alguém apertava o seu focinho.

— Como é que você está? — perguntou Tariq, passando o braço pelos seus ombros.

— Tudo bem — respondeu ela. — Mais tarde eu lhe conto como foi.

Foram comer num restaurante de *kebab* perto do hotel. Era um lugar pequeno, enfumaçado e barulhento, com toalhas de vinil meio pegajosas. Mas o carneiro estava macio e suculento, e o pão, bem quentinho. Depois, foram dar uma volta. Num quiosque de beira de rua, Tariq comprou sorvete de água de rosas para as crianças. Sentaram-se, então, num banco, e, às suas costas, a silhueta das montanhas se destacava contra o céu vermelho do anoitecer. Estava quente e o cheiro dos cedros se espalhava pelo ar.

Assim que voltou para o quarto, depois de ver aquela fita de vídeo, Laila tinha aberto o envelope. Era uma carta escrita a caneta azul numa folha amarelada de papel pautado.

13 de maio de 1987.

Minha querida Mariam,

Peço a Deus que esta carta vá encontrá-la com saúde.

Como sabe, estive em Cabul no mês passado para vê-la. Só que você não quis me receber. Fiquei desapontado, mas não a culpo por isso. Em seu lugar, talvez tivesse feito a mesma coisa. Há muito, perdi o privilégio de suas boas graças e sou o único culpado pelo que aconteceu. Mas se estiver lendo esta carta é porque leu a que deixei na porta de sua casa. Leu essa primeira carta e veio procurar o mulá Faizullah, como lhe pedi que fizesse. E fico muito grato por isso, Mariam jo. *Fico grato por essa oportunidade de lhe dizer umas poucas palavras.*

Por onde começar?

Seu pai passou por momentos de muita dor desde que nos falamos pela última vez, Mariam jo. *Sua madrasta Afsoon morreu no primeiro dia do levante de 1979. Nesse mesmo dia, uma bala perdida matou sua irmã, Niloufar. Ainda posso ver a minha menininha plantando bananeira para impressionar as visitas. Seu irmão Farhad foi combater no* jihad *em 1980 e os soviéticos o mataram em 1982, nos arredores de Helmand. Nunca pude ver o corpo dele. Não sei se você tem filhos, Mariam* jo, *mas, se tiver, peço que Deus os proteja e que você seja poupada da dor que conheci. Até hoje, sonho com eles, com os meus filhos que morreram.*

Também sonho com você, Mariam jo. *E sinto a sua falta. Tenho saudade do som de sua voz, do seu riso. Tenho saudade das vezes em que lia para você, de quando íamos pescar juntos. Lembra das nossas pescarias? Você sempre foi uma boa filha, Mariam* jo, *e não posso me lembrar de você sem sentir vergonha e remorso. Muito remorso... Você nem pode imaginar quanto... Eu me arrependo de não ter descido para vê-la naquele dia em que veio a Herat. Me arrependo de não ter aberto a porta para você entrar. Me arrependo de não ter tratado você como minha filha, de ter deixado que vivesse naquele lugar por tantos anos. Tudo isso por quê? Por medo do que os outros pudessem dizer? Por medo de manchar o meu pretenso bom nome? Como tudo isso parece insignificante depois de todas essas perdas, de todas as coisas terríveis que presenciei durante essa maldita guerra! Agora, porém, é tarde demais. Talvez este seja um castigo justo para aqueles que não tiveram coração: só compreender isso quando não se pode mais voltar atrás. Agora, tudo que posso fazer é dizer que você foi uma boa filha, Mariam* jo, *e que nunca a mereci. Agora, só me resta lhe pedir perdão. Pedir que me perdoe, Mariam* jo. *Que me perdoe.*

Não sou mais aquele homem rico que você conheceu. Os comunistas confiscaram a maior parte das minhas terras e todas as minhas lojas também. Mas não posso me queixar, pois Deus, por razões que não alcanço, ainda me abençoou com muito mais do que a maioria das pessoas tem. Quando voltei da viagem a Cabul, consegui vender o que restava das minhas terras. Junto com esta carta, está a sua parte da herança. Como pode ver, não é nenhuma fortuna, mas é alguma coisa. É alguma coisa. (Como também pode perceber, tomei a liberdade de trocar a quantia por dólares. Acho que é mais garantido. Só Deus sabe o destino reservado à nossa moeda, que já sofreu tantos golpes.)

Espero que não ache que estou tentando comprar o seu perdão. Espero que saiba que tenho plena consciência de que o seu perdão não pode ser comprado. Nunca pôde. Estou apenas lhe dando, embora com muito atraso, o que sempre foi seu por direito. Não fui um bom pai para você em vida. Talvez possa vir a sê-lo depois de morto.

Ah, a morte... Não pretendo atormentá-la com detalhes, mas a morte está bem perto atualmente. Meu coração está fraco, segundo os médicos. É uma morte bem adequada para um homem que foi tão fraco, creio eu.

Sabe, Mariam jo, *ouso me permitir ter esperanças, esperanças de que, depois de ler esta carta, você seja mais benevolente comigo do que jamais fui com você. Que consiga encontrar compaixão em seu coração e venha ver seu pai. Que volte a bater à minha porta e me dê a chance de abri-la, desta vez, para recebê-la e abraçá-la, minha filha, como eu deveria ter feito tantos anos atrás. Bem sei que é uma esperança tão fraca quanto o meu coração. Mas vou ficar esperando. Vou ficar atento a qualquer batida na porta. Vou continuar tendo esperanças.*

Que Deus lhe dê uma vida longa e próspera, minha filha. Que Ele lhe dê muita saúde e lindos filhos. Que você possa encontrar a felicidade, a paz e a acolhida que nunca lhe dei. Fique bem. Eu a entrego às mãos amorosas de Deus.

Seu pai, que não a merece,

Jalil.

Naquela noite, de volta ao quarto do hotel, depois que as crianças já tinham brincado e ido dormir, Laila contou a Tariq a história da carta. E lhe mostrou o dinheiro que estava no saco de aniagem. Quando a moça começou a chorar, ele a beijou no rosto e a abraçou.

51

Abril de 2003

A seca tinha acabado. Nevou enfim, no inverno passado, e a neve pelas ruas chegava à altura dos joelhos. Agora, vinha chovendo há dias. O rio Cabul voltou a correr. Suas cheias de primavera levaram consigo a "Cidade Titanic".

Atualmente, havia lama nas ruas. As pessoas escorregavam. Os carros atolavam. As mulas carregadas de maçãs iam se arrastando, fazendo respingar, com os cascos, a água barrenta das poças. Mas ninguém se queixava da lama, ninguém lamentava o fim da "Cidade Titanic". "Cabul precisa voltar a ser verde!", era o que todos diziam.

Ainda ontem, Laila ficou vendo seus filhos brincarem na chuva, pulando de uma poça a outra no quintal, sob um céu cor de chumbo. Ela os via pela janela da cozinha da pequena casa de dois quartos que tinham alugado em Deh-Mazang. Havia um pé de romã no quintal e vários arbustos de rosa mosqueta. Tariq tinha consertado as paredes e construído um escorregador e um balanço para as crianças, além de fazer um cercadinho para a nova cabra de Zalmai. Laila ficou olhando a chuva escorrer pela cabeça do filho, que tinha pedido para raspar o cabelo, exatamente como Tariq, que era agora quem rezava com ele as orações do *Babalu*. E via a chuva alisar o cabelo comprido de Aziza, transformando-o em mechas encharcadas que respingavam água em Zalmai quando a menina balançava a cabeça.

Zalmai estava com quase seis anos. Aziza tinha acabado de fazer dez. Para comemorar seu aniversário, na semana anterior, tinham ido ao cinema Park onde, finalmente, estavam passando *Titanic* para os moradores da cidade.

— Andem, crianças, vamos nos atrasar — gritou Laila, pondo o lanche dos filhos num saquinho de papel.

São oito horas da manhã. Laila se levantou às cinco. Como de costume, Aziza veio acordá-la para as *namaz* da manhã. Ela bem sabe que, para sua filha, as preces são uma forma de lembrar Mariam, de continuar a manter viva aquela lembrança mesmo que o tempo siga o seu curso e que acabe eliminando Mariam do jardim de sua memória, como uma plantinha arrancada pela raiz.

Depois das *namaz*, Laila voltou para a cama e ainda estava dormindo quando Tariq saiu. Tinha uma vaga lembrança de um beijo no rosto. O rapaz tinha arranjado emprego numa ONG francesa que tratava de fornecer próteses aos sobreviventes das explosões de minas e a amputados em geral.

Zalmai entra na cozinha, correndo atrás de Aziza.

— Já pegaram os cadernos? Os lápis? Os livros?

— Está tudo aqui — diz Aziza, mostrando a sacola de papel. Mais uma vez, Laila percebe que a gagueira da menina está desaparecendo.

— Então, vamos.

Laila deixa as crianças passarem e tranca a porta. Saem naquela manhã fria. Não está chovendo. O céu está azul e ela não vê sinal de nuvens no horizonte. De mãos dadas, lá se vão os três para o ponto de ônibus. As ruas já estão movimentadas, repletas de riquixás, táxis, caminhões da ONU, ônibus, jipes da ISAF que passam para um lado e para o outro. Comerciantes com cara de sono abrem as portas das lojas que tinham ficado fechadas durante a noite. Vendedores estão sentados por trás de pilhas de chicletes e maços de cigarros. As viúvas já vieram se instalar nas esquinas, pedindo esmolas aos passantes.

Para Laila, é estranho estar de volta a Cabul. A cidade mudou. O que vê, agora, são pessoas plantando mudas de árvores, pintando casas velhas, carregando tijolos para construir casas novas. Gente cavando bueiros e poços. No parapeito das janelas, há flores plantadas em cápsulas vazias de velhos mísseis dos *mujahedins*: são as flores dos mísseis, como dizem os *kabulis*. Dias atrás, Tariq os levou aos Jardins de Babur, que estão sendo recuperados. Pela primeira vez, depois de tantos anos, Laila ouviu música pelas esquinas de Cabul, velhas canções de Ahmad Zahir ao som de *rubabs*, tablas, *dootars*, harmônios e *tambouras*.

Adoraria que seus pais estivessem vivos para ver essa transformação. Mas, a redenção de Cabul chegou tarde demais, exatamente como a carta de Jalil.

Os três estavam parados junto ao meio-fio, esperando para atravessar a rua quando, de repente, veio um Land Cruiser de vidros escuros a toda velocidade. O carro desviou no último instante, e, por muito pouco, não atropelou Laila. As camisetas das crianças ficaram todas respingadas de uma água cor de chá.

A moça recuou, puxando os filhos para a calçada, com o coração na garganta.

O Land Cruiser seguiu a toda pela rua, buzinou duas vezes e dobrou à esquerda, cantando pneus.

E ela ficou parada ali, tentando recuperar o fôlego, agarrando o pulso dos filhos com toda força.

Aquilo a deixou arrasada. Era terrível saber que os senhores da guerra puderam voltar para Cabul. Que os assassinos de seus pais estavam morando em belas casas com jardins murados, que haviam sido nomeados ministro disso ou vice-ministro daquilo, que desfilavam impunemente em carrões reluzentes e blindados pelas ruas dos bairros que tinham destruído. Aquilo a deixava arrasada.

Laila decidiu, porém, que não se deixaria abater pelo ressentimento. Mariam não gostaria de vê-la agir assim. "Para quê?", indagaria ela, com aquele seu sorriso a um só tempo ingênuo e cheio de sabedoria. "De que adianta ficar assim, Laila *jo*?" Portanto, resolveu seguir tocando a vida. Faria isso por si mesma, por Tariq e por seus filhos. E por Mariam, que continuava a visitá-la em sonhos; que, de certa forma, estava sempre ali, em tudo o que ela fizesse. E seguiu tocando a vida. Porque, no fundo, sabia que era tudo o que podia fazer. Viver e ter esperanças.

Zaman está parado na linha de lance livre, com os joelhos flexionados, fazendo quicar uma bola de basquete. Dá instruções a um grupo de meninos de uniforme, sentados na quadra formando um semicírculo. Quando a vê, põe a bola debaixo do braço e acena para ela. Diz alguma coisa aos meninos que também acenam, exclamando: "*Salaam, moalim sahib*!"

Laila acena para eles, respondendo ao cumprimento.

O pátio do orfanato tem, agora, uma fileira de mudas de macieira plantada junto ao muro que dá para o leste. Laila pretende plantar algumas também do lado sul, assim que o muro tiver sido reconstruído. Há também um novo balanço, um trepa-trepa e outros brinquedos.

Volta, então, lá para dentro, passando pela porta de tela.

O prédio foi todo pintado, por dentro e por fora. Tariq e Zaman consertaram todas as falhas do telhado, taparam os buracos das paredes, reinstalaram as janelas, puseram tapetes nos cômodos onde as crianças dormiam e brincavam. No último inverno, Laila comprou algumas camas novas para os dormitórios, além de travesseiros e cobertores de lã decentes. E mandou instalar aquecedores de ferro fundido para os dias frios.

No mês passado, o *Anis*, um dos jornais de Cabul, tinha publicado uma matéria sobre a reforma do orfanato. Tiraram até uma foto em que Zaman, Tariq, Laila e um dos funcionários apareciam de pé, por detrás das crianças. Ao ver o artigo, Laila lembrou de Giti e Hasina, suas amigas de infância, dizendo: "Quando tivermos vinte anos, Giti e eu já vamos ter parido uns quatro ou cinco filhos cada. Mas você, Laila, você ainda vai nos deixar orgulhosíssimas. Você vai ser alguém. Sei que, algum dia, vou pegar um jornal e ver a sua foto na primeira página." A tal foto não saiu na primeira página, mas, de qualquer forma, aconteceu o que Hasina havia previsto.

Laila seguia, agora, pelo mesmo corredor onde, dois anos antes, ela e Mariam tinham entregado Aziza a Zaman. Ainda se lembra muito bem daquela cena. Tiveram que fazer com que a menina soltasse a sua mão à força. Depois, ela saiu correndo pelo corredor, se segurando para não gritar, e Mariam vindo ao seu encalço, chamando por ela. Lembra-se dos gritos de Aziza, em pânico. Atualmente, porém, as paredes do corredor estão recobertas de pôsteres: são dinossauros, personagens de desenhos animados, os Budas de Bamiyan, trabalhos feitos pelas próprias crianças nas aulas de arte. Muitos desses desenhos representam tanques destruindo casebres, homens brandindo fuzis AK-47, barracas em campos de refugiados, cenas de guerra.

Ao dobrar uma quina do corredor, vê as crianças esperando na porta da sala de aula. É recebida pelas echarpes, pelas cabeças raspadas cobertas com barretes, por aquelas figuras miúdas e magrinhas, por sua beleza triste.

Assim que as crianças a veem, correm ao seu encontro. De repente, Laila está cercada. É um verdadeiro turbilhão de gritinhos estridentes, vozes agudas, tapinhas, mãos que seguram, cutucam, apalpam, disputam a chance de subir em seu colo. São mãozinhas estendidas e tentativas de atrair sua atenção. Alguns a chamam de *mãe* e Laila não os corrige.

Hoje, não foi fácil acalmar as crianças, fazê-las entrar em fila e ir para a sala de aula.

Tariq e Zaman construíram essa sala, derrubando a parede que separava dois quartos. O chão ainda está bem danificado, com lajotas faltando. Por enquanto, está coberto com uma lona, mas Tariq prometeu que, em breve, vai ladrilhar tudo e pôr uns tapetes ali.

Pendurado acima da porta, há um quadro retangular, que Zaman lixou e pintou de um branco reluzente. Nesse quadro, usando um pincel, ele escreveu quatro versos de um poema que, como Laila bem sabe, são sua resposta àqueles que se queixam dizendo que o auxílio financeiro prometido ao Afeganistão não veio, que a reconstrução está lenta demais, que existe corrupção, que o Talibã já se reorganizou e está pronto a voltar para se vingar, que, mais uma vez, o mundo vai esquecer o Afeganistão. Trata-se de um trecho de um *ghazal* de Hafez, o seu favorito:

José há de voltar a Canaã, não se lamente,
Cabanas vão se tornar jardins de rosas, não se lamente.
Se as águas chegarem destruindo tudo que vive,
Noé será seu guia em meio à tempestade, não se lamente.

Laila passa por debaixo desse quadro e entra na sala. As crianças já estão se sentando, abrindo os cadernos, conversando umas com as outras. Aziza está falando com uma menina da outra fila de carteiras. Um aviãozinho de papel passa voando e vem cair do outro lado. Alguém o atira de volta.

— Abram o livro de farsi, crianças — diz ela, pondo os próprios livros sobre a mesa.

Em meio ao ruído das páginas se virando, Laila se dirige à janela sem cortinas. Dali, pode ver os meninos se enfileirando para praticar os lances livres. Acima deles, lá para os lados das montanhas, o sol está surgindo. E vem bater no aro metálico da cesta de basquete, na corrente dos balanços, no apito pendurado ao pescoço de Zaman, em seus novos óculos sem lentes quebradas. Laila põe as mãos espalmadas nas vidraças aquecidas. Fecha os olhos. Deixa que o sol venha lhe bater no rosto, nas pálpebras, na testa.

Logo que voltaram para Cabul, Laila se afligia por não saber onde os talibãs haviam enterrado Mariam. Gostaria de poder visitar sua sepultura, sentar ali ao lado, deixar uma ou duas flores sobre a lápide. Agora, porém, sabe que isso não tem a menor importância. Mariam está sempre por perto. Está bem aqui, nessas paredes que eles próprios pintaram, nas árvores que plantaram, nos cobertores que mantêm as crianças aquecidas, nos travesseiros, nos livros, nos lápis. Está no riso daquelas crianças. Nos versículos que Aziza recita e nas orações que murmura voltada para o oeste. Mas é principalmente no coração de Laila que Mariam está presente; é ali que ela brilha com toda a intensidade de mil sóis.

Percebe, então, que alguém está chamando o seu nome. Vira-se e, instintivamente, inclina um pouco a cabeça, erguendo um tantinho o ouvido bom. É Aziza.

— Está tudo bem, *mammy*?

A sala está em silêncio. As crianças têm os olhos pregados nela.

Laila ia responder, mas, de repente, se assusta. Baixa as mãos, levando-as ao ponto onde, segundos antes, sentiu como se uma onda a percorresse. Fica esperando. Mas não percebe movimento algum.

— *Mammy*?

— Está, sim, querida — diz Laila, sorrindo. — Estou bem. Estou, sim. Muito bem.

Dirigindo-se à sua mesa, defronte dos alunos, lembra da brincadeira que voltaram a fazer na véspera, enquanto jantavam. Aquilo estava se tornando um verdadeiro ritual, desde que Laila tinha lhes dado a notícia. Passavam horas assim, cada um defendendo a própria escolha. Para Tariq, devia ser Mohammad. Zalmai, que acabou de ver o vídeo do *Super-Homem*, não se conforma quando lhe dizem que um menino afegão não pode se chamar Clark. Já Aziza vem lutando pela vitória de Aman. E Laila prefere Omar.

Mas a brincadeira só envolve nomes masculinos, porque, se for menina, Laila já escolheu o nome que vai lhe dar.

Posfácio

Há quase três décadas, a questão dos refugiados afegãos vem sendo uma das crises mais sérias de todo o mundo. A guerra, a fome, a anarquia e a opressão têm forçado milhões de pessoas — como Tariq e sua família, na história — a abandonarem suas casas e fugirem do país para se instalarem em regiões vizinhas no Paquistão e no Irã. No auge desse êxodo, chegou a haver oito milhões de afegãos vivendo no exterior, como refugiados. Ainda hoje, há mais de dois milhões deles que continuam no Paquistão.

No ano passado, tive o privilégio de trabalhar como enviado dos Estados Unidos junto ao UNHCR, o Alto Comissariado das Nações Unidas para os Refugiados, uma das organizações humanitárias mais importantes do mundo. A função do UNHCR é defender os direitos humanos mais elementares dos refugiados, prover ajuda emergencial e auxiliá-los a refazer a vida em algum local onde estejam a salvo. O UNHCR presta assistência a mais de vinte milhões de pessoas espalhadas pelo planeta, não apenas no Afeganistão, mas também na Colômbia, no Burundi, no Congo, no Tchad e na região de Darfur, no Sudão. Trabalhar com o UNHCR, ajudando refugiados, foi uma das experiências mais significativas e gratificantes de minha vida.

Para colaborar com este órgão, ou simplesmente para conhecer melhor o seu trabalho ou as dificuldades que enfrentam os refugiados em geral, visite o site: www.UNrefugees.org.

Obrigado,

Khaled Hosseini
31 de janeiro de 2007.

Agradecimentos

Antes de mais nada, alguns esclarecimentos. A aldeia de Gul Daman é um lugar fictício — ao menos, que eu saiba. Quem conhece a cidade de Herat vai perceber que tomei algumas liberdades ao descrever a geografia do local. Enfim, o título original deste romance foi extraído de um poema de Saeb-e-Tabrizi, poeta persa do século XVII. Aqueles que conhecem o texto em farsi vão decerto notar que a tradução do verso que contém o título do romance não é literal. Mas é a tradução corrente, de autoria de Josephine Davis, que acho belíssima. E lhe sou muito grato por isso.

Gostaria de agradecer à Qayoum Sarwar, Hekmat Sadat, Elyse Hathaway, Rosemary Stasek, Lawrence Quill e Haleema Jazmin Quill pela ajuda e pelo apoio que me deram.

Agradeço especialmente a meu pai, *baba*, pela leitura do manuscrito, pelos comentários e, como sempre, por seu amor e seu apoio. E a minha mãe, cujo espírito de abnegação e de bondade permeia essa história. Você está por trás de tudo isso, mãe *jo*. Obrigado também a meus sogros por sua generosidade e por tantas gentilezas. E toda a minha gratidão a cada um dos membros da minha maravilhosa família.

Gostaria de agradecer à minha agente, Elaine Koster, por não deixar de acreditar nunca, a Jody Hotchkiss, a David Grossman, Helen Heller e à incansável Chandler Crawford. Agradeço muitíssimo a cada um de vocês que trabalha na Riverhead Books. Mas gostaria de agradecer especialmente a Susan Petersen Kennedy e a Geoffrey Kloske por terem acreditado nessa história. Meus melhores agradecimentos também a Marilyn Ducksworth, Mih-Ho Cha, Catharine Lynch, Craig D. Burke, Leslie Schwartz, Honi Werner e Wendy Pearl. Sou particularmente grato aos olhos afiados de Tony Davis, que não deixa passar absolutamente nada, e, finalmente, à minha talentosa editora, Sarah McGrath, por sua paciência, sua perspicácia, seus conselhos.

Enfim, obrigado, Roya. Por ler e reler essa história, por aguentar minhas pequenas crises de insegurança (e uma ou duas bem grandes), por nunca duvidar. Sem você, este livro não existiria. Amo você.

Editora responsável
Izabel Aleixo

Produção editorial
Daniele Cajueiro
Gustavo Penha

Revisão de tradução
Janaína Senna

Revisão
Ana Carolina Ribeiro
Ana Julia Cury
Phellipe Marcel

Diagramação
Leandro B. Liporage

Este livro foi impresso no Rio de Janeiro, em 2014,
pela Edigráfica, para a Editora Nova Fronteira.
A fonte usada no miolo é Sabon, corpo 11,5/15.
O papel do miolo é avena 70g/m², e o da capa é cartão 250g/m².

Visite nosso site: www.novafronteira.com.br